# SANS OUBLIER
# LA BALEINE

Titre original : *Not Forgetting the Whale*

www.editions-stock.fr
Traduit de l'anglais par Christine Barbaste

Pour la présente édition :

76, boulevard Pasteur
75015 Paris – France

ISBN : 978-2-493816-71-9
Maquette : Patrick Leleux PAO

Pour suivre notre actualité, rejoignez-nous sur Instagram (@editionsnami) !

**Nami s'engage pour une fabrication écoresponsable !**
Amoureux des livres, nous sommes soucieux de l'impact de notre passion et choisissons nos imprimeurs avec la plus grande attention pour que nos ouvrages soient imprimés sur du papier issu de forêts gérées durablement.

John Ironmonger

# SANS OUBLIER LA BALEINE

Roman

*Traduit de l'anglais par Christine Barbaste*

Stock
la cosmopolite

*« Par conséquent, tout ce qui résulte d'un temps de guerre, où tout homme est l'ennemi de tout homme […] il n'y a aucune place pour une activité laborieuse […] aucune connaissance de la surface de la terre, aucune mesure du temps, pas d'arts, pas de lettres, pas de société, et, ce qui est le pire de tout, la crainte permanente, et le danger de mort violente ; et la vie d'un homme est solitaire, indigente, dégoûtante, animale et brève. »*

Thomas Hobbes, *Léviathan**

* Traduction de Philippe Folliot. (Toutes les notes sont de la traductrice.)

# PREMIÈRE PARTIE

*Peux-tu attraper Léviathan avec un crochet ?*

# PROLOGUE

À Saint-Piran, on parle encore du jour où l'océan rejeta l'homme nu sur la plage, et où Kenny Kennet vit la baleine. C'était un mercredi, assurent certains. Non, un jeudi, affirment d'autres. C'était au début du mois d'octobre. Ou bien peut-être fin septembre ? Il faut dire que ces événements, et les jours, les semaines de tourmente qui suivirent remontent à presque un demi-siècle, et personne n'a songé à l'époque, ni même depuis, à les consigner. Il faut donc nous en remettre aux souvenirs, aussi fragiles soient-ils. Certains, dans le village, prétendent se rappeler le moindre détail, comme si les faits dataient d'à peine une semaine. Les récits de ces témoins, qui devaient être bien jeunes alors, s'intriquent dans un de ces ramas d'histoires qui évoquent le bel autrefois, et tous nous parlent de l'homme nu, et tous nous parlent de la baleine.

Nombre de ceux qui prirent part à ces événements nous ont quittés. Le vieux Garrow est mort depuis longtemps. Tout comme le Dr Mallory Books, Martha Fishburne, le révérend Alvin Hocking, Jeremy Melon, et bien d'autres encore qui aidèrent à sauver la baleine. Mais leurs récits leur ont survécu et, aujourd'hui, ce sont les enfants et les petits-enfants des villageois, les voisins, les amis qui les racontent, notamment lors de la fête de la Baleine, qui se tient chaque 24 décembre dans la vieille église romane. Donc, si jamais vous trouvez un jour le chemin de Saint-Piran (chose qui n'est pas gagnée), vous entendrez à coup sûr raconter l'histoire dans les rues et dans les bars ; et si jamais vous arrêtez un ou deux villageois, et si vous les en priez, peut-être vous feront-ils asseoir sur un banc, face à l'océan, pour vous raconter toute l'histoire, celle de la baleine et de l'homme nu sur la plage. Peut-être même vous inviteront-ils à longer avec eux la très ancienne digue qui enserre le port, puis le sentier rocailleux qui contourne le cap avant de déboucher sur la plage. Là, ils vous indiqueront sans doute le rocher sur lequel était juché Kenny Kennet lorsqu'il aperçut la baleine ; ainsi que la langue de sable, à deux pas de là, où l'on découvrit le prénommé Joe. Et sans doute qu'en contemplant les rochers épars et peu engageants qui festonnent le rivage, ils s'interrogeront tout haut : « Qui pourrait flotter et dériver au milieu de tout ça sans se faire déchiqueter ? »

« Ce fut une entrée en scène pour le moins originale. » Voilà en quels termes, lors de son allocution annuelle à la fête de la Baleine, Jeremy Melon, le naturaliste, présentait l'arrivée de Joe Haak à Saint-Piran. « Comptez sur Joe pour se faire déposer, nu comme un ver, sur une plage, par une baleine ! D'autres demandent leur chemin et se présentent poliment en voiture, sur le quai, en plein jour. Mais Joe ? Très peu pour lui. Joe entend faire dans le spectaculaire. Aussi, il arrive au village en pleine nuit, ni vu ni connu, puis il prend le large à la nage, et regagne le rivage en chevauchant une fichue baleine. » Là, Jeremy Melon arquait exagérément les jambes, à la façon d'un cow-boy juché sur un énorme cheval, et faisait tournoyer un lasso imaginaire. Chacun pouvait se représenter Joe caracolant sur sa monture géante, manœuvrant le cétacé entre les écueils rocheux et jusqu'à la grève. Tout le monde, y compris Jeremy, savait que cette belle histoire relevait, pour une large part, de l'affabulation ; il s'y nichait cependant de minuscules fragments de vérité et, souvent, il n'en faut guère plus pour appréhender la réalité. Le récit de Jeremy faisait rire même ceux qui, dans l'auditoire, avaient connu Joe Haak. Et c'était là, finalement, tout ce qui comptait. « Parfois, l'exagération dit mieux la réalité des faits que la véracité », soulignait Demelza Trevarrick, la romancière. Quant à Jeremy Melon, il avait l'impression que c'était cette image-là de Joe Haak que Saint-Piran préférait garder en mémoire. Le jeune homme sérieux, le petit génie de l'informatique qui avait passé sa vie devant des écrans d'ordinateurs à calculer la fin du monde ne les intéressait pas. Non plus que le jeune citadin brillant et trop gâté par la vie qui arborait des cravates en soie, conduisait des bolides et gagnait en un mois plus qu'eux-mêmes en un an. Il ne voulait pas se souvenir du Joe qu'aucun d'entre eux n'avait connu – le jeune homme perturbé, rongé de doutes, assailli par des démons, le solitaire qui préférait se tapir dans l'ombre pour combattre ses peurs intimes. Aucun de ces Joe-là n'est celui dont on commémore le souvenir à la fête de la Baleine. L'homme qu'on y célèbre était un héros. Un prophète. L'homme qui a sauvé le monde. Et quand on vit à Saint-Piran, Saint-Piran est le monde. Ainsi, les années ont passé et, aujourd'hui, il est devenu impossible de démêler la part de souvenirs authentiques des affabulations. À la fête de la Baleine, il y avait des enfants qui, pour avoir écouté le récit de Jeremy Melon, se représenteraient à jamais le jeune Joe Haak, nu, à califourchon sur une baleine, et quand tous ceux qui l'ont connu auront disparu, peut-être que ce sera cette image qui demeurera.

# 1

# Le jour où Kenny Kennet vit la baleine

Ce fut Charity Cloke qui le vit la première. Tout juste dix-sept printemps cette année-là, et un teint si frais que ses joues évoquaient un glacis au miel de trèfle. On disait, à Saint-Piran, qu'elle « tardait à fleurir », mais, en un été, le délicat soleil cornouaillais et les douces brises océanes venaient justement d'effacer les dernières traces d'acné, les expressions butées et les rondeurs enfantines, et la jeune fille qui descendit à la plage avec son chien en ce matin d'octobre (à moins que ce ne fût en septembre ?) n'avait vraiment plus rien d'une adolescente. « Les floraisons tardives sont souvent les plus belles », disait Martha Fishburne. Martha était institutrice ; elle savait donc de quoi elle parlait.

Charity Cloke promenait son chien le long de la plage, sur la bande de galets qui s'étire entre le sable et les falaises, au ras des enchevêtrements d'algues abandonnés par la marée. Les quelques vacanciers d'arrière-saison susceptibles, par des températures plus clémentes, de s'aventurer dans la crique avaient préféré s'en aller crapahuter, dûment emmitouflés, sur les sentiers des falaises. La plage était pour ainsi dire déserte. À entendre les histoires qui se racontent aujourd'hui, on pourrait pourtant croire qu'il s'y trouvait la moitié du village, tant ils sont nombreux à prétendre avoir vu l'homme, ou l'avoir aidé à regagner le rivage, mais quand on fait le tri dans ces récits, et qu'on écoute attentivement qui a vu quoi, on se rend bien compte que seules cinq personnes, dont Charity Cloke, étaient sans le moindre doute présentes – six, si l'on compte l'homme nu.

Il y avait là Kenny Kennet, le glaneur, qui rôdait sur la grève en quête de moules, de crabes, de bois flottés et autres débris. Les bois flottés, en cas de trouvailles intéressantes, il les transformait en œuvres d'art qu'il vendait aux touristes l'été suivant. Les moules et les crabes, il les faisait cuire et les mangeait. Quant aux divers débris charriés par l'océan – bon, tout dépendait de ce qui se présentait.

Le vieux Garrow était lui aussi présent – *le contraire eût été étonnant*, raillait-on au village.

Par beau temps, et s'il n'y avait pas trop de vent, l'ancien pêcheur passait le plus clair de la journée assis sur un banc, bonnet enfoncé sur les oreilles, à fumer la pipe en contemplant les vagues, comme captivé par la houle, la gifle salée des embruns et les cris des goélands argentés ; peut-être, sur son banc, rêvait-il aux années où l'océan était sa vraie maison.

Aminata Chikelu, la jeune infirmière, se trouvait là également. Aminata assurait les nuits à l'hôpital communautaire de Treadangel, et le matin était donc, en un sens, le soir de sa journée. Quand le temps le permettait, Aminata décompressait en se promenant le long de l'étroit sentier qui étreint la côte. Là, la tension accumulée tout au long de la garde de nuit pouvait enfin se dissiper. « Qu'y a-t-il à faire, la nuit, dans un hôpital ? » lui demandait-on parfois. « Surveiller les malades qui dorment », répondait-elle. Des rondes – voilà ce qu'elle faisait, munie de sa torche à faible intensité, les pieds glissés dans des chaussures qui ne crissaient pas ; elle vérifiait les goutte-à-goutte, administrait les médicaments, surveillait le pouls des patients de longue durée, des personnes âgées et (souvent) mourantes. Peu d'entre nous cohabitent aussi intimement avec la mort que les infirmières ; et la côte de Cornouailles, vous aurait dit Aminata, était un de ces lieux où les gens venaient pour mourir. Il en existe de pires, où passer le crépuscule de sa vie. Mais quel retraité imaginerait, en quittant son domicile citadin pour une modeste maisonnette en bord de mer, qu'il exhalerait son dernier souffle dans l'espace aseptisé d'une salle d'hôpital surchauffée, sans personne pour lui tenir la main ou assister à son départ, excepté une svelte infirmière sénégalaise ? Même ceux auxquels l'imagination ne fait pas défaut peineraient peut-être à se représenter plus belle physionomie, ou voix plus douce, ou mains plus chaudes pour faciliter leur trépas. Mère Nature avait doté Aminata Chikelu de cette carnation café au lait qui laissait deviner un cocktail de gènes – un peu d'Afrique, une pincée d'Europe et un zeste d'allez savoir quoi d'autre ; ces ascendances métissées l'avaient lotie de traits qui se combinaient à la perfection : des yeux sombres subsahariens, une luxuriante chevelure tressée et enrubannée, un petit nez celtique, et un envoûtant sourire de bohémienne.

Une dernière personne était présente sur les lieux ce matin-là : Jeremy Melon, le naturaliste et écrivain. Reconnaissable à sa silhouette maigre, singulière, Jeremy, à l'en croire, était descendu à la plage en quête d'inspiration. S'il lui arrivait de dresser un chevalet et de barbouiller une aquarelle, ce mode d'expression n'avait cependant jamais été spécialement son truc. Son truc à lui, c'était les mots. Les histoires. Le plus souvent, à marée basse, il longeait la plage, contemplait les créatures piégées dans les flaques et imaginait l'histoire de leur existence. Qu'il doit être étrange pour un ver, un poisson ou un coquillage, d'être laissé pour compte dans une flaque, songeait-il. À marée haute, on vit en symbiose avec l'immense océan qui ceint la planète. On va et vient à sa guise. Il suffit d'une vague pour prendre le large, pour flotter ou nager jusqu'à Port Nevis, ou entreprendre la traversée jusqu'à Tahiti. Puis, d'un coup d'un seul, on se retrouve sur le carreau ; la mer s'est retirée et nous voilà en rade dans quelques centimètres d'eau, oubliés au fond d'une marmite, à la merci des pouvoirs desséchants du soleil, ou de tous les Kenny Kennet susceptibles de nous jeter dans leur seau puis de nous passer à la casserole. Un jour, il pourrait écrire cette histoire, se disait Jeremy Melon.

Six personnes, donc, et un chien ; la sixième, étendue sur le dos, dans le plus simple appareil, avait toute l'apparence d'un noyé.

Les gens demandaient à Charity Cloke : « Était-il aussi beau… tu sais bien… en bas ? », et ils baissaient brièvement le regard pour lever toute ambiguïté quant au sens, pourtant transparent, de leur question. Charity leur répondait d'un sourire évasif, et ses joues couleur miel rosissaient. « Je n'en sais rien », disait-elle avec un imperceptible haussement de sourcils – heureuse de détenir une information de nature si intime, mais jamais encline à la partager.

Beaucoup s'accorderaient à dire qu'au-dessus de la ceinture, l'homme découvert sur le sable était beau. Sa chair glacée, au sortir de l'eau, était comme translucide ; sous le pâle parchemin de la peau, le bleu des veines évoquait le tracé d'une carte secrète, et les mèches éparses rabattues sur son visage, le blé détrempé après l'orage. Mais ce que les villageois qui cuisinaient Charity Cloke savaient déjà (les rumeurs, à cet égard, avaient été sans équivoque), c'est que le naufragé avait présenté, ce jour-là, un phénomène physiologique plutôt inhabituel pour un homme tout juste extrait d'une eau très froide. Lorsqu'il expliquerait ce phénomène à Charity, le Dr Mallory Books utiliserait le terme médical idoine. L'homme de l'océan, lui dirait-il, était « priapique ». L'eau froide pouvait induire, dans certaines circonstances, une vasodilatation susceptible de provoquer la réaction que la jeune fille avait observée. Cette tumescence était involontaire, la rassurerait le Dr Books. « Et généralement éphémère », ajouterait-il. Effectivement, peu après l'arrivée du naufragé dans le petit cabinet médical de Fish Street, l'effet du froid s'était estompé, l'érection s'était affaissée et la jeune Charity Cloke n'avait pas eu à rougir davantage.

Si vous aviez été de passage à Saint-Piran à l'époque des faits, vous auriez pu reconstituer la séquence d'événements survenus en ce jour d'automne, tant à la plage que dans le village, en

plaque de verre. Le glaneur se détourna, au cas où quelqu'un, un promeneur, aurait pu confirmer ce qu'il avait vu. Et à une centaine de mètres de là, il avisa Charity et son caniche.

« Hé ! cria Kenny en gesticulant. Hé ! »

Les cris attirèrent l'attention de Charity Cloke, et celle d'Aminata Chikelu, qui marchait sur le sentier, un peu en hauteur, mais alertèrent également Jeremy Melon, qui explorait les flaques.

« Hé ! Je crois que j'ai vu une baleine !

— Une quoi ? » cria Charity. Jeremy et Aminata se trouvaient bien trop loin pour participer à la conversation.

« Une baleine. » Kenny fit signe à la jeune fille de le rejoindre.

Charity Cloke courut en direction du cap. Une fois la plage traversée, il restait à négocier plusieurs rochers éparpillés comme des postillons sur le rivage.

« Vite ! » Kenny distinguait à nouveau la forme qui émergeait lentement des profondeurs.

« J'arrive ! » Charity, qui contournait un harpon rocheux incrusté de bernacles, se cramponna des deux mains pour assurer son équilibre.

« Vite ! »

Le léviathan remontait à la surface, provoquant comme un brutal mouvement de marée tandis qu'un puissant jaillissement d'écume et de mousse s'élevait le long de ses flancs. Sa forme, qu'on pouvait maintenant discerner, évoquait celle d'un ballon de barrage à l'enveloppe striée, souple, ondoyante. Un sous-marin ? Le doute qui effleura Kenny se dissipa sitôt que le colossal dos gris du cétacé creva les eaux et que, avec un reniflement monstrueux, un geyser monta de ses évents.

« Oh mon Dieu ! »

À quelques mètres du rivage, Charity Cloke se mit à hurler.

« Tout va bien ! la rassura à tue-tête le glaneur sans pouvoir détacher les yeux de l'animal. Elle ne te fera pas de mal. »

Mais la baleine n'était pour rien dans les hurlements de Charity.

Ce n'était pas la nudité de l'homme qui lui avait arraché ces cris, dirait-elle plus tard. Non plus que son érection proéminente – son « état priapique », pour reprendre les termes du Dr Books. « J'étais simplement sous le choc, expliquait-elle. J'ai contourné ce rocher, et il était… étendu là. J'ai cru qu'il était mort. »

Mort, il ne l'était peut-être pas, mais son corps était à l'évidence très froid, raide et inerte. Jeremy Melon arriva le second sur les lieux et parut, s'il était possible, encore plus retourné que Charity. Puis Kenny descendit de son rocher, encore sous l'effet de sa rencontre avec la baleine.

« C'est quoi ce… ?

— Je crois qu'il est mort », dit Charity.

Ils étaient trois, maintenant, à observer le corps étendu sur le sable, et aucun d'eux n'osait le toucher, cloués qu'ils étaient par le choc. La fameuse paralysie de l'indécision. Ce qu'ils avaient sous les yeux était un homme… indiscutablement ; la spectaculaire tumescence en était la preuve ; cependant, à cause de sa peau livide et râpée par le sable, Charity l'avait d'abord pris pour un marsouin. Ou un phoque. Ou le cadavre d'une quelconque créature marine, dragué par les courants jusqu'à la surface avant d'être rejeté tel un débris sur la plage.

« C'est qui ? demanda Kenny, comme si l'information pouvait leur être de quelque secours.

— Je ne l'ai jamais vu », dit Charity.

Jeremy secoua lentement la tête. « Moi non plus.

— Devrions-nous lui faire…. » Charity s'interrompit.

« Faire quoi ?

— Du… bouche-à-bouche ? »

Il y eut un silence gêné. Aucun des deux hommes ne semblait impatient d'administrer un tel traitement.

« Bon, je m'en charge », décida Jeremy après un moment, en tombant à genoux.

— Non, je m'en occupe », lança une voix derrière eux. Aminata l'infirmière, les joues rouges d'avoir traversé la plage en courant, arrivait à leur hauteur. Elle les écarta et se laissa choir sur le sable. « Tenez-lui les bras. »

Ils s'exécutèrent. En plus d'être glacé, le naufragé était trempé jusqu'aux os ; il n'était échoué que depuis peu. Peut-être était-ce la puissance de l'onde soulevée par la baleine qui l'avait poussé jusqu'au rivage.

« Retournez-le sur le ventre. Il faut lui vider les poumons. »

Le sauvetage s'était mué en travail d'équipe. Ils retournèrent le corps, sans se soucier de l'impact de la manœuvre sur l'érection. Aminata écrasa les paumes sur le dos de l'homme, et pesa de tout son poids. Un crachotement jaillit de sa bouche. Elle pressa une nouvelle fois. L'homme exhala un borborygme, comme s'il s'étouffait.

« Je pense qu'il est vivant, dit Aminata. Il n'y avait pas beaucoup d'eau dans ses poumons. Retournez-le sur le dos. »

Maladroitement, ils obtempérèrent.

« Il me semble qu'il respire, dit Kenny.

— Assurons-nous-en. » L'infirmière pinça les narines de l'homme, arrondit les lèvres autour de sa bouche et souffla dans ses poumons. La poitrine du noyé se souleva, puis s'affaissa. Aminata réitéra l'opération.

« Il respire. C'est sûr et certain, affirma Jeremy.

— Encore une fois. » Et une autre salve de tiède air sénégalais s'engouffra dans les alvéoles froides du noyé qui n'était pas mort. Ce coup-ci, quand Aminata relâcha l'homme, laissant son corps s'affaisser lentement, on aurait dit que leurs lèvres répugnaient à se séparer, comme lorsque deux amants échangent un baiser d'adieu vibrant d'urgence.

« Il est frigorifié, observa Charity.

— C'est grâce au froid qu'il est encore en vie, dit Aminata en commençant à retirer son manteau. Mais maintenant il faut le réchauffer. Enveloppez-le là-dedans.

— D'où arrive-t-il ? demanda Kenny.

— Est-ce important ? Allons, aidez-moi.

— Il lui faudrait… un pantalon, suggéra timidement Charity.

— Je ne vais pas lui donner le mien ! protesta Kenny.

— Je lui passe le mien. » Jeremy défit sa ceinture. « Soyez sans crainte. Je suis décent.

— Plus décent que lui », pronostiqua Aminata.

Ils tirèrent le pantalon le long des jambes mouillées du naufragé, sous le regard attentif de Jeremy, en coupe-vent et caleçon. « Maintenant, dit-il, nous ferions mieux de l'emmener chez le Dr Books. »

Le vieux Garrow, qui bourrait sa pipe, assis sur son caillou, observa le quatuor batailler pour soulever l'homme. Dans un premier temps, chaque sauveteur empoigna un membre, mais ce corps qui pendouillait entre eux comme un sac entravait leur marche. Ils s'arrêtèrent et nouèrent leurs bras en panier de part et d'autre du corps. L'attelage manquait d'élégance, mais il avançait plus facilement.

Le vieux Garrow tapa sa pipe sur le rocher. « *T'*avez vu cette baleine ? lança-t-il, tandis que le cortège progressait laborieusement vers le haut de la plage.

— Je l'ai vue, confirma Kenny. D'aussi près que je vous vois là.

— Ch'est pas bon, ça », reprit le vieil homme en se hissant péniblement sur ses pieds. Il toussa, d'une toux caverneuse. « Elle devrait pas venir si près.

— C'est clair, convint Kenny. Monsieur Garrow, nous devons emmener cet homme chez le Dr Books.

— Une baleine dans la crique, c'est pas bon, ça.

— C'est sûr, dit Kenny. Bon, on doit y aller.

— Ça va pas plaire aux pêcheurs.

— J'imagine.

— Ce n'était pas une baleine qui mange du poisson, monsieur Garrow, intervint Jeremy. À ce que j'ai pu en voir, il s'agissait d'un rorqual.

— Un rorqual, hum ?

— Monsieur Melon, s'interposa Aminata. Nous aimerions tous prendre notre temps pour disserter sur la vie des baleines, mais je crois qu'il serait judicieux de conduire cet homme chez le docteur.

— Bien sûr. Bien sûr. »

Le chemin littoral, sitôt contourné le cap, s'enfonce vers les terres et les impressionnantes falaises granitiques qui dominent le village portuaire de Saint-Piran. Là, une paire de digues s'avance vers le large, à la façon de bras protecteurs cherchant à repousser l'océan de l'étroite bande de constructions chaulées qui borde le quai. Quand les sauveteurs apparurent au détour du cap, cet équipage, qui progressait clopin-clopant de part et d'autre d'un corps en position de gisant, attira aussitôt l'attention des villageois jouissant d'une vue sur le port. Casey Limber, le ramardeur, fut le premier à les apercevoir, tombant sur eux alors qu'il longeait la digue en direction de la plage. Sans tarder, accoururent à leur tour Jessie Higgs, l'épicière, Daniel et Samuel Robins, les pêcheurs, Jacob Anderssen, l'aubergiste et patron du Petrel Inn, deux des jeunes filles préposées à l'emballage du poisson, le capitaine O'Shea, l'officier de port, Polly Hocking la femme du vicaire, Martha Fishburne l'institutrice, et, s'il faut accorder foi aux récits, une bonne dizaine d'autres.

« Qui est-ce ? » Ils étaient nombreux à pousser ce cri étranglé, redoutant que le corps rejeté par la mer fût celui d'un amant, d'un frère, d'un cousin, d'un fils.

« Nous n'en savons rien, répondit Jeremy.

— Un étranger, alors.

— Tout porte à le croire. »

Fermant la marche des brancardiers, le vieux Garrow agitait sa canne d'une main et sa pipe de l'autre. « C'est un présage que j'vous dis ! Un mauvais augure. »

Avides d'un surcroît d'informations, les villageois focalisèrent leur attention sur lui. « C'était une baleine ! leur affirma-t-il en gesticulant de plus belle. Elle est sortie des eaux comme le diable des entrailles de la terre. Plus grosse qu'une maison, qu'elle était ! Plus grosse qu'un pâté de maisons. »

Le compte-rendu était déroutant. « Qu'est-ce que tu nous chantes, l'ancêtre ? lança quelqu'un. C'est pas une baleine. C'est un homme.

— Un bel homme, précisa quelqu'un d'autre – peut-être bien Polly Hocking, l'épouse du vicaire.

— Une BALEINE, que j'vous dis ! s'énerva le vieux pêcheur. Je l'ai vue. Elle est sortie de la mer, et elle m'a fixé de son œil. »

Cette révélation fut accueillie avec suspicion par la foule rassemblée sur le quai.

« Vous étiez bien trop loin », protesta Kenny Kennet. Maintenant que la conversation butait sur ce point particulier, il voulait veiller à ce que personne ne néglige l'importance de son rôle. « Moi j'étais à deux pas d'elle.

— Je l'ai vue d'aussi près que je te vois, s'entêta le vieux Garrow.

— S'il vous plaît, pouvons-nous emmener cet homme chez le médecin ? s'impatienta Aminata.

— Voilà, voilà, laissez-moi vous aider. » Le jeune Casey Limber s'avança pour soulager Charity de sa part du fardeau, mais la force de ses bras était telle qu'il souleva entièrement l'homme inconscient et le transporta sans l'aide de personne.

Dans son sillage, la foule, dont les rangs n'avaient cessé de s'étoffer, longea l'entrepôt portuaire, dépassa les hangars de pêcheurs en bordure du quai, traversa la placette et entama l'ascension d'une étroite rue pavée, jusqu'à une petite maison mitoyenne, dont ils furent nombreux à vouloir franchir coûte que coûte la porte. « Êtes-vous souffrante ? lança avec autorité Jeremy à Mme Penroth, la femme du pêcheur de homards. Non ? Alors, attendez dehors, je vous prie. »

La porte de la maison de Fish Street se referma, et la cohorte de curieux fut laissée à la rue et à ses spéculations.

# 2

# Le plus riquiqui des orteils

« Un pays n'est rien de plus qu'un corps, expliquait Martha Fishburne aux enfants de l'école primaire de Saint-Piran. Vous avez les grandes villes, qui sont le cœur, les poumons et le cerveau. Et aussi les yeux, la bouche et les oreilles. Ce sont elles qui parlent et qui pensent. Partant de là, il y a les routes et les chemins de fer : ce sont les artères et les veines, qui leur apportent tout ce qu'il leur faut pour se nourrir. Et puis, il y a toutes les petites villes et les villages : ils forment le squelette qui permet au pays de tenir debout. Les fermes et les usines, ce sont les muscles ; elles font tout le travail. Ce sont les gros bras, en charge du gros œuvre.

— Et nous ? demandaient les enfants. Et Saint-Piran ?

— Nous, nous ne sommes guère plus qu'un petit bouton au bout du bout du plus riquiqui des orteils, leur répondait Martha. Nous, personne ne nous rend visite, personne ne nous voit, ni même ne pense à nous. » Elle fixait les enfants, du plus âgé au plus jeune, du regard le plus sévère dont elle était capable, puis laissait éclater un immense sourire. « Et ça nous convient très bien. »

Il pourrait s'avérer ardu d'expliquer à un étranger où, précisément, et même approximativement, trouver Saint-Piran. Situé en bord de mer, à l'extrémité d'un cap, le village se résume à une couvée de maisons étroites et blotties les unes contre les autres, accrochée à flanc de colline, écrasée au plus près du coude de la sente qui descend au port. C'est vraiment tout petit, plus un hameau qu'un village qui contemple le large et tourne résolument le dos au doigt trapu de terre ferme qui lui sert d'ancrage. Une seule et unique route descend jusqu'à lui. Comment pourrait-il y en avoir davantage ? La même, en toute logique, en repart, et il est absurdement facile de rater son embranchement. Il y avait un panneau, autrefois, sur le bas-côté de l'axe reliant Treadangel à Penzance, juste avant un mauvais virage, tout en haut d'une colline. *Saint-Piran 3 ½ miles*, indiquait-il, mais il faut croire que l'information était mensongère puisqu'on l'avait repeint pour annoncer cette fois : *Saint-Piran*

*4 miles*. Une autre main, plus tard, avait apporté une nouvelle correction : *Saint-Piran 4 ¼ miles*. Plus tard encore, le panneau avait tout bonnement disparu ; volé, assuraient certains, pour la ferraille.

À ce que chacun pouvait en juger, cette disparition n'avait eu aucune répercussion sur le quotidien du village. Rares, même, furent les habitants à la remarquer. Seuls les vacanciers les plus intrépides poussaient leur périple aussi loin ; la plupart préférait les grandes plages de surf de Newquay, ou les ports de pêche plus pittoresques de Looe, Mevagissey ou Fowey. Ceux qui réussissaient à rallier Saint-Piran, pour louer une des maisonnettes perchées sur la falaise ou une chambre au Bed & Breakfast de Hedra et Moses Penhallow, ceux-là avaient sacrément de la suite dans les idées. Ils faisaient une arrivée triomphale sur le port et descendaient de voiture en brandissant leur carte routière, exténués mais fiers de leur exploit : « On vous a trouvés ! exultaient-ils. On vous a trouvés ! »

Aux yeux de ces visiteurs aventureux, la prouesse ne tenait apparemment pas aux centaines de kilomètres d'autoroute qu'il leur avait fallu parcourir, ni même aux deux heures et demie de trajet entre Exeter et les orteils de la Cornouailles. Non – le grand fait d'arme, c'était ces 4 ¼ miles d'étroits lacets qui, passé l'embranchement, descendaient jusqu'au littoral. Étaient-ils vraiment sur la bonne route ? Les haies sont terriblement hautes, dans ce coin de la Cornouailles, si bien que lorsqu'on croit parvenir enfin au sommet de la colline et découvrir le village en contrebas, la route repique vers le creux d'un autre vallon, ou épouse une énième courbe. Peu après l'embranchement, elle se rétrécit en une seule voie. C'est là, à l'entrée de la ferme de Bevis Magwith, que plus d'un touriste renonçait et opérait un demi-tour. Ceux qui persévéraient devaient encore parcourir presque cinq kilomètres sans jamais croiser le moindre semblant de panneau indicateur, ou de bienvenue, ni même entrapercevoir au loin un clocher d'église.

Rien d'étonnant, donc, à ce que les habitants de Saint-Piran eussent depuis longtemps abandonné tout espoir de gagner leur vie grâce aux touristes. Si l'on excepte le B&B avec vue sur le port des Penhallow, la petite plage rocailleuse et les contestables œuvres d'art de Kenny Kennet, il n'y avait pas grand-chose pour les attirer. Se garer pouvait virer au parcours du combattant ; le parking à horodateur, sur le quai, ne disposait que de six places et, souvent, les estivants de passage se voyaient contraints de rebrousser chemin jusqu'à Treadangel sans même avoir pu descendre de voiture. L'épicerie, unique boutique du village, ne vendait guère plus qu'une sélection de produits basiques, faute de place pour les cartes postales, les maillots de bain ou les souvenirs. L'auberge était sombre, exiguë, carrément dissuasive. Le village ne proposait pas de promenade en mer, on n'y trouvait ni minigolf, ni restaurant, ni même un café digne de ce nom. Hedra et Moses Penhallow avaient beau promettre « thés et cafés au lait », leur petite salle, avec ses rideaux en filet défraîchis et ses décorations italiennes de pacotille, réussissait à rebuter le chaland même au plus fort de l'été.

Le jour où Kenny Kennet vit la baleine, où l'homme nu s'échoua sur la plage, une voiture esseulée était garée sur le parking. Un coupé Mercedes blanc. Verrouillé. Jeremy Melon jeta un œil à l'intérieur. « Rien, annonça-t-il à Polly Hocking, la femme du vicaire.

— Que cherchez-vous ?

— Je ne sais pas. » Il se redressa. « Quelque indice susceptible de nous renseigner sur son propriétaire ?

— Vous pensez qu'elle pourrait être à lui ? À l'homme de la plage ? »

Jeremy opina. « Comment serait-il arrivé jusqu'ici, sinon ?

— Peut-être a-t-il été fauché du pont d'un bateau, suggéra Polly Hocking, qui possédait un vrai talent pour la dramatisation.

— Peut-être... » Jeremy tenta d'ouvrir le coffre. « Ou alors, il est arrivé ici tôt ce matin, en voiture, il est parti se balader, a décidé de piquer une tête, s'est fait prendre par la marée...

— Nu comme un ver ?

— Ce ne serait pas une première. Il avait peut-être oublié son maillot.

— Devrait-on prévenir la police ?

— Peut-être bien… » Jeremy se retourna pour regarder en direction du port. « Ne nous précipitons pas. Attendons plutôt qu'il reprenne connaissance.

— Son ticket de parking va bientôt expirer », observa Polly.

Jeremy haussa les épaules. « Quand, pour la dernière fois, avons-nous vu un contractuel à Saint-Piran ? »

Tout au bout de la digue, là où commence le brise-lames, invisible depuis le village, Charity Cloke s'était assise sur le sable, dos calé contre la roche, indifférente à l'humidité. Casey Limber avait pris place à ses côtés. Ils évitaient mutuellement de se regarder. Au lieu de cela, ils scrutaient les gros rouleaux et les plongeons des goélands argentés.

Pourquoi Casey Limber se trouvait-il aux abords du cap ce matin-là ? Il n'avait rien à y faire, sauf s'il cherchait Charity Cloke – et certains affirment que c'était le cas, même si l'intéressé, encore à ce jour, dément. Quelques-uns prétendent que le ramardeur suivait Charity, quitte à laisser entendre qu'il la traquait. L'explication la plus juste pourrait être que Casey espérait croiser par hasard Charity dans la crique, à l'écart du village. Cela lui offrirait l'occasion de soulever poliment sa casquette en saluant la jeune fille d'un « Bonjour ! » plein d'entrain, d'échanger quelques mots avec elle et, une chose en entraînant une autre, qui sait où tout ça pourrait les mener ? On reconnaît bien là le genre de plan que les jeunes hommes peuvent échafauder pour aborder les filles, surtout les floraisons tardives, surtout celles qui sont aussi blondes que Charity Cloke. De fait, le hasard fut généreux ; et même si ce n'était pas exactement le rendez-vous que Casey aurait pu planifier ou imaginer, une chose en entraînant une autre, on peut dire que l'issue fut somme toute positive pour Casey – autant que pour Charity. Nous sommes les artisans de notre propre destin, selon la formule de Martha Fishburne.

« Quelle drôle de journée », observa Casey. Ils étaient assis si près l'un de l'autre qu'il s'imaginait entendre les battements de cœur de Charity.

Que se passe-t-il dans l'esprit d'une jeune fille telle que Charity Cloke ? Il est possible que Casey ait déploré de ne pouvoir lire dans ses pensées ou, au moins, de déchiffrer son expression.

« Allons nous promener », avait-il proposé en ressortant de chez le docteur et, au lieu de baisser le regard et de secouer la tête comme elle aurait pu le faire la veille encore, Charity avait acquiescé. Ils avaient donc longé le quai, le caniche de la jeune fille sur les talons, et leurs pas les avaient menés là, au pied de la digue, d'où ils observaient maintenant le mouvement syncopé des vagues et des embruns contre les rochers.

« Vous croyez qu'il va s'en sortir ? demanda Charity.

— On a fait tout ce qu'on pouvait. Il est en de bonnes mains. S'il peut être remis sur pied, le Dr Books s'en chargera.

— Ce n'est plus un vrai docteur.

— Bien sûr que si. Il est à la retraite, c'est tout. Ça ne veut pas dire qu'il ne saura pas quoi faire.

— Vous croyez que quelqu'un a appelé l'ambulance ?

— Peut-être. » Casey étendit ses longues jambes. « La dernière fois qu'on l'a fait venir, c'est quand Dorothy Restorick a eu son bébé.

— Je m'en souviens. » Charity sourit.

— Elle a mis quatre heures à arriver jusqu'ici.

— Cinq, d'après certains.

— Et quand elle est arrivée, le bébé était sevré. »

Ils éclatèrent de rire et chacun tourna un instant la tête pour intercepter le regard de l'autre.

Il était plus âgé qu'elle, mais guère plus. Originaire de Port Nevis, sur la péninsule du Roscland, il avait ramardé des filets à Mousehole et dansé avec des filles sur la plage de Newquay, où les garçons sont à peine vêtus et les filles moins encore. Maintenant, il vivait à Saint-Piran, seul, dans les deux petites pièces au-dessus de la capitainerie. Son père continuait de remailler des filets à Port Nevis mais, dans un si petit village, la demande était insuffisante pour faire vivre deux adultes. Et Casey Limber, grand et efflanqué comme un jeune épicéa, avec ses sourcils bruns d'Ibère et son baratin subtil, se retrouvait donc à Saint-Piran, livré à lui-même.

« Aviez-vous déjà vu un homme comme ça ? lui demanda Charity.

— Comme quoi ? » La malice était en embuscade sous la question.

« Échoué sur une plage », précisa-t-elle, sans pouvoir toutefois réprimer son sourire.

Quand il l'embrassa, ce fut sans préméditation aucune. Cela n'arriva pas parce qu'il s'était trop rapproché d'elle, ou avait glissé un bras autour de sa taille. Cela évoqua plutôt la descente en piqué d'un puffin dans la houle, une attraction magnétique, comme si la gravité, en même temps qu'elle le précipitait contre la jeune fille, attirait vers lui son visage. La vision inattendue de Priape, sur la plage, avait-elle éveillé quelque chose en elle ? Leurs lèvres se rencontrèrent, et quand Charity inspira, ce fut l'haleine sucrée du ramardeur qui vint emplir ses poumons.

Si peu de temps avait passé depuis l'arrivée de l'homme nu, depuis que Kenny Kennet avait vu la baleine. Et pourtant, des changements étaient déjà à l'œuvre. Charity en avait conscience, en inspirant l'essence de Casey Limber. Elle savait que, si on était encore hier, elle ne serait pas en train de succomber à Casey Limber, sous les jeunes branches de l'épicéa. Elle ne sentirait pas l'humidité du sable traverser son tablier et remonter jusque dans son dos. Mais hier n'était pas aujourd'hui.

« Gardez-vous d'être troublés, car il faut que ces choses arrivent », aurait dit le révérend Alvin Hocking.

L'image de l'homme, sa chair blême et meurtrie, ruisselante, glacée, et son érection tel un mât braqué en direction des falaises, s'imposa à elle. « Ne soyez pas gênée », avait dit le Dr Books. Charity l'avait-elle été ? Non, estimait-elle. Elle connaissait les mécanismes du corps humain. Elle avait un petit frère de quinze ans à peine, et elle l'avait vu sous toutes les coutures.

Peut-être pas celle-là, cela dit.

« Car il faut que ces choses arrivent », chuchota-t-elle tandis que la langue de Casey Limber commençait à explorer ses lèvres.

Le jeune homme s'écarta et la dévisagea.

« Chaque jour est un nouveau jour, reprit-elle. Je ne sais pas si je le savais vraiment, avant.

— Évidemment, dit-il et il recommença à l'embrasser.

— Mais ce jour l'est encore plus que tous les autres. Il nous faut un autre mot pour le décrire.

— Que dirais-tu de parfait ? murmura-t-il.

— Non, ce n'est pas le mot juste. » Elle s'allongea sur le sable, ses dernières résistances évanouies, et elle lui rendit son baiser. « Mais il fera l'affaire. »

# 3

## C'est toujours un bon début

« La première chose que vous devriez savoir, c'est que je ne suis pas un vrai médecin. »

Il était allongé entre des draps propres, au sec, au chaud.

« Enfin, si, je suis médecin. Simplement, je ne pratique plus. »

Ses paupières étaient collées ; il s'efforça de les ouvrir, tout en tournant la tête pour tenter de localiser l'origine de la voix.

« Je ne m'acquitte ici que de mon devoir d'être humain envers un de mes semblables. Je ne suis tenu par aucun contrat. Je ne suis pas inscrit à l'ordre des médecins. Si cela ne vous convient pas, libre à vous de vous en aller. »

Dans l'angle de la pièce, près de la porte, il distingua une silhouette, floue.

« Dieu sait qu'il est impossible de prendre sa retraite, quand on vit dans un endroit pareil. Les confrères de Truro me serinent que je devrais tout simplement refuser de recevoir les gens. Un de ces jours, me disent-ils, un sale type, un ingrat me poursuivra en justice, et ça me conduira droit… bah – à l'hospice, j'imagine. Donc, évidemment, je décrète que je vais arrêter de recevoir des patients. Et là, patatras – débarque un malheureux avec un clou dans le pied, ou une arête en travers de la gorge. Et je fais quoi, moi ? Et le serment d'Hippocrate, alors ? La mer rejette un pauvre hère en hypothermie, plus mort que vif, et je suis censé faire quoi, hein ? »

La silhouette se tut un instant pour tirer avec concentration sur un court cigare, puis elle recracha un nuage de fumée en toussant. « Donc, si vous tenez à un vrai docteur, vous allez devoir décoller votre arrière-train de ce lit douillet et vous traîner jusqu'à Truro où les médecins, ne vous en déplaise, vous achèveront. » L'extrémité incandescente du cigare rougeoyait de nouveau. « C'est en général ce qu'ils font. »

Joe Haak battit des paupières. Où était-il ? À qui appartenait ce lit ? Il tenta de faire le point sur l'homme qui parlait, mais l'effort infligea une insupportable douleur à ses yeux. Il les referma en grimaçant.

« Alors ? Vous décidez quoi ? Vous tentez votre chance avec le toubib de campagne, ou vous préférez crapahuter jusqu'à l'embranchement pour attraper le 23, en espérant que le bus arrivera à Truro avant qu'ils aient tous plié boutique ?

— Où suis-je ?

— Bonne question. Très bonne question. Souhaitez-vous des coordonnées géographiques ? Ou bien un code postal suffira-t-il ?

— Un nom pourrait faire l'affaire. » Joe essaya de se remémorer les événements de la veille. Le trajet en voiture. Long. La baignade. Son nom, sorti d'un chapeau. Quel chapeau ? Il essaya de se redresser, mais ses muscles étaient ridiculement faibles.

« Mon nom à moi ? Ou celui de ce bled paumé ? » Le médecin qui n'en était plus vraiment un tira encore une fois sur son cigare puis l'écrasa dans une coupelle en verre. « Je m'appelle Books. Mallory Books. Dr Books, devrais-je dire mais si je le faisais, vous pourriez m'intenter un procès.

— Pourquoi vous intenterais-je un procès ? » Joe avait l'impression que sa langue avait démesurément enflé et la question ressemblait davantage à un magma de sons. Son interlocuteur pouvait-il comprendre ce qu'il disait ? Lui-même en aurait été incapable. Il réessaya d'ouvrir les yeux. S'il parvenait à les garder ne serait-ce qu'entrouverts, peut-être les picotements s'atténueraient-ils ?

« Allez savoir. » Visiblement, le docteur avait l'ouïe fine. « Pour vous avoir empêché de mourir, peut-être ? Tout le monde n'accueille pas à bras ouverts cet état béni des dieux que nous appelons la vie.

— Ah. » Joe se laissa retomber contre les oreillers. Il était vivant, donc. Cette révélation s'accompagna d'un élan de soulagement inattendu. « Vous m'avez… empêché de mourir ?… Vraiment ?

— Moi et quelques autres. Il semblerait que vous deviez la vie à une jeune fille prénommée Charity, à une infirmière répondant au nom d'Aminata et à quelques porteurs de bonne volonté. Moi, je n'ai fait que vous réchauffer.

— Merci. » Joe referma les yeux et se sentit, brièvement, partir à la dérive. Une voix résonna dans sa tête : *On a tiré au sort. Et c'est toi, mon vieux. C'est toi.*

Quand il se ressaisit, le docteur avait disparu. Il s'endormit.

« J'ai pensé que vous voudriez peut-être manger un bout. Un peu de soupe ? Asseyez-vous. Ça va vous requinquer.

— Merci. » Cette fois, se redresser lui réclama moins d'efforts ; sa langue semblait avoir dégonflé et retrouvé un volume normal. « Où suis-je ?

— N'avons-nous pas déjà abordé cette question ?

— Ah bon ? Je ne me souviens pas de la réponse.

— Très peu de gens s'en souviennent. » Le docteur fit glisser un plateau sur le lit. De la soupe chaude, et un mug de thé.

Joe empoigna le mug et le vida en cinq ou six gorgées. Pourquoi était-il aussi assoiffé ? Il s'attaqua à la soupe. Lorsqu'il releva la tête, les démangeaisons sous ses paupières avaient cessé. « Alors… où suis-je ? » redemanda-t-il.

Le docteur s'installa dans un fauteuil à oreilles. « Voilà ce qu'on va faire, dit-il. Je vous échange une réponse à cette question contre une réponse à une des miennes.

— D'accord.

— Pouvez-vous m'expliquer ce que vous fabriquiez sur la plage en tenue d'Adam ? Et à cette époque de l'année, morbleu ! »

En tenue d'Adam ? Joe se sentit soudain gêné. Se déshabiller avait paru presque naturel, sur le moment. Hardi, peut-être, mais choquant… L'océan était sombre, la plage déserte. La morsure de l'eau glacée – voilà ce qui avait été le plus choquant. « Je ne sais pas trop.

— En ce cas, et si nous essayions celle-ci : qui êtes-vous ? Et d'où venez-vous ? »

*On a tiré au sort, vieux*, disait la voix. *Et c'est toi qui vas porter le chapeau.*

Joe sentit son pouls accélérer.

« Qui êtes-vous ? redemanda le docteur.

— Qui suis-je ? » murmura-t-il en écho. Voulait-il seulement répondre à cette question ?

*La police a localisé l'homme dans un petit village de Cornouailles.* La voix d'un journaliste, cette fois. *Il s'est démasqué en déclinant son identité auprès d'un médecin, qui a aussitôt alerté les autorités.*

« Quel est votre nom ? » Le docteur sortit d'une poche intérieure de sa veste un stylo plume et un calepin à la reliure de cuir. « Je vais le noter.

— Suis-je obligé de répondre ?

— C'est toujours un bon début. C'est ce qu'on m'a appris, à la faculté. Établir l'identité de votre patient. Non que vous soyez mon patient, naturellement. Je ne suis qu'un citoyen ordinaire, qui vous rend un service. Donc… votre nom ? »

Il aurait été si simple de le lui indiquer. Ce n'était jamais qu'un nom, après tout. Une combinaison de lettres – J, O, E. Il pourrait peut-être ainsi couper court à cette conversation.

« Celle-là, c'était la question la plus facile. Les autres se corsent. » Le docteur tambourina sur son calepin avec le stylo. « Vous êtes anglais, c'est déjà ça d'acquis. Ou bien devrais-je dire britannique ? Un des gars pensait que vous pourriez être un étranger, tombé d'un pétrolier, ou que sais-je.

— Un pétrolier ?

— Ou autre – mais ce n'est pas le cas. Donc… nom ? »

Joe tenta de bredouiller une réponse, sans succès. Sa langue recommençait à enfler, lui sembla-t-il. Il pouvait inventer un nom, bien sûr, mais cela exigerait un effort d'imagination.

« Vous ignorez votre nom ? » Une pointe d'impatience perçait à présent.

Quel nom serait crédible ? John Smith ? Non, trop évident, même s'il avait connu deux John Smith, à la banque dans laquelle il travaillait. Comment ces deux-là s'en tireraient-ils, en pareilles circonstances ? Leur faudrait-il inventer une identité plus vraisemblable ? Bon – trancher ce dilemme ne l'aiderait en rien à s'extraire, lui, de sa délicate situation. Un nom s'imposa à lui : Merkin Muffley. Le docteur reconnaîtrait-il la référence cinématographique ? Possible. Des noms, ce n'était pas ce qui manquait, mais aucun ne lui venait à l'esprit. Le traumatisme en avait-il condamné l'accès ? À moins que ce ne soit l'inconfort que lui inspirait la seule idée de dissimulation qui fasse barrage ? Joe Haak n'était pas un jeune homme fallacieux ; l'insincérité n'était pas dans sa nature. Cela tenait sans doute à un résidu de morale luthérienne inculquée par son Danois de père. Ou à la philosophie hippie, bien plus avenante, transmise par sa mère. Mais dans un cas comme dans l'autre, il y avait eu intervention d'un censeur mental.

« Savez-vous d'où vous venez ? »

D'où venons-nous, tous autant que nous sommes ? Le sujet réclamait réflexion. Puisque Joe était dans l'incapacité de mentir à ce médecin, peut-être pourrait-il fermer les yeux et attendre que cet interrogatoire se passe ?

Le docteur reposa son stylo avec un soupir. « Amnésie, donc. C'est de ça qu'il s'agit ? »

Amnésique – ce serait merveilleux. *C'est toi qui vas porter le chapeau, mon vieux.* Quel bonheur ce serait d'oublier à jamais ces mots. « Amnésie ? » répéta-t-il.

Le docteur entendit là une affirmation. « Je vois. Eh bien, laissez-moi vous dire une chose, monsieur Jason Bourne, ou qui que vous prétendiez être. Vous avez lu trop de livres ; et vu trop de films. L'amnésie est une invention de romancier. Cela n'existe pas – pas au sens où vous l'imaginez. Personne ne se réveille un beau matin en ayant oublié son nom. Ceux qui vous soutiennent le contraire mentent. Des lésions cérébrales sévères peuvent causer de très sérieux dégâts dans la mémoire humaine mais, à part quelques égratignures et quelques bleus, votre corps et votre cerveau me semblent être fort heureusement intacts. Je ne crois pas une seule seconde que vous souffriez d'amnésie, monsieur le Surfeur Nu. Donc, je vais reposer ma question. » Le Dr Books renifla et saisit son stylo. « Sommes-nous prêts ? »

Joe rouvrit les yeux.

« Si vous le voulez bien, nous allons commencer par une question à laquelle vous répondrez par oui ou par non – d'accord ? Connaissez-vous votre nom ? »

Joe hocha timidement la tête.

« Excellent. Allez-vous me le dire ?

— Je suppose que je n'ai pas le choix.

— Bien. Un conseil : si vous voulez continuer de vous régaler de ma soupe, arrêtez de jouer au plus fin avec moi. Est-ce votre voiture qui se trouve dans le parking ? La blanche ?

— Oui.

— Où sont les clés ?

— Je ne sais pas. Quelque part au fond de la mer. Dans le ventre de la baleine. Allez savoir. »

Books gloussa. « Donc, il y avait bien une baleine ! Et nous qui pensions que Kenny avait tout inventé. » Il se leva.

« Joe. Je m'appelle Joe. » Il tendit la main, et le docteur la serra.

« Ravi de faire votre connaissance, Joe. Allez-vous me dire d'où vous venez ? Et ce que vous fabriquiez sur la plage ? »

Joe poussa un long soupir. « Vous a-t-on également appris à harceler vos patients, à la faculté ? Avez-vous besoin de tout savoir ? Ne pouvons-nous pas conserver quelques secrets par-devers nous ?

— Pour être franc, j'ai quasiment tout oublié de ce qu'on m'a enseigné à la faculté, répondit Books. C'était il y a si longtemps. » Il nota le prénom dans son calepin – Joe. « Cela vaut-il la peine de s'enquérir d'un nom de famille ? Non ? Très bien. Je ne vais pas vous appeler “Joe Doe*”, ce serait idiot. On se contentera donc de Joe Soap**. » Il en prit bonne note et referma son calepin d’un coup sec. « Il se pourrait que ce soient les notes les plus succinctes que j’aie jamais consignées dans un dossier médical. » Il débarrassa l’assiette de soupe et la tasse de thé. « Je vous reçois chez moi. Gracieusement, pour ce soir. À compter de demain, je commencerai à facturer – dix livres par jour. La soupe ne sera pas incluse. Ni le thé. Faisons-nous affaire ? »

Joe opina. « Oui, je pense.

— J’ai quelques vêtements dans lesquels je ne rentre plus. Je vous les descendrai.

— Merci. »

Un silence confortable s’installa entre eux. « La City, lâcha Joe après un moment.

— Pardon ?

— Vous me demandiez d’où je viens. Je viens de la ville.

— De Penzance ? »

Joe éclata de rire. « Non. De Londres.

— Aah, celle-là.

— Et je m’appelle Haak. Joe Haak.

---

* John Doe : dans les administrations, désigne par convention une personne non identifiée – l’équivalent de Monsieur X.

** Joe Soap : désigne une personne jugée bête et faisant office de bouc émissaire.

— Je vois. » Le Dr Books le laissa seul un moment, puis réapparut. « Et si j'allais chercher un gâteau de riz ? proposa-t-il. En boîte.

— Avec grand plaisir. »

# 4

# Un rorqual gros comme ça

En sortant de chez le Dr Books, en ce matin gris d'automne, le lendemain de sa fort peu conventionnelle arrivée à Saint-Piran, Joe fut rapidement frappé par un phénomène de dissonance, une distorsion déconcertante du réel, comme si, dans ce village, le principe de gravité ou la composition des gaz atmosphériques n'opéraient pas comme ailleurs. Se pouvait-il que le bref coma dont il avait émergé ait bousculé les centres d'équilibre dans son cerveau ? Il avait l'impression de faire une première incursion dans un monde extraterrestre. Qu'il est étrange qu'un lieu possède une vibration, songea-t-il. Il avait entendu des architectes discuter de l'atmosphère d'un lieu, comme si quelque alchimie dans le sol ou une confluence de lignes de force pouvaient conférer à un site des propriétés mystiques. Une sorte de feng shui géographique. Joe avait toujours jugé cette idée farfelue mais quelque chose, dans ce village confortablement niché au creux de cette anse, à flanc de colline, paraissait accréditer ces croyances. Les rues tortueuses et les murs en granit faisaient écho aux contours naturels des falaises. On aurait d'ailleurs eu du mal à imaginer ce paysage sans ce village, tant ses constructions basses et ses toits d'ardoise semblaient constitutifs de la géologie locale, comme sculptés à même la roche par la mer et le vent.

Joe n'avait fait que quelques pas et, déjà, sa boussole interne cherchait ses repères. Il n'y avait aucun bruit de circulation. On n'entendait pas le bourdonnement d'un millier de moteurs, ni de crissement d'engrenages, ni de klaxons. Ce n'était pourtant pas silencieux non plus. Des mouettes étaient perchées sur les toits et ces sentinelles aériennes balisaient le paysage de leurs criaillements. Il y avait le fracas de l'océan, le roulis de la houle et le souffle têtu du vent. On entendait, quelque part, claquer des toiles et des cordages chahutés par la brise. Joe inspira à pleins poumons et reconnut le parfum de l'Atlantique, ses odeurs d'iode, de sable mouillé, d'algues et d'écailles de poisson. S'il existait une recette pour dissoudre l'anxiété, ce village semblait la posséder. Joe entreprit de descendre vers le port et se sentit comme vivifié. Un besoin urgent d'explorer les lieux, de descendre sur la grève, de sentir crisser des galets sous ses pieds s'empara de lui. Peut-être pourrait-il retrouver ses vêtements, son portefeuille, ses clés de voiture ; et l'endroit précis d'où il s'était enfoncé aussi obstinément dans les vagues glacées.

Saint-Piran offrait une physionomie très différente en plein jour. La veille, quand le village était apparu au bout d'une petite route secondaire tortueuse, Joe n'avait que vaguement distingué, à la lueur blafarde des phares, le cordon grisâtre de maisons, sans la moindre fenêtre éclairée pour lui souhaiter la bienvenue. La route ne menant pas plus loin, il s'était arrêté sur le quai. Il était cinq heures moins le quart. Assis dans la voiture, il avait écouté pendant un moment le grondement de l'océan, et humé ces odeurs. Saint-Piran lui avait alors fait l'effet d'un lieu désolé, perclus de solitude, ses pierres suintant un concentré du désespoir du monde ; l'avant-poste le plus reculé d'un empire de mélancolie. Les rochers de granit, le long du quai, lui étaient apparus aussi seuls et abandonnés qu'il l'était lui-même. Mais avec le jour, des couleurs, des textures s'étaient affirmées : les murs chaulés des maisons, les liserés de mousse le long des pavés, les lichens jaunes nichés dans les joints, les portes bleu pâle. La rue débouchait sur une placette. Le temps n'était pas spécialement clément, ce jour-là. Il soufflait un vent tenace, ponctué des premières flagellations glaciales d'une bourrasque hivernale, et le ciel était aussi gris qu'un cuirassé. Mais quelqu'un, sur la placette, lança un « Bonjour ! » enjoué et Joe, machinalement, tourna la tête. Une femme aux mâchoires carrées, sanglée dans un tablier, lui souriait depuis le seuil d'une boutique à l'étroite devanture.

« Bonjour. »

Un sourire est contagieux et Joe sentit son visage s'éclairer lui aussi. À cette heure-ci, ils devaient tous être au travail, songea-t-il. Ses collègues. Assis en rang d'oignons à leur bureau, tassés devant leurs écrans ou bien en train de vociférer des ordres au téléphone. À supposer toutefois qu'ils aient encore un travail. À supposer qu'ils ne se soient pas heurtés à des portes verrouillées, et que l'immeuble ne grouille pas de comptables, de régulateurs et de policiers. Dans un cas comme dans l'autre, à l'heure qu'il était, tout le monde, même des gens qu'il n'avait jamais rencontrés, connaissait son nom. Peut-être le connaissait-on même ici, songea-t-il. Les nouvelles avaient-elles atteint ce village avant lui ?

Au détour de la placette se trouvait le port, et sa voiture était là, seule sur le minuscule parking à horodateur. Il essaya d'ouvrir la portière. Verrouillée. Peu importait. Où serait-il allé, s'il avait eu les clés ? Faire profil bas semblait la meilleure stratégie. Et le moment était sans doute tout indiqué pour forger quelques plans, songea-t-il. Il pourrait marcher jusqu'au bout du quai, gagner la plage, mettre de l'ordre dans ses idées et envisager la suite.

Mais, aujourd'hui, même ce plan-là paraissait hors d'atteinte.

Une femme replète, en robe à fleurs, le dépassa d'un pas pressé en lançant : « Bonjour, mon beau !

— Bonjour. » Il la regarda s'éloigner. Elle avait le visage rose et buriné. Elle lui avait adressé un signe de tête comme si elle le connaissait.

Le désespoir pouvait-il être à ce point éphémère ? Suffisait-il qu'une inconnue le salue pour balayer la sombre prémonition qui l'avait assailli en arrivant sur ce quai ? Joe inspira profondément. Il devait réfléchir. Dans un monde parfait, il aurait eu à sa disposition un tableau blanc et un assortiment de feutres de couleur. Il aurait eu à portée de main un café américain et un assortiment de viennoiseries. Il aurait pu dresser en préambule, tout en haut du tableau, la liste des problèmes, puis tracer des flèches et examiner ses différentes options. « *Quelle est la gravité de ma situation ?* » aurait-il pu écrire. Sous la question, une flèche pointée vers « extrême », une autre vers « modérée » ; cette alternative posée, il aurait pu compléter les cases options – à gauche, « Dénonce-toi à la police » ; à droite, « File ! »

Ou bien ne fuyait-il que des fantômes ? De purs produits de son imagination ?

Le sentier contournait le cap en serpentant le long d'un affleurement rocheux qui débouchait sur une bande de galets et, plus bas, de sable : la plage, qu'il avait découverte dans le noir. Il s'était assis au bord de l'eau, pour attendre les premières lueurs du jour. L'aube venue, pris d'un désir subit, il s'était déshabillé avant d'entrer dans l'océan. La douleur aiguë, au contact de l'eau très froide, avait été presque cathartique.

Les falaises n'abritaient guère du vent qui soufflait obstinément du large. Joe resserra plus étroitement les pans du vieux duffel-coat et rabattit la capuche sur sa tête. Il n'y avait personne sur la plage, à l'exception d'un glaneur, en ciré et suroît, courbé au-dessus des rochers. Joe s'avança vers la ligne de marée et contourna un long chapelet de rochers qui s'égrenait dans l'océan. Ils étaient glissants, recouverts de sel, difficiles à escalader. Joe tenta de se souvenir où précisément, la veille, il avait laissé ses vêtements ; mais, en plein jour, ce paysage, ces eaux gris acier voilées par la bruine et les embruns, n'avait rien de familier.

Un peu plus loin, au milieu d'un récif, un mouvement accrocha son regard. On aurait dit une colonne d'écume, qui jaillissait d'une grosse flaque, à deux pas de la ligne de marée. Joe se laissa glisser maladroitement au bas d'un rocher et poursuivit le long de la plage. Un souvenir frissonnait dans sa mémoire. Mais… était-ce possible ? À quelques mètres à peine du rivage ?

Y avait-il, à cet endroit, assez de fond pour une baleine ?

Elle était pourtant bien là, énorme, gigantesque, en train de se démener dans les hauts-fonds et de gifler la surface de l'eau de sa queue colossale.

Le glaneur l'avait repérée lui aussi. Joe le vit accourir vers lui en gesticulant et il s'élança à sa rencontre. La baleine, à moitié émergée, se débattait dans l'écume à grands renforts d'éclaboussures. Elle était noir et gris, rayée de blanc, et balafrée tout le long du flanc, comme si elle avait survécu à une bataille sans merci. Une pellicule trouble et rouge se diffusait dans l'eau ; le sang d'une blessure, peut-être.

« Dieu tout-puissant, c'est quoi ce machin ? »

Le glaneur au suroît jaune s'était arrêté net, comme subjugué, à quelques pas derrière Joe. « C'est une baleine. Un rorqual, sacrément costaud. »

Une grosse vague avançait vers la plage. Quand elle faucha l'animal, celui-ci lutta contre les remous à coups de queue, puis, tel un énorme baril de tôle ondulée, il fonça s'échouer, tête la première, sur le sable.

« Attention ! » Joe recula précipitamment jusque sur les galets.

La masse d'eau qui avait assailli le rivage reflua en abandonnant la baleine sur la grève. Sa tête et ses nageoires étaient ensablées ; seule sa queue continuait de s'agiter dans l'eau.

« Oh merde ! s'écria le glaneur. Oh doux Jésus ! Ce maudit machin s'est échoué. »

La réaction de Kenny Kennet, qui gagnait sa vie avec ses trouvailles de plage, était tout à son honneur. Il aurait fort bien pu considérer cette baleine comme une manne économique surgie des entrailles de l'océan. Bien au contraire, son souci immédiat était de la protéger, de l'aider à se remettre à flot.

Mais il était effrayant, cet animal colossal et plus vif que mort. Il pouvait écrabouiller un homme en un instant.

« On doit faire quelque chose, elle ne peut pas rester là », dit Joe.

Kenny le dévisageait avec une curieuse insistance. « Je vous connais, vous.

— Ah bon ?

— Je vous ai porté depuis la plage, pas plus tard qu'hier. On vous a trouvé là-bas. » D'un mouvement de tête, il indiqua le pied des falaises, plus à l'est. « On vous croyait mort.

— Vous m'avez sauvé la vie, donc ?

— En un sens. » De même qu'il n'était pas dans son caractère de voir dans la baleine une potentielle source de profit, le glaneur ne semblait rien attendre de cet étranger.

« Merci. » Joe reporta son attention sur la créature en détresse. « Il faut agir. On ne peut pas l'abandonner là. » En même temps qu'il prononçait ces mots, pourtant, il sentit l'impuissance l'étreindre. Comment secourir un animal de cette envergure ? « Je vais rester ici avec elle. Vous, allez chercher de l'aide. »

Tandis que Kenny hésitait, un puissant hoquet monta des poumons de la bête ; un jet de gouttelettes gicla de l'évent, puis le corps sembla s'affaisser et s'enliser encore plus profondément. « Non, allez-y, répondit le glaneur. Ils vous croiront plus facilement. Moi, ils vont penser que j'affabule. Ils me connaissent trop bien. »

Joe sembla tergiverser.

« Allez-y. Allez-y ! » C'était maintenant un ordre.

« Ça ne marchera jamais, observa Joe. C'est d'une armée dont nous avons besoin. Il faudra au moins cinquante hommes pour déplacer cet animal, voire une centaine.

— Vous les trouverez au village. Faites vite. La marée commencera à remonter d'ici une trentaine de minutes. »

Une soudaine rafale rabattit un rouleau vers la plage, obligeant les deux hommes à reculer précipitamment. Pour la baleine, que l'afflux d'eau souleva légèrement, la situation, un instant, parut prometteuse. Au bout du compte, la puissance de la vague ne fit que la repousser en amont et le cétacé alla se caler dans le sable, tête affaissée de côté, à quelques pas de Joe. Le jeune homme crut lire dans l'œil qui le fixait une effroyable détresse et un appel à l'aide.

Joe Haak reconnut-il ce désespoir ? Se fit-il la réflexion que, même pour une baleine, ce pouvait être un sentiment éphémère ? Lorsqu'il prendrait la parole à la fête de la Baleine, des années après ces événements, Jeremy Melon évoquerait ce moment comme un tournant dans la vie de Joe – un de ces moments, rares, où les décisions prises peuvent déterminer le cours d'une existence. « La majeure partie de la vie, dirait Jeremy, ressemble à la conduite sur autoroute. On doit avancer, bon gré mal gré. Tout ce qu'on contrôle, c'est la vitesse à laquelle on roule. Mais, de temps à autre, on croise une bretelle de sortie, et on ne dispose alors que de quelques secondes pour se décider : poursuivre, et rien ne changera ; ou bien bifurquer, et se retrouver dans une ville inconnue. Joe Haak, en l'espace d'à peine quelques jours, a emprunté plusieurs bretelles de sortie : il a tourné le dos à la banque ; il s'est jeté à l'eau ; il a décidé de sauver la baleine. Joe, dirait encore Jeremy Melon, n'était pas un procrastinateur. Joe était de ces hommes qui font des choix. Il avait fait les siens, et en assumait les conséquences. »

Était-ce aussi simple que ça ? En ce qui concerne le sauvetage de la baleine, il faut rendre à Kenny Kennet la part qui lui revient, car c'est lui qui avait pressé Joe d'agir. Quoi qu'il en soit, dans ce moment de flottement, et face à la perspective intimidante d'aller frapper aux portes closes d'un village inconnu pour lever une armée, Joe fixa l'œil de la baleine. Nous ne sommes pas si différents, elle et moi, songea-t-il. Nous sommes l'un et l'autre des mammifères. Nous respirons le même air. Nous sommes tous deux arrivés dans ce monde par un canal utérin ensanglanté, et nous bataillons pour nous accrocher coûte que coûte à ce temps fragile, éphémère, magique qu'on appelle la vie. Nous aurions pu périr de la même façon, songea-t-il encore. Sur la même plage.

« J'y vais », annonça-t-il.

# 5

# Ce poisson est déjà mort

Polly Hocking, la femme du vicaire, affirmerait plus tard que son premier souvenir de cette matinée d'automne fut sa surprise à la vue de ce jeune homme en duffel-coat (bien trop ample pour lui) qui avait déboulé sur le quai, fonçant ventre à terre vers le village en gesticulant comme un fou. Même si le vent dispersait un à un ses appels maigrelets, on voyait bien qu'il criait. Il attrapa par les épaules la première personne qu'il croisa (le hasard voulut que ce fût le vieux Garrow) et Polly assista de loin à une conversation animée. Puis, le jeune homme reprit sa course en direction du village, pendant que le vieux Garrow, avec une célérité qui ne lui ressemblait guère, s'élançait vers le cap, sans un regard en arrière.

« Que se passe-t-il donc, dehors ? » s'inquiéta Polly.

Elle se trouvait dans la petite salle du Harbour B&B, tenu par Hedra et Moses Penhallow, où elle prenait le thé avec Demelza Trevarrick. Au Harbour B&B, le thé était une option moins risquée que le café.

« Très chère, ce sera un touriste qui a perdu son chien, ou quelque histoire de ce genre. » Demelza était romancière ; elle écrivait des romans d'amour. À ses yeux, qu'un vacancier soit en train d'agiter les bras sur le quai n'inspirait rien de particulièrement dramatique. Elle continua de dissoudre rêveusement le sucre dans sa tasse.

« Tout de même, il a l'air dans un drôle d'état. » Polly se leva et alla se poster devant la fenêtre.

« Il est jeune – comme toi. Les jeunes sont toujours pressés.

— Je ne suis jamais pressée.

— Allons donc ! Tu étais mariée à dix-sept ans. Si ça ce n'est pas de l'impétuosité…

— Il vient par ici. »

Demelza arrangea sa coiffure. « Pas question que je sorte chercher un chien perdu par un temps pareil », décréta-t-elle.

Le jeune homme avait rattrapé Daniel et Samuel Robins. Après force gesticulations et index pointés, les deux pêcheurs s'élancèrent à leur tour en direction du cap.

« Se pourrait-il qu'il y ait un incendie ? demanda Polly.

— Sur la plage ? Qu'est-ce qui pourrait bien brûler ?

— Dans tous les cas, il se passe quelque chose qui les excite tous. Tu crois qu'il s'agit d'un naufrage ?

— Ma chérie, ce ne sera rien du tout. Absolument rien. Les garçons ont l'art de s'exciter pour un oui ou pour un non. » Demelza Trevarrick vivait à Saint-Piran depuis suffisamment d'années pour comprendre que la tranquillité de ce village était d'une permanence presque géologique.

« Je crois bien que c'est le jeune homme que nous avons trouvé sur la plage, dit Polly.

— Nous ? J'ignorais que c'était toi qui l'avais trouvé.

— On se comprend… »

La porte du salon de thé s'ouvrit à la volée et, depuis le seuil, le jeune homme en question, ruisselant et échevelé, annonça d'une voix haletante : « Mesdames, j'aurais bien besoin de votre aide.

— Très cher ! Alors que nous n'avons même pas été présentés !

— Il nous faut une centaine de volontaires, enchaîna Joe. Il y a une baleine sur la plage.

— Juste ciel ! » Demelza se leva sans excès de hâte. « Vous aurez de la chance si vous en dénichez vingt. Nous ne sommes pas à Penzance, ici, vous savez. »

Alerté par le remue-ménage, Moses Penhallow, le teint rubicond et la respiration sifflante, émergea de la cuisine, sanglé dans son tablier. « Une baleine ? ronchonna-t-il quand on lui eut dit de quoi il retournait. Bah ! Un marsouin, à la rigueur…

— Quoi que ce soit, nous avons besoin d'aide. » Joe avait déjà repassé la porte. « Y a-t-il des cloches, dans le village ? lança-t-il par-dessus son épaule. Ou une sirène ?

— Il y a des cloches à l'église, mais on ne les sonne plus beaucoup. Elles sont dangereuses. Allez plutôt voir le capitaine du port. » Polly Hocking indiqua du doigt une maisonnette cramponnée à flanc de falaise. « Il enverra une fusée.

— Merci.

— Nous allons rassembler d'autres volontaires. »

Saint-Piran n'abrite pas une grosse communauté. Joe l'avait appris de la bouche du Dr Books qui, sûr de son fait, avait chiffré sa population à trois cent sept âmes. « En hiver, avait-il précisé.

— Trois cent huit », avait rectifié Joe avec un sourire. Ça, c'était hier. Aujourd'hui, la perspective de devoir amadouer un tiers de ces âmes pour qu'elles consentent à mettre le nez dehors par un temps de chien était de prime abord peu encourageante. Joe grimpa deux à deux les marches de l'escalier de pierre qui menait à la capitainerie.

Le capitaine Abel O'Shea était dur d'oreille. À Saint-Piran, on disait même qu'il était sourd.

« Plus sourd qu'un pot », confirma d'ailleurs quelques jours plus tard Martha Fishburne à Joe. Le vieil homme, raide comme une sentinelle sur le seuil de sa maisonnette, écouta Joe exposer une fois de plus son histoire.

« Une quoi ?

— Une baleine.

— Une phalène ?

— Non – une baleine ! Un rorqual, énorme. » Et Joe d'écarter grand les bras pour donner au capitaine une idée de la taille de l'animal.

Un jeune homme descendit précipitamment du premier étage. « Il veut que vous envoyiez la fusée, capitaine.

— La quoi ?

— Je m'en charge. » Le jeune homme se faufila devant le vieil homme et tendit la main vers Joe. « Je m'appelle Casey Limber.

— Vous êtes un de ceux qui m'ont sauvé ?

— Je vous ai porté – sur quelques mètres.

— Merci.

— Ça va vous sembler bizarre, mais c'est à moi de vous remercier. » Casey lui décocha un large sourire. « Je vous expliquerai quand vous aurez le temps de prendre une bière à l'auberge. En attendant, je vais envoyer la fusée.

— Merci.

— C'est là qu'on emballe le poisson. » Casey lui désignait un entrepôt, en bordure du port. « Vous y trouverez deux filles. Ensuite, essayez l'école.

— L'école ? »

Casey la lui indiqua du doigt. « Demandez à Martha de faire passer le mot à tous les parents. Ce sera plus rapide.

— OK. »

Si on lâchait, disons, un jeune habitant d'une grande capitale dans un tout petit village – et *a fortiori* dans un tout petit village tel que Saint-Piran, isolé de tout, au bout du bout du plus riquiqui des orteils du pays –, on serait en droit d'attendre de la communauté une certaine méfiance naturelle, une forme d'hostilité, d'animosité, même. Un visage étranger pourrait susciter des sentiments de dissension. On pourrait pronostiquer une répugnance générale à obtempérer aux requêtes d'un inconnu. Et si ce jeune citadin cherchait à délivrer une consigne urgente – par exemple, recruter cent volontaires pour une entreprise aux yeux de beaucoup totalement farfelue, telle que sauver une baleine par un jour pluvieux et venteux –, grande serait la tentation de ne pas parier un sou sur ses chances de succès. Et pourtant, quelque chose, chez le jeune homme en duffel-coat, semblait neutraliser toute opposition. Était-ce la fraîcheur de ses traits ? Cet élan juvénile qui le propulsait de maison en maison ? Ou l'insistance avec laquelle il faisait valoir ses arguments ? Martha Fishburne, l'institutrice, dirait que c'était son sourire. Polly Hocking, la jeune épouse du vicaire, évoquerait, quant à elle, ses yeux. Jessie Higgs, l'épicière, se rappellerait avec quelle impétuosité adolescente il avait fait irruption dans son magasin et l'avait implorée du regard. « C'était un jeune homme plein d'assurance, déclarerait Jeremy Melon. Beau et fringant, ce dont il ne semblait pas avoir conscience. » Pour les habitants de Saint-Piran, Joe Haak possédait un aplomb qui démentait son âge ; et des yeux brillant d'une intensité – et d'une intelligence – propre à désarmer la petite communauté. La détonation du naufrage résonnait et soufflait encore dans ce petit amas de bâtisses qui se baptisait lui-même du titre de village que, déjà, un cortège de locaux s'acheminait vers le cap. Le processus de recrutement, amorcé par les gesticulations d'un seul homme, avait, en quelques minutes, provoqué un effet en cascade. Des villageois étaient repartis dare-dare frapper aux portes de leurs voisins. En un rien de temps, des hommes et des femmes avaient enfilé bottes et cirés et émergeaient des maisons de Harbour Hill, de Fish Street et des bungalows d'East Cliff Way. « C'était une affaire de masse critique, expliquerait plus tard Joe à Mallory Books. De la même façon qu'une seule particule, en explosant, en amorce deux autres, qui à leur tour en amorcent quatre et, en un rien de temps, on se retrouve avec un déluge exponentiel de particules. »

Pendant ce temps, sur la plage, Kenny Kennet se faisait un sang d'encre pour la baleine. L'animal s'était ratatiné ou, du moins, affaissé sous le poids de sa propre graisse. Il ne tremblait plus, ne se débattait plus ; pour tout dire, il ne bougeait plus du tout, comme résigné à son sort. Le changement de marée approchait. Le glaneur comptait, parmi ses outils, une petite pelle. Il entreprit de creuser une rigole autour de l'animal. Ce n'était pas une mince affaire. Chaque nouvelle vague venait détruire son travail, mais Kenny se disait que s'il parvenait à créer une poche d'eau sous la baleine, cela l'aiderait à glisser vers le rivage.

Le vieux Garrow arriva le premier sur les lieux, sans sa canne. « Tu peux plus rien pour elle, lança-t-il à tue-tête à Kenny. Z'ai déjà vu ça. Ce poisson est déjà mort. »

Contre toute attente, ce diagnostic incita le glaneur à creuser avec une ardeur redoublée. « Ce n'est pas un poisson.

— Bah, quoi que ce soit, il est mort.

— Aidez-moi plutôt à creuser. » Kenny lança un seau au vieux pêcheur. « Si on arrive à dégager assez de sable de sous son ventre, on pourra peut-être la remettre à flot.

— La remettre à flot, pff ! railla Garrow, qui se laissa néanmoins tomber à genoux juste à côté de la baleine et commença à remplir le seau à pleines mains. Ça marchera pas, que je te dis. »

Comme en réponse, la baleine fut secouée d'un frisson et une ride ondula le long de son flanc.

« Ça marchera pas. »

Les villageois étaient en train d'arriver, jeunes et vieux, par deux ou trois, voire en famille. On trouvait là le Dr Mallory Books, vêtu d'un vieux manteau de tweed ; Demelza Trevarrick, un peu en retrait avec son fume-cigarette, à l'affût de matériau pour son prochain roman d'amour, peut-être ; les filles qui emballaient le poisson, ravies de cette récréation ; les garçons des bateaux, heureux de participer à une aventure. Et puis les fils de la ferme Magwith ; ainsi qu'une demi-douzaine d'épouses descendues des maisons perchées tout en haut de Harbour Hill ; Dorothy Restorick, avec son bébé dans une poussette ; Martha Fishburne, l'institutrice replète au teint frais, accompagnée de cinq ou six élèves de l'école primaire ; Jacob et Romer Anderssen, les aubergistes. Le vicaire, Alvin Hocking, était venu avec Polly, sa jeune épouse. Avaient répondu présents des pêcheurs et des ouvriers agricoles, les actifs et les chômeurs, et les retraités de longue date ; Charity Cloke et Casey Limber ; le capitaine du port sourd comme un pot ; les propriétaires du B&B ; Jessie Higgs, l'épicière ; les fils Shaunessy, qui faisaient la tournée de lait et livraient le poisson à la conserverie ; Jeremy Melon, l'écrivain et naturaliste ; sans oublier les artisans du cru, et Aminata Chikelu, l'infirmière, dont la journée de travail, pour la deuxième fois en quelques jours, se concluait sur une note surréaliste.

Après un moment, il aurait été plus rapide de dresser la liste de ceux qui manquaient à l'appel ce matin-là. Si l'on excepte les adultes qui travaillaient ailleurs – à Treadangel ou à Penzance –, les adolescents qui se trouvaient au lycée, et les vieux trop cacochymes ou trop infirmes, rares furent les villageois à ne pas se transporter dans la crique pour participer au branle-bas de combat. Et si quelqu'un avait choisi cet instant précis pour visiter Saint-Piran, pour affronter les quelque sept kilomètres et demi de lacets depuis la route principale, eh bien, il aurait trouvé un village fantôme ; des portes précipitamment claquées et des commerces abandonnés, comme si une tornade avait fait place nette et soulagé les lieux de sa population. Ce qui, d'une certaine façon, était le cas.

# 6

# Personne n'aurait pu tirer aussi fort

« Le rorqual commun est la plus longue baleine au monde après la baleine bleue, exposa Jeremy Melon au public rassemblé ce soir-là à l'auberge. Et la baleine bleue est le plus gros animal qui ait jamais vécu. De tout temps. » La bière rendait Jeremy éloquent. « On rencontrera le rorqual commun dans tous les océans de la planète, enseigna-t-il encore à ses compagnons de boisson. Depuis les eaux glacées de l'Arctique jusque dans l'immensité des mers du Sud, et partout entre les deux.

— Même ici à Saint-Piran, renchérit malicieusement quelqu'un. Et même sur la terre ferme ! » La remarque suscita quelques rires.

Lorsque la foule avait afflué sur la plage, on avait craint, brièvement, que ce rassemblement ne tourne à la kermesse. La pluie, par miracle, s'était arrêtée. Personne, dans la mêlée, n'avait jamais vu de baleine – jamais, du moins, d'aussi près – et tout le monde était passablement désemparé. Kenny Kennet, sitôt face aux visages familiers de son village natal, avait bien eu conscience de perdre le contrôle des opérations. Quelques jeunes garçons s'escrimaient à vouloir pousser la baleine. D'autres villageois s'échinaient à creuser. La plupart, cependant, restaient bras ballants, ébahis, paralysés par une indécision cacophonique.

« Attendez. ARRÊTEZ ! Arrêtez-vous ! » Joe fut le premier surpris de s'entendre crier.

Aurait-il émané de n'importe qui d'autre, cet ordre serait passé inaperçu, aurait été englouti dans la frénésie générale d'instructions et de contre-ordres, mais cette voix était celle de l'étranger. Une voix inconnue, insolite.

« On n'arrivera à rien si chacun travaille de son côté. Nous devons travailler tous ensemble. »

Il y eut un murmure d'assentiment.

« Quelqu'un connaît-il précisément l'heure de la marée haute ?

— C'est dans douze minutes, lui indiqua une voix pleine d'assurance.

— Alors, voilà ce qu'on va faire, reprit Joe. On va tous creuser, pendant sept minutes, et rassembler autant d'eau qu'on le pourra sous son ventre. Comme ça, elle glissera mieux. Puis, pendant les sept minutes suivantes, on la soulèvera tous en même temps, en nous accordant sur le rythme des vagues. On va la soulever, et la pousser vers le large. D'accord ? Y a-t-il un volontaire pour tenir le chronomètre ?

— Je m'en charge ! dit un des écoliers qui avait une montre.

— Tu décomptes tout haut chaque minute jusqu'à la septième, lui indiqua Joe. Tout le monde est prêt ? Allons-y, creusons ! »

Une meute de volontaires encercla la baleine. À quatre pattes, les villageois entreprirent d'élargir la tranchée. « Quelqu'un aurait il des cordes ? demanda Joe à la cantonade. Allez les chercher. Vite ! Vous avez sept minutes. Et des bâches, également, si vous en trouvez. »

Plusieurs garçons détalèrent en direction du village.

Joe se laissa tomber à genoux pour creuser. Le flanc de la baleine se dressait au-dessus d'eux, aussi menaçant qu'une façade rocheuse criblée de bernacles, entaillé tout du long de stries profondes et parallèles, depuis le nez jusqu'à la queue. La situation aurait dû inspirer un sentiment de danger ; curieusement, ce n'était pas le cas. Joe puisa à pleines mains du sable sous le ventre de la bête, le lança par-dessus son épaule, répéta l'opération. Ces efforts semblaient pitoyables. Un des jeunes ouvriers agricoles s'activait à ses côtés. À chaque nouvelle vague, un ruban d'eau prometteur venait s'enrouler dans la tranchée ; l'entreprise n'en paraissait pas moins futile. Comment espéreraient-ils même remettre à flot un animal de cette taille ?

« Six minutes », indiqua obligeamment le jeune préposé au chronomètre. La baleine, comme pour manifester qu'elle savait son sort scellé, fut secouée d'un tremblement et lâcha un soupir par ses évents. Un chœur de cris monta de la communion des terrassiers.

L'eau était froide, et les mains se révélaient des outils inadéquats. Au décompte de la cinquième minute, Joe ne sentait plus ses doigts, mais les villageois, comme animés maintenant d'un sentiment d'urgence – de désespoir, même – ne relâchaient pas leurs efforts.

« Encouragez-les, vint chuchoter Kenny à Joe. Ils vous aiment bien.

— Allez, tout le monde, on continue de creuser ! » Une exhortation bien cruelle, quand ses propres mains se montraient si réticentes à la tâche. Tout le long de l'interminable flanc, la colonne de villageois agenouillés obtempéra.

Seule Demelza Trevarrick était restée debout. Elle parlait à la baleine, tout en lui caressant la tête. « Tiens bon. On va te sortir de là.

— Ça m'étonnerait qu'elle vous entende », observa un homme – Jeremy Melon, apprendrait plus tard Joe. « Son ouïe n'est sans doute pas à même de percevoir des sons dans l'air. Elle ne peut entendre que des vibrations sous-marines.

— Elle entend parfaitement mes vibrations – pas vrai, ma toute belle ? roucoula Demelza.

— Je vous assure que non.

— Je l'apaise.

— Vous faites du très bon travail, intervint Joe, peu désireux de voir éclater une querelle.

— Quatre minutes ! »

Qu'une poche d'eau finisse par se remplir sous le ventre du colosse n'avait rien d'impossible. Cela cependant ne suffirait pas à le remettre à flot, juste à servir de rampe de lancement vers le rivage, et le large.

« On y est presque ! cria Joe, la voix vibrante d'excitation. Continuez de creuser. » Il se redressa et fila inspecter la progression des travaux à l'autre extrémité de la baleine, où une ligne de terrassiers enthousiastes faisait voler sable et graviers. À cet endroit, la tranchée était d'ailleurs plus profonde.

« Ce côté-ci se débrouille formidablement bien ! » lança Joe. Ses mains étaient complètement engourdies lorsqu'il se laissa tomber à genoux pour creuser.

Trois minutes.

Deux.

« Attention ! » Une vague puissante déferla sur la plage, prenant tout le monde par surprise. Elle submergea la tranchée. La baleine vacilla de façon alarmante.

Joe se vit contraint de prendre une décision sans plus attendre. « Debout tout le monde ! On va pousser. »

Personne n'éleva d'objection. Transie de froid, épuisée et trempée jusqu'aux os, la petite troupe de bénévoles se mit tant bien que mal sur ses pieds. Un cri retentit au loin et, au détour du cap, apparurent quatre jeunes villageois, en train de courir, chargés d'un enchevêtrement de cordes et d'une grande voile.

« Bravo, les gars ! »

Le village s'était mué en équipe. La suite des opérations fut un exemple quasi miraculeux d'hommes travaillant de conserve avec la précision d'une colonne de fourmis. Personne n'avait besoin d'instructions. Chacun avait saisi le potentiel de la voile et des cordes ; des mains se tendirent pour attacher ces dernières aux coins de la voile, que l'on drapa autour du poitrail de la baleine, avant d'en rabattre les bords à l'intérieur de la tranchée. C'était à croire que la manœuvre avait été répétée.

« Tenez bien les cordes ! »

La recommandation était superflue.

« Maintenant, TIREZ ! » Comme un seul homme, les villageois de Saint-Piran pesèrent de tout leur poids sur les cordes. La voile se tendit étroitement contre la baleine.

« TIREZ. TIREZ. »

Se pouvait-il que tous ces efforts se soldent finalement par un échec ? La baleine refusait de glisser, ne fût-ce que d'un pouce, en direction du rivage ; son poids colossal l'ancrait trop solidement dans le sable.

« OK. On attend la prochaine belle vague. Et là, on tire tous en même temps. »

Et tous les villageois, dans un bel ensemble, de s'arcbouter sur les cordes.

« Attendez. Attendez. Attendez. » Joe essayait d'estimer la force et la hauteur des vagues. « Attendez…

— On devrait tenter le coup avec celle qui arrive, lança quelqu'un.

— Non, non, pas encore. » Joe en avait aperçu une autre, encore plus grosse, juste derrière. « Ne tirez pas – pas encore. » La vague commença à se briser et à tracer son trait d'écume le long du rivage. « Attendez mon signal. Prêts… Prêts… TIREZ. »

Plus tard ce soir-là, à l'auberge, il se raconterait qu'ils avaient, à cet instant précis, fait montre d'une force surhumaine. Et cette fable fut ressassée à l'envi, si bien que, peu à peu, nombre de villageois finirent par y croire.

« Pareille à une mère capable de soulever un tracteur pour dégager son enfant, dit l'un des fils Magwith.

— C'était un miracle, renchérit Demelza Trevarrick.

— C'est incroyable qu'on ait pu tirer aussi fort, s'émerveilla Kenny Kennet. C'était impossible. »

Et pourtant, on ne sait comment, ils l'avaient fait.

Le premier soubresaut de la baleine avait alimenté la frénésie. Les hommes tiraient si fort que les veines saillaient à leur cou, leur front. (Le soir, à l'auberge, ils compareraient leurs paumes, brûlées par le frottement de la corde.) Hommes et femmes criant à l'unisson, ils serraient les dents, bandaient muscles et tendons et tiraient, tiraient de toutes leurs forces. Et soudain, ébranlée par un spasme primordial, la baleine se mit à glisser le long de la tranchée et chacun se retrouva avec de l'eau jusqu'aux genoux.

Joe lâcha la corde et poussa de tout son poids contre le poitrail de l'animal. Sous ses doigts glacés, la peau était rugueuse mais tiède.

« Poussez ! »

Joe se retrouva aussitôt encerclé et des dizaines de mains entourèrent les siennes. Puis, d'un coup, l'eau se retira, dans un mouvement très ample, et elle entraîna la baleine qui, comme tirée d'un sommeil profond et inattendu, commença à rouler sur elle-même. Une clameur d'allégresse monta.

« Reculez ! »

La baleine était en train de s'arc-bouter et de tourniller.

« Attention ! »

Qui aurait imaginé que pareil colosse pût se mouvoir avec tant de célérité ? Il sembla d'abord s'enfoncer dans l'eau puis, d'un formidable battement de queue, vira de bord en projetant une nouvelle cascade jusque sur la plage.

« Attention ! Reculez ! »

Seul un homme, enfoncé dans l'eau jusqu'à la taille, demeura immobile, comme hypnotisé par le léviathan. Le vieux Garrow n'esquissa aucun mouvement de recul quand l'animal exécuta son demi-tour. On vit la queue se soulever, comme pour gifler avec une force monumentale et la mer et le malheureux vieillard, mais, juste avant l'impact, la baleine contrôla le mouvement avec une élégance digne d'un dauphin de cirque et sa queue fendit l'eau au ralenti – en caressant délicatement des nageoires le visage du vieux pêcheur au passage.

Puis, avec une embardée, elle s'enfonça dans les eaux sombres de la baie, sous le regard attentif du rassemblement d'hommes, de femmes et d'enfants qui pataugeaient jusqu'aux genoux dans l'écume, trempés, grelottants.

Un long sifflet d'encouragement se fit entendre, et un cri fusa : « Vas-y, fonce ! » Le léviathan n'était déjà plus qu'une ombre qui s'abîmait dans les profondeurs. Les villageois restèrent un moment à scruter la baie, s'attendant peut-être à ce qu'elle fasse demi-tour. Puis soudain, au large, bien au-delà des brisants, un puissant jet d'embruns creva la crête d'une vague.

« Ça y est, elle a mis les voiles ! » exulta Kenny Kennet. Quelqu'un poussa un cri d'allégresse ; Jeremy Melon commença à applaudir et tous l'imitèrent, saluant bruyamment leur victoire de leurs mains engourdies.

# 7

## De quoi meurent les gens ?

« Avez-vous lu quelque chose au sujet de la banque ? demanda Joe

— La banque ? Quelle banque ? lui rétorqua le Dr Books.

— Lane Kaufmann Investment Bank. En a-t-on parlé au JT ?

— Où ça ? »

Ils sirotaient une bière au bar de l'auberge. Le gros de la troupe avait regagné ses pénates et seule une dizaine de sauveteurs s'attardaient encore. Joe était attablé avec le docteur, Jeremy Melon, qui lui buvait du merlot, et Demelza Trevarrick qui, étalée de tout son long sur une banquette assez large pour accueillir trois personnes, donnait l'impression de faire partie des meubles.

« Il ne regarde jamais les nouvelles, expliqua Jeremy. Pour tout vous dire, il n'a même pas la télévision. Et il n'achète jamais un journal.

— Vraiment ? » Joe était surpris.

« Ça ne sert pas à grand-chose, ici, se justifia Books d'un ton bourru. Un politicien s'est fait pincer au plumard avec un footballeur ? La belle affaire. Au bout d'un certain temps, on finit par comprendre que ce genre d'événements ne nous affecte en rien. Et que ça n'a aucun intérêt.

— Moi, j'ai vu les nouvelles, reprit Jeremy. Mais il n'y était pas question d'une banque.

— Elle a coulé, cette banque ? demanda Books. On dirait que c'est leur lot commun, ces temps-ci. Plus rien n'est épargné, où que ce soit.

— Parce qu'on n'était pas là, ronronna Demelza en dorlotant son bloody mary. Nous, on l'aurait gardée à flot.

— Et comment ! s'exclama Jeremy, que l'idée souleva de sa chaise. On aurait creusé un sacré chenal pour la renflouer.

— C'était ma banque, dit Joe.

— Votre banque ? demanda Demelza, interloquée. Vous possédiez une banque, trésor ?

— Non, non. » Était-ce bien raisonnable d'avoir mis cette conversation sur le tapis ? Joe but une franche rasade de bière et songea à la surprenante différence de perspective entre Londres et Saint-Piran. La capitale et le village n'étaient-ils pas pourtant reliés par un ruban de goudron ?

Les soubresauts économiques de l'une ne soulevaient-ils donc pas une tempête de poussière dans l'autre ? Lorsque Londres éternuait, cette communauté ne se couvrait-elle pas, à tout le moins, le visage ? Non, apparemment. L'événement qui avait déferlé dans la City avec la puissance d'un tsunami à peine quarante-huit heures plus tôt avait, ici, à peine provoqué une ride dans la baie.

« Ce n'était pas ma banque. Pas dans ce sens-là. J'y étais employé. J'y travaillais.

— Ce qui explique la voiture, trésor.

— Nous avions une banque autrefois, à Saint-Piran, intervint Books. Et quand je dis autrefois… ça remonte. Une succursale de la Lloyds, si je me souviens bien.

— Ce devait être une agence commerciale, observa Joe. Pas une banque d'affaires.

— Vous vous souvenez du directeur ? demanda Jeremy. Qu'a-t-il bien pu devenir ? Un grand type, originaire de Truro.

— Avec un regard rêveur.

— Et des pieds en piètre état, compléta Books. Des problèmes de voûte plantaire. »

Joe but une autre gorgée de bière ; et remis, maladroitement, la conversation sur ses rails. « Bref, la banque s'appelle Lane Kaufmann, et j'y travaillais.

— Je me suis toujours méfiée des établissements qui affichent un double patronyme, assena Demelza. Deux noms, c'est une source de conflit. Un des associés a toujours tôt ou tard une dent contre l'autre. Je comprends ça, voyez-vous, car j'observe la nature humaine. Deux associés ne marchent jamais d'un même pas. C'est contraire à l'instinct. Et, au final, la haine atteint un tel degré que l'un des deux est capable de couler la boîte, juste pour contrarier l'autre. Comme Dyer et Wilson, acheva-t-elle avec un sourire.

— Les bouchers de Treadangel ?

— Vous vous souvenez de ce qui leur est arrivé ?

— Qui pourrait l'oublier ? »

Joe reposa bruyamment sa chope vide sur la table. « En tout cas, elle a fait faillite. Pour autant que je sache. Qui veut un autre verre ?

— Si vous régalez… répondit Jeremy.

— Je régale, mais c'est Mallory qui m'avance l'argent.

— Que voulez-vous ? Je ne sais pas dire non, commenta l'intéressé.

— Trésor, murmura Demelza, très chatte, en se penchant vers Joe. Je croyais que vous n'alliez jamais le proposer. »

Ce trio était-il destiné à devenir son cercle d'amis à Saint-Piran ? En deux jours à peine, Joe semblait avoir trouvé sa place dans une sorte de niche. Les composantes de sa nouvelle identité étaient déjà étiquetées sur son front : le naufragé échoué sur la plage ; l'homme qui avait sauvé la baleine ; le pensionnaire du docteur. Il avait dérivé dans le champ de gravitation de Jeremy Melon et de Demelza Trevarrick – l'un comme l'autre ses aînés d'une dizaine d'années. Jeremy, en particulier, avait endossé fort sympathiquement la responsabilité de son bien-être. Son rôle dans le sauvetage de Joe lui conférait sans doute un droit de propriété que ne pouvaient revendiquer les dizaines de ses concitoyens qui avaient participé au sauvetage de la baleine. Au terme de cette aventure, une fois la troupe repartie vaquer à ses occupations quotidiennes, Jeremy avait fait à Joe les honneurs du village et des sites dignes d'intérêt (à vrai dire très peu nombreux). Chemin faisant, ils avaient échangé des poignées de main avec tout un tas de gens ; Joe avait retenu quelques noms, et en avait oublié quantité d'autres. « Ce sera la fête ce soir, à l'auberge », avait prédit avec assurance Jeremy et effectivement, peu après le coucher du soleil, la petite auberge avait fait salle comble ; les villageois s'étaient pressés épaule contre épaule le long du comptoir, impatients de refaire connaissance avec le jeune homme qui avait chorégraphié le sauvetage de la baleine. Sitôt que Joe avait passé la porte, Jacob Anderssen, le propriétaire, un homme aux épaules carrées et arborant des favoris, lui avait collé d'office une chope de bière dans la main. « Celle-là est offerte par la maison, jeune homme ! » s'était-il exclamé. C'est ainsi que Joe Haak, en l'espace de quarante-huit heures, avait troqué sa casaque d'employé sédentaire relégué dans l'arrière salle d'une banque de la City pour celle de héros d'une communauté de quelque trois cents personnes, à des centaines de kilomètres de Londres.

Plus tard, après que la cloche eut sonné la fermeture, Joe prêta main-forte à Mallory pour gravir Fish Street et regagner ses pénates. Tout retraité qu'il fût, et depuis déjà un certain temps, le docteur semblait avoir conservé une bonne descente. Dans le petit couloir au sol carrelé, Joe aida le vieil homme à retirer son manteau.

« Je vais me servir un whisky et vous allez m'accompagner, décréta Mallory Books.

— Est-ce bien raisonnable ? »

Le docteur fit une mimique exagérée de surprise. « Vous vous faites du souci pour ma santé ?

— Non, pas spécialement. Je pensais juste que…

— Eh bien, c'est inutile. » Books s'éclipsa dans sa salle de consultation et réapparut avec une bouteille et deux verres. « Uniquement sur ordonnance, annonça-t-il en ouvrant la marche vers le salon. Clynelish, seize ans d'âge. Ça va vous plaire.

— Je ne suis pas amateur de whisky, à vrai dire.

— En ce cas, vous avez bien plus à apprendre que je ne le craignais. » Books fit sauter le bouchon avec un petit bruit mat et leur servit deux généreuses rasades. « C'est un pur malt des

Highlands du Nord. Vous ne pourriez pas rouler plus loin sans mouiller vos pneus.

— Merci. »

Ils prirent place dans des fauteuils. Le docteur fit tourner l'alcool pâle dans son verre et respira longuement son bouquet. « Essayez », dit-il.

Joe l'imita. « Il sent bon.

— Un peu qu'il sent bon. » Books but une gorgée et ferma les paupières pour savourer l'instant. « Voilà comment je vois l'affaire, commença-t-il à voix basse. Quelqu'un, à la banque Lane Kaufmann – un trader, disons – a pris une position très risquée sur… sur quelque chose ; des actions, je suppose. Et la banque a perdu énormément d'argent dans l'opération. Pour se refaire, ils ont doublé la mise sur un autre titre, et ils ont attendu, en suant à grosses gouttes, que son cours grimpe. Ou dégringole. Ou que sais-je. Mais il ne s'est rien passé.

— Donc vous lisez les nouvelles…

— J'ai une radio. Ce titre, lui aussi, s'est effondré. Ou alors un autre a grimpé, mais pas le bon. Ils ont misé sur un troisième titre. Puis un quatrième mais, apparemment, le marché n'était pas d'humeur à leur faire plaisir. Tout ce qu'ils touchaient se transformait en poussière. »

Joe opinait. « Ce n'est pas exactement ce qui s'est passé, mais c'est une histoire dans ce goût-là.

— Ce ne sont là que des suppositions. Je n'ai rien entendu concernant votre banque, mais quantité d'entre elles semblent être dans la panade, cette semaine. Vous n'êtes sans doute pas le seul à avoir pris le large. Je vous parie qu'on trouve des Mercedes garées partout dans la cambrousse. Vous êtes seulement le premier à avoir poussé aussi loin. Je vous imagine très bien en trader sans scrupule. Vous en avez le genre.

— Vous trouvez ?

— Oh oui. Vous êtes une tête brûlée.

— Absolument pas », protesta Joe. Cette description était inconciliable avec sa personnalité. « Je suis plutôt du genre à inciter à la prudence.

— Vraiment ? Alors peut-être êtes-vous simplement impétueux.

— Impétueux ? » Joe fit tourner le whisky dans son verre. Ce qualificatif l'indisposait. Que voulait-il dire, d'ailleurs ? Qu'il était imprudent ? Irréfléchi ? Téméraire ?

« Oui, vous êtes prompt à décider, et vous agissez dans la foulée.

— Est-ce un défaut ou une qualité ? »

Son hôte le sondait du regard. « Tout dépend de la qualité des décisions, je suppose.

— Je suppose que vous avez raison.

— Sauver cette baleine aurait pu s'avérer une mauvaise décision. Vous l'avez prise, néanmoins. Et vous avez mené l'opération à bien. Et, au final, c'était ce qui s'imposait. »

Joe sentait les vapeurs du Clynelish franchir ses sinus et gagner son cerveau. « Merci.

— Une chose est sûre : cette semaine, aux informations, il n'y en avait que pour les cours de la Bourse. Ils ont battu tous les records, je crois, et pas dans le bon sens. Des tas de banques ont des problèmes. Des tas d'investisseurs, aussi. Vous êtes en bonne compagnie, dirait-on. » Books but une gorgée de whisky. « Il est vraiment bon. L'avez-vous goûté ? »

Joe s'autorisa à y tremper les lèvres. La tête lui tournait déjà. Sans doute à cause de toutes les bières qu'il avait bues à l'auberge. « J'ai un peu le tournis.

— Forcément, mais où en étions-nous ? Ah, oui. Les banques. Je ne leur ai jamais totalement fait confiance. J'ai recours à leurs services – bien obligé. Mais quels intérêts les animent, selon vous ? Le nôtre – celui des clients qui leur confient leur argent ? Ou celui des dirigeants qui empochent des bonus d'un million de livres ? »

Joe garda en bouche le single malt, même si l'alcool lui mordait les gencives. Sa respiration était hachée, remarqua-t-il, comme souvent quand il buvait trop. Il devrait arrêter les frais, sur-le-champ. « Nous n'étions pas une banque commerciale. Mais c'est bien observé. »

Il avait parlé un peu trop fort. Suivit un de ces silences, nullement pesants, que seul un excellent whisky peut convoquer.

« Je me disais… reprit Joe. J'aimerais bien louer votre chambre plus durablement.

— Vous seriez le bienvenu. Le tarif est de vingt livres par jour.

— Hier, vous m'aviez annoncé dix livres !

— Hier, vous n'étiez pas un golden boy en cavale. » Le Dr Books sourit mollement. « J'ai quatre-vingt-un ans, enchaîna-t-il d'un ton égal, comme si ce coq-à-l'âne n'en était pas un. Je suis arrivé dans ce patelin en… Oh ! J'ai oublié l'année précise, mais c'était il y a plus d'un demi-siècle. Bien avant votre naissance. Bref. Il se passe une drôle de chose, quand on vit pendant cinquante ans dans la même petite communauté : on a tout loisir d'observer le cours d'une vie humaine. On voit des gens fêter leur quatre-vingtième anniversaire, et on se souvient qu'on les a connus à trente ans. On voit mourir des vieillards qu'on revoit encore à vingt ans. On voit naître des bébés, on les voit grandir puis, un beau jour, passer le cap de la cinquantaine. »

Joe opina. Le whisky accentuait son vertige.

« J'ai vu passer beaucoup de gens, dans ce village, poursuivit Books. Mais jamais, je crois, je n'ai vu un nouveau venu créer un tel choc en vingt-quatre heures comme vous l'avez fait, monsieur Joe Soap.

— Haak. Joe Haak.

— Ah oui, exact. C'est un nom étranger ?

— Mon père est danois.

— Eh bien, monsieur Haak, vous avez secoué ce village.

— Est-ce un compliment ?

— Une observation.

— Je crois que je devrais aller au lit. » Joe entreprit de se lever.

« Pas encore. » Books brandit la bouteille et, d'autorité, versa un doigt de whisky dans son verre. « Il nous reste encore un ou deux détails à élucider.

— Détails ? » Joe se surprit à soulever son verre.

« De quoi meurent les gens ? Y songez-vous jamais ? » Le vieil homme se rencogna dans son fauteuil. « Dans un village de trois cents habitants, vous aurez trois ou quatre décès par an. Cinq ou six, les mauvaises années. Mais ça ne change rien… Savez-vous de quoi on meurt ? »

Joe fit signe que non.

« Maladies cardio-vasculaires – ce sont les plus meurtrières, reprit le docteur avec un sourire triste. La plupart du temps, c'est le cœur qui lâche. Deux cas par an, je dirais. Cancer. Un sacré tueur, celui-là aussi. Un par an – les mauvaises années. Maladies respiratoires ? Assez communes, également. Accidents ? Certains ont fait de gros dégâts. Chez les vieux, les très jeunes et dans toutes les tranches d'âge intermédiaires, mais voilà où je veux en venir : je n'ai jamais vu de suicide. Pas un seul en cinquante ans. Et j'espère bien ne jamais en voir. »

Il y eut un silence. Joe s'absorba dans la contemplation de son whisky.

« Nous comprenons-nous bien ? »

Le jeune homme expira lentement avant de répondre. « Ce n'était pas un suicide.

— Ah non ? Et qu'était-ce, alors ? Un appel à l'aide ? »

Joe s'efforça de rassembler ses souvenirs. Que tout ça semblait loin ! Se pouvait-il vraiment que ces événements ne datent que d'un jour ou deux ? Que s'était-il passé à ce moment-là, dans sa tête ? Des écrans plasma envahis de caractères rouges. Des éclats de voix. Des visages tournés vers lui. Des expressions d'épouvante, de désespoir. « C'est toi qui vas porter le chapeau, vieux. Toi. » Cette insoutenable sensation de noyade, comme si un boulet de canon logé dans ses tripes l'entraînait vers le fond, l'impression que ses veines se vidaient de leur sang, que son corps se dégonflait. Oh Seigneur !

Il reposa son verre et prit son visage entre les mains. « J'avais eu une mauvaise journée. Exécrable, même. Je suis monté dans ma voiture, et j'ai roulé, roulé. Jusqu'à ce qu'il n'y ait plus de route devant moi. Un mètre de plus et j'aurais mouillé mes pneus. » Il se fendit d'un pâle sourire.

« Et ensuite ?

— Ensuite, j'ai marché jusqu'à la plage.

— Et ensuite ?

— Je me suis assis. J'ai regardé le soleil se lever.

— Et puis ?

— Et puis, je me suis remis en marche.

— Et vos vêtements ?

— Je les ai laissés sur la plage.

— Je vois, fit le docteur avec une moue dubitative. Vous aviez donc l'intention de revenir ? »

Joe s'enfonça un peu plus dans son fauteuil. « Oui, je pense. Mais, pour être tout à fait franc, je n'en sais rien. Je n'avais pas poussé la réflexion aussi loin. Je me souviens d'avoir nagé vers le large. J'ai bien pensé que l'eau froide risquait de me tuer, mais je ne projetais pas vraiment de mourir. Je n'y pensais même pas. C'était plutôt un test, je crois. Rien de plus. J'ai entendu parler de gens qui ont mis un terme à leur vie en marchant dans la mer. N'est-ce pas ce qu'a fait Virginia Woolf ? Mais ce n'est pas si simple. Le corps a tendance à flotter, et l'instinct de survie vous pousse à nager. Je me demande comment quelqu'un pourrait délibérément avaler de l'eau de mer. Imaginez de prendre une décision pareille. Imaginez le moment où vous triomphez de la résistance de votre gorge et de vos poumons, et buvez la tasse. À mon avis, le corps ne se laisse pas faire. Quoi qu'il en soit, après un moment, j'en ai eu marre, j'ai décidé de rejoindre le rivage, de me rhabiller, et de me ressaisir. J'ai fait demi-tour, mais j'étais bien plus loin que je ne le pensais. Et le froid était en train de me paralyser. Je ne sentais plus mes mains, ni mes pieds. J'ai mis toute mon énergie à nager, mais mes membres m'obéissaient à peine, et j'avais l'impression qu'un courant m'entraînait toujours plus au large.

— Vous vouliez savoir ce que l'on éprouve à frôler la mort, suggéra Books. Vous vouliez la frôler à ça. » Il leva deux doigts étroitement collés. « Mais vous ne vouliez pas passer de l'autre côté. Est-ce bien ça ? »

Joe ne répondit rien ; il se contenta de dodeliner de la tête. « Peut-être. Oui, peut-être.

— Alors, qu'est-ce qui vous a sauvé ? »

Joe ferma les yeux. « Vous allez me croire fou…

— Ne comptez pas trop là-dessus. Les fous, c'est comme les suicidés, je n'en ai jamais vu. Pas des vrais, du moins – des cas cliniques. Évidemment, j'ai eu mon comptant de fêlés et de crétins. Vous pourriez être de ceux-là – qui sait ?

— Qui sait… J'ai entendu une voix.

— Quelqu'un qui vous appelait ?

— Non, ce n'était pas une vraie voix. Juste son souvenir. *Je me suis souvenu* d'une voix, aurais-je dû dire.

— Et à qui appartenait-elle ? »

Ce qu'il avait entendu était plutôt un murmure. Trois mots, à peine audibles, soufflés au creux de son oreille, il y avait bien longtemps de ça. S'il fermait les yeux, Joe se revoyait se pencher pour les entendre, mobiliser son attention, de toutes ses forces, par crainte de les rater.

« Je me souviens que j'avais très froid, dans l'eau. J'avais envie de vomir, j'étais à bout de forces. J'avais beau me démener, je faisais du surplace, il y avait peut-être bien un courant contraire. J'ai commencé à paniquer et c'est à ce moment-là que j'ai entendu la voix. Ensuite, j'ai buté sur un obstacle. Je n'ai pas tout de suite compris ce que c'était ; évidemment, maintenant, je sais. C'était la baleine.

— Vous avez vu la baleine ?

— J'ai vu un immense mur noir venir vers moi, et je me suis senti aspiré sous l'eau. J'ai aperçu son œil.

— Et ensuite ?

— C'est tout ce dont je me souviens.

— À quelle distance du rivage vous trouviez-vous ?

— Je ne saurais dire. Trois cents mètres ? Quatre cents, peut-être. » Joe sourit au vieil homme. « Je ne suis pas suicidaire, docteur. Et je ne suis pas fou. Mais ce que vous avez dit, tout à l'heure, est vrai. Peut-être suis-je un peu… impétueux. Mais je suis trop jeune pour mourir. Et j'ai une promesse à tenir.

— Une promesse ? » Books considéra Joe par-dessus son verre. « Quel genre de promesse ?

— Peu importe. Du genre qui impose de rester vivant si je veux la tenir.

— Je vois. » Les deux hommes demeurèrent un instant perdus dans leurs songes, comme il arrive souvent à ceux qui boivent jusque tard dans la nuit. « J'ai eu une épouse, autrefois, reprit le vieux docteur.

— Est-elle… décédée ? »

Books étouffa un cri d'indignation. « Non ! Pas encore – enfin, pas à ma connaissance. Elle ne tolérait plus de vivre ici, c'est tout. Elle l'a supporté – et m'a supporté – pendant plus de dix ans. Elle m'a quitté il y a trente-neuf ans. Aux dernières nouvelles, elle vivait à Fleetwood avec un spécialiste de la chirurgie végétale. Un titre bien ronflant pour un élagueur.

— Je suis désolé.

— Nul besoin de l'être. Je vous raconte ça uniquement pour que vous compreniez. Je mène une vie très solitaire. Ancré dans mes habitudes, si vous préférez.

— Avez-vous des enfants ?

— Un fils. Il a deux fois votre âge, et je ne le vois pour ainsi dire jamais. Vous dormez dans sa chambre.

— Merci.

— Elle avait rempli ses poches de cailloux.

— Qui ça ?

— Virginia Woolf.

— Ah.

— Et sur ces bonnes paroles, je pense qu'il est l'heure d'aller nous coucher », conclut Books en vidant son verre.

# 8

# Shortez Estonian Steel !

Au cinquième étage de l'immeuble de Lane Kaufmann Investment, le verre était roi. La marque d'un agencement qui se voulait futuriste. Les écrans de trading étaient encastrés dans une paroi transparente et celui du tableau de bord, avec ses différents cadrans et ses alertes lumineuses, était projeté sur un panneau de verre légèrement sablé en surplomb des bureaux, eux aussi en verre, afin que personne ne puisse louper la moindre opération. Des compteurs numériques cliquetaient lorsque les cours montaient, ou descendaient. Un téléscripteur émettait un bip discret chaque fois que les gains grimpaient de 10 000 livres, et un grincement rauque, comme le hululement d'une chouette blessée, quand ils chutaient d'autant. Les jours fastes, les voix des traders gagnaient en puissance à l'unisson avec les bip… bip… bip réguliers d'un marché à la hausse, les zéros défilaient sur les écrans et, dans la salle, il y avait toujours un trader pour pousser un cri de victoire. « On a empoché un demi-million ! » lançait à tue-tête Janie Coverdale, et quelqu'un braillait : « Ouais ! » Les téléphones sonnaient, les traders hurlaient des chiffres dans leur combiné. Les visages étaient rayonnants, les sourires, euphoriques.

Les mauvais jours, le hululement de la chouette harcelait les traders comme un esprit malin. « Oh merde ! soupirait Janie Coverdale en voyant les profits régresser d'encore cent mille livres. Les enfants, on garde son sang-froid ! criait-elle aux rangées de traders angoissés. New York ouvre dans vingt minutes. Soyez prêts à rebondir. » Ces jours-là, les visages étaient aussi figés que ceux de statues. Les traders à bout de nerfs raccrochaient violemment leur téléphone et pianotaient furieusement sur leur clavier. *Quaaak !* Moins dix mille. *Quaaak*. Rebelote. « OK, tirez-vous de Canadian Solar – tout de suite. Je ne le sens pas. Zappez sur le fret maritime. Que quelqu'un me trouve vingt millions d'Olsen Sea Freight. Vendez Microsoft. Vendez Philips. Vendez IBM. »

Tout en écoutant l'océan, Joe ferma les yeux et se représenta la salle de marché. Cela suffit à faire accélérer son pouls. Il avait travaillé pour les short-sellers du cinquième étage – l'étage de

Janie Coverdale. La vente à découvert était un processus complexe, et risqué. Les récompenses pouvaient être stupéfiantes pour ceux qui avaient su lire le marché, mais déprimantes quand on avait fait fausse route. Les short-sellers étaient les charognards de la communauté des investisseurs, ceux qui se nourrissaient des chairs décomposées d'entreprises mal en point. Ils empruntaient à des courtiers des actions qu'ils revendaient aussitôt. Puis, ils croisaient les doigts et attendaient. Ce qu'ils escomptaient, invariablement, c'était que ces entreprises échouent à remonter la pente, et que le cours du titre s'effondre. Plus vertigineuse était la chute, mieux c'était, du moins pour les short-sellers. Et une fois que le cours avait suffisamment chuté (mais suffisamment était-il jamais assez ?), ils rachetaient les actions à leur nouveau prix de marché – cassé –, les rendaient au courtier qui les leur avait prêtées, et empochaient la différence. C'était une méthode d'une simplicité absurde pour gagner des tonnes d'argent. De nombreuses institutions voyaient d'un mauvais œil la vente à découvert. Dans les salles de marché du Square Mile*, cette pratique inspirait souvent un sentiment d'inquiétude, de malaise. Était-ce bien moral de profiter de l'implosion d'une société moribonde ? Non, selon quelques-uns. La vente à découvert était d'ailleurs interdite

* Surnom de la City de Londres, par référence à sa superficie.

dans certains pays, mais au cinquième étage de Lane Kaufmann, entre autres opérations exotiques, cette pratique était devenue un véritable gagne-pain. Et pendant que, partout ailleurs dans la City, courtiers et traders surveillaient les marchés en priant pour qu'ils repartent à la hausse, Janie Coverdale et son équipe misaient activement sur des titres en chute libre. Au cinquième étage, quand les prix se mettaient à grimper, les traders commençaient à transpirer. Quand l'un d'eux glissait deux doigts dans son col de chemise, le signal de détresse était aussi précis qu'une cotation affichée sur le tableau de bord.

La clé de la vente à découvert, c'était une connaissance exhaustive du marché ; et sur les marchés financiers, le renseignement économique était la seule matière première dotée d'une réelle valeur. Lui seul départageait les traders dans la course au profit. Un trader qui disait « Je l'ai vu venir » résumait, d'une remarque laconique, des heures de recherches fouillées et un long train de déductions : « J'ai vu que cette tempête tropicale dans les Bahamas allait compromettre les perspectives pour les bananes et entamer les profits de la compagnie de fret caribéenne qui les expédie et qui, du même coup, allait geler sa promesse d'achat de nouveaux cargos, et faire dévisser l'action du conglomérat de construction navale sud-coréen concerné qui, en réaction, allait devoir ajourner l'acquisition d'une aciérie en Estonie. » Telles étaient les cascades de présomptions logiques qui alimentaient les places de marché, de Londres à Shanghai. En conséquence, si à l'annonce d'un probable ouragan dans les Caraïbes, quelqu'un criait « Shortez Estonian Steel ! », la plupart des traders que supervisait Janie Coverdale fonçaient sans qu'il soit besoin d'explications. Sur le moment, ils n'étaient pas en mesure de relier tous les points entre eux pour faire émerger une image globale, mais ils comprenaient qu'il y avait des points à relier. « Shortez Estonian Steel ! » L'ordre ricochait le long des rangées. On empoignait les téléphones ; on faisait cliqueter les claviers.

Joe avait longé le sentier littoral, jusqu'au banc où se trouvait le vieux Garrow le matin où, pour la première fois, Kenny Kennet avait vu la baleine. Aujourd'hui, le ciel était parfaitement dégagé et Joe s'assit pour contempler la vue. Si on faisait abstraction de quelques rafales, la petite brise soufflant du large promettait une journée agréable. Joe tourna la tête vers la langue de sable où, la veille seulement, ils avaient sauvé la baleine. Rien, ni le chenal, ni les mottes de sable, ne subsistait de leurs ouvrages de terre ; tout avait été arasé par l'activité impitoyable de la marée. Un visiteur découvrant la plage n'y aurait vu aucune trace de l'immense effort collectif dont elle avait été le théâtre. Cette scène avait-elle réellement existé ? se surprit à songer Joe. Et c'était là, sur cette autre déclivité de la plage, que Charity Cloke l'avait découvert. Sa vie lui semblait déjà étrangement reliée à cette crique.

Chez Lane Kaufmann, au-dessus des écrans de trading, se trouvaient ceux, rutilants, dédiés à l'information : Bloomberg, Reuters, CNN, Sky News et leurs bandeaux défilants, qui bombardaient de messages muets et codés les as de la finance de Wall Street et de Londres. Le travail de Joe avait consisté – pour une part, du moins – à scruter ces écrans. Il n'avait jamais été trader ; lui était un analyste. Son boulot, c'était de relier les points. Yangtze Motors annonce l'acquisition d'un constructeur de moteurs en Inde, affichait le téléscripteur. « Ça signifie quoi ? » Janie Coverdale posait la main sur l'épaule de Joe. « Beau gosse, trouve-moi quelque chose à shorter. » Et Joe se jetait sur son clavier pour tester des scénarios.

« Ça pourrait être chaud pour Anglo Emirate Holdings.

— Pourquoi ?

— Ils détiennent quarante pour cent de SKO Components à Bombay – en fait, ils les ont renfloués très récemment –, or SKO fournit des pièces à Vinus Patel, qui figurait également dans les priorités de Yangtze Motors, et j'imagine que cette décision les laisse le bec dans l'eau…

— Pigé, confirmait Janie. Anglo Emirate est exposé à hauteur de combien ?

— Un demi-milliard.

— OK. On y va, et on met le paquet. » Janie serrait Joe dans ses bras puis criait l'ordre aux traders. « Bien joué, beau gosse.

— Tu devrais attendre de voir si le titre dévisse, avant de foncer.

— Oh, il va dévisser. T'inquiète. »

Quelqu'un lui toucha l'épaule et Joe sursauta.

« Je vous ai fait peur ? »

Une jeune femme, dont le visage lui était familier depuis l'équipée de la veille, lui tendait la main. Il se leva et la serra.

« Polly Hocking. Nous ne nous sommes pas encore présentés en bonne et due forme.

— Joe.

— Joe… ? » Elle attendait un patronyme.

— Joe tout court. Joe Haak, si vous y tenez.

— Je vois. » Elle lui décocha un sourire. « Puis-je m'asseoir avec vous ?

— Bien sûr. » Polly Hocking s'installa du bout des fesses sur le banc, en collant une jambe, presque imperceptiblement, contre celle de Joe.

« Vous étiez merveilleux, hier. » Elle se fendit d'un charmant sourire que Joe situa, sur le spectre, quelque part entre l'admiration et la taquinerie, sans pouvoir, à ce stade, affiner la position du curseur.

« Vous n'étiez pas mal non plus, répondit-il, faute de mieux, et cela les fit rire.

— J'ai quelque chose qui vous appartient.

— Ah bon ? »

Elle plongea la main dans un panier. « Ceci est à vous, je crois. » Un pantalon à fines rayures, repassé de frais. « Je l'ai lavé. Kenny Kennet l'a trouvé sur les rochers. Avec ça. » Elle fit tinter un trousseau de clés de voiture. « Je ne suis jamais monté dans une Mercedes… M'emmèneriez-vous faire un tour ? »

Ils allèrent chercher la voiture, sur le quai, et s'engagèrent dans l'interminable succession de lacets conduisant à la route principale. « Je n'ai plus beaucoup d'essence, observa Joe.

— Il y a une station à Treadangel.

— C'est loin ?

— Quelques kilomètres, à peine. » Polly Hocking s'enfonça confortablement dans le siège en cuir et commença à tripoter les boutons du tableau de bord. « J'ai toujours rêvé d'avoir une voiture de sport.

— Celle-ci n'en est pas vraiment une.

— À quoi il sert, celui-là ?

— C'est le lecteur MP3.

— Je peux mettre de la musique ? » Elle tourna un bouton. « Et celui-ci ? C'est la radio ?

— Non. Le chauffage.

— Et celui-là ? » De la musique jaillit d'invisibles enceintes.

« S'il vous plaît, dit Joe en coupant le son. J'aime autant pas. »

Elle lui décocha un regard et éloigna sa main du tableau de bord. « Aurais-je touché un point sensible ?

— Non. » Il se rangea cependant devant l'entrée de la ferme de Bevis Magwith. « Je crois qu'on devrait faire demi-tour.

— Déjà ? Mais on vient tout juste de se mettre en route.

— Je sais. Je suis désolé. » Il enclencha la marche arrière, à la grande déception de Polly.

« Rabat-joie. »

Il manœuvra et rebroussa chemin vers Saint-Piran. Joe soupira. « Il se pourrait qu'on me recherche.

— Qui ça, "on" ?

— La police…

— Vous êtes un criminel ?

— Ce n'est pas la sensation que j'ai.

— En ce cas, vous n'en êtes pas un. » Joe sentit une main délicate se poser sur son genou. Avec beaucoup de douceur, il la souleva, et l'écarta.

« Parfois, ce qu'on ressent importe peu, dit-il. Parfois, la loi voit les choses différemment. »

Chez Lane Kaufmann, à l'étage de Janie Coverdale, la lumière coulait à flots le long des hautes baies vitrées devant lesquelles les traders aboyaient des chiffres dans leur téléphone, mais dans les angles, là où les analystes planchaient sur leurs présentations, c'était un autre monde, plus sombre, plus trouble, éclairé par la seule lueur des écrans à cristaux liquides. Là, à l'écart des décisions explosives et des voix enfiévrées, se trouvait le domaine de Joe : des écheveaux de câbles planqués derrière les écrans, et qui transcrivaient ses contributions en algorithmes, bases de données, lignes de code et logique booléenne. Joe avait appris à filtrer les voix – les ordres cassants de Janie Coverdale, les boniments suaves des vendeurs d'obligations, qui échafaudaient à tour de bras des scénarios pour leurs clients de Lombard Street, Singapour ou Hong Kong, l'exultation tonitruante des traders quand le signal du compteur s'emballait, ou les soupirs qui montaient des rangs lorsque la situation tournait au vinaigre. Pour Joe, tous ces sons se dissolvaient dans le fredonnement d'un bruit blanc.

Parfois, Janie Coverdale délaissait un instant les traders pour s'aventurer dans l'antre des analystes. Elle se postait discrètement derrière Joe alors qu'il mobilisait toute son attention pour surnager dans un océan de chiffres, et posait une main sur son épaule. Joe sursautait. « Beau gosse. » Janie se penchait, si bas que sa poitrine effleurait le visage de Joe, mais elle n'avait d'yeux que pour son écran. Toujours l'écran. La poitrine, c'était fortuit. Ou secondaire. Janie Coverdale, aussi mince qu'une ablette, trois fois mariée, trois fois divorcée, objet de convoitise pour la moitié des jeunes hommes de la salle de marché, source de regrets pour la plupart des autres, glissait un bras sur ses épaules. Joe sentait alors l'odeur de sa transpiration au creux de l'aisselle, il respirait ses puissantes phéromones naturelles. « Qu'avons-nous là, mon petit Joe ? Qu'avons-nous ? »

Il existait une alchimie pour calculer le roulis et la houle de cet océan de chiffres que formaient les titres et les actions. Les analystes étaient les chamans de leur époque ; les sorciers et les astrologues capables de prédire l'avenir. « Comment ça marche, ce truc ? demandait Janie. Et ça, là, ça fait quoi ? » Et Joe faisait glisser un doigt le long de l'écran pour pointer un chiffre ici, puis un autre là. « Regarde, NovaQuest Labs est en perte de vitesse, BSAF Biotech aussi, et Ambire Chemical a carrément dévissé.

— Ce qui signifie ?

— Ce programme observe la dynamique des cours sur les vingt-cinq dernières années d'opérations. Il indique que chaque fois que ces stocks indicateurs ont baissé tous ensemble, des titres pharmaceutiques ont systématiquement baissé à leur tour en quelques heures, perdant jusqu'à cinq points. Ici, c'est notre indice de confiance. Quatre-vingt-huit pour cent. » Et Janie le remerciait d'une pression sur l'épaule, voire parfois d'un baiser sur la pommette, et plus elle était satisfaite des dons de clairvoyance de son analyste, plus ce baiser était tendre et appuyé. Puis elle pivotait sur ses Louboutin et n'avait alors d'yeux que pour les jeunes loups qui évoluaient dans la lumière. « Julian… tu me shortes quelques actions pharmaceutiques. Astra Zeneca.

Pas trop. Tu restes en dessous de la limite de régulation. Un demi-million. » Elle agitait son index, manière de dire à ses troupes qu'elle les avait à l'œil, puis humectait d'un coup de langue le pourtour de ses lèvres et retraversait la salle de marché dans un cliquètement de talons, sans se retourner, sans un seul regard pour Joe.

Un soir, cependant… il y avait des années de ça – cinq ? six ? Un soir, bien après la clôture des séances, à l'heure où même les traders les plus acharnés avaient plié boutique pour la nuit mais où lui, tassé devant son écran, scrutait encore le défilement de milliers de lignes de code, la main douce et familière était venue se poser sur sa nuque.

« Janie ?

— Mon petit Joe. » Elle fit rouler un fauteuil et s'assit à côté de lui. « Que faisons-nous ici à cette heure indue ? »

Joe tambourina sur sa table avec un crayon. « Sur les trois derniers titres qu'on a shortés, on a paumé de l'argent. »

Janie secoua lentement la tête, lui décocha un sourire roué, pianota le long de son épaule avec deux doigts. « Et qu'allons-nous faire à ce sujet ? »

Joe recula contre son dossier. « Essayer de comprendre ce qui s'est passé. » Il se força à lui rendre son sourire. « Il y a une faiblesse dans notre approche.

— Une faiblesse ? » Les ongles manucurés descendaient petit à petit le long de sa poitrine. Joe s'efforça d'ignorer les impacts, semblables à des ceux de balles, qu'ils laissaient sur leur passage.

« On se repose sur des modèles trop historiques, expliqua-t-il. Chaque fonds d'investissement, chaque banque d'affaires a accès aux mêmes chiffres que nous. Toutes les salles de marché de la City font les mêmes analyses, avec les mêmes systèmes que nous. Ça n'a pas de sens de tous vendre à découvert le même titre. C'est pour ça que l'analyse de régression ne nous avance à rien. »

Janie écarta sa main et Joe sentit s'envoler le poids des bagues en or offertes par des amants perdus. « Que veux-tu ? dit-elle en lui caressant les cheveux. C'est ça, le marché. Les cours montent, les cours descendent. On gagne des millions, et on en perd. Les cerveaux les plus brillants, les plus grandes fortunes, tous se sont un jour cassé les dents sur les calculs les plus simples. Dans quel sens ira le cours de cette action ? Grimpera-t-il ? Ou descendra-t-il ? Pourquoi sommes-nous incapables d'anticiper une chose aussi simple ? » Ce n'était guère plus qu'un chuchotement, un souffle parfumé au creux de son oreille ; Joe se recroquevilla juste assez pour que Janie s'en rende compte. Elle recula et le dévisagea. « Qu'est-ce que tu as pour moi, mon petit Joe ? »

Dans la boîte à gants, il trouva son portefeuille. Il était de nouveau solvable. Il gara la voiture au parking puis longea le port au côté de Polly Hocking. « Laissez-moi vous offrir un café, pour me faire pardonner cette balade avortée », dit-il. Ils zigzaguèrent entre les cordes et les filets enroulés sur le quai, et échouèrent au B&B de Hendra Penhallow, où ils se tassèrent dans un petit canapé à fleurs.

Chez Lane Kaufmann, on préparait le café avec des grains d'arabica torréfiés et moulus de frais ; la barista, une fille du nom d'Amelia, faisait mousser le lait pour les cappuccinos, délogeait les capsules de poudre d'un tapotement sec – *tap tap bang*. Au cinquième étage, on ne traitait pas le café à la légère : quarante-huit employés, et une barista dévolue à leur seul service. Amelia connaissait sur le bout des doigts les préférences et les petites habitudes de chacun. Avant d'attaquer la journée, pour se réveiller, Joe buvait un *latte* au lait écrémé, servi dans de la porcelaine blanche, avec une double dose d'espresso. À neuf heures et quart, sa tasse vide était remplacée par un café américain, accompagné d'une viennoiserie ou d'un muffin sans matières grasses. Parfois, il ne remarquait même pas l'échange des tasses ; la barista était aussi discrète qu'un spectre. Dans l'après-midi, il buvait du thé Earl Grey avec un nuage de lait. En début de soirée, venait l'heure de s'accorder un autre *latte*. Joe relevait la tête, en songeant peut-être, *Je boirais bien quelque chose*, et Amelia venait vers lui, une tasse à la main.

« Voudriez-vous que je vous montre l'église ? » s'enquit Polly. Ils gravirent Cliff Street ; parvenus à l'arrière du jardin paroissial, elle laissa Joe y pénétrer le premier, en poussant un portillon à chicane. « Dans le temps, la coutume voulait qu'on réclame un baiser comme droit de passage », observa Polly, mais Joe, distrait par le clocher, relâcha le portillon et Polly dut le rattraper au vol.

« Regardez ce petit bijou d'église », chuchota Joe pour lui-même. C'était une phrase qu'il conservait dans sa mémoire et elle le fit sourire. « De quelle époque date-t-elle ?

— D'avant le déluge. »

Ils cheminèrent entre les tombes et Joe lut à haute voix quelques-unes des dates gravées sur les pierres. « 1865... 1840... » Il cherchait la plus ancienne. « 1700 quelque chose... »

Chez Lane Kaufmann, les analystes pondaient du code informatique à la même allure que les chroniqueurs judiciaires leur prose. Joe esquissait un schéma en faisant voler son gros feutre sur un tableau de conférences, et les gars de l'équipe écrivaient le code.

Que tout cela semblait loin, aujourd'hui. Cinq ans avaient passé depuis le jour où ils s'étaient attelés à la conception de ce programme qui allait tout changer – ce jour qui avait ressemblé à une journée de travail ordinaire. « Cette case, ici, c'est une matière première – n'importe laquelle, avait expliqué Joe. Cette ligne, là, c'est la dépendance. Shell Oil est dépendant des expéditions maritimes. L'expédition est dépendante de la sécurité. La sécurité est dépendante des dépenses militaires de ce pays, dans celui-là, et dans cet autre ici. » Il traçait les lignes, et les gars encodaient. Rodney Byatt, Jonathan Woodman, Manesh Patel et la petite équipe de programmeurs étaient les magiciens qui transformaient ses idées en points lumineux de la taille d'une tête d'épingle sur des écrans. « Il nous faut établir un modèle, leur disait-il. Il nous faut modéliser chacune des interdépendances qui existent entres les différents titres. Savoir que les sociétés de distribution d'eau sont dépendantes des précipitations ne suffit pas. Imaginez qu'une entreprise est comme une planète – une sphère – flottant dans un univers obscur, travaillée par des forces invisibles. Quelles sont les mystérieuses forces physiques qui agissent sur la trajectoire de cette planète, qui règlent ses marées ? » Il lançait son feutre d'une main dans l'autre, en se délectant de leur perplexité. « Imaginez, disait-il, une installation dans une galerie : dix mille ballons suspendus au-dessus de vos têtes dans un cube géant, chacun d'eux relié par des fils à des centaines d'autres. Chaque ballon est une entreprise, et chaque fil figure un lien, une relation, un conduit essentiel par lequel s'écoule le flux d'argent et de clientèle. Maintenant, imaginez un événement. » Il se retournait pour accrocher le regard des magiciens qui allaient traduire ses mots en formules. « Un puits de pétrole prend feu dans le golfe du Mexique. Cela nous oblige à trancher certains fils. Visualisez-les. » Il faisait mine de brandir une paire de ciseaux, et sectionnait sans état d'âme un fil imaginaire. « Couic. » Un sourire. « Couic. » Ils avaient fini par s'habituer à ses envolées. Joe parlait avec des mots, mais eux entendaient et comprenaient chiffres, arbres de décision, marqueurs de bases de données et écrans de visualisation. Ils parlaient de Java et de HTLM, de SQL, d'identificateurs de champ, de messages, de chaînes de caractères. À chaque question qui fusait, Joe, tout à son aise avec ce dialecte complexe, retournait sa réponse comme d'un revers de raquette. On surnommait ces petits génies réunis en conciliabule dans leur recoin du cinquième étage les « quants ». Les traders, hostiles à l'idée que des mathématiciens, des spécialistes de l'analyse quantitative et de la programmation informatique, puissent fonder des décisions d'investissement sur les subtilités du comportement humain, se méfiaient d'eux, mais les dirigeants des banques les traitaient avec de plus en plus de respect.

« Voici mon mari, le vicaire », annonça Polly Hocking. Un homme aux cheveux blancs venait d'émerger d'une porte latérale pour les accueillir. Son visage émacié, à la peau parcheminée, était familier à Joe ; il l'avait aperçu sur la plage. Joe, qui avait la tête ailleurs et pleine du brouhaha d'une lointaine banque d'affaires, se força à reprendre pied dans le présent et tendit la main.

« Enchanté. »

La poignée de main était aussi froide qu'un écheveau d'algues.

« Vous êtes le gars à la baleine.

— Bon, ce n'était pas exactement ma baleine, nuança Joe, mais le mari de Polly Hocking avait déjà tourné les talons.

— Tu as raté le groupe d'études bibliques, gronda-t-il néanmoins à l'adresse de sa femme. Et tu étais censée t'occuper des fleurs pour la chapelle. L'as-tu fait ? Aileen Magwith a appelé, et a dit qu'elle t'avait vue en train de filer dans une voiture de sport. Une voiture de sport ! » Ce ton agressif, devant un étranger, était quelque peu dérangeant.

« Je ne la décrirais pas comme une voiture *de sport* », corrigea Joe.

Le révérend Hocking tourna lentement la tête vers le jeune homme, comme s'il avait complètement oublié sa présence. « Ah non ? fit il, acerbe. Ce détail a-t-il une importance ?

— Il en aurait une, aux yeux d'un assureur », répliqua Joe. Dans son esprit, un réseau de connexions s'était enclenché. L'assureur automobile dépend des conducteurs. Les conducteurs dépendent de l'argent dont ils disposent pour acheter de l'essence. Le prix de l'essence est fonction de l'offre et de la demande. L'offre dépend des réserves quantifiées de pétrole et de la stabilité politique. Pourquoi son esprit jouait-il en permanence à ça ? Toutes ces années passées au cinquième étage avaient-elles fini par implanter dans son cerveau des schémas de pensée impossibles à briser ? Joe brandit la paire de ciseaux imaginaire. Couic.

Le vicaire le dévisageait avec une répugnance mêlée de mépris. Il ouvrit la bouche, comme s'il s'apprêtait à riposter mais, à la place, il s'adressa à Polly. « Voudrais-tu expliquer à ce jeune homme que tu as des responsabilités à l'église ? Je t'attends dans la sacristie dans deux minutes. » Et la porte d'où il avait surgi l'avala à nouveau.

« C'était embarrassant », commenta Joe. Il songea soudain au geste qu'elle avait eu, dans la voiture, et il sentit l'empreinte de la main de Polly Hocking sur son genou.

« C'est pas grave », éluda-t-elle.

Joe la voyait vraiment pour la première fois. La découvrait. Comment diable avait-il pu oublier de la regarder ? À sa décharge, ils avaient été le plus souvent assis côte à côte, sur le banc, dans la voiture, au salon de thé, et, inexplicablement, Joe n'avait pas pensé à la regarder. Il n'avait vu d'elle que l'arête de son nez, l'arrondi d'une joue, le rideau de cheveux. Maintenant que ce visage au tracé délicat lui faisait face, il découvrait le duvet ourlant la lèvre supérieure, les fines rides d'expression au coin des yeux, le discret semis de taches de rousseur, le front plissé, soucieux. Lorsque la jeune femme chassa une mèche indisciplinée, il sut que c'était un geste qu'elle avait fait un millier de fois.

« Merci pour cette balade », reprit-elle et, d'un coup, la culpabilité bascula dans son camp. Quelle urgence y avait-il à faire demi-tour ? De quoi s'était-il inquiété ? Où cela aurait-il pu mener ?

Un barrage s'était dressé entre son cerveau et son larynx. Rien de ce qu'il pourrait dire maintenant ne ferait sens.

Polly leva vers lui un doigt gracile, pour le toucher – ou peut-être simplement effleurer son visage ; un geste qui se voulait tendre, quoique provocant, insignifiant somme toute, sauf si Joe en décidait autrement. Sa réaction fut aussi vive que la pensée : il saisit le bras de la jeune femme pour stopper son geste.

« Polly… tu viens ? » L'appel acrimonieux d'un mari tapi dans quelque recoin.

Ses yeux avaient la délicatesse d'une aquarelle. Elle cligna des paupières, au ralenti. Leurs visages étaient maintenant si proches que Joe sentait la caresse de son souffle. « Attendez… » s'entendit-il dire. Attendre quoi ? Qu'avait-il en tête ?

Elle soutint son regard. « Je dois y aller. » Un chuchotement.

Il libéra sa main, mais le doigt resta en suspens, figé dans sa trajectoire.

« Polly…

— Je dois y aller. »

Le fin mot serait donc ce vacillement dans les yeux de Polly pendant qu'il la dévorait d'un regard empreint de compassion ?

L'instant d'après, elle avait disparu.

« Polly Hocking. » Joe murmura son nom pour le graver dans sa mémoire. « Polly. » Elle s'était faufilée dans une région de son esprit comme un rêve intempestif. « Polly Hocking. »

Dans le bureau de Janie Coverdale, il y avait des tableaux représentant des paysages de Charente, des ciels douloureusement bleus, des champs de tournesols qui incendiaient les yeux. Il y avait aussi une banquette en cuir blanc d'apparence bien trop frêle pour supporter le poids de deux personnes. Lorsqu'elle le séduisit, cette unique fois, elle ne l'autorisa pas à défaire un seul bouton de son chemisier. Elle remonta sa jupe crayon jusqu'à la taille et déroula son collant sous ses genoux. À son expression, Joe comprit qu'elle ne consentirait pas à se dévêtir davantage. Elle s'allongea sur le cuir blanc et resta là, comme s'il ne pouvait ignorer ce qu'on attendait de lui. Au cinquième étage, imagina-t-il, ce devait être un rite de passage. Le chemin damé jusqu'au bureau de Janie Coverdale. Les journées de travail qui se prolongent jusque tard dans la soirée. La porte verrouillée. Le parfum du succès. Les transpirations mêlées.

Ensuite, une fois les étoffes lissées et toute trace d'ébats effacée, Janie déboutonna le col de son chemisier. « Juste pour qu'ils continuent de se poser des questions », expliqua-t-elle, comme si, à cette heure-là, il pouvait rester quelqu'un pour les voir sortir de son bureau. Quand elle se pencha vers son oreille, Joe se concentra pour ne rien rater des mots tendres qu'elle pourrait lui murmurer. « Demain, lui souffla-t-elle. Je veux voir le nouveau modèle demain. » Et comme il bataillait pour comprendre le sens de cette requête, elle s'écarta et haussa un sourcil épilé avec précision. « Le modèle informatique ? Le programme ? Celui que tu nous as promis ?

— Bien sûr. » Il avait renfilé son pantalon un peu trop vite. Des plis inconfortables s'étaient formés en haut des jambes. Serait-il grossier de le réajuster ?

« Demain, répéta-t-elle. Beau gosse. » Elle attrapa son téléphone sur le bureau, le déverrouilla et fit défiler ses messages. « Tu peux me laisser, maintenant ? »

# 9

# Ce truc en Arabie Saoudite

Il lui fallait se procurer de l'argent. Pour régler son loyer au Dr Books, déjà. Ensuite, parce qu'il avait besoin de vêtements. Et qu'il ne mangeait pas à sa faim. Il rêvait aussi d'un ordinateur. Mais… s'il était recherché ? Ne risquait-il pas de se faire repérer, s'il empruntait un grand axe routier ? La police pouvait-elle programmer ses radars pour localiser une Mercedes blanche ? Et son compte en banque ? Se pouvait-il qu'il soit gelé ? Ou sous surveillance ?

Il roula jusqu'à la ferme de Bevis Magwith et parcourut à pied le dernier kilomètre jusqu'à la route principale. Sa voiture était trop voyante. Il devait exister un bus ; Books en avait mentionné un.

Il y avait bien un arrêt de bus, mais sans aucune indication d'horaires. Il attendit. Peut-être venait-il tout juste d'en louper un ? Il envisagea de marcher, ce qui, en vertu des lois de la nature, présentait le risque de voir le bus lui passer sous le nez quelques instants après. Il s'assit sur le banc d'une étroitesse mesquine, et réfléchit. Comment avait-il atterri ici ? Et surtout, pourquoi ? Il n'était pas responsable. Alors pourquoi ne pas retourner à sa voiture, rouler jusqu'à un commissariat et se livrer ? « Je m'appelle Jonas Haak, et je suis l'homme que vous recherchez, dirait-il. Celui qui a coulé cette banque d'affaires. Je suis venu pour porter le chapeau. » Et il tendrait les poignets pour qu'on lui passe les menottes.

En était-il capable ? Ou bien se dégonflerait-il ? « Je ne l'ai pas réellement coulée. Je ne réalisais pas de transactions. Pour ça, il faut vous adresser à une certaine Janie Coverdale, pourrait-il leur dire, avec peut-être un hochement de tête entendu. Convoquez Colin Helms. Convoquez Julian McEvan. C'est eux qui m'ont poussé. Ils m'ont mis la pression. Ils sont allés trop loin. »

Tout s'était très bien passé, la première fois qu'ils avaient exécuté le programme. Ils avaient fait une simulation, sans engager de sommes réelles. Pour l'occasion, Janie avait fait descendre du neuvième étage Colin Helms, sorte de gros ours pataud avec un nez évoquant le bec d'un rapace, et des cheveux couleur d'orage.

« Montre-lui ce que tu peux faire, ronronna Janie à l'adresse de Joe.

— J'ai déjà vu ce genre de programme – une bonne centaine de fois », assena Colin Helms. Il semblait plus intéressé par Janie que par l'informatique.

« Je pense malgré tout que vous devriez jeter un œil à celui-là, insista Janie.

— Je n'aime pas la présentation, grommela Helms tandis que Joe et Manesh lançaient le système. Les couleurs sont atroces. » Et il éclata de rire, comme si c'était hilarant.

« On n'a pas spécialement travaillé sur l'interface utilisateur, observa Manesh. C'est plutôt un accès direct à la base de données.

— De grâce, n'en jetez plus ! » protesta Helms en feignant le désarroi.

Joe vint à la rescousse. Lui seul parlait à la fois le dialecte des programmeurs et l'idiome du neuvième étage. « Ne vous préoccupez pas de la présentation, le rassura-t-il. Notre but n'étant pas de le vendre, le programme n'a pas besoin d'être séduisant, ni robuste. Il doit juste fonctionner. » Il enfonça quelques touches du clavier. « Donnez-moi un événement.

— Quel genre d'événement ?

— N'importe. Quelque chose qui s'est passé aujourd'hui. De préférence une nouvelle de dernière minute. C'est toute la beauté de ce programme. Il ne prend pas simplement en compte les connexions entre le cours des différents titres, il balaie tout. Le chômage en Italie. Les élections en Roumanie. Les hivers pluvieux en Espagne.

— Ma femme s'est fait refaire les nichons, s'esclaffa Helms. Essaie en rentrant cette info. »

Janie s'avança, l'air sérieux. « Ce truc en Arabie Saoudite, suggéra-t-elle.

— Excellent choix. » Joe cliqua. « Donc, CNN a commencé à relater il y a environ une demi-heure qu'un ministre saoudien a été retrouvé mort dans son appartement, et Riyad accuse l'Iran. » Un curseur apparut à l'écran. « Ceci nous permet de régler la température des relations entre l'Arabie Saoudite et l'Iran. » Il cliqua et abaissa le curseur. « Disons que ces relations se sont refroidies d'un degré. Rien qui soit susceptible d'alarmer les chameaux. » Au bas de l'écran, un tableau se remplissait de chiffres.

Helms était soudain intéressé. « C'est quoi, ça ?

— Des prédictions. Classées par degrés d'opportunité. On cherche des titres à shorter.

— Hmm. » Le ponte du neuvième se rapprocha de l'écran. « Les actions pétrolières baissent. Métaux. Transport maritime. Bon, rien qu'on n'aurait pu deviner tout seuls. Tu peux faire défiler ?

— Bien sûr.

— Stop ! C'est quoi, ça ? » Helms écrasa le doigt sur une ligne du tableau. « Marshall and Oakes ? J'ai des billes chez eux. Ces types importent du coton, bon Dieu ! Quel rapport avec l'Iran et les Saoudiens ?

— Je n'en ai aucune idée, répondit Joe. C'est un algorithme complexe. On lui fait confiance, ou pas.

— Mais ton truc prédit que leur titre va dévisser de neuf pour cent. Tu ne peux pas emboîter le pas à cette info sans savoir pourquoi.

— Nous ne saurons jamais pourquoi, monsieur. Ce titre a peut-être des connexions avec un millier d'autres, et si tous varient ne serait-ce que d'un pour cent, cela implique que cinq cents autres titres varieront de deux pour cent, et qui sait ? Quelques dizaines d'autres de trois pour cent… et quelque part au beau milieu de ces calculs se trouvent ces pauvres Marshall and Oakes qui, eux, dégringolent de neuf.

— J'en crois pas un mot. » Helms prit son téléphone. « Que quelqu'un me sorte le cours de leur action. »

Un coup de klaxon déchira le silence. Une voiture s'était rangée devant l'arrêt de bus, et la vitre côté passager s'abaissait lentement, découvrant le large sourire de Jeremy Melon. « Je vous emmène quelque part ? »

Au distributeur automatique, à Penzance, Joe fit de son mieux pour dissimuler son visage aux caméras de surveillance. Il introduisit sa carte, pianota son code et attendit qu'une alarme se déclenche. Quelle opération souhaitez-vous faire ? Retirer de l'argent, indiqua-t-il. Il demanda cinq cents livres. Joe patienta, le cœur palpitant. Les sirènes allaient se mettre à hurler d'une seconde à l'autre, il ne pouvait pas en être autrement.

Dans un grand magasin, il acheta quatre jeans, une demi-douzaine de chemises, un pull Fair Isle, une veste confortable, ainsi qu'un manteau chaud, des tennis, des chaussettes, une paire de grosses chaussures et des sous-vêtements. Il régla avec sa carte. Personne ne se jeta sur lui. Il fit ensuite provision d'articles de toilette.

« Vous êtes pris de fièvre acheteuse, observa Jeremy tandis qu'ils transportaient le butin jusqu'à la voiture.

— Ce n'est pas fini. J'ai besoin d'un téléphone et d'un ordinateur.

— J'ai un vieil ordi portable que vous pouvez emprunter.

— Merci, mais j'ai tout de même besoin d'un téléphone.

— Pour quoi faire ? » Jeremy fourra les sacs dans le coffre de sa voiture. « Il n'y a pas de réseau à Saint-Piran.

— Pas de réseau ? répéta Joe, abasourdi.

— Et il semble que l'affaire se présente assez mal pour nous. Il n'y a *a priori* nulle part où planter un pylône, ou une antenne… Ça vous dirait, une petite bière avant de reprendre la route ? »

Joe inclina la tête, à l'affût du mugissement des sirènes.

« Pas ici, répondit-il. Quelque part plus près de la maison. » La maison ? Quel curieux choix de mots. Comment cet endroit perdu au bout du monde pourrait-il être sa maison ?

Manesh tourna son écran vers Colin Helms. « Voici, dit-il. Marshall and Oakes.

— Quel est le cours actuel ?

— En baisse de six points. »

Colin Helms humecta ses lèvres. « Qui y avait-il d'autre, sur cette liste ? »

Joe fit défiler le tableau sur son écran. « Gemtech – on prédit une baisse de huit pour cent, KKL Polythene, China Tech…

Helms leva la main. « Stop. Vérifiez-moi toutes ces cotations. »

Manesh avait pris les devants. « Gemtech est en baisse de cinq, China Tech de sept, KKL de quatre.

— Bordel de merde. » Helms s'était levé comme un ressort.

« Marshall and Oakes prennent encore deux points dans la vue.

— Merde. »

Jeremy et Joe gagnèrent Port Nevis, où Joe acheta des sandwichs au Bell and Anchor, sur le front de mer. La température était très douce pour un jour d'automne. Ils s'installèrent avec des pintes de cidre Merryweather à une table face au port.

« C'est une drôle de journée pour moi, confia Joe. J'ai l'impression d'avoir le vertige. Je ne peux pas m'empêcher de tourner et retourner certaines choses dans ma tête.

— Quel genre de choses ?
— Le travail, dit Joe en contemplant son verre.
— Je connais ça. »
Joe leva les yeux. « C'est vrai ?
— Oh oui. S'il me vient une idée d'histoire, je ne peux plus penser à rien d'autre de la journée. C'est l'imagination qui fait des heures sup. »

Les heures sup. Les journées de travail sans fin. La jupe en accordéon de Janie Coverdale. Pizzas froides et code informatique. Enjamber les ivrognes vautrés devant l'entrée de l'immeuble. Parler de tout et de rien avec le chauffeur de taxi. Actions en hausse. La joie bruyante des courtiers. Actions en baisse. Les braiments des klaxons.

« Je ne pense pas que ce soit ça, répondit Joe.
— Ah. »

Quelque chose l'intriguait – mais quoi ? Il percevait de nouveau cette dissonance qui l'avait frappé quelques jours plus tôt à Saint-Piran. Les bateaux de pêche dans le port. Un homme qui remaillait un filet. Un couple qui cheminait main dans la main le long de la digue. Le kaléidoscope agressif des reflets du soleil sur l'eau, le fracas régulier des vagues se brisant contre la digue. Le temps. Voilà ce qui l'intriguait. Le temps, ici, n'avançait pas à la même allure. Ici, un homme pouvait s'asseoir avec son verre de cidre et contempler l'océan, les aiguilles de la pendule balaieraient le cadran sans que personne ne l'interpelle à tue-tête. Le « temps » existait-il seulement, à la City ? S'agissait-il du même phénomène ? Les instants évoluaient-ils lentement et sans heurt, en dérivant comme des bulles de savon, dans Threadneedle Street ? Les horloges s'arrêtaient-elles, là-bas ?

« Comment ça marche, ce truc – ce foutu programme ? Explique-nous comment il fonctionne. » Colin Helms était remonté dans les étages supérieurs et il était maintenant accompagné d'un homme aux cheveux gris, au visage fripé et raviné. Ils ne prirent pas la peine de s'asseoir. « Montre-nous », ordonna Helms.

Les démons du stress rôdaient dans la salle ; Joe les devinait tapis dans les recoins, aux aguets ; il les sentait s'emparer des commandes, accélérer son rythme cardiaque. Il enfonça quelques touches.

« Chaque société de courtage de la City est équipée d'un outil dans ce genre, observa le nouveau venu, l'air dubitatif. En quoi celui-ci est-il si différent ?

— Nous utilisons un traitement automatique du langage naturel, répondit Joe. Un moteur sémantique, qui nous a servi à construire le modèle. C'est comme un index de citations. Il lit la presse financière.

— Il lit ?... Qu'entendez-vous par là ? »

Joe, qui était incollable sur la question, se trouva un instant désarmé. L'autorité et l'expérience irradiant de Helms et de son collègue – de ce dernier, surtout – l'intimidaient. « Il lit », répéta-t-il en haussant les épaules, comme s'il trouvait la question bête. Un geste malheureux. Il se redressa et enchaîna, d'un ton plus professionnel. « Quasiment comme vous et moi. Mais beaucoup plus vite. »

« Retour arrière/Effacer », aurait dit Manesh – une expression qu'affectionnaient les quants et qui signifiait, « Oups ! Je me suis mal exprimé, permettez que je reprenne. » Joe se tassa dans son fauteuil. Un collier de transpiration affleurait sous son col. « En deux mots, le programme est connecté à Internet et il lit toutes les informations ayant trait à la finance. Il lit le *Financial Times*, tous les quotidiens, le *New York Times, The Economist*, la *Harvard Business Review*... plus de trois cents publications au total, dans une douzaine de langues ; il épluche chaque jour plus de dix mille articles, sans compter les communiqués de presse et les déclarations. Il possède une base de données de plus de vingt millions d'articles – juste en ce qui concerne la presse financière. Il dépouille également la presse généraliste. » Voilà qu'il devenait un moulin à paroles.

L'homme aux cheveux gris leva la main, comme un écolier.

« Expliquez-moi, Joe. C'est bien votre nom... Joe ? » Il fallait tendre l'oreille. La voix semblait émerger d'une poche d'eau stagnante dans les poumons.

« Joe Haak, monsieur. » Cette rencontre le rendait ridiculement nerveux.

« Lew Kaufmann. Enchanté. » Le vieil homme tendit une main aussi molle qu'un linge mouillé. « Dites-moi, Joe Haak. C'est la première fois que j'entends parler d'un ordinateur capable de comprendre ce qu'il lit. Du moins à cette échelle.

— Celui-là ne comprend pas mieux qu'un autre, monsieur. Le programme recherche simplement des proximités de termes. Au début, il s'agissait juste de repérer des noms de sociétés cités dans la presse financière. Si deux sociétés sont mentionnées dans un même article, combien de phrases, de mots, séparent leurs noms ? Moins il y en a, plus il est vraisemblable qu'il existe un lien entre elles. Un fil. On dénombre plus de quarante-cinq mille sociétés enregistrées de par le monde, sans compter les fonds d'investissement, et cinquante-quatre places boursières, donc dès le départ cela représentait énormément de données. Mais là où on a été malins, c'est qu'on a élargi le filet, en indexant d'autres mots – eau, carburant, élections, conflits armés, Syrie, Japon… Très vite, nous nous sommes retrouvés à suivre un corpus de vingt mille noms. Ensuite nous avons introduit des énoncés de valeur – des qualificatifs tels que "bon" ou "mauvais", "florissant", "déclinant", "démodé", "controversé", "sain", "trompeur" – des milliers de mots et expressions. Nous enrichissons la liste en permanence.

— Je n'en reviens pas. » Colin Helms et son collègue semblaient sidérés.

« Pour tout dire, nous n'avons même plus besoin de l'enrichir. L'ordinateur s'en charge tout seul. Quand un mot, un nom ou une phrase apparaît dans plus d'un article, il le reconnaît et il l'indexe. »

Lew Kaufmann scrutait l'écran avec intensité.

« Cela dit, ça n'en faisait toutefois pas un programme plus intelligent qu'une dizaine d'autres systèmes de trading qu'on trouve dans le Square Mile, poursuivit Joe, qui commençait à se détendre. L'idée vraiment futée a été de croiser toutes ces données avec les infos dont nous disposions déjà, toutes celles que nous collectons depuis des années et qui font apparaître des interconnexions dans les cours des actions. C'était l'étape la plus ardue à mettre en place, et la clé de voûte du système. On a pu observer alors l'évolution historique des cours et évaluer dans quelle mesure leurs fluctuations avaient un rapport avec ces fils que nous avions repérés dans la presse de l'époque. Ensuite, on a ajouté cet historique dans la marmite et, à partir de là, l'ordinateur pouvait essayer de prédire ce qu'il adviendrait du cours d'une action en fonction de n'importe quel événement. Nous n'avons même pas besoin de préciser la nature de cet événement. Le programme est capable de le repérer par lui-même dans les dépêches d'agence.

— Qu'en pensez-vous, Lew ? » demanda Helms, affichant un sourire radieux, comme s'il était l'instigateur du projet.

Lew Kaufmann opinait, l'air pensif. « Combien de temps vous a-t-il fallu pour développer ce programme ?

— Cinq ans, monsieur. » Les démons du stress semblaient battre en retraite.

« Bien, reprit le vieil homme. Nous aurions donc une bonne longueur d'avance sur les autres banques ?

— Sauf si elles sont déjà en train de plancher sur un programme similaire.

— Bonne réponse. » Kaufmann reporta toute son attention sur Joe. « Ce programme, que fait-il de la nature humaine, mon garçon ? À quel endroit ce paramètre s'intègre-il dans vos… équations ? »

Joe ne s'attendait pas à une pareille question. « Monsieur, je ne suis pas certain de comprendre…

— Simple curiosité. Savez-vous pourquoi ces garçons et ces filles, là… » D'un geste ample, il désigna la salle de marché. « … se méfient du trading par informatique ? Parce que les opérations qu'ils réalisent reposent sur une bonne compréhension de la nature humaine. Et ils croient dur comme fer que les ordinateurs, eux, ne nous comprennent pas. Ne peuvent pas comprendre les gens.

— Je sais, monsieur.

— Comprenons-nous vraiment pourquoi quelqu'un achète telle action plutôt que telle autre ? Les investisseurs n'ont pas toujours un comportement rationnel. Quand ils achètent, ils se laissent influencer par les sentiments. L'habitude. La notoriété d'une marque. Et ils vendent parce qu'ils ont peur. Ou parce que la réputation de cette marque a été ternie. Ou parce qu'un cadre dirigeant, dans un discours, aura prononcé un mot malheureux.

— Oui, monsieur.

— Mais à la fin, Joe, c'est une force bien plus puissante qui est à l'œuvre. Voilà ce qu'ont compris ces traders, là, et je ne suis pas persuadé que les ordinateurs puissent en faire autant. Savez-vous ce dont il s'agit ? demanda-t-il en haussant ses sourcils accidentés de rides.

— Je n'en suis pas sûr, monsieur…

— L'intérêt particulier, Joe. » Kaufmann posa une main sur son épaule. « L'âpreté au gain. L'esprit concurrentiel, qui pousse à ne se soucier que de soi-même, et l'autre peut bien aller se faire pendre. Voilà ce qui régit les marchés, jeune homme. Ma question est donc : disposez-vous d'un moyen pour déterminer le degré de l'intérêt particulier ? Voilà ce que j'ai besoin de savoir. »

Joe expira lentement, conscient du poids de la main du banquier sur son épaule. Les démons du stress pointaient à nouveau le bout de leur nez.

« Je comprends, monsieur, mais notre approche permet de le prendre en compte, sans qu'il soit besoin de programmer des règles spécifiques. Nous n'incluons aucun jugement de valeur personnel. » Il observait Kaufmann, à l'affût du moindre signe de désaccord de sa part, mais le visage du vieil homme demeura impassible. « Nous nous fondons sur ces milliers d'articles écrits par des experts. Si la presse financière prend en compte l'intérêt particulier, il apparaîtra *ispo facto* dans le modèle. Ce paramètre est donc bien considéré – exactement comme les traders, là, dans la salle. Simplement, notre information émane des analyses d'un millier d'experts. On lit et confronte leurs avis, sans jamais se prononcer personnellement quant au comportement qu'adopteront les gens. »

Le vieux banquier était pensif. « Pourriez-vous inclure mes propres analyses ? Ou bien dois-je publier une tribune dans la presse financière pour que votre ordinateur inclue mon avis ? »

Une moiteur avait envahi la nuque de Joe, sa gorge était sèche. « Ce système marchera du feu de Dieu, jusqu'à ce que les mecs d'en haut mettent la main dessus », lui avait souvent dit Manesh. Joe opina prudemment. « Si vous m'envoyiez par e-mail un court mémo chaque fois que vous souhaitez influencer le système, je pourrais veiller à ce que celui-ci lise vos analyses.

— Je vois. Et alloueriez-vous un… poids particulier à mes analyses ? »

Les deux hommes se regardèrent un instant les yeux dans les yeux. Joe hésita. Et quand il répondit, ce fut presque un murmure. « Pas sciemment, monsieur.

— Ce n'est pas ce qu'il voulait dire, Lew, intervint Colin Helms. Il plaisantait... n'est-ce pas, Haak ? »

Mais Kaufmann détacha la main de l'épaule de Joe et fit signe à Helms de se taire. « Une minute, Colin. Bien, monsieur Haak. Corrigez-moi si je me trompe mais, à ce que j'ai compris, c'est moi qui ai payé ce système informatique. »

Le cinquième étage semblait avoir plongé dans un abîme de silence, comme si quelque cataclysme avait anéanti les sonneries de téléphone, les voix survoltées des traders, le *tap tap bang*.

« Je n'ai pas dit que je refusais, monsieur.

— Vous êtes juste réticent, c'est ça ? »

Joe remarqua l'expression de Colin Helms ; sa bouille de gros ours était décomposée.

« Voyez-vous, monsieur Kaufmann, si ce programme fonctionne si bien, c'est aussi parce qu'on ne cherche pas à interférer, à orienter son raisonnement dans une direction ou une autre.

— Vous préférez faire confiance au jugement des masses plutôt qu'à celui d'un seul expert ? C'est ça ?

— Oui, monsieur. »

Kaufmann se leva sans hâte. « Combien vous payons-nous, mon garçon ? » demanda-t-il.

Joe grimaça. « Un salaire de quant, monsieur.

— Eh bien, vous venez de le doubler. Quand commencerons-nous à utiliser ce programme pour de vrai ? »

Le brouhaha familier était de retour. « Il faut encore effectuer une période de test de trois mois, intervint Janie.

— Un mois, trancha Kaufmann. Et je veux un rapport chaque soir sur mon bureau indiquant quel aurait été le résultat de nos opérations du jour si nous avions utilisé ce système, plutôt que ceux que nous utilisons en ce moment.

— Oui, monsieur Kaufmann, obtempéra Janie.

— A-t-il un nom, au fait ?

— Un nom ?

— Eh bien, oui. Comme Windows. Ou Facebook.

— Pour l'instant, nous l'appelons LKTest DB3.

— Très accrocheur, persifla Kaufmann. Que diriez-vous de "Cassie" ? C'est le prénom de ma petite-fille.

— Un nom parfait, approuva Joe. Je le baptise Cassie.

— Et vous, ajouta Lew Kaufmann, vous venez de doubler votre salaire deux fois en deux minutes. »

Ils quittèrent l'auberge de Port Nevis et regagnèrent tranquillement la voiture de Jeremy.

« Vous êtes très aimable avec moi, dit Joe.

— C'est normal. Vous avez mis de l'ambiance dans le village.

— Tout de même. »

Ils sortirent du village et s'engagèrent sur la route de Treadangel. « Je me sens beaucoup mieux, observa Joe. Je pense que je souffrais de… je ne sais pas… de stress post-traumatique.

— Doux Jésus ! À vous entendre, on croirait que vous étiez à la guerre. »

À la guerre ? C'était bien l'impression qu'il avait. « Bon, c'est peut-être pas le terme adéquat. Disons que je me sens comme… une corde de violon trop tendue, qui menace de se rompre au premier pincement. Mais la tension se relâche. Vous voyez ce que je veux dire ? »

Jeremy Melon avait un sourire aux lèvres. « Si vous saviez ! Quand je suis venu pour la première fois à Saint-Piran, il y a seize ans de ça, j'étais dans le même état. J'étais prof, à l'époque.

— Qu'est-ce qui vous a poussé à rester ?

— C'est compliqué. J'enseignais la biologie à l'université de Leeds. Je n'excellais pas dans ce métier.

— Je suis certain du contraire.

— C'est aimable à vous de dire ça, mais c'est la vérité. Je ne supportais pas le stress. Je suis bien plus heureux maintenant. Je ne gagne pas autant, évidemment. Je rédige des manuels d'histoire naturelle. Ça paye tout juste les factures. Je contribue à quelques encyclopédies. J'écris aussi quelques nouvelles. Je donne des cours du soir. Et pas grand-chose d'autre.

— Vous avez dit non à la foire d'empoigne…

— Oui. » Jeremy lui décocha un regard. « C'est exactement ça. Mais attention, les circonstances étaient moins simples qu'elles n'y paraissent.

— C'est bien mystérieux… »

Jeremy rétrograda et bifurqua un peu vite sur la petite route de Saint-Piran. « Je suis tombé amoureux… d'un de mes étudiants.

— Aïe. » Saint-Piran était-il devenu une destination refuge pour les malmenés par la vie ? se demanda Joe. On fuit le stress, et c'est ici qu'on aboutit. Parce qu'à tenter d'aller plus loin, on mouillerait ses pneus. « Tout de même, cela n'a rien d'illégal ? Pas à l'université ?

— Non, convint Jeremy. C'est un manquement à l'éthique, à la rigueur. De toute façon, l'étudiant n'en a jamais rien su.

— Vous avez tu vos sentiments ?

— Bien entendu. L'université n'aurait jamais approuvé.

— Je ne comprends pas. Qu'est-ce qui vous obligeait à partir, alors ?

— Je n'étais obligé de rien. Mais un soir, je suis monté dans ma voiture, et j'ai roulé. Aussi simple que ça.

— C'est une triste histoire.

— Pas du tout. Elle se termine bien. Me voilà à Saint-Piran. Jamais plus je n'ai eu à fuir. »

Ils avaient atteint l'entrée de la ferme des Magwith, où Joe avait laissé sa voiture. « Je vous dépose ici ?

— Oui, s'il vous plaît. »

Jeremy laissa le moteur tourner au ralenti.

« Qu'est devenu l'étudiant ?

— Il est haut fonctionnaire au Foreign Office, je crois. Marié, deux enfants. »

Joe ouvrit la portière. « Puis-je vous poser une question ?

— Posez toujours.

— Connaissez-vous Polly Hocking ?

— Évidemment. » Jeremy plissa les paupières. « De quoi s'agit-il, Joe ?

— Rien, rien. Je me demandais juste… comment est-elle ? Est-elle heureuse en mariage ? Ce genre de choses. »

Jeremy coupa le contact et mûrit un instant sa réponse. « Êtes-vous en train de me demander si Polly est inaccessible ? »

Joe se mordit les doigts d'avoir mis ça sur le tapis. La confession à cœur ouvert de Jeremy l'avait enhardi, mais peut-être lui-même était-il allé trop loin. « Non. Bien sûr que non. C'était une question bête. »

Jeremy ne fit aucun geste pour remettre le contact.

« Cela étant… il n'est pas impossible que cette question m'ait traversé l'esprit. Comme ça, sans raison particulière. Disons que Polly m'a… »

Il hésita. « Perturbé. » En cela, il disait vrai. Jamais, dans son souvenir, aucune femme ne l'avait perturbé à ce point.

« A-t-elle flirté avec vous ?

— Non, non… pas exactement.

— Elle est très forte à ce petit jeu.

— Quel petit jeu ?

— Flirter sans avoir l'air d'y toucher.

— Peut-être ai-je mal interprété les signaux. Peut-être… le langage corporel est-il différent, ici. »

« Joe. » Jeremy posa une main sur son avant-bras. « Puis-je vous donner un conseil ?

— Il serait le bienvenu. » Le visage de Polly restait imprimé sur sa rétine – cette mèche indisciplinée, ces taches de rousseur…

« Adressez-vous à Demelza. » Joe espérait en entendre plus mais, à l'évidence, Jeremy n'en dirait pas davantage.

« C'est tout ? C'est votre conseil ? Que je m'adresse à Demelza ?

— C'est une romancière. Elle écrit des romans sentimentaux. Elle comprend les histoires de cœur. Qu'est-ce que j'y connais, moi ? J'écris des bouquins sur les bernacles. L'humble bernacle n'a plus guère de secrets pour moi, mais quand il s'agit d'amour… je ne me fierais même pas à mes propres conseils. C'est Demelza l'experte.

— Très bien.

— Saviez-vous que la bernacle possède le plus long pénis du règne animal ?

— Ah bon ?

— Il peut faire jusqu'à huit fois la longueur de son corps.

— Vous m'en direz tant… » Joe descendit de voiture. « Je ne savais même pas que les bernacles avaient un pénis.

— Vous aurez au moins appris quelque chose, aujourd'hui. La prochaine fois que nous nous rencontrerons sur la plage, je vous montrerai. La plus grosse queue du monde.

— Merci, Jeremy. » Joe riait maintenant. « Allez voir Demelza.

— Je vais y réfléchir. »

# 10

## On peut descendre le toit ?

Le voile de buée qui flottait comme un linceul sur l'océan avait commencé à se dissoudre et les brises iodées venues d'autres contrées léchaient les galets de la plage. Joe avait le sentiment qu'ici les cauchemars appartenant à d'autres lieux, d'autres temps, pourraient se dissiper en fines volutes, comme la brume marine. Depuis le banc sur lequel il était assis, il voyait Kenny Kennet s'affairer au bord de l'eau, entre les rochers, avec son sac rempli de bois flottés. Charity Cloke, au bras de son jeune ami, se promenait sur le sable avec son chien. Et là-bas, en train de lire sur un rocher, n'était-ce pas Aminata, l'infirmière ? Joe commençait à mémoriser leurs noms et s'en réjouissait. Le jeune ramardeur qui accompagnait Charity s'appelait Casey. *Casey*, murmura-t-il.

Autant de visages qui, une semaine plus tôt, étaient encore ceux d'inconnus.

« Jacob Anderssen, l'aubergiste, enchaîna-t-il. Samuel Robins, le pêcheur. Hedra Penhallow, du Bed & Breakfast. Polly. Polly Hocking. » Et à l'instant où il prononçait son nom, Joe la vit apparaître au détour du cap, flanquée d'un jeune homme. De qui s'agissait-il ? À cette distance, il était impossible de l'identifier. Joe, pourtant, pouvait presque distinguer l'éclat des joues de Polly Hocking. Elle roule un peu des hanches en marchant, s'amusa-t-il, et passe les doigts dans ses cheveux blond doré pour dompter les mèches rebelles.

Elle ne l'avait pas remarqué, et c'était tant mieux. Il se leva et avisa un sentier broussailleux qui s'enfonçait vers la falaise. Si elle l'apercevait de loin, elle ne pourrait jamais se douter qu'il l'avait vue. Le sentier n'était pas franchement praticable, certains tronçons étaient pentus, il fallait escalader des rochers, écarter des ajoncs. Dissimulé derrière un affleurement rocheux, Joe contempla le large : comment pouvait-on cohabiter avec une aussi monstrueuse masse d'eau et néanmoins aller chaque jour son bonhomme de chemin comme si de rien n'était ? À dire vrai, les habitants de Saint-Piran ne vivaient pas dans cette indifférence. Leur vie était réglée par le mouvement des marées, la formation des bancs de maquereaux et le cycle reproductif des homards et des crabes.

Ferait-il mieux de retourner à la City ? À l'heure qu'il était, leur rage avait peut-être cédé la place à l'inquiétude. Ses amis devaient se faire un sang d'encre. Et son père – était-il au courant ? Papa Mikkel se trouvait sûrement dans son pavillon, près de Copenhague, en train de biner son potager, à moins qu'il ne fût dans sa maisonnette d'été, sur une île bien au-delà du détroit d'Øresund. Par association d'idées, Joe sourit en songeant à sa sœur, Brigitha. La petite Brigitha et ses tresses dorées, son appareil dentaire et ses lunettes en plastique rose. Elle avait beau être son aînée, c'était l'image d'elle qui lui venait toujours, encore aujourd'hui. Où était-elle, en ce moment ? Quelque part en Lituanie, aux dernières nouvelles. Comment s'étaient-ils débrouillés pour perdre à ce point contact ? Joe s'accroupit sur une butte d'herbe et réfléchit à sa vie. Il pouvait grimper dans sa voiture, et regagner le monde réel. Nul besoin de faire des adieux. C'était sûrement la décision qui s'imposait. Qui le regretterait, ici ? Personne. Et sans doute nul n'était-il à ses trousses, d'ailleurs. Peut-être avait-il monté en épingle son rôle dans les événements survenus à la banque. Il n'était guère plus qu'un dommage collatéral. Quant aux menaces des traders – *tu vas porter le chapeau, mon vieux* –, n'étaient-ce pas juste des paroles en l'air ? Peut-être Colin Helms et Janie Coverdale avaient-ils assumé l'entière responsabilité. Joe allait perdre son job, bien sûr, mais il avait des économies, et ses compétences trouveraient aisément acquéreur. Il pouvait même s'aventurer à jouer en Bourse, avec l'assistance de Cassie. Qu'est-ce qui le retenait ici, dans ce hameau soporifique où le temps courait à moitié moins vite qu'ailleurs ? Rien.

Il se mit partiellement à découvert et, pile à cet instant, quelqu'un cria son nom. « Joe ! Joe ! » Sur la plage, en contrebas, Polly Hocking lui faisait signe. Le jeune homme qui l'accompagnait avait disparu.

Joe agita la main à son tour. Que faire, sinon rebrousser chemin pour aller la saluer, maintenant qu'elle l'attendait au pied du raidillon, en se balançant d'un pied sur l'autre, mains croisées derrière le dos ? Alors qu'il se rapprochait, il vit s'épanouir sur le visage de la jeune femme le sourire le plus radieux qu'il eût jamais vu.

« Je vous apporte de bonnes nouvelles, annonça-t-elle, avant de faire volte-face et de s'éloigner, contraignant ainsi Joe à lui emboîter le pas jusqu'au rivage.

— J'aime les bonnes nouvelles.

— Parfait.

— Qui était cet homme ?

— Quel homme ? » Elle inclina la tête. « Étiez-vous en train de m'espionner, Joe Haak ?

— Absolument pas. » Il s'efforça de paraître vexé. « J'ai cru… vous voir en compagnie de quelqu'un.

— Et moi je crois que quelqu'un est jaloux.

— Ne soyez pas bête. Vous êtes mariée. »

Elle lui décocha un regard faussement sévère. « Allons-nous faire un tour en voiture, aujourd'hui ? demanda-t-elle.

— Où ça ?

— N'importe où.

— Pourquoi ?

— Vous ne voulez pas connaître la bonne nouvelle ? » Elle se tourna vivement puis s'éloigna de quelques pas à reculons. « Allez, suivez-moi, monsieur Décapotable », lança-t-elle à tue-tête.

« On peut descendre le toit ?

— Non. En fait, ce n'est pas une décapotable.

— Quel dommage. » Elle pressa un bouton et la vitre s'abaissa. « Pouvons-nous dépasser la ferme de Bevis Magwith, aujourd'hui ?

— Uniquement si vous m'annoncez la bonne nouvelle.

— Oh, ça. Bon, j'ai appelé un de mes amis, à Penzance. Il est policier.

— Et…

— Et il n'a jamais entendu parler de vous. » Le vent faisait voler ses cheveux. « Elle roule vite ?

— Très vite. Que voulez-vous dire, il n'a jamais entendu parler de moi ?

— Je veux dire que vous êtes tiré d'affaire.

— Ils ne recherchent pas ma voiture ?

— Non plus. Ti-ré d'af-faire », martela-t-elle. Elle rayonnait. « Fêtons ça. »

Il caressa du pied l'accélérateur. Une bouffée de liberté. « Comment aimeriez-vous fêter cela ?

— Le champagne me conviendra parfaitement, charmant coucou. »

Ils trouvèrent un restaurant, sur le front de mer, qui avait connu des jours meilleurs. La moquette était élimée autour de la porte, et les peintures n'étaient pas de première fraîcheur. « Je rêvais de manger ici », lui dit-elle. Il était un peu tôt pour déjeuner. Ils commandèrent du champagne, et des sandwichs au crabe. Polly, assise face à la baie, oscillait au rythme de la musique ; Joe l'écoutait respirer et il eut l'impression qu'une légion de démons se querellait en elle, pour trouver une échappatoire. Ils échangèrent à peine deux mots. Il commanda ensuite des fraises et fit de son mieux pour ne pas la dévisager avec trop d'insistance. Cet éclat dans son œil, était-ce une larme ? Il détourna timidement le regard.

Elle était belle. Comment cela avait-il pu lui échapper ? Sa beauté différait de celle des tradeuses de la City – la beauté froide et professionnelle de Janie Coverdale ou celle des filles du neuvième étage, entretenue à grands frais, perfectionnée par une dentition parfaite, une précision capillaire millimétrique et des vêtements de créateurs. C'était une beauté plus rustique, moins affûtée, moins trafiquée – plus « bio ».

« J'avais le béguin pour lui, lâcha-t-elle tandis qu'ils rassemblaient leurs affaires pour s'en aller.

Alvin. Je n'étais encore qu'une écolière. Il savait drôlement y faire, sur la chaire.

— Ah. » Joe, tout occupé qu'il était à la positionner, dans sa tête, sur un graphique mental, opina distraitement. Sur l'axe des ordonnées, figurant la beauté, Polly se situait tout en haut, mais sur celui des abscisses, indiquant l'accessibilité, elle se trouvait tout au bout, dans une région déjà surpeuplée de belles filles belles inaccessibles.

« Il est beaucoup plus vieux que moi. Vingt-six ans. Ça ne semblait pas avoir d'importance. Pas vraiment. Il m'a dit que si je le voulais, il me faudrait l'épouser. Que c'était ça, ou rien. »

Au retour, ils empruntèrent un itinéraire touristique. Joe s'arrêta à une station-service pour faire le plein ; il ne redoutait plus à ce stade les caméras de surveillance. Depuis presque une heure, il n'avait pas pensé une seule fois à Lane Kaufmann. Exception faite d'une vision – Janie Coverdale, dans son tailleur framboise, assise dans une cellule de commissariat, seule, la jupe soigneusement roulée tel un préservatif.

# 11

## Comment tout ça finira-t-il ?

Ses rêves hantaient toujours, cependant, le cinquième étage. Il avait beau se réveiller avec le criaillement des mouettes, l'odeur des casiers de homards tout juste débarqués et le joyeux tumulte des voix d'enfants – tant qu'il gardait les yeux fermés, c'étaient des images de bureaux en verre, de tableaux de bord, de costumes milanais, d'alertes de CNN qui défilaient sur l'écran de ses paupières. Un battement de cils suffisait à les disperser en invitant la lumière ensoleillée d'un nouveau jour. Les fantômes, en revanche, continuaient de rôder. *Je devrais m'attarder ici jusqu'à ce qu'un matin, au réveil, je découvre qu'enfin j'ai rêvé d'autre chose*, songea-t-il. Mais combien de nuits faudrait-il encore ? Mallory Books avait-il la réponse ?

Joe se doucha, s'habilla. Quel plaisir d'enfiler des vêtements neufs. Il avait fait la grasse matinée. Quelle heure était-il ? Neuf heures et quart ! En temps normal, il serait à son bureau depuis plus d'une heure et Amelia Warren dériverait jusqu'à lui avec un café américain et un *croissant aux amandes*, qu'il accueillerait avec bonheur maintenant. Qu'allait devenir Amelia ? Il l'imagina dans un Starbucks, vidant du marc de café – *tap tap bang*. De fil en aiguille, il pensa à son équipe. Manesh trouverait sans mal un nouveau poste à la City. Il gardait un dossier rempli d'offres sous le coude. Jonathan Woodman et Rodney Byatt – eux aussi s'en sortiraient. Manesh les embarquerait avec lui ; peut-être d'ailleurs étaient-ils tous déjà chez Citigroup ou Barclays Capital. Mais qu'adviendrait-il des juniors ? Étaient-ils chez eux, à éplucher les offres d'emploi de l'*Evening Standard* ? Cette idée le mit mal à l'aise.

Un soir, quelque temps plus tôt, alors qu'il rangeait son bureau, enfilait son manteau et refermait son ordinateur portable, le grand manitou aux cheveux gris, descendu des nues du douzième étage, s'était matérialisé à ses côtés.

« Monsieur Kaufmann, dit Joe, surpris. Cherchez-vous quelqu'un ?

— Oui, Joe. Vous. »

Ils prirent l'ascenseur ensemble et le vieil homme l'emmena dans un bar à vin de Lombard Street. Ils s'installèrent dans un coin de la salle, dans la pénombre ; le bar grouillait de banquiers qui s'échangeaient les nécrologies d'une journée d'opérations. Joe commanda un Coca light. Kaufmann, un verre de chardonnay.

« Pourquoi vouliez-vous me voir, monsieur ?

— Lew, corrigea le vieil homme. Donnez-moi des nouvelles de Cassie. »

Joe s'était attendu à cette conversation. « Jusque-là, tout roule. » La période de test était écoulée. Un mois, c'était vraiment trop court, jugeait Joe, mais dans les banques d'affaires, l'urgence faisait loi, on ne souffrait pas de délai. Et, pour dire vrai, Janie avait commencé à investir d'après les recommandations de Cassie bien avant le terme de la période de test. « Nous avons eu un ou deux pépins », reconnut-il. C'était le programmeur en lui qui parlait. « Mais tout est rentré dans l'ordre et se met en place.

— J'ai vu les comptes-rendus », dit Kaufmann. Il souriait. « Nous avons plus de douze jours consécutifs de résultats positifs, au cinquième.

— Les traders l'ont baptisé le *Computer Aided Share Selection and Investment Engine**, dit Joe. Acronyme : CASSIE. Ça colle.

— Excellent, approuva le vieux banquier, l'air ravi. Je le dirai à Cassie. »

Chacun but une gorgée, puis Kaufmann reprit : « Dites-moi, Joe, êtes-vous un économiste ?

* Sélection de titres assistée par ordinateur et moteur d'investissement.

— Non, pas vraiment. Je suis mathématicien. J'ai étudié la modélisation des systèmes complexes.

— Intéressant. » Kaufmann se pencha par-dessus la table, comme si leur conversation était confidentielle. « C'est ce que j'espérais. » La soudaine proximité de leurs visages était inconfortable, mais Joe se voyait dans l'impossibilité de reculer. « Comment votre programme voit-il l'avenir ? reprit le banquier. Ce qu'il vous dit d'aujourd'hui, de demain, peu m'importe. Que vous dit-il de l'année prochaine ? Des cinquante prochaines années ? » Il avait l'haleine aigre.

« Pas grand-chose, monsieur. Cassie est programmée pour anticiper sur quelques dizaines d'heures. Pas plus. Nous l'avons conçue pour prévoir les fluctuations de prix sur quelques jours.

— Je vois. » Il y avait une pointe de déception dans sa voix « Mais vous pourriez anticiper au-delà ? Rien ne l'empêcherait ?

— En théorie, non. Cependant, ça accentuerait de menues erreurs ; la précision en serait affectée. C'est l'effet papillon. Passé un certain stade, nos prévisions ne seraient pas plus fiables qu'un coup de dés. On peut voir dans l'avenir, mais uniquement dans l'avenir proche. »

Kaufmann expira par la bouche, sans desserrer les mâchoires. « En ce cas, laissez-moi poser une question très simple – elle s'adresse au mathématicien. Comment tout ça finira-t-il ? Qu'est-ce que tout ça va devenir ? » Il leva les mains comme un suppliant et fit mine de former une cage imaginaire sur la City, l'ensemble de ses banques, de ses institutions, de ses salles de marché. « Tout ça ?

— Je ne suis pas certain de bien comprendre.

— La croissance… Sera-t-elle éternelle ? Qu'en dites-vous ? Il existe quatre scénarios possibles, monsieur Haak, et celui-ci en est un, je suppose. Appelons-le "Scénario numéro un". Le scénario de la croissance infinie. Si nous revenons dans un millier d'années, l'Angleterre sera-t-elle devenue une forêt de verre et d'acier, un concentré d'entreprises prospères, le royaume des traders ? Le Footsie aura-t-il atteint la barre du million ? » Il baissa les mains d'un cran. « Ou bien envisageons-nous le scénario numéro deux ? Appelons-le le "Scénario de l'équilibre". Celui où, disons dans dix siècles, nous sommes toujours peu ou prou au point que nous avons atteint à ce jour. Londres aura la même physionomie qu'aujourd'hui, nous nous déplacerons toujours dans des voitures alimentées au pétrole, regarderons encore des télévisions à écran plasma, nous lirons le *Sunday Times*, irons à Wimbledon voir des matchs de tennis, ou en vacances en Algarve. » Ses mains s'abaissèrent encore d'un cran. « Ou bien est-ce l'amorce d'un lent déclin ? C'est le Scénario numéro trois. Allons-nous atteindre un stade où, palier par palier, la demande en matières premières excédera les réserves mondiales, et où, lentement mais sûrement, ce sera la paupérisation générale ? Allons-nous descendre par un étroit escalier de ce monde de paillettes et de lumière, marche après marche, jusqu'à retourner à l'âge de pierre ?

— Je ne sais pas.

— Vous avez forcément un avis, monsieur le mathématicien, non ? C'est vous qui avez construit le modèle. Vous savez mieux que quiconque comment tout ça fonctionne. » Une lueur implacable s'était allumée dans l'œil du vieux banquier.

« Je devine qu'il doit y avoir une limite à la croissance infinie, avança Joe avec prudence.

— Vous devinez ? »

La conversation s'apparentait de plus en plus à un examen. « Peut-être y aura-t-il des oscillations, hasarda-t-il, en dessinant d'un geste une onde sinusoïdale. « Croissance, contraction, croissance… et ainsi de suite.

— Là, vous trichez, Joe. » Kaufmann semblait déçu. « Vous évitez la question qui pose problème. Mais admettons que vous ayez raison. On a néanmoins besoin d'une réponse. Quelle est la tendance générale de l'économie mondiale, si nous égalisons vos oscillations ? Dans quelle direction avance-t-elle ? Vers le haut ? » Il souleva sa main à hauteur de l'épaule. « Elle demeure au même niveau ? » Il caressa un plateau invisible.

« Ou bien incline-t-elle vers le bas ? » Il esquissa d'un geste les marches d'un escalier.

Une sensation familière commença à envahir Joe. Le stress, tel un gaz pernicieux, engourdissait ses membres, se propageait insidieusement le long de ses bras, dans la moelle de ses os. Existait-il une bonne réponse à ces questions, ou bien Lew Kaufmann cherchait-il seulement à recueillir un avis ?

« Rien ne peut croître indéfiniment, se surprit-il à répondre.

— Bien. » Le vieux banquier recula et figura une pyramide avec ses doigts.

« Si nous sommes coincés *ad vitam aeternam* sur cette planète, dans ce Système solaire, alors nous ne pouvons rien espérer de mieux que trouver un niveau d'activité d'économique en rapport avec nos ressources… et réussir à le maintenir à l'équilibre. » Joe avait la sensation de parler pour ne rien dire. Il regarda le vieil homme dans les yeux. « Le plus longtemps possible », ajouta-t-il.

Kaufmann hochait lentement la tête. « C'est effectivement ce que nous pouvons espérer de mieux. Avez-vous entendu parler du docteur Pangloss ?

— Je ne crois pas, monsieur. Le nom me dit cependant quelque chose…

— Il faut lire davantage, jeune homme. Le Dr Pangloss était un ami de Candide, personnage inventé par Voltaire, l'écrivain français. Pangloss avait une faiblesse fondamentale : il croyait dur comme fer que nous vivons dans le meilleur des mondes possibles. C'est une théorie qui a toujours rencontré beaucoup de succès. Après tout, si Dieu a créé le monde, et que Dieu est parfait, alors ce monde est logiquement le plus parfait des mondes. Le Dr Pangloss disait que nous avons tous des oreilles et un nez afin de pouvoir chausser des lunettes.

— Sauf que dans le plus parfait des mondes possibles, personne ne serait myope », observa Joe.

Kaufmann lâcha un rire sifflant. « Selon vous, donc, nous ne vivons pas dans un monde parfait ? »

Joe secoua la tête. « Probablement pas.

— Cela écarte par conséquent les scénarios un et deux. Que nous reste-t-il ?

— Un lent déclin ? »

Kaufmann se pencha un peu vers lui. « Ou bien… ne serions-nous pas en train de négliger quelque chose ? Un quatrième scénario, que nous répugnons à envisager, mais que Cassie pourrait prévoir ? »

Joe sentait que son pouls s'accélérait. Cette conversation prenait des airs d'étrange initiation à quelque noir secret planétaire. « Quel serait-il ? » demanda-t-il, bien qu'il connaisse déjà la réponse.

— L'effondrement. » Kaufmann guettait la réaction de son interlocuteur. « Mais je ne vous apprends rien, n'est-ce pas, Joe ? Vous êtes un mathématicien. Vous savez ce qui arrive aux systèmes complexes. Un effondrement subit, spectaculaire, catastrophique. » Ces mots flottèrent un instant entre eux. « Avez-vous jamais entendu dire que notre société n'est qu'à trois repas de l'anarchie ?

— J'ai déjà entendu ça. Oui.

— Vous y croyez ? »

Joe haussa les épaules. « Je suppose. Quand les gens ont faim… il faut s'attendre à tout.

— À des troubles de l'ordre public, par exemple ?

— Probablement.

— Combien de temps cela prendrait-il pour en arriver là ? »

Joe se cala contre son dossier. Il avait le tournis. Voilà donc pourquoi Lew Kaufmann était descendu le débusquer au cinquième étage, et pourquoi, sans doute, il avait augmenté son salaire. Il voulait une réponse à cette question. Joe devait se montrer prudent.

« En général, monsieur, les systèmes sont assez résilients. Si un fournisseur fait défaut, un autre surgit pour s'y substituer. Si une source de matière première se tarit, une autre apparaît. Les prix peuvent varier, mais les réseaux relationnels et les institutions s'adaptent. »

Kaufmann l'observait attentivement, mains jointes comme pour une prière. « Avez-vous déjà joué à ce jeu qui consiste à bâtir une tour avec des blocs de bois ? J'y joue avec ma petite-fille. Chaque joueur, l'un après l'autre, retire ensuite une pièce de l'édifice. » Il mima l'action délicate. « Ce qui est surprenant, c'est que la tour reste très longtemps debout. Elle est exactement comme l'économie, voyez-vous – résiliente. Chaque niveau comporte des éléments redondants mais arrive le moment où on dégage un bloc – une petite pièce inoffensive – et bam ! l'édifice tout entier s'écroule. » Il mima la catastrophe. « La tour ne décline pas lentement, voyez-vous. Elle ne s'affaisse pas, elle ne devient pas un modèle réduit… Non. Elle s'effondre. Bam. » Kaufmann considéra longuement Joe. « Cela pourrait-il nous arriver ? Cela pourrait-il arriver à notre société ? À notre civilisation ?

— Pour l'instant, elle tient le coup.

— Rien ne dit que ça durera toujours.

— Sans doute. » Joe garda un moment le silence.

« Imaginez que vous êtes une dinde, reprit le vieil homme et, sourire aux lèvres, il laissa à Joe le temps de visualiser la chose. Vous trouvez que la vie est belle. Le fermier vous nourrit grassement, il vous dorlote, il vous garde au chaud, vous protège des prédateurs. Les jours se suivent et se ressemblent. Si vous deviez, en tant que dinde, prédire de quoi demain sera fait, que diriez-vous ? »

Joe sourit. « D'autant qu'hier ?

— Tout à fait. Vous diriez donc, demain, tout ira bien, je serai au chaud et j'aurai le ventre plein. Parce que vous ignoreriez que demain, c'est l'avant-veille de Noël. » Kaufmann se pencha au-dessus de la table. « À quiconque vous demanderait si un désastre pourrait survenir demain, vous feriez la même réponse : à ce jour, rien de tel ne s'est jamais produit.

— Oui, je suppose.

— Quelle quantité de nourriture trouve-t-on sur les étagères des supermarchés ? reprit Kaufmann. Quels volumes de carburant contiennent les cuves des stations-service ? Bien moins qu'on ne l'imagine. Les entreprises ont revu leurs niveaux de stocks à la baisse. C'est ruineux. Financièrement, ça n'a pas de sens. La plupart des grosses stations-service, par exemple, sont réapprovisionnées chaque nuit. Elles ont juste assez de réserve dans leurs cuves pour se prémunir contre une panique aux pompes. Quand on entre dans un supermarché et qu'on voit tous ces rayons gémir sous le poids des marchandises, on se dit qu'il y a là de quoi nourrir une ville entière pendant un an, mais on se trompe. La plupart des grandes surfaces fonctionnent en flux tendus. Combien de temps faudrait-il, selon vous, pour que suffisamment de gens aient sauté trois repas ?

— Bon, présenté comme ça… une semaine ? Deux ?

— Peut-on envisager des circonstances, raisonnablement vraisemblables, susceptibles d'interrompre les livraisons pendant une ou deux semaines ? »

Joe s'accorda un temps de réflexion. « Il faudrait des circonstances à l'échelle mondiale.

— Je suis d'accord, opina Kaufmann. Donc, envisageons le problème à l'échelle planétaire. Combien de temps cela prendrait-il ? »

Joe secoua la tête. « Je ne sais vraiment pas. »

Kaufmann vida son verre de vin d'un trait. « Je veux que vous posiez la question à Cassie, dit-il en se levant.

— Cassie ?

— Oui. J'ignore comment vous allez vous y prendre, mais débrouillez-vous. Vous êtes un garçon brillant, je suis sûr que vous trouverez un moyen. » Il abattit une main sur l'épaule de Joe. « Découvrez quel déplaisant concours de circonstances serait nécessaire pour provoquer l'effondrement de la tour de Babel. » Il soutint le regard de Joe. « Pensez-vous pouvoir le faire ?

— Cassie n'a pas été conçue pour ça…

— Eh bien, modifiez le système. » Le regard de Kaufmann s'était étréci. Cela n'avait rien d'une suggestion.

« Reformater le programme ?

— S'il vous plaît, Joe, ne vous méprenez pas. Ce n'est pas un caprice de ma part. En reconnaissance de votre travail, j'ajouterai votre nom à notre régime de primes. Il y a encore une dernière chose…

— Oui, monsieur ?

— Tout cela doit rester strictement entre nous.

— Et mes programmeurs ?

— Ils n'ont pas besoin d'être au courant. Faites preuve de créativité pour noyer le poisson.

Joe avait les lèvres sèches. « J'essaierai, monsieur.

— C'est bien, mon garçon. » Kaufmann lui décocha un sourire satisfait.

Voilà comment cet homme manœuvre son monde, songea Joe. Il alpague les gens tard le soir, à l'improviste. Il les coince dans une alcôve de bar à vin, et leur extorque des promesses qui n'auraient peut-être jamais été consenties à la lumière des néons, autour d'une table de réunion.

« La porte de mon bureau vous est ouverte. N'importe quand, ajouta Kaufmann. Maintenant, je dois y aller. Je dîne avec ma petite-fille, Cassandra. » Il dirigea Joe vers la sortie, dans la nuit qui tombait sur Lombard Street.

# 12

## Ne voyez-vous pas que c'était sa malédiction ?

« Elle était la fille du roi de Troie – le roi Priam, dit Jeremy Melon. Elle eut une aventure avec Apollon, qui lui offrit en récompense le don de prophétie.

— Ce n'était pas un don, trésor, mais une malédiction, corrigea Demelza Trevarrick. Elle a éconduit Apollon, et il l'a maudite. Quelqu'un y trouverait-il à redire si j'allumais une cigarette ? Il n'y a que nous quatre, ici, et dehors il fait un froid de canard.

— Cinq, avec Jacob. » Jeremy désigna le propriétaire du Petrel Inn, qui essuyait des verres derrière le comptoir. « C'est plutôt à lui qu'il faut demander la permission.

— Qu'il vous l'accorde ou pas, moi, j'y trouverai à redire, intervint Books. C'est une manie dégoûtante.

— Très cher, c'est tout de même vous qui nous empestez avec vos affreux cigares ! Ma cigarette, elle, ne gênera personne. Qu'on nous envoie donc la maréchaussée… » Demelza sortit un étui de son sac et le tapota pour en extraire une cigarette. « Et qui sait – ils pourraient nous envoyer ce joli policier de Saint-Just – celui aux sourcils broussailleux. Lui, il peut venir m'arrêter quand bon lui semble. »

Joe toussa et ramena la conversation sur ses rails. « Que disiez-vous, au sujet de Cassandre ?

— Cassandre était aussi la sœur adorée de Jane Austen, ne l'oublions pas, reprit Demelza en fourrageant dans son sac à la recherche d'un briquet.

— Elle était la sœur d'Hector, dit Jeremy. Elle prédit qu'il périrait entre les mains d'Achille, mais personne ne la crut.

— Ne voyez-vous pas que c'était sa malédiction ? s'impatienta Demelza. Apollon lui a offert le don de prophétie, mais il s'est débrouillé pour que jamais personne ne croie ses prédictions. C'était bien un homme, celui-là, tout dieu qu'il était ! Ils ne supportent pas qu'une bonne femme en sache plus qu'eux.

— Demelza, vous ne pouvez pas mettre tous les hommes dans le même panier ! Quel sectarisme !

— Pourquoi pas ? Apollon était un connard. » Elle rabattit d'un coup sec le couvercle de son briquet en argent et avança la flamme sous sa cigarette.

— Un connard fictif, précisa Books. Ne perdons pas de vue ce détail.

— Comment en est-on venu à parler de lui, déjà ? demanda Demelza.

— J'étais en train d'expliquer mon système informatique, répondit Joe mollement.

— … que vous aviez baptisé Cassandre, c'est ça ?

— Non, Cassie. Mais ce n'est pas vraiment le sujet. J'essayais d'expliquer pourquoi je me suis enfui.

— Tout à fait, très cher, ça me revient maintenant. Je vous en prie, poursuivez. Nous sommes suspendus à vos lèvres. »

À quoi bon ? Ce village était prisonnier de sa bulle, incapable ou presque de voir au-delà de ses étroites limites. À Saint-Piran, une nouvelle en provenance de Treadangel, le village voisin, était presque exotique, et des événements survenus à Penzance ne méritaient pas de faire les frais de la conversation – c'était bien trop loin… Comment Joe parviendrait-il à intéresser ces gens à ce qui se passait à Londres ?

« Voulez-vous connaître ma théorie ? » s'enquit Demelza. Elle souffla un fin trait de fumée en travers de la table.

« Uniquement s'il s'agit bien d'une véritable théorie, et non d'une énième intrigue d'un de vos romans », dit Jeremy.

Demelza se tourna vers Joe. Elle avait l'allure et les comportements bohèmes d'une artiste. Joe l'imaginait très bien à Paris, fumant des Gauloises dans un vieux troquet de la rive gauche et déclamant ses poèmes devant un petit auditoire d'acolytes. Elle avait dû être belle, autrefois, et jusqu'à une dizaine d'années plus tôt – désirable même, si on aimait les physionomies émaciées, limite spectrales. Désormais, elle semblait se voir comme un personnage de Daphne du Maurier, exilé en Cornouailles, qui épanchait son âme dans de sombres histoires romantiques.

« Alors voilà. » Demelza aspira autant de fumée que pouvaient en contenir ses poumons, et la laissa se diffuser avant de l'expulser avec un soupir de contentement. « C'est une fille.

— C'est reparti, se désola Jeremy.

— Une fille ?

— La raison de votre départ précipité de Londres. Non, non, écoutez-moi jusqu'au bout. » Demelza leva une main pour museler toute protestation. « La vraie Cassandre n'est pas un ordinateur. Mais une femme. Une collègue, peut être. Je parie même qu'elle ne s'appelle pas Cassie… Et selon moi, trésor, vous avez fait un amalgame de vos sentiments pour cette fille et de vos angoisses autour de ce stupide ordinateur… N'ai-je pas raison ?

— Non. » Joe ne put cependant réprimer un sourire, que Demelza interpréta comme un encouragement.

« Elle a repoussé vos avances, c'est bien ça ? Elle vous a jeté à la figure vos déclarations d'amour, qui étaient sincères. Quelle a été la goutte qui a fait déborder le vase ? C'est le mystère qu'il nous faut élucider. Qu'a-t-elle fait, trésor, qui vous a bouleversé au point de vouloir vous noyer ?

— Je n'ai pas voulu me noyer…

— Trésor ! Il y avait un autre homme ? Est-elle arrivée, un jour, drapée dans les bras d'un rival comme dans une ignominieuse étole ?

— Non, bien sûr que non ! » protesta Joe. Son sourire avait pâli. Vous parlez d'une experte ! Ce n'était pas du tout la raison qui l'avait poussé à rouler comme un forcené jusqu'aux confins de la terre.

Une fille ? Il y avait eu une kyrielle de filles.

« Comment s'appelait-elle, très cher ? »

Se pouvait-il… que ce soit elle qu'il ait cherché à fuir ?

« Vous verrez, elle va vous en convaincre en deux temps trois mouvements, intervint Jeremy, rompant le charme. C'est une conteuse hors pair, notre Demelza.

— Parle-t-on d'un cœur brisé, mon trésor – ou juste d'une déception amoureuse ? »

Une déception. Indubitablement. « Ce n'était pas une fille, dit-il.

— En ce cas, il existe une solution simple à notre problème, enchaîna Demelza. Nous devons trouver une amante au petit Joe.

— Non, franchement... Je ne suis pas...

— C'est à vous deux que je m'adresse... s'impatienta la romancière en se tournant vers le Dr Books et Jeremy. Des suggestions ?

— Elizabeth Bartle, proposa le premier. Je l'ai toujours trouvée très accorte.

— Accorte, il se peut, mais bien trop vieille pour notre Joe », trancha Demelza.

Notre Joe ?

« Sans compter qu'elle sent le poisson, objecta à son tour Jeremy.

— C'est un détail auquel on s'habitue », tempéra Mallory, et il ajouta, à l'intention de Joe : « Une bien charmante fille, cette Elizabeth Bartle. Elle travaille à l'emballage, sur le quai. Si je n'avais pas deux fois son âge, je lui demanderais volontiers sa main.

— Très cher, la différence d'âge entre elle et vous est moindre qu'entre elle et Joe.

— Et Aminata Chikelu ? » proposa Jeremy.

Demelza dressa un doigt pour demander le temps de la réflexion. « Elle, elle pourrait faire l'affaire.

— Elle est sénégalaise, observa le docteur.

— Et alors ? s'enquit Jeremy.

— Alors rien. Mais, un jour, elle voudra repartir au Sénégal. Et Joe aura le cœur brisé une fois de plus.

— Sincèrement, je n'ai pas le cœur brisé…

— Mignonne, en plus, renchérit Demelza. Des formes ravissantes. »

Les messieurs murmurèrent leur assentiment.

« Et pile dans la bonne tranche d'âge. Mais elle fait un de ces raffuts… C'est un détail qu'il convient de garder à l'esprit.

— Comment ça, elle fait du raffut ? » Joe était intrigué, maintenant.

« C'est une amante démonstrative, trésor. Quand elle fréquentait ce médecin de Falmouth, on les entendait d'un bout à l'autre du village.

— Il n'était pas médecin mais kinésithérapeute, protesta Mallory.

— Bonnet blanc et blanc bonnet, trancha Demelza.

— Pas du tout !

— Je me souviens qu'on l'entendait littéralement hurler, précisa Jeremy. Une fois, je me trouvais chez Jessie, à l'épicerie, quand les cris ont commencé. On aurait cru qu'on étranglait des chats.

— Les excès vocaux ne sont jamais une qualité, chez une amante, surtout dans un petit village, commenta Demelza. En outre, elle fait les gardes de nuit. Quand caseraient-ils leurs moments de passion ?

— Si passion il devait y avoir, nous serions tous au courant, dit Jeremy.

— Qui a dit que j'étais en quête de moments de passion, de toute façon ? intervint Joe.

— Très cher, la passion est notre quête à tous. Et certains d'entre nous n'auront jamais droit qu'à ça – des moments. » Et Demelza de tirer sur sa cigarette avec une moue suggestive.

Comment en était-on arrivé là ? Comment s'était-il laissé embringuer, piéger dans cette conversation surréaliste ? Comment le mauvais rêve qui le hantait sans répit pouvait-il susciter si peu d'attention ici, dans ce pub ? Dans les bars et les coffee shops du Square Mile, on ne devait guère parler d'autre chose. Et le nom de Joe était sans doute désormais aussi connu que celui de Lew Kaufmann. *Le problème, c'était ce type, Joe Haak*, devait-on dire. *Ils lui ont donné trop de pouvoir. Trop de marge de manœuvre.* Quel pouvoir ? Il n'en avait naturellement aucun. Aucun qui fût réel. Joe s'était enfui de chez Lane Kaufmann sans même prendre sa veste, son ordinateur ou son téléphone. Il avait filé récupérer sa voiture au parking, à Blackfriars, puis foncé dans le passage souterrain ; et quand il avait émergé sur Victoria Embankment, les larmes l'aveuglaient. « On fait quoi, maintenant ? » La question de Janie Coverdale résonnait dans ses oreilles. « On fait quoi ?

— Tenez les positions. » C'est ce qu'il leur avait dit et répété mais, le lundi soir, ils avaient clôturé sur quarante millions de livres de pertes. Le mardi, dès la réouverture des marchés, ils en avaient perdu seize de plus. Bon. C'était un coup dur, mais ils avaient connu pire, ils avaient tous connu pire. « Gardez votre sang-froid, leur avait-il dit. Cassie ne se trompe jamais. » Las ! Elle se trompait, sur toute la ligne. « Ils ferment notre salle », avait annoncé Janie à la cantonade, le mercredi à l'heure du déjeuner, quand les pertes eurent atteint deux cent vingt millions. Sa voix évoquait le gémissement du martyr lorsque la première flamme vient le lécher. « Clôturez toutes les opérations.

— Non ! » Une seule protestation s'était élevée, dans tout le cinquième étage, et elle émanait de lui. Joe Haak. « On ne peut pas faire ça !

— Nous n'avons pas le choix, Joe. Il faut arrêter les frais. »

Tous les visages du cinquième étage étaient tournés vers lui. Les courtiers, Janie Coverdale, même Amelia la barista, accusaient le choc. D'ordinaire, personne n'avait jamais un regard pour les analystes. Ils formaient le peuple invisible. Mais pas ce jour-là. Et surtout pas Joe.

« On a besoin de vingt-quatre heures. Ça va se retourner. Ces titres sont condamnés à plonger. Il faut juste qu'on garde notre sang-froid. »

Joe ne se souvenait pas d'avoir vu Janie dans un tel état. Elle était hagarde. « Ils ferment la salle, Joe. Je suis désolée. La banque refuse de prendre le risque. Colin Helms nous demande de déboucler toutes nos positions courtes. Le marché s'emballe, ça va trop vite.

— Alors, appelle Kaufmann », lui avait-il répondu, et un écho avait répercuté ses mots. Jamais, depuis huit ans qu'il travaillait au cinquième étage, il n'avait remarqué ce phénomène, or ce jour-là sa voix paraissait rebondir d'un mur sur l'autre. « Appelle Kaufmann. Appelle-le.

— Non, Joe. On ferme.

— Bon, moi je l'appelle.

— Non. » Janie l'avait empêché de saisir son téléphone. Des sillons étaient apparus entre ses sourcils. « Que dit Cassie ? » Ce n'était guère qu'un chuchotement, dont l'écho alla résonner pourtant entre les bureaux de verre.

« Douze heures.

— Trop long. Si le marché monte encore d'un point, on est coulé. On peut tenir encore une heure.

— Et ensuite ?

— Si les cours baissent, on respire à nouveau. On reprend pied du mieux qu'on peut, on fout le feu à ton putain d'ordinateur et on recommence à bosser avec du papier et un crayon. Et jamais plus on ne se remet dans un tel guêpier.

— Et si le marché continue de monter ?

— Lane Kaufmann fait faillite, et on va tous en prison. C'est ce qui se passe, en général. Pour avoir enfreint un ordre direct, et Dieu sait combien de réglementations. Donc, dis-moi : d'après Cassie, quelle sera notre position dans une heure ?

— Le marché devrait refluer. D'au moins un point.

— Pas suffisant.

— Ce sera déjà ça de gagné. On pourra s'accrocher. »

Le silence qui s'était abattu sur l'étage était ponctué par les respirations à l'unisson de quarante-cinq personnes. Janie se retourna vers les traders et, après une hésitation interminable, insoutenable, elle leur lança : « Les enfants, vous avez entendu ce qu'a dit le monsieur. Ne touchez plus à ces téléphones pendant les prochaines soixante minutes. Tournez-vous les pouces. Rédigez votre testament. »

Janie quitta l'antre de Joe et on n'entendit plus que le cliquetis de ses talons tandis qu'elle regagnait la salle et la lumière.

Jeremy habitait Fish Street, deux maisons au-dessus de celle de Mallory Books. Ils se faufilèrent dans l'entrebâillement de sa porte d'entrée. Le hall était encombré de son barda de peintre – des chevalets, des palettes et des toiles inachevées.

« Ne faites pas attention au bazar, lança Jeremy. Je ne désespère pas d'en venir à bout, un jour, mais je manque de place, voyez-vous. C'étaient des maisonnettes de pêcheurs, autrefois, et j'imagine qu'ils n'avaient pas besoin de beaucoup d'espace.

— Ils ne devaient pas avoir trop le temps de peindre, hasarda Joe.

— Probablement pas. » Jeremy fourrageait dans un placard. « Ah, le voilà. » Il tira un ordinateur d'un amoncellement d'objets au rebut. « Je savais bien qu'il était quelque part. »

Joe sonda la machine du regard et regretta de ne pas avoir suivi son instinct et acheté un portable à Penzance. Mais bon. L'intention y était.

« Merci, Jeremy.

— Je vous en prie. Il marche bien, vous savez.

— Je me demande si Mallory a du haut débit…

— Sûrement pas, mais Jacob en a, à l'auberge. Ça pourrait devenir votre bureau. »

Mon bureau, songea Joe. Il n'avait jamais eu de bureau. De bureau privatif, en tout cas. Il essaya de se représenter sa table en verre, à la banque. Se pouvait-il que ses souvenirs soient en train de s'effacer ?

Au Petrel Inn, il trouva un coin à proximité d'une prise électrique, où le signal wi-fi était potable. Pour apaiser Jacob, il commanda une pinte de Seagrass, qu'il laissa tiédir sur la table. L'ordinateur était lent, le système archaïque, mais Joe avait tout son temps. Et personne sur son dos pour compter ses heures, ou réclamer à tue-tête des prévisions.

« Vous me feriez un cappuccino, monsieur Anderssen ? lança-t-il au propriétaire.

— Je peux vous faire un café instantané.

— Ça ira. »

La dernière fois qu'il s'était trouvé assis à un bureau, c'était chez Lane Kaufmann, au cinquième étage, durant cette éprouvante heure de paralysie. Des téléphones sonnaient dans le vide ; personne ne décrochait. La chouette hululait sans discontinuer, et quelqu'un fondit sur l'interrupteur pour lui couper le caquet. Plus personne ne supportait d'entendre son cri de malheur. Pareil silence était anormal. Un bourdonnement, un gémissement collectif, monta soudain le long des rangs de traders. Encore une cotation qui venait de grimper, sans doute. Le moral de Joe s'enfonça d'un cran supplémentaire, atteignant des profondeurs insoupçonnables. Un tremblement s'était emparé de lui. Alors qu'il se penchait pour éteindre son écran, il remarqua, du coin de l'œil, à l'autre bout de la salle, une silhouette qui se déployait lentement de toute sa hauteur ; elle longea les rangées de bureaux illuminées par les écrans de trading, en direction de l'antre des quants. L'homme portait une veste en soie noire et une cravate de la couleur d'un foie cru. À mi-plateau, il attrapa au passage un fauteuil, qu'il fit rouler à ses côtés.

Il vient me faire la peau, songea Joe.

Le trader s'arrêta devant son bureau et se laissa choir dans le fauteuil qu'il avait traîné avec lui. « Salut, mon vieux. » Les genoux des deux hommes se frôlèrent.

« Bonjour, Julian. »

Le trader rajusta ostensiblement ses boutons de manchette en or. Il avait tout son temps. « Ça va comment, par ici… mon vieux ? » Il s'exprimait avec une pointe d'accent de Glasgow, et le ton était presque amical.

Joe se fendit d'une grimace nerveuse. « C'est assez tendu, pour tout dire, Julian.

— Assez tendu. » Un écho répercuta les mots. « Elle est bien bonne ! Assez… tendu !

— C'est ça. »

Julian McEvan, avec son casque de cheveux lissés en arrière, mèche à mèche, à grand renfort de gel, avait l'apparence d'un mannequin en celluloïd de Savile Row. Il arborait une volumineuse montre en or et le chaton de sa chevalière avait la taille d'une pièce d'une livre. Ses ongles étaient manucurés, son bronzage paraissait indélébile, sa peau était comme lustrée. Son attitude paraissait étudiée pour donner une impression d'affabilité, mais ses yeux brûlaient comme de la glace.

« Tu veux sans doute dire… *foutrement* tendu ?

— Je suppose.

— Tu supposes ? » Julian, poings serrés, tapait ses phalanges les unes contre les autres. « On suppose beaucoup, dans ton boulot, pas vrai ? »

Joe secoua la tête. Il sentait bien qu'il n'existait aucune bonne réponse à cette question.

« Tu vois les gars à leurs bureaux, là-bas ? » Le trader inclina la tête dans leur direction.

« Oui.

— Et tu vois la poulette ? » Il voulait parler de Janie.

« Oui.

— Tu sais tout ce que ce travail signifie pour eux ? Tu sais combien ils ont travaillé dur ? Et tout ce qu'ils ont sacrifié pour cette banque ? »

Joe devait à tout prix contrôler ses tremblements. Il avait la bouche trop sèche pour parler.

« À ton avis, quelles seraient les performances de cet étage sans Janie ? Hein ? Et sans les garçons et les filles que tu vois là ? Si jamais on coule, qui rendront-ils responsable du naufrage, à ton avis ? »

Joe secoua la tête. « Je ne sais pas.

— Tu ne sais pas ? Il ne sait pas, monsieur le génial mathématicien de mes deux ! Tu sais me dire ce que va faire le marché, mais pas quelles seront les conséquences ? C'est ça que tu es en train de me dire, vieux ?

— Je ne... » Une larme lui chatouillait l'œil. « Je... je ne sais pas.

— On est bien d'accord, tu ne sais pas. » McEvan se recula contre son dossier et croisa les doigts. « Mais devine quoi ? Moi, je sais.

— Ah bon ?

— Eh ouais. On a eu une petite discussion, entre nous. Disons, si tu veux, qu'on a tiré au sort un gagnant. » Le trader commença à se lever.

« Vous avez tiré au sort ?

— Oui, on a sélectionné une petite liste de candidats, et on a tiré un nom au hasard. » McEvan plissa les yeux. « Quelqu'un va devoir porter le chapeau, vieux. Quand tout ça sera rendu public – ce qui est inévitable –, il faudra bien un méchant de service. Quelqu'un dont on pourra afficher la tronche en une des journaux. Menotté. Quelqu'un va tomber. Tu me suis, vieux ? »

Joe fit signe que oui.

« Ça ne peut pas être Janie.

— Non. Non, bien sûr.

— Ça ne peut pas être Helms.

— Non plus.

— Ni aucun d'entre nous.

— Je sais.

— Donc, ça implique que... Tu me suis ? »

La pièce sembla tanguer. « Oui. »

L'Écossais écrasa son index contre l'épaule de Joe. « C'est ton nom qui est sorti du chapeau, vieux. Et c'est toi qui vas le porter. Toi. »

Jacob lui apporta un mug de café noir et une bouteille de lait, et Joe s'installa devant l'ordinateur. Cassie était-elle encore en service ? Il avait besoin de le savoir. Il entra ses identifiants et essaya de se connecter. Un message d'erreur apparut à l'écran. Merde. Ils l'avaient supprimée. Janie avait mis sa menace à exécution, elle avait fichu le feu au système. Il fit une nouvelle tentative. Peine perdue. Il pianota sur ses dents – une sale habitude, mais qui l'aidait à réfléchir. Ils avaient fait une sauvegarde du programme – de la version de développement, du moins – dans le cloud. Janie l'ignorait, mais Manesh, ou un autre gars de l'équipe, pouvait l'avoir également mise hors ligne… À tout hasard, Joe entra le code du réseau.

« Cassie vous souhaite la bienvenue. »

Il était dans la place. Et une vanne s'était ouverte : le temps coulait à nouveau à flots ; Joe sentit son cœur s'emballer.

Une pensée lui traversa l'esprit. Cette version de Cassie ne tarderait pas à disparaître à son tour du serveur. Il était même surpris que les gars l'aient laissée en ligne. Il devait faire une autre sauvegarde. Il connaissait un hébergeur d'applications à Hemel Hempstead. Il consulta les modalités du service et envoya une demande dans la foulée. Ce n'était pas donné, presque deux cents livres par mois, mais bon, Cassie était un prodige et, réflexion faite, ce loyer serait meilleur marché que celui qu'il payait au Dr Books.

« Temps estimé du téléchargement : seize heures. » Seize heures ! Joe tourna le regard vers la vitre. Les chalutiers rentraient de leur journée en mer. Les fils Robins s'arrimaient le long de la digue, et les filles de l'emballage étaient sorties pour aider à décharger les caisses de harengs ; même avec les fenêtres fermées, une puissante odeur iodée avait envahi l'auberge. Jessie Higgs était en train de plier boutique. Ce devait être l'heure du thé. Casey Limber et Kenny Kennet négociaient devant un filet en nylon tout enchevêtré que le glaneur avait sans doute récupéré sur quelque plage. Une jeune femme, sur le quai, promenait un bébé dans une poussette. Dorothy – elle s'appelle Dorothy, se souvint Joe. Et cet homme au visage rougeaud, c'est Toby Penroth, le pêcheur de homards. Quant à la belle fille noire avec le ruban rouge dans les cheveux – c'est Aminata ; l'amante démonstrative. Cette pensée lui arracha un sourire. Aminata était de ceux qui l'avaient secouru, sur la plage. Joe n'avait pas encore eu l'occasion de la remercier. Savait-elle que tout le village, selon les dires, l'avait entendue dans l'ivresse du plaisir ? Probablement. Et il connaissait aussi cette dame replète que suivait un petit troupeau d'enfants – Martha Fishburne, l'institutrice. Ces gens, songea-t-il, sont tous liés par des fils invisibles. Les enfants dépendent de leur institutrice. Qui dépend de la commerçante. Et la commerçante dépend… des livraisons hebdomadaires de son grossiste. Lequel à son tour dépend de l'approvisionnement en fuel… et on en revient, encore et toujours, au modèle de Cassie.

Bon, ça commençait tout de même à devenir ridicule. Ne pouvait-il plus apprécier la moindre situation – des enfants marchant à la queue leu leu sur un quai, par exemple – sans être inexorablement happé par la prédiction économique et ses enchevêtrements de calculs ? Il ferma les yeux. Voilà quel devrait être son but : briser ce schéma de pensée destructeur. Trancher net les liens qui le ligotaient à ce guêpier de modélisations informatiques et de prédictions économiques auxquelles il avait consacré huit ans de sa vie. Il allait prendre un nouveau départ. Ici. Et aujourd'hui même. Jamais il n'aurait de meilleure occasion de faire table rase d'un passé qu'il avait fui. Il avait une promesse à tenir. Alors, au diable les mille e-mails non lus et innombrables notifications de Cassie qui devaient engorger sa messagerie. Au diable aussi les as de la vente à découvert et leur insatiable appétit pour les faillites d'entreprises, l'obsession myope du profit de Janie Coverdale, Colin Helms et Lew Kaufmann. Au diable tous ces misérables. Et au diable sa triste existence improductive et minée par les frustrations.

Fort de cette résolution, enivré par ce sentiment neuf et rafraîchissant d'avoir enfin défini un objectif à sa vie, Joe tendit le bras pour rabattre le couvercle de l'ordinateur, mais un vacillement à l'écran suspendit son geste. Des colonnes de chiffres défilaient, avec la même cadence et autant de précision qu'une procession de fourmis. Et tous ces chiffres clignotaient – en rouge.

# 13

## J'y réfléchis maintenant, monsieur

« J'ai rendez-vous avec M. Kaufmann. »

L'assistant avait le sourire parcimonieux et peu engageant d'un maton. « Vous allez devoir patienter. Il est en réunion. »

Le douzième baignait dans une quiétude étrangère aux étages inférieurs. L'air y était immobile, exempt des pétarades des téléphones. Lorsque des filles se déplaçaient dans les couloirs, leurs talons étaient muets. Quand des costumes sombres passaient d'un bureau à l'autre pour grommeler des chiffres, leurs voix se réduisaient à des murmures. Moquettes épaisses et murs lambrissés avalaient tous les bruits. Au douzième étage, le volume était réglé sur « bas ».

Il y avait d'imposants tableaux aux murs, dans des cadres dorés, et l'interminable enfilade de fenêtres découpait une bande ininterrompue de paysage londonien au-dessus du dôme de Saint-Paul jusqu'à la Tamise. Joe se colla contre une vitre. Imagine que ce verre est aussi mou que de la gélatine. Il pourrait le traverser et le panneau se refermerait derrière lui. Ce serait la chute, brutale, jusqu'en bas. À moins qu'il ne dérive au contraire lentement, tel un ballon qui se dégonfle. Il passerait devant les gestionnaires au onzième étage, les comptables au dixième, Colin Helms et les autres cadres dirigeants au neuvième, le marketing et la conformité au huitième, puis les ressources humaines, la planification stratégique et, pour finir, les différentes salles de marché, avant de s'écraser comme une phalène sur le bitume. Le remarqueraient-ils ? Janie Coverdale jetterait-elle seulement un coup d'œil par la fenêtre ? Les hommes et les femmes de la City n'avaient que faire d'une belle vue. Il pleut ? Le ciel est envahi de ballons rouges ? Un analyste flotte au vent ? Et alors ?

« M. Kaufmann va vous recevoir. »

Le bureau était plus exigu que Joe l'avait imaginé. Fonctionnel. Pas de banquette blanche, comme dans celui de Janie, juste un bureau, une table carrée pour les réunions, des chaises à dossier droit, et une bibliothèque. Le regard de Joe papillonna à fleur de tranches. Les titres familiers étaient réconfortants.

Lew Kaufmann ne se leva pas pour l'accueillir. Il détacha son regard d'un document et, d'un mouvement de menton, indiqua un siège à son visiteur. Joe prit place, et attendit. Kaufmann revissait le capuchon d'un stylo en argent avec beaucoup d'application.

« Monsieur Joe Haak.

— Monsieur Kaufmann. »

Il a l'air malade, songea Joe : les yeux étaient embués, la peau, terne. Il respirait bruyamment, comme si chaque inspiration exigeait un effort.

« Vous allez bien, monsieur Kaufmann ? »

Les rides de son visage étaient si profondes qu'elles semblaient avoir été gravées au burin.

« Pas plus mal que d'habitude. »

Pourquoi est-il là ? La question lui brûlait les lèvres. Vous devez être millionnaire, monsieur Kaufmann ; multimillionnaire. Vous possédez sans doute une belle maison de campagne, une villa en France, un yacht en Italie. Pourquoi s'astreindre à venir chaque jour dans ce château de verre pour en découdre avec les vicissitudes des cotations et des marges ? Ne seriez-vous pas mieux sur un balcon face à une mer d'un bleu étincelant, à vous prélasser au soleil ?

Kaufmann tapotait son stylo sur le bureau. « Je vous écoute, monsieur Haak.

— Que voulez-vous entendre ?

— C'est vous qui êtes venu me voir. Avez-vous quelque chose à me dire ? » Il haussa un sourcil gris argent.

« Oui, monsieur. » Joe avait la bouche sèche. « Si vous vous souvenez bien, monsieur, vous m'avez demandé d'utiliser Cassie pour modéliser… un effondrement.

— Je m'en souviens. »

Dans ce cadre, Joe ne parvenait pas à retrouver l'apparente complicité de leur précédente conversation. Il lui semblait au contraire que le bureau ne cessait de s'élargir entre eux, qu'il entravait l'échange. Joe se rappela comment, dans le bar à vin, le vieil homme s'était penché vers lui pour murmurer presque à son oreille. Là, l'entrevue évoquait plus un entretien d'embauche. Avec Joe dans le rôle du postulant et dans ses petits souliers, face à Kaufmann, l'inquisiteur intimidant.

« Ça n'a été pas facile, monsieur.

— La complexité de la tâche se reflète dans le montant de votre rémunération. »

Il semblait n'exister aucune riposte à cette remarque. « J'ai lancé tout un tas de scénarios.

— Et qu'avez-vous trouvé ? »

Joe toussota. « Eh bien, en préambule, je me dois de vous répéter que Cassie n'est peut-être pas le meilleur outil pour ce genre de projet. »

Kaufmann balaya l'objection d'un geste. « Épargnez-moi les exonérations de responsabilité.

— C'est cependant un point important, monsieur. Cassie n'est pas un modèle économique traditionnel. Je me disais que je devais insister…

— Je comprends tout ça, le coupa le banquier, qui continuait de respirer avec difficulté. Dites-moi, monsieur Haak, le mathématicien que vous êtes connaît forcément Francis Galton.

— Son nom me dit quelque chose, monsieur, mais…

— Saviez-vous qu'il était le cousin de Charles Darwin ?

— Non, monsieur.

— Il était également mathématicien. Statisticien. Un jour, il se trouvait à des comices agricoles où était organisé un concours : il s'agissait de deviner le poids d'un bœuf. Combien pèse un bœuf selon vous, monsieur Haak ?

— Je n'en ai aucune idée, monsieur.

— Faites un effort.

— Mm… disons, le poids de quatre hommes… Dans les trois cents kilos ? »

Kaufmann opina. « Eh bien figurez-vous, monsieur Haak, que vous avez mis dans le mille. Pas avec votre estimation, mais quand vous avez répondu n'avoir aucune idée du poids d'un bœuf – comme la plupart des gens présents à cette foire. Près de huit cents personnes participèrent au concours, et pas une seule ne trouva la bonne réponse. Pas une. Il s'avéra que le bœuf pesait cinq cent quatre-vingt-dix-neuf kilos. Donc, personne ne remporta le prix, mais Galton s'en repartit procéder à quelques calculs. Il fit la moyenne des huit cents suppositions émises. Et savez-vous à quel résultat il parvint ? Cinq cents quatre-vingt-dix-huit kilos. Incroyable, non ?

— La sagesse des foules, monsieur.

— Je ne vous le fais pas dire. » Kaufmann l'observait avec intérêt. « *Rem acu tetigisti*. Vous avez mis le doigt dessus. Et, le plus étonnant, c'est que ça marche à tous les coups. À tous les coups.

— Oui, monsieur.

— C'est ce que vous avez eu le courage me dire, monsieur Haak, il y a quelques mois de ça. Je vous ai demandé si vous feriez confiance à mon expertise plutôt qu'à celle de votre millier de journalistes financiers. Et vous m'avez répondu non.

— Je vous ai répondu, *pas sciemment*, monsieur.

— Tout à fait. » Kaufmann souriait. « Et vous comme moi, n'est-ce pas, savons que vous aviez raison. Votre bataillon d'experts financiers ne fait peut-être que se perdre en supputations, et accorder trop d'attention à un seul d'entre eux, qui qu'il soit, ne vous mènerait nulle part, monsieur Haak. En revanche, faites la moyenne de leurs supputations, et c'est la sagesse des foules qui parlera. » Le vieil homme baissa la tête, et Joe crut le voir fermer les yeux. « Donc, dites-moi quels enseignements Cassie tire de cette foule. Parlez-moi de vos scénarios. »

Joe s'éclaircit la voix. « Eh bien, monsieur, il s'avère que l'équilibre est très difficile à ébranler.

— Je m'en doutais.

— Malgré toutes les tentatives de déstabilisation, il apparaît que le marché retombe toujours sur ses pieds et trouve un nouvel équilibre. Si on double par exemple le prix du caoutchouc, quantité d'entreprises vont accuser de très lourdes pertes, mais d'autres réaliseront des profits. L'emploi va se contracter dans certains secteurs industriels, mais se développer dans d'autres.

— Je vois.

— Et cela se vérifie avec presque tous les fléaux susceptibles de s'attaquer à l'économie. Guerres. Famines… Le système possède une remarquable faculté d'adaptation. »

Kaufmann semblait ailleurs, perdu dans quelque rêverie. « Mais… dit-il soudain, en crachant presque le mot. Vous ne seriez pas venu me voir s'il n'y avait pas un “mais”…

— Il y a effectivement un “mais”, monsieur. »

Le temps s'était ralenti ; l'aiguille qui balayait le cadran de l'horloge, au mur du bureau, marquait chaque seconde avec la précision d'un signe de ponctuation.

« Si on lance un test avec le modèle, deux choses semblent avoir un effet très volatil. »

Kaufmann rouvrit les yeux. « Je connais la première.

— Vraiment ? s'étonna Joe.

— Le pétrole ! » La main du banquier s'écrasa sur le bureau avec un bruit sourd. « Tout dépend du pétrole.

— C'est juste, monsieur, mais l'économie reste résiliente. Même si le prix du baril de brut est multiplié par deux.

— Et s'il est multiplié par trois ? par quatre ? Et s'il arrête de couler ? Que se passe-t-il alors ? » Le vieil homme était requinqué, subitement. « Ne venez pas me raconter que l'équilibre peut être maintenu ! L'entière complexité du monde contemporain est assise sur une pyramide renversée et posée en équilibre sur une seule petite brique – le pétrole. Retirez-la – la pyramide s'effondre. Sans pétrole, plus de moisson, de transport, d'approvisionnement, de nourriture… Le pays s'arrête net. Il y a un demi-million de camions en Grande-Bretagne, monsieur Haak. Trois millions aux États-Unis. Dieu sait combien en Europe, en Asie, en Afrique. Imaginez maintenant ce qui se passe si le transport routier s'interrompt. Songez à toute l'activité commerciale qui dépend de lui. Songez à toutes les camionnettes, à leurs chauffeurs et aux familles dont ils ont la charge, à tous les commerces et bureaux qui comptent sur ces livraisons, à tous les gens qui travaillent dans ces commerces, dans ces bureaux, et à leurs familles.

— Oui, monsieur. »

Kaufmann se leva.

« C'est la chose la plus folle dans l'histoire de l'humanité, Joe. Nous avons bâti la société la plus extraordinaire qu'elle ait jamais connue – une société globale. Rien n'est plus naturel pour nous que de sauter dans un avion pour assister à une réunion à Zurich, Seattle ou Shanghai. Et pourtant, tout ça, tout ce que nous avons créé, est tributaire d'une ressource limitée que nous nous empressons de brûler. Aviez-vous jamais réfléchi à cela, Joe ?

— J'y réfléchis maintenant, monsieur.

— Parfait. Car il est temps d'y réfléchir très sérieusement. Avez-vous déjà visité l'île de Pâques, Joe ? Non ? J'y suis allé, quand j'étais jeune. Un endroit étonnant, et difficile d'accès. C'est l'île habitée la plus isolée du monde. Sa plus proche voisine, Pitcairn, se trouve à plus de mille six cents kilomètres. Pouvez-vous imaginer ce que c'est de vivre là ? »

Il désigna un tableau représentant une statue de l'île de Pâques – la seule œuvre d'art de la pièce, remarqua Joe. Depuis le mur, la monumentale tête sculptée veillait sur Lew Kaufmann et ses activités. Le banquier la contempla un instant.

« Le peuple rapanui, qui vivait sur l'île de Pâques, a certainement pensé que le monde se limitait à leur île – la seule terre ferme dans un univers composé d'eau. Quelques générations à peine après l'arrivée des premiers colons, les récits évoquant d'autres îles devaient avoir toutes les apparences d'un mythe. Peut-être en parlaient-ils comme nous, nous rêvons de sociétés établies sur de lointaines planètes. Comme de purs produits de l'imagination.

« Mais ils se sont débrouillés pour bâtir une sacrée civilisation, vous savez. Et ils ont érigé ces statues – qu'on appelle des "moai". On en dénombre plus de huit cents. Elles sont fascinantes. D'après les archéologues, elles étaient destinées au culte des ancêtres, et qui sait ? Peut-être était-ce le cas. »

Le vieil homme se détourna du tableau pour regarder son interlocuteur. « Vous vous demandez pourquoi je vous raconte tout ça, n'est-ce pas, Joe ? » Les coins de sa bouche se retroussèrent, dans une tentative de sourire.

« J'ai accroché ce tableau au mur à titre de pense-bête, voyez-vous. Car les Rapanuis ont développé un comportement très étrange. Ces statues sont devenues pour eux une obsession. Et chaque fois qu'ils en érigeaient une, ils abattaient toute une flopée de palmiers, car ils utilisaient les troncs pour transporter les monolithes depuis la carrière, en les faisant rouler. Autrefois, l'île était recouverte de forêts. Ce n'est plus le cas. Arbre après arbre, ses habitants les ont toutes décimées. Et avec la disparition des arbres, s'en sont allés les oiseaux qui nichaient dans leurs palmes, or ils étaient la principale source d'alimentation des insulaires. » Kaufmann se retourna vers l'imposant moai dressé, impassible et solitaire, sur un flanc de colline pelé. « Sans bois, les Rapanuis ne pouvaient plus construire de pirogues pour aller pêcher. Je pense souvent au jour où ils ont abattu le dernier arbre. Qu'a-t-il bien pu leur passer par la tête, ce jour-là ? N'y a-t-il eu personne pour protester ? Les mettre en garde ? »

Kaufmann se retourna vers Joe.

« Qu'advint-il ?

— Ils sont morts, répondit Kaufmann avec un haussement d'épaules. Ils sont tous morts de faim. Ils avaient bâti et assis leur civilisation sur une ressource limitée, et lorsque celle-ci a été épuisée, leur temps l'a été aussi. » Il sonda Joe du regard. « Mais nous, nous ne serions pas aussi inconséquents, n'est-ce pas ? Jamais nous ne bâtirions une civilisation dépendante d'une seule et unique ressource, fût-elle inépuisable ? » Un pétillement réveilla un instant le regard du vieil homme. « Et puis, regardons le bon côté des choses, ajouta-t-il en tendant le bras vers le tableau. Ils nous ont laissé de sublimes statues.

— Donc, selon vous, nous prenons la même voie ? » demanda Joe tandis que Kaufmann reprenait place dans son fauteuil.

Le banquier soupira d'accablement. « Je n'en sais fichtre rien. On teste tout un tas de nouvelles idées. Les biocarburants. L'hydrogène. L'extraction par fracturation hydraulique. Toutes intéressantes à leur façon, mais les biocarburants ne compensent guère plus de deux ou trois pour cent du gasoil mondial, et chaque demi-hectare consacré à cultiver du carburant, c'est autant de moins disponible pour les cultures vivrières. Sans compter que nous sommes engagés dans une course contre la montre. Le monde devient toujours plus complexe, toujours plus interdépendant. Donc la réponse, Joe, est : je ne sais pas. Tout ça me laisse avec le sentiment que nous sommes en train d'abattre méthodiquement les palmiers de l'île de Pâques, et que nous ne commencerons à nous faire vraiment du souci que lorsque le dernier sera à terre. »

Du bureau de Kaufmann, on distinguait le murmure de voix feutrées, le vrombissement discret des ascenseurs, des bruits de pas étouffés dans les couloirs. Il était difficile d'imaginer qu'à peine quelques étages plus bas se trouvaient des salles de marché résonnant d'un vacarme assourdissant.

Joe contempla ses pieds. « Est-ce vraiment du cours des actions qu'il est question ici, monsieur ?

— Bien sûr que non.

— Alors de quoi s'agit-il ? »

La respiration laborieuse de Lew Kaufmann, pareille à la mécanique d'un soufflet, semblait appartenir à un être vivant que l'évolution aurait créé par mégarde, à une épave de corps humain mise au rebut.

Le vieux banquier se dressa sur ses jambes. « Laissez-moi vous montrer quelque chose. » Il fit signe à Joe de le rejoindre devant la fenêtre.

Côte à côte, ils balayèrent du regard le panorama qui s'offrait à eux, le tracé en lignes brisées des rues et des toits, les édifices d'acier et de verre de la City, et ceux, plus anciens, en grès et granit.

« Le propos n'a jamais été l'argent, Joe. Quand j'étais enfant, Londres était la plus grande ville du monde. Nous étions fiers d'être londoniens. Nous étions huit millions à vivre là… » Il marqua une pause pour laisser à Joe tout loisir de contempler la vue. « Mais ensuite, nous nous sommes fait doubler, reprit-il. Par New York. Dix millions d'habitants, la première fois que j'y ai mis les pieds. La première mégalopole du monde. J'avais du mal à en croire mes yeux. Les visiteurs s'émerveillaient devant la hauteur des immeubles, ou les illuminations de Time Square. Moi, j'étais là pour essayer de comprendre comment tout ça fonctionnait.

« Comment nourrit-on une ville de dix millions d'habitants, Joe ? De combien de semi-remorques remplis de nourriture a-t-on besoin chaque jour ? Combien de tonnes de fuel ? » Le vieil homme se tourna vers son cadet. « Comment nourrit-on Londres ? Qui supervise son approvisionnement ?

— Personne en particulier, je suppose. »

Kaufmann opina. « Exactement. Tout ça fonctionne grâce à une centaine de milliers de chaînes logistiques. Grâce à des milliers de gens qui, dans deux cents pays, se lèvent le matin et, comme la veille, comme l'avant-veille, partent semer et récolter, emballer et transporter. Farine, sucre, chocolat, café, carburants, machines, pièces détachées – la liste est sans fin. Nous, nous savons cela, n'est-ce pas, Joe ? Nous le savons parce que c'est le cœur de notre métier. Vous et moi, nous scrutons les chaînes logistiques pour détecter leurs points faibles.

— Tout à fait.

— Avez-vous déjà été dans une mégalopole, Joe ? » Kaufmann se détourna de la vue pour se laisser choir dans son fauteuil et enchaîna, sans attendre la réponse. « Oui, suis-je bête. Londres. Douze millions d'habitants. Elle arrive cependant en queue de liste. À ce jour, vingt-cinq autres grandes villes la surpassent en nombre. Rio. Lagos. Tokyo ne compte pas loin de trente-cinq millions d'habitants. Jakarta, vingt-cinq millions. Combien d'entre eux, selon vous, possèdent un garde-manger ?

— Peu, sans doute.

— En effet. À l'heure où nous parlons, un demi-milliard d'êtres humains vivent au jour le jour. Même ici, à Londres. Que se passera-t-il, Joe, en cas de panne des chaînes logistiques ? Que se passera-t-il lorsque vingt millions de gens à Guangzhou, au Caire, à Téhéran ou à Paris commenceront à mourir de faim ?

— Je n'ai jamais approfondi cette question…

— Peu de gens le font. » Kaufmann laissa échapper un long soupir sifflant. « Vous me demandiez tout à l'heure de quoi il s'agissait. Il ne s'agit pas d'argent. Cela n'a jamais été le propos. Avez-vous entendu parler de Norman Angell ? »

Le jeune homme secoua la tête.

« C'est fou avec quelle rapidité les grands noms tombent dans l'oubli, hein ? Angell était un écrivain, et un député travailliste. Il a été prix Nobel de la paix en 1933. Je l'ai rencontré, une fois ; quand j'étais enfant et lui déjà un vieil homme. Délicieux, soit dit en passant. En 1910, il a publié un ouvrage intitulé *La Grande Illusion*. Cela vous dit quelque chose ? »

Non, indiqua Joe de la tête.

« Ça ne m'étonne pas trop. Il n'a plus vraiment la cote, pourrait-on dire, mais à l'époque il a rencontré un succès retentissant. Des lecteurs par milliers, dans le monde entier. Le monde, en 1910, n'était pas si différent du nôtre aujourd'hui. Certes, nos aïeux n'avaient ni ordinateurs ni téléphones portables, mais ils disposaient des formidables avancées technologiques de la révolution industrielle, le commerce international existait déjà, et le monde était en paix. En paix, répéta Kaufmann, comme s'il s'agissait d'un concept qu'il n'avait plus rencontré depuis un certain temps. Exception faite de quelques escarmouches coloniales – la guerre des Boers*, par exemple –,

* Les deux conflits qui opposent, en 1880-1881 et 1899-1902, les Britanniques à deux républiques indépendantes d'Afrique du Sud (l'État libre d'Orange et la république du Transvaal) fondées par des descendants des colons européens (les « Boers »).

le dernier grand conflit remontait à la guerre de Crimée, presque soixante ans plus tôt. Et Angell soutenait qu'il n'y aurait plus jamais de conflit majeur. Il pensait, voyez-vous, que l'économie mondiale était désormais assise sur une telle intrication d'intérêts internationaux qu'aucune nation ne tirerait plus le moindre bénéfice d'une guerre. Et voilà. La fin des conflits à l'échelle planétaire. L'illusion dura à peine quatre ans.

— Je vois.

— Savez-vous pourquoi on fait la guerre ? » Le vieux banquier haussa les sourcils, comme s'il s'étonnait lui-même de la réponse qui lui venait à l'esprit. « Les premières vraies guerres avaient trait à la foi. Il s'agissait d'anéantir ou de convertir des peuples mécréants – des gens qui avaient d'autres croyances, qui adoraient d'autres dieux. Toutes celles qui suivirent n'eurent d'autre objet que le pouvoir. Elles n'étaient menées que pour consolider la vanité de dirigeants qui voulaient contrôler des empires toujours plus vastes. Mais les guerres contemporaines… » Il pointa un doigt vers Joe, comme pour le mettre en garde. « Celles-là ont pour seul objet les ressources. La nourriture. Le *Lebensraum*. L'eau. Le pétrole.

— Que faites-vous de la liberté, de la démocratie, de la défense des droits de l'homme ?

— Ce sont, à n'en pas douter, de justes causes, mais en aucun cas assez puissantes pour déclencher une guerre.

— C'est donc la guerre qui vous inquiète, monsieur Kaufmann ? C'est ça, le sujet de notre conversation ? »

Le vieil homme porta un doigt à ses lèvres. « Je crois avoir dépassé le stade de l'inquiétude. Je dirais plutôt que je suis résigné à l'inévitable. Le pic de la production pétrolière est derrière nous. Personne ne veut l'admettre, mais c'est la vérité. Dans les prochaines années, la demande en pétrole augmentera bien plus rapidement que l'offre. Quand atteindrons-nous le point critique ? » Il haussa ses frêles épaules. « Je n'en sais rien, mais Cassie pourrait certainement nous le dire. Cela étant, je ne pense pas que les États-nations prendront le risque de camper indéfiniment sur leur attentisme. Le pétrole joue un rôle trop essentiel dans la sécurité nationale. Aucun pays ne pourra regarder les robinets se fermer en restant les bras ballants. »

Leurs regards se croisèrent, et ni le jeune analyste au visage pâle et pur, ni le banquier blanchi sous le harnais ne déroba le sien.

« Monsieur Kaufmann, vous n'êtes pas l'homme que je croyais, avoua Joe à mi-voix.

— Qui pensiez-vous que j'étais ?

— Je ne sais pas trop. » Mais sûrement pas quelqu'un qui se préoccupait de la déforestation, songea-t-il. Ou de Francis Galton. Ou de l'effondrement d'une civilisation.

« Le jour où nous nous sommes rencontrés, Joe, lorsque vous m'avez présenté Cassie, je vous ai demandé si vous pouviez intégrer le facteur humain dans vos équations. Vous en souvenez-vous ?

— L'intérêt particulier. Oui, je m'en souviens.

— Comprenez-vous pourquoi il est essentiel ?

— Peut-être. Mais je ne vois pas encore très bien…

— Avez-vous lu *Léviathan* ?

— *Léviathan* ?

— De Thomas Hobbes. »

Ce rapport d'étape prenait la tournure d'un cours magistral.

« Non, monsieur.

— Un bonhomme intéressant, Hobbes. Originaire de Malmesbury – quelque part dans les environs de Swindon. Il est né la nuit où l'Armada espagnole a attaqué la flotte anglaise. Peut-être cela a-t-il influencé sa philosophie. Qui sait ? Un léviathan est un monstre marin, mais Hobbes en fait une métaphore de l'État. Il le dépeint comme une créature dont le corps colossal est constitué par la somme des corps des citoyens, et dont la tête serait le monarque. Les différentes parties du corps ne fonctionneraient ensemble qu'en vertu d'un contrat social qu'elles auraient scellé. Mais Hobbes croyait que, à l'instar d'un authentique monstre, aucun État, quelque solidement constitué qu'il soit, n'est immortel. D'après lui, il y aurait toujours des périodes d'agitation. Des soulèvements. Des interrègnes. Des moments où l'État serait vulnérable. Hobbes croyait que, quelle que soit l'époque, sans un gouvernement éternel, stable et fort, les peuples sont voués à se faire la guerre. Telle est la vraie nature de l'humanité. Dans *Léviathan*, quand il n'y a ni gouvernement, ni police, ni civilisation, le genre humain retourne à l'état de nature. Et pour Hobbes, l'état de nature, c'est la guerre de tous contre tous. »

Joe cligna des yeux. Où Kaufmann voulait-il en venir ?

« Quelle est, en économie, la force la plus puissante, Joe ? » Kaufmann arqua un sourcil. « L'intérêt particulier. C'est lui, la source d'énergie du capitalisme. Thomas Hobbes l'avait bien compris. L'intérêt particulier gouverne toutes nos actions. Et nous, financiers, sommes habitués à le considérer comme une force positive : c'est lui qui pousse à innover, à travailler dur, à investir, à faire croître le capital. Mais que se passerait-il s'il survenait une situation susceptible de transformer l'intérêt particulier en force destructrice ? »

Joe secoua la tête.

« Nul ne sait ce qu'il adviendra après un effondrement, mon garçon. Parce que personne n'a fait l'expérience d'un tel événement. Que s'est-il passé vraiment sur l'île de Pâques, quand le dernier arbre a été abattu ? L'histoire ne nous le dit pas. Qu'en pensez-vous ?

— Je ne sais pas quoi penser.

— C'est la réponse la plus honnête que vous puissiez faire. Aucun de nous ne le sait. En matière de comportement humain, les romans ou les films sur l'apocalypse adoptent le plus souvent une vision pessimiste. Ils nous dépeignent armés jusqu'aux dents et n'hésitant pas à tirer sur quiconque se mettrait en travers de notre route. »

Joe essaya de penser à des lectures susceptibles de l'éclairer un peu sur ce sujet. « Je ne crois pas avoir déjà lu de roman sur le sujet…

— Allons, allons ! Vous avez forcément lu *Le Jour des Triffides*. Non ? *La Route*, alors ? Ou bien *Je suis une légende ?*

— J'ai vu le film, monsieur.

— Bien. » Le vieux banquier s'autorisa un sourire. « Dans les années 1820, Mary Shelley a écrit un roman intitulé *Le Dernier Homme*, dans lequel une épidémie de peste décime presque toute la population. Il s'ensuit des troubles majeurs de l'ordre public. Des sectes violentes saccagent tout sur leur passage…

— Avec des armes à feu ?

— Oh oui.

— Je doute que je saurais où me procurer une arme à feu. »

Kaufmann balaya l'objection d'un geste impatient. « Les armes viendront à vous. » Il redressa lentement les épaules et une grimace fugace trahit quelque douleur soigneusement dissimulée. « À quelle espèce appartenons-nous, Joe ?

Ne serait-il pas formidable que Cassie puisse répondre pour nous à cette question essentielle ? Choisirons-nous l'entraide et la coopération, ou le combat à mort ? Combien en faudra-t-il qui cèdent à la violence avant que nous y cédions tous, juste pour nous protéger ? Cassie peut-elle nous éclairer ? »

Joe secoua la tête. « Non. Je ne crois pas.

— En ce cas, je ne sais pas jusqu'où on peut faire confiance à vos prédictions.

— Oui, je comprends.

— Cela étant, si nous ne pouvons pas répondre pour nos semblables, pouvons-nous au moins le faire pour nous-mêmes ? Si l'ordre à l'échelle planétaire s'effondrait, que feriez-vous, Joe Haak ? » Kaufmann braqua un doigt osseux vers lui.

« Je n'ai jamais réfléchi à tout ça, confessa Joe.

— Eh bien, peut-être est-il temps de vous y mettre. » Kaufmann sembla de nouveau happé dans quelque rêverie, puis il s'éclaircit la voix. « Mais il y avait deux choses, n'est-ce pas, Joe ? Vous disiez tout à l'heure que Cassie avait détecté deux points critiques. »

Joe hocha la tête. « Tout à fait.

— Alors laissez-moi vous dire quel est le second point. »

# 14

## Je n'ai pas assez mûri mon plan

À vue de nez, l'allée menant au presbytère était un peu trop escarpée pour sa voiture ; Joe gravit à pied le raidillon pour aller sonner à la porte.

Polly Hocking, en jean et pull-over, sembla contente de le voir. « Tiens, tiens. Un soupirant.

— Je me demandais si vous voudriez… aller faire un tour en ville. » C'était plus difficile à dire qu'il ne s'y attendait. Il aurait dû répéter dans la voiture. Avec cette question bateau, il risquait de passer pour un vulgaire dragueur. « Je voulais dire… je vais en ville… » Il s'interrompit, déglutit. « Et je me disais que je pourrais vous proposer de vous y emmener. Si ça vous dit. »

Elle fit mine de réfléchir. Posa un doigt sur ses lèvres. « Hum, ai-je besoin de faire des courses ?

— Je me disais juste…

— Une fille n'a jamais assez de paires de chaussures, j'imagine.

— Je pars maintenant. » D'un mouvement de tête, il indiqua la voiture en contrebas. « Je bloque la route.

— Cela pourrait avoir des conséquences dramatiques ! » Elle écrasa une main sur sa bouche, en grimaçant, l'air épouvanté. « Des touristes pourraient se voir contraints de rebrousser chemin jusqu'à Penzance.

— En ce cas, une autre fois, peut-être… »

La feinte porta ses fruits. Elle sauta avec souplesse au bas du perron. « Chéri, lança-t-elle à tue-tête en se retournant vers la maison. Je vais faire un tour en ville. »

Le visage réprobateur du révérend Alvin Hocking rôdait derrière la baie vitrée.

« En voiture de sport ! précisa-t-elle en lui faisant au revoir. » Elle empoigna Joe par le coude et l'entraîna au bas de l'allée. « Filons avant qu'il fasse une scène. »

Joe excellait, autrefois, dans l'art de la planification. C'était un de ses points forts. Il pouvait pondre le plan d'un projet en un tournemain, avant même que son équipe ait eu le temps de se concerter sur ses différentes étapes. « Allons, les chinait-il. Qui ne sait planifier n'accouchera de rien. » Ces petits aphorismes les faisaient éclater de rire. « Je vais l'imprimer et l'afficher, celui-là », se moquait Jonathan Woodman. « Échouer à planifier, c'est planifier d'échouer ! » entonnait alors Rodney Byatt, et Joe devait ramener les esprits à plus de sérieux. « Les amis, les amis. Tout ce que je demande, c'est un plan tout bête. Activités, timing, ressources, dépendances…

— Tout bête, tout bête… » objectait un des gars.

C'était ça, sa force : prévoir l'avenir, repérer les chausse- trapes, identifier les risques. Que lui était-il arrivé ? Une semaine plus tôt à peine (une semaine ! était-ce seulement possible ?), il rectifiait son nœud de cravate et présentait devant son équipe un plan d'action qui n'omettait aucune éventualité, dans lequel chaque risque avait été pallié, chaque heure prise en compte. Et maintenant ? Saint-Piran n'avait jamais été une option pour lui. Rien ne reliait Joe Haak à ce village, à sa plage, à une baleine échouée, à Polly Hocking et à une imprudente virée en voiture.

Quel était son plan ? En avait-il seulement un ? Il songea aux projections de Cassie qu'il avait découvertes la veille, au Petrel Inn, à toutes ces suites de chiffres écarlates qui avaient envahi l'écran. Bouche bée, comme hypnotisé, il avait regardé ce défilement sans fin de prédictions négatives. Il devait y avoir un bug quelque part, une erreur fondamentale dans la programmation. Si seulement il avait pu appeler Manesh, il aurait pu remonter à la source du problème ! Mais ce n'était pas une option. Qui, chez Lane

Kaufmann, aurait accepté de prendre au téléphone l'analyste qui les avait tous envoyés dans le décor ? Sans compter que même Manesh ignorait tout de l'existence de ce programme bis, puisque Joe l'avait secrètement encodé pour Lew Kaufmann. La veille, au Petrel Inn, Joe avait essayé de rebouter le programme. Il avait pianoté sur le clavier, et les colonnes de chiffres avaient disparu de l'écran. Ensuite, il avait envoyé une requête à la base de données : *Effacer toutes les hypothèses. Relancer les analyses sémantiques et de données. Délivrer maintenant une prédiction sur les prochaines quarante-huit heures. Sur une semaine. Sur un mois.*

Cela représentait pas mal de calculs. Pendant que Cassie moulinait, Joe avait senti son pouls s'emballer. Pourquoi accordait-il ne serait-ce qu'une seconde d'attention à tout ça ? La dernière fois qu'il avait écouté Cassie, il avait fait perdre trois cents millions à la banque, et lui avait perdu son travail, et ses amis. Alors à quoi bon continuer de se prendre le chou ? Il avait donc décidé d'éteindre l'ordinateur et de ne jamais plus consulter Cassie. Une seconde d'hésitation avait suffi et, l'instant d'après, il était trop tard : un message clignotait à l'écran – un message on ne peut plus clair : « Alerte de catégorie 1 ». Et les chiffres s'étaient remis à défiler – en rouge.

D'humeur guillerette, Polly se comportait comme une adolescente. « Où allons-nous ?

— En ville. À Treadangel.

— Oh. » Sa déception était palpable. « Je pensais que c'était juste un prétexte.

— Qu'aviez-vous en tête ? demanda-t-il, en regrettant sa question avant même de l'avoir posée.

— Un endroit intime. » La main de la jeune femme se faufila aux creux de ses reins.

« J'ai des courses à faire.

— Pourquoi ne pas aller à Saint-Ives, en ce cas ?

— C'est parti pour Saint-Ives. »

Ils se garèrent sur le parking du supermarché et Joe eut l'intuition que ça ne marcherait jamais. Quoi qu'il ait eu en tête, ça n'avait rien d'un plan. C'était une erreur.

« Que venons-nous faire ici, charmant coucou ? »

Joe coupa le moteur. « Des provisions.

— Hum… »

Il lui fallait mettre un peu d'ordre sans ses idées et réfléchir plus posément. Redescendre de ce nuage de confusion qui l'avait happé ce jour-là, au douzième étage, et enfin retoucher terre. En douceur. Comme une phalène.

« Quelle quantité de provisions pouvons-nous caser dans la voiture, selon vous ? »

Joe se savait démuni face au problème. Jamais il n'avait fait ce genre de courses. Il avait vu des gens remplir des chariots à coups de boîtes de conserve, alors qu'il s'était toujours contenté d'un panier.

« De quelle quantité avez-vous besoin ? »

Elle dégageait une odeur musquée ce jour-là, remarqua-t-il – une odeur qui fleurait bon la vie simple, le petit-déjeuner, la pâtisserie, les draps qu'on retend sur un lit. Mâtinée, peut-être, d'une note aromatique d'ascèse. Étaient-ils tombés du lit chacun le corps moite de la transpiration de l'autre, ce matin-là ? Le serviteur de Dieu et le joli cœur du village ? Joe s'efforça de balayer cette pensée.

« Vous allez probablement croire que je suis fou.

— Croire ? Mais je sais que vous l'êtes. » Elle éclata de rire en voyant sa mine s'allonger, et elle lui piqua l'épaule du bout d'un doigt. « Vous avez parcouru plus de cent cinquante kilomètres pour essayer de vous suicider.

— Je n'essayais pas de me suicider. Et c'était plutôt cinq cents kilomètres.

— La première fois que vous m'avez emmenée faire un tour en voiture, j'ai dû vous appâter avec vos clés – et vous avez fait demi-tour avant même d'atteindre la route. La deuxième fois, j'ai dû vous convaincre en vous faisant miroiter une bonne nouvelle. Et aujourd'hui… » Elle lui décocha un adorable sourire. « C'est vous qui me courez après. Franchement, si vous n'êtes pas fou, personne ne l'est.

— Je ne vous cours pas après, protesta-t-il, mais elle ne l'écoutait pas.

— Vous avez rameuté cent personnes sur une plage, sous la pluie, pour sauver une baleine. De mon point de vue, vous avez un sacré grain.

— Et vous n'avez pas encore entendu la suite… »

Elle renversa la tête et se mordilla la lèvre inférieure. « Bon, d'accord. Donnez-moi un petit aperçu de votre folie. »

Il ferma les yeux, en grimaçant, pour essayer d'effacer l'image imprimée sur sa rétine. Sous ses paupières, les lignes de chiffres continuaient de défiler. *Dieu tout-puissant, fais qu'ils soient faux.* Il fallait qu'ils le soient. « Le village compte trois cents habitants, commença-t-il. Je parle de Saint-Piran… » C'était mal parti. Sa démonstration allait tomber à plat. « Non, oublions.

— Si, si, insista-t-elle. Dites-moi. Il y a trois cents habitants… et donc ? »

Était-ce si difficile de se jeter à l'eau ? Il rouvrit les yeux et inspira un grand coup. « J'ai cinquante-deux mille livres sur mon compte en banque. »

Polly resta sans voix.

« Cin… Cin… On pourrait partir ! Vous et moi. On pourrait aller où bon nous semble. Rome. Florence. Venise. »

Cherchait-elle à le provoquer ? « Va pour Italie, alors. C'est là que vous voulez aller ?

— Oui ! » Elle lui décocha un sourire radieux et pressa une main sur son genou.

« Polly. Personne n'ira nulle part. C'est un peu l'idée.

— Quelle idée ?

— Je ne peux pas trop entrer dans les détails. Écoutez… On me voit comme un fou, un banquier raté, mais je n'ai jamais été banquier. Je n'ai jamais été rien d'autre qu'un programmeur informatique. Un prévisionniste. Et, parfois, les prévisions s'avèrent fausses. »

Elle le dévisageait maintenant avec des yeux écarquillés.

« Je ne suis pas sûr, en ce moment, d'avoir envie de dire à qui que ce soit ce que je prévois, parce qu'il y a des chances que je me trompe, une fois de plus. Je ne veux pas passer une fois de plus pour le bouffon de service.

— Je ne pense pas que vous soyez un bouffon.

— C'est gentil, Polly, mais vous ne me connaissez pas vraiment. Je me suis ridiculisé, et ce ne sera sans doute pas la dernière fois. Je crois que c'est plus fort que moi. » Il grimaça. « D'après Mallory Books, je suis un impétueux.

— Impétueux ?

— Il dit que je prends des décisions au pied levé et qu'ensuite je n'en démords pas, quoi qu'il arrive.

— Impétueux n'est pas le bon terme, dans ce cas.

— Quel serait le bon terme ? »

La question sembla exiger quelque réflexion. « Obstiné, lâcha-t-elle finalement.

— D'accord. » Il sourit. « Donc, la question que je me pose obstinément est la suivante : quelle quantité de provisions peut-on caser dans cette voiture ?

— Quelle quantité aviez-vous en tête ? »

Très bonne question. « Excusez-moi, Polly. » Il bascula lentement vers l'avant, jusqu'à ce que sa tête touche le volant. « Je n'ai pas assez mûri mon plan.

— Raison pour laquelle le mien est bien meilleur que le vôtre.

— Quoi ? Nous enfuir en Italie ?

— Non, non, ça, c'est mon rêve. » Elle lui effleura la nuque du bout des doigts. « Mon plan, c'est d'acheter de quoi pique-niquer. Un friand pour chacun. Des gaufrettes fourrées. Une bouteille de limonade. Du chocolat. Ensuite, on part se balader. On pourrait longer la plage de Porthmeor, puis grimper sur la colline. C'est beau, là-haut, idéal pour un déjeuner sur l'herbe. On peut observer les oiseaux de mer sur les rochers. Parfois, on aperçoit même des phoques qui se prélassent. Ensuite, quand l'air frais aura délogé tous les démons de votre tête… » Elle retira sa main. « Vous me raconterez ce qui vous tracasse, et nous établirons un plan ensemble. »

Il faisait très doux, pour un jour d'automne. Les vents qui avaient balayé la côte un peu plus tôt dans la semaine étaient retombés. Sitôt sur la plage, Polly se déchaussa et se mit à galoper devant lui. Joe se fit la réflexion qu'à n'importe quel autre moment il aurait répondu à sa gaieté, il se serait laissé contaminer par son effervescence. Dans un effort pour lui montrer sa vraie personnalité, il se mit à courir à son tour, mais un trop-plein de lassitude et de découragement encombra aussitôt ses jambes, ses bras, le vidant de toute énergie, de toute volonté. Essoufflé, il s'arrêta après quelques foulées à peine. « Pardon, dit-il. Je n'ai pas vraiment la tête à ça.

— Pas encore, le gronda-t-elle gentiment. Vous n'avez pas encore la tête à ça. » Elle éclata d'un rire moqueur et se remit à galoper.

Joe se surprit à contempler l'empreinte délicate de son pied dans le sable mouillé. Il y avait une perfection plaisante dans la forme de son pied – dans l'absence de son pied. Le dessin fragile, en train de se dissoudre, réveilla en Joe un remords dont il lui sembla sentir presque la morsure. Au creux de l'empreinte, du sable s'accumulait déjà et une mince pellicule d'eau froide en érodait le contour. Que lui arrivait-il ? Pourquoi la vue douloureusement délicate d'une empreinte de pied lui donnait-elle envie de fondre en larmes ?

« À mon avis, vous êtes peut-être un peu… déprimé, dit-elle lorsqu'ils s'assirent sur les rochers pour s'attaquer au pique-nique.

— Ce n'est pas impossible. »

Des oiseaux perchés sur les rochers, indifférents aux gerbes d'embruns, semblaient scruter la terre ferme. De quelle espèce s'agissait-il ? se demanda Joe. Des guillemots, souffla une voix dans sa tête ; les guillemots évoquent des vieillards voûtés et encapuchonnés. Peut-être Polly avait-elle raison. Peut-être était-il déprimé. Il avait perdu son travail ; il avait le droit de céder à une pointe de mélancolie.

« Laissez-moi vous dire quel est le second point, avait lancé Lew Kaufmann. C'est un mot banal. » Il avait incliné la tête pour capter son regard. « C'est un mot de six lettres. Est-ce que je me trompe, Joe ? »

— Peut-être pas. »

Jouait-il aux devinettes ?

« Ce n'est pas "guerre"... encore que ce point pourrait être sujet à désaccord. Dans ma vision des choses, quand ça se produira, ce sera la guerre. Souvenez-vous du *Léviathan* de Hobbes. Une guerre de tous contre tous. L'intérêt national est plus puissant que l'intérêt particulier. Et ce genre de guerre est bien plus simple à mener que d'envoyer des hommes et de sortir l'artillerie lourde.

— Je suppose. »

Le vieil homme se pencha un peu plus sur son bureau, imposant son haleine putride aux narines de Joe.

« Même l'inaction peut être un acte de guerre, Joe. Si une nation a besoin d'aide, et qu'une autre détourne le regard, cette inertie peut s'avérer aussi décisive qu'une invasion ; qu'elle soit délibérée ou opportuniste. Il n'y aura plus ni amis, ni alliés. Le temps viendra où, pour une nation, le meilleur moyen de sécuriser son propre approvisionnement sera de détruire ses concurrentes. » Il inspira bruyamment. « Et le mot que Cassie a isolé, le second facteur majeur qui pourrait tous nous renvoyer à l'âge de pierre, ce mot, Joe, c'est "grippe". »

# 15

## Que mangent les gens ?

« Je ne comprends pas », dit Polly. Ils avaient grimpé la colline et regardaient la ville en contrebas. « La grippe n'a rien de particulièrement effrayant.

— Ah non ?

— Chaque année, on sonne l'alerte. Grippe aviaire. Grippe porcine. Grippe asiatique. Et, au final, c'est toujours beaucoup de bruit pour rien. Une autre est en chemin, à l'heure où nous parlons. Il en était question ce matin aux informations. Vous verrez que ce sera aussi un feu de paille. » Elle scruta sa réaction. « C'est vraiment ça qui vous fait peur ?

— Je n'ai pas peur », protesta-t-il. Encore que…

« Où est le problème, alors ?

— Le problème, c'est que nous pensons que notre société est résiliente, qu'elle peut surmonter tous les obstacles que la vie jettera en travers de sa route. C'est une erreur magistrale. La complexité : voilà notre faiblesse. Au Moyen Âge, quand la peste a déferlé sur tout le continent européen et tué une personne sur trois, cela n'a même pas affecté notre civilisation. Du coup, on imagine tous qu'il en irait de même si cela se reproduisait. Pourtant, quand la variole a décimé environ un tiers de la population romaine, l'empire ne s'en est jamais remis. L'épidémie a précipité son déclin. Qu'est-ce qui a fait la différence ? »

Il lui sourit, avant de poursuivre : « Rome reposait sur une organisation trop complexe. Quand ceux qui avaient un rôle clé dans la société sont morts, ils n'ont pas pu être remplacés. Il n'y avait plus la main-d'œuvre nécessaire à l'entretien des armées d'occupation. Une épidémie de grande ampleur a donné le coup d'envoi du déclin, et une succession de répliques de moindre envergure s'est chargée de l'amener à son terme. »

Le regard de Polly se perdait loin derrière lui, vers les rochers et le large.

« Vous me suivez ? s'enquit-il.

— Un peu.

— Un peu seulement ? Bon, c'est plus que je ne l'espérais. » Il étira ses jambes et s'allongea sur le tapis d'herbe et de mousse. « Au Moyen Âge, la société était pour l'essentiel paysanne. La terre produisait suffisamment pour nourrir la population. Les Romains, eux, étaient des citadins. Comme nous. Lorsque la variole s'est propagée jusque dans les campagnes, les fermes ont cessé de produire, les infrastructures de transports ont périclité et les villes ont commencé à mourir de faim.

— Puis-je emprunter votre veste ?

— Si vous voulez. » Il la retira et la lui tendit. Elle l'étala sur l'herbe et s'assit à côté de lui, mais à bonne distance.

« Je persiste à penser que vous divaguez, dit-elle. Il y a en permanence des épidémies de grippe.

— Non, pas vraiment. Nous n'avons jamais été confrontés à une souche qui tue en nombre. La pandémie de 1918 a fait plus de cinquante millions de victimes. Peut-être même cent millions. Une personne sur vingt dans le monde, à l'époque. Voilà ce dont la grippe est capable.

— Ce n'était pas la fin du monde pour autant.

— Non. » Mais il y avait alors moins de deux milliards d'habitants sur la planète. Aujourd'hui, nous sommes sept milliards. » Sept milliards ! De quoi défier l'entendement.

Pour que Polly comprenne, il devait lui exposer le problème comme l'avait fait Lew Kaufmann, ce jour-là, au douzième étage.

« Ce n'est pas la maladie qui nous tuera. Mais la peur. En 1918, les gens ont mis du temps à prendre la mesure de ce qui se passait. Ils ont continué de travailler, de vivre comme d'habitude. Aujourd'hui, nous assisterons à tout en direct. Sur les chaînes d'info en continu, on regardera mourir les premières victimes. Et ce sera la panique. Une réaction en chaîne. Le règne du chacun pour soi. On se cloîtrera chez soi. Ce n'est cependant pas cette débandade qui nous achèvera, mais la perte d'une poignée d'individus précieux, indispensables à la bonne marche de la société : les ingénieurs essentiels au fonctionnement des centrales électriques. Les chauffeurs routiers. La main-d'œuvre des raffineries pétrolières. Les manutentionnaires qui déchargent les supertankers. Si les gens sont trop malades, ou ont trop peur de sortir de chez eux pour aller travailler, tout partira en vrille à une vitesse effroyable. La pénurie de nourriture frappera les villes et les métropoles en trois jours. Trois jours à peine. Voire moins, si les habitants paniquent et se ruent dans les magasins pour constituer des stocks. Le pays pourrait être à court de fuel en deux jours. Les usines de traitement des eaux auront épuisé leurs réserves de chlore en une semaine. En 1918, on ne se préoccupait guère de tout ça, mais aujourd'hui ? Les communications ne tarderont pas à être interrompues. On allumera la radio, et on n'entendra plus que des parasites. Vous essaierez de joindre votre famille, mais les lignes téléphoniques seront hors d'usage.

Pensez-vous que tout ça contribuera à juguler la panique ? Vous ouvrirez le robinet de votre cuisine, et il n'y aura plus d'eau. L'eau ne coule pas des montagnes directement jusque dans nos maisons. On doit la pomper et, pour ça, il faut de l'électricité. Vous n'aurez plus d'eau potable, ni d'eau pour tirer la chasse. Les supermarchés se videront. La brutalité du changement prendra tout le monde de court. Ensuite, les émeutes commenceront. »

Qu'avait dit Kaufmann, déjà, ce soir-là, dans ce bar à vin ? *La société n'est qu'à trois repas de l'anarchie*. Qu'elle lui semblait loin, cette conversation ! Sur le moment, niché dans un repli de la grande ville, dans la pénombre, cerné par des nuées de banlieusards, Joe n'avait eu aucun mal à se représenter ces scènes. Ici, du sommet d'une colline, en observant les nuages flotter paresseusement dans un ciel insouciant, elles paraissaient soudain bien plus abstraites.

Polly le dévisageait, tout ouïe et bouche bée. Quoi qu'elle ait attendu de sa folie, ce n'était pas ça.

« Vous croyez réellement à ce que vous racontez ?

— J'en ai peur.

— Pauvre chou. » Elle s'installa plus confortablement, mais toujours en évitant tout contact. « Et, selon vous, c'est ce qui est en train de se passer maintenant ?

— Je pense que ça pourrait arriver d'un moment à l'autre. » Il lui lança un regard à la dérobée. « C'est pour ça que je suis comme fou. La grippe seule ne suffirait pas à nous pousser dans le précipice. Mais toutes les conditions d'une crise sont réunies. J'ai entendu les infos à la radio, ce matin. L'Iran et l'Arabie Saoudite ont entamé un bras de fer dans le Golfe et le transport maritime est suspendu. Il y a un blocus au détroit d'Ormuz. Un petit blocus de rien du tout… Mais qui soustrait une quantité effroyable de pétrole et de gaz à l'approvisionnement mondial. Cela nous prive du pétrole de l'Arabie Saoudite, du Koweït, du Bahreïn, du Qatar et des Émirats. Dix-sept millions de barils par jour. Le blocus empêche également les Iraniens de livrer leur pétrole à la Chine et à l'Inde, il intervient moins d'une semaine après l'explosion d'un terminal pétrolier au Venezuela, et un coup d'État particulièrement sanglant au Nigeria. Vous ne voyez probablement pas de connexion entre ces faits, mais moi si. C'était ce pour quoi on me payait. Pour relier les points entre eux. »

Et c'était justement à quoi il se livrait à l'instant même, dans sa tête : quel peut être le prix du baril de brut ? Trois cents dollars ? Cinq cents ? L'Arabie Saoudite peut dérouter de grandes quantités de pétrole via son pipeline de la mer Rouge – mais pas au-delà d'un million de barils par jour –, ce qui laisse un manque à gagner de seize millions de barils en provenance des États du Golfe. Combien le Nigeria en exporte-t-il ? Il avait un trou. Bon, disons deux millions de barils par jour. Sachant qu'il s'en brûle quatre-vingts millions quotidiennement sur la planète. Cette statistique, il s'en souvenait. La Russie expédie dix millions de barils par jour, mais ces expéditions sont elles aussi menacées. Il essaya de faire quelques calculs de tête, et regretta de n'avoir pas Cassie sous la main. Il avait besoin d'un flux d'informations. De Bloomberg. De CNN.

La conjoncture n'était-elle pas plus que parfaite ? Il lui semblait entendre la respiration caverneuse de Kaufmann.

« Mais… qu'est-ce que tout ça a à voir avec la grippe ? demanda Polly.

— Rien. Ou tout. » Joe détourna le regard vers le large. « Il y a une épidémie de grippe en Indonésie.

— C'est drôlement loin.

— Non, plus de nos jours, où un malade peut faire le tour de la planète en avion. » Son attention fut distraite par un oiseau de mer qui piquait tel un missile en direction de l'eau. « Regardez cet oiseau. » Elle tourna la tête mais, pour elle, les oiseaux qui dégringolaient du ciel, ça n'avait rien d'exceptionnel.

Ce qui l'était davantage, c'était, quelque part entre les rochers et l'horizon, cette forme, cette tache sombre qui affleurait sous le vert glauque des vagues et la blancheur des festons d'écume. Polly l'aperçut la première, et elle tendit la main, mais Joe l'avait vue lui aussi. Un long corps gris, un chatoiement, telle une nappe argentée et piquetée de reflets du soleil, déployée sur l'obscurité des grands fonds. « La baleine, chuchota Polly et, pile à cet instant, l'arête du dos, lisse et luisante comme une anguille, fendit la vague. Vous croyez que c'est la même ? »

Elle était en train de virer de bord, et d'exhiber la formidable puissance de sa queue en tranchant dans le vif d'un rouleau.

« Évidemment », murmura-t-il.

L'apparition fut aussi brève que soudaine : une ultime ondulation de nageoires avalée par un frisélis d'écume, tel un geste d'adieu, et il ne resta d'elle qu'un souvenir fantomatique à fleur d'eau. Ils attendirent, en scrutant le large.

« Je pense qu'elle est partie », conclut Joe après un long moment.

Ils rassemblèrent leurs affaires et redescendirent en ville. L'apparition de la baleine avait requinqué le moral de Joe. « Mon plan, expliqua-t-il tandis qu'ils marchaient, c'est d'acheter de la nourriture. Et toutes sortes de provisions. Juste au cas où.

— Au cas où ce serait la fin du monde ?

— Oui.

— Vous allez avoir besoin de sacrées réserves pour survivre à la fin du monde, observa-t-elle avec des battements de cils gentiment réprobateurs.

— J'ai l'intention d'en acheter des tonnes.

— Et où vivrez-vous ?

— À Saint-Piran, évidemment.

— Ainsi donc, monsieur aura sa petite réserve personnelle de nourriture pour voir venir… pendant que le reste du village mourra de faim. »

Elle accéléra le pas et Joe se trouva distancé.

« Vous ne m'écoutez pas.

— Si.

— Non. J'ai l'intention d'acheter beaucoup de nourriture. Assez pour nourrir tout le village. »

Polly s'immobilisa, mais ne se retourna pas. « Tout le village ?

— Oui, les trois cent huit habitants de Saint-Piran.

— Vous êtes fou.

— Il y a deux secondes, j'étais égoïste, et maintenant je suis de nouveau fou. »

Elle pivota vers lui et le dévisagea. « Eh bien oui, j'ai du mal à trancher. » Elle se remit en marche. « Pourquoi diable feriez-vous ça ? lança-t-elle.

— Ça ?

— Stocker assez de nourriture pour nourrir tout le village. »

Il lui fallait presque courir, maintenant, pour la suivre. « Est-il possible d'avoir le dernier mot, avec vous ? Que me reprochez-vous cette fois ?

— Je veux comprendre, c'est tout. J'ai besoin de comprendre si nous devons planifier tout ça.

— D'accord. » Il avait beau accélérer le pas, il restait à la traîne. « J'ai fait une promesse à quelqu'un. »

Il n'aurait pas dû dire ça.

« À quelqu'un… à Saint-Piran ?

— Non, non. C'était il y a longtemps. J'ai fait une promesse à quelqu'un. Les mois, les années ont passé – et j'ai oublié de la tenir. Jusqu'à cet autre matin, quand je nageais vers le large. Quand la baleine s'est mise en travers de mon chemin. Quand j'ai cru que j'allais mourir. Je n'arrivais plus à penser qu'à ça – que j'avais failli à ma parole.

— Je vois. Et quelle était-elle, cette promesse ?

— Est-ce important ? C'est une trop longue histoire. Ne me demandez pas de la raconter. »

Il posa la main sur son épaule.

« Vous êtes un drôle d'oiseau, Joe Haak.

— Je sais.

— À qui avez-vous fait cette promesse ? »

Ils étaient face à face maintenant. Il lui sembla qu'une douleur montait du tréfonds de sa poitrine et enflait. Il détourna le regard. C'était une journée froide, au creux de l'hiver, dans une chambre sinistre. Au chevet d'un lit. On avait baissé les lumières. Ça sentait les produits d'entretien et la décomposition.

« À ma mère, répondit-il finalement.

— Je vois. » Elle soutint un instant son regard.

Un grain de sable lui chatouillait l'œil, il se frotta la paupière d'un revers de main.

« Ça va ?

— Oui. » Il lui sourit. « Ça va.

— Bon, de quelle quantité de nourriture avons-nous besoin ?

— Je ne sais pas trop. Combien de temps faudra-t-il attendre, après la fin du monde, pour que le Tesco rouvre ?

— À vous de me le dire. C'est vous qui avez tout calculé.

— La vérité, c'est que personne n'est en mesure de prévoir ce qui pourrait se passer. On ne peut pas savoir.

— Mais vous voulez parer au pire ? »

Présenté ainsi, il passait pour un oiseau de malheur. D'ordinaire, il était plutôt le genre de garçon à voir le verre à moitié plein. Tout finit toujours par s'arranger ; c'était sa devise. Et elle s'était vérifiée chaque fois. Il avait décroché un bon boulot, déniché un super appartement, fréquenté de très jolies filles. Il n'avait que trente ans mais il conduisait déjà une voiture de luxe, il menait grand train et avait un petit pécule à la banque.

À quoi bon ? Jusque-là, il ne s'était jamais trop posé la question. Et d'où sortait cette résolution aussi subite que tenace ?

« Oui, je suppose. Mais ne me demandez pas pourquoi. » Parce que la pire des éventualités avait tout l'air d'être la plus probable. Ou parce qu'il s'en était persuadé, à force de déductions basées sur une logique viciée ? Il y avait eu des précédents. Combien de fois avait-il déroulé devant Janie un tel raisonnement qui s'était ensuite effondré ? On annonce un coup d'État au Congo, et un mot surgit dans sa tête – *tantale*. Métal rare. Symbole chimique : Ta. Numéro atomique : 73. Il en connaît un rayon, sur ce minerai. On l'extrait de gisements situés dans l'est du Congo, on l'utilise dans la fabrication des téléphones portables. Donc, dans la ligne de mire de son esprit : Nokia. Non – cible beaucoup trop évidente. Qui est en position d'essuyer des pertes si la production de téléphones Nokia est compromise ? Un fournisseur, le meilleur maillon faible. « Shortez Aftan Components, avait-il dit à Janie. Ils sont vulnérables. » Mais cela se révéla faux. L'action d'Aftan Components avait bondi de quinze pour cent à l'annonce du coup d'État. Cela n'avait pas de sens. Il avait regardé les chiffres virer au rouge sur les écrans de la salle de marché, il avait écouté le beuglement du klaxon, les encouragements de Janie. « Ne te mine pas, Joe. Parfois, même la logique te plante. »

« Donc, vous voulez acheter pour cinquante-deux mille livres de haricots en boîte ?

— Pas uniquement des haricots.

— Quoi d'autre ?

— Des conserves de viande. Des sacs de sucre, de riz… » Il avait du mal à établir une liste. « Je ne suis pas très fort, à cet exercice. Que mangent les gens ?

— Que mangent les gens ? » Elle lui décocha un regard sidéré. « Vous faites partie des gens. Que mangez-vous ? »

Une image jaillit aussitôt : des champignons tout juste cueillis, sautés avec de l'ail dans un filet d'huile d'olive. Voilà ce qu'il mangerait volontiers. Et quoi d'autre ? À Londres, il achetait des ciabattas toastées, des pizzas à la mode new-yorkaise. Des currys bengalais. Des viennoiseries. Des salades grecques avec des légumes craquants, des olives et de la feta. Il mangeait des céréales complètes, avec du lait écrémé. Des pistaches, des chips, des barres chocolatées et des bonbons acidulés. Des sandwichs achetés dans les épiceries fines et des pavés de bœuf de deux cents grammes, saignants. Il buvait des sodas sans sucre, du café du Costa Rica, des bières belges et des vins du Nouveau Monde. Rien de tout ça, comprit-il, ne constituait un régime alimentaire sain. Ni une liste de courses en prévision de l'apocalypse. Ce n'était pas ça qu'il avait en tête pour Saint-Piran.

« Je ne sais pas trop. Des pommes de terre…

— Elles commenceront à germer au bout d'un mois.

— Du pain ? Non, pas de pain. De la farine. Et tous les ingrédients pour faire du pain.

— De la levure, donc. »

Il l'aida à grimper sur un échalier. « Je crois que je vais avoir besoin de votre aide, Polly. »

Elle croisa son regard. « Je le crois aussi. » Elle lui tendit une main pour assurer son équilibre. Elle était glacée.

« Avez-vous assez chaud ?

— Non, pas vraiment. »

Il retira sa veste et en couvrit ses épaules. Elle paraissait absurdement ample sur sa silhouette menue. Mais elle lui conférait aussi un petit air gamin. Il éprouva une bouffée de désir. Polly avait-elle la moindre conscience de sa beauté ?

« Elle vous va bien.

— Ne soyez pas ridicule. »

La proximité de cette fille affolait son rythme cardiaque.

« Votre plan consiste donc à nourrir l'ensemble du village ; pendant combien de temps ? »

Il haussa les épaules. « Aussi longtemps que je le pourrai.

— Et que se passera-t-il, lorsque votre petite épicerie sera à sec ? »

Il secoua la tête. « Je ne peux pas prévoir à aussi long terme. »

C'était une réponse technique, sans doute. Cassie ne pouvait pas faire de projections à aussi long terme. Si on cherchait la précision, elle se limitait à un jour ou deux. Une semaine, si on cherchait un conseil. Un mois, si on était dans une optique spéculative. Or n'était-ce pas précisément ce qu'il était en train de faire – spéculer ? Parier toutes ses économies sur les prédictions à un mois de Cassie ? Il était devenu fou. Il ne voyait pas d'autre explication. Et pourtant, non…

« Et les produits non comestibles ? » Polly vit à son expression qu'elle le prenait au dépourvu. « Vous n'y aviez pas pensé, hein ? Le papier toilette. Les serviettes hygiéniques. Le savon. Le dentifrice.

— Je pensais que nous pourrions nous débrouiller sans.

— Vous voulez mettre Saint-Piran à feu et à sang ? » Elle glissa une main au creux de son bras. « Ramenez-moi à la voiture, et je vais vous expliquer comment nous allons procéder. »

Le plan proposé par Polly paraissait le plus pratique mais Joe ne voulut pas en entendre parler. Elle avait suggéré de demander un coup de main à Jessie Higgs, l'épicière. « Laissons-la passer la commande auprès de son grossiste. Pour commencer, elle aura une réduction. Et tout sera livré à domicile. »

Pratique, certes, mais inquiétant. « Pas assez discret, objecta Joe.

— Discret ?

— Une demi-douzaine de personnes au moins seraient au courant. Le personnel du grossiste, les préposés à l'emballage, le chauffeur-livreur. Ses collègues. Ils en parleraient à leurs proches, la moitié de la Cornouailles aurait vite vent de l'histoire, et où, à votre avis, viendront-ils chercher lorsque la nourriture commencera à manquer ? »

Le plan B était plus osé encore. « Je vais tout acheter moi-même, déclara Joe. Dans les supermarchés. »

Polly le regarda comme un professeur regarde un élève qui a fait l'école buissonnière. « Combien de sacs imaginez-vous caser dans votre voiture ? Avec beaucoup de chance, et en utilisant jusqu'au dernier centimètre cube, vous y caserez pour cinq cents livres de marchandises. Si on additionne, il vous faudra faire une centaine d'allers-retours. Ne pensez-vous pas que ça laisserait à désirer, question discrétion ? »

Elle venait de marquer un point. Il fit mine de renvoyer une balle de tennis. « 0-15.

— Et où imaginez-vous stocker toute cette nourriture ? Je doute que Mallory Books vous laisse l'entasser en haut, dans votre chambre.

— 0-30. »

Le temps commençait à se gâter pile à l'instant où ils arrivèrent à la voiture. Un petit vent d'est poussait vers eux des nuages gris acier. Lorsque Joe ouvrit galamment la portière de sa passagère, Polly posa une main sur sa nuque et il lui planta un baiser tendre sur la joue.

« Merci. J'ai passé une belle journée.

— Moi aussi.

On devrait le refaire. »

Pouvait-il lui rendre son baiser ? Il se pencha vers elle, mais trop tard ; elle se glissait déjà sur le siège. Il avait raté sa chance. À supposer qu'il en ait eu une.

« Voilà comment on va procéder, dit-elle une fois sur la route. Nous allons emprunter la camionnette de Peter Shaunessy. Elle est grande. Et vous allez prendre une carte client chez le grossiste de Truro. Je pense qu'en une douzaine de chargements l'affaire sera réglée.

— Nous ?

— Non. Juste vous. Je n'aime pas la camionnette de Shaunessy, elle n'est pas confortable et elle sent le poisson. » La soudaine sévérité dans son regard signifiait qu'il n'y avait aucune négociation possible. Il y avait, dans son expression, dans la substance même de sa détermination, un petit quelque chose de Janie Coverdale. Joe l'imagina moulée dans une jupe crayon et perchée sur des escarpins à semelles rouges.

« Vous auriez fait une bonne tradeuse.

— Il faut dégoter un endroit où entreposer tout ça, poursuivit-elle avec autorité. L'avantage, en achetant chez le grossiste plutôt qu'au supermarché, c'est que tout est emballé. Ce sera plus facile à stocker. Reste tout de même à trouver un endroit assez grand pour accueillir plusieurs milliers de cartons.

— Plusieurs milliers ?

— Vous vouliez dépenser jusqu'à votre dernier penny, non ? »

Il s'interdit d'hésiter. « Oui.

— Alors, il n'y aura pas l'embarras du choix, au village. » Elle était en train de réfléchir. « Il y a le hangar à poissons, sur le port, mais ce n'est pas un endroit très sûr. C'est juste une cabane en planches. Et à l'intérieur, c'est le bazar. » Elle se tapota une dent de l'extrémité d'un ongle. Joe reconnut son propre tic. L'avait-elle vu le faire ?

« L'épicerie de Jessie, c'est beaucoup trop petit. On a déjà du mal à y circuler. Il y a la salle de classe – mais Martha ne sera jamais d'accord. Louer un gîte ? Ce serait bien, sauf qu'il doit y avoir déjà des réservations les week-ends par-ci par-là. Bevis Magwith possède quelques vieilles granges, mais elles sont au diable et ça m'étonnerait qu'elles ferment à clé. Quant à la bergerie, il en aura besoin au printemps pour l'agnelage. L'un dans l'autre, je ne vois qu'une seule solution… » Elle lui lança un regard empreint d'une nette appréhension. « Je pense que vous feriez mieux de me raccompagner. »

# DEUXIÈME PARTIE

*Léviathan fera-t-il alliance avec toi ?*

# 16

# Le jour où tout a changé

Dans le village de Saint-Piran, on parle encore du jour où la mer rejeta l'homme nu sur la plage. Charity Limber raconte l'histoire à ses petits-enfants, bien qu'ils en connaissent déjà tous les détails qui comptent par Casey Junior, leur père. Et d'ici peu, Charity aura des arrière-petits-enfants auxquels la raconter à leur tour. Il n'y a qu'aux filles qu'elle révèle que le noyé se trouvait dans un état particulier – « l'état *impudique* », comme elle dit – mais elle reste dans le vague jusqu'à ce qu'elles soient assez grandes pour comprendre. « Il était long comme ça », précise-t-elle alors en écartant les index pour illustrer son propos, et ses petites-filles de glousser, main sur la bouche. « Mais cela doit rester entre nous. C'est notre petit secret. »

« C'est le jour où tout a changé », disait Charity Limber à ses petits-enfants.

Mais la mémoire est une amante capricieuse. Et quand les petits-enfants de Charity Limber la conteront à leur tour à leurs propres petits-enfants, comme ils le feront assurément (si notre mère la Terre les épargne), l'histoire sera peut-être sensiblement différente. Peut-être n'y aura-t-il plus une, mais plusieurs baleines, ou l'anatomie de Joe Haak se sera-t-elle affranchie du joug des proportions humaines. Peut-être l'ensemble des événements se sera-t-il déroulé en ce seul jour d'automne.

Charity Limber conduit ses petits-enfants à l'église, là-haut sur la colline. Ils gravissent les marches qui mènent au jardin paroissial, traversent le cimetière et les plus petits galopent entre les pierres tombales, oublieux de ceux qui reposent ici. Il n'y a plus de vicaire, mais la porte, sous le porche, reste ouverte. Les enfants connaissent bien les lieux. C'est ici, chaque année, que se tient la fête de la Baleine.

« C'est l'église de Saint-Piran le Martyr, leur dit Charity. Quand j'étais petite, on y venait le dimanche, toutes pomponnées dans nos robes en coton. Et c'est là que je m'asseyais. » Elle leur indique l'endroit où se trouvaient jadis les bancs. « Lorsque le vicaire récitait la prière, il me regardait pour vérifier si j'avais les yeux ouverts. Et ils l'étaient toujours. » Sa voix résonne dans la nef et monte jusqu'aux arches en pierre du chœur monumental.

Elle invite les enfants à traverser le transept, et la petite troupe s'arrête devant une imposante porte en chêne. « À l'époque, reprend-elle en baissant révérencieusement la voix, cette porte était verrouillée. Toujours. » Elle soulève le lourd loquet en fer. « Et un seul homme en avait la clé. Joe Haak. » En tirant le battant, elle arrache un grincement mécontent aux vieux gonds.

Les enfants s'engouffrent dans l'entrebâillement et pénètrent dans le clocher roman. Un des enfants court se suspendre aux cordes, mais il ne pèse pas assez lourd pour ébranler la cloche, plus haut.

« Il y avait des cartons ici, là – partout, explique Charity. Il avait fait des piles tout le long des murs, et jusqu'au plafond, si bien qu'il ne restait plus qu'un étroit passage. Puis il en avait entassé d'autres ici, sur ces marches. » Elle prend la main du benjamin et tout le monde s'engage dans l'escalier en bois. « Sur chaque marche, il y avait des cartons de conserves, de viande, de poisson. Des sacs de sucre. De riz. De haricots. Pour monter, il fallait se faire tout menu. Et ça continuait comme ça jusqu'au premier étage. » Cet étage repose sur d'impressionnantes poutres en chêne. « Ici, il y avait encore d'autres piles de cartons, de sacs, jusque là-haut. » Elle tend la main vers le plafond, et l'ascension reprend. « Trois mille huit cents sacs et cartons en tout », précise-t-elle, et les enfants essaient d'imaginer ces planchers nus ensevelis sous des montagnes de boîtes de conserve, de bouteilles et de bocaux.

Ils grimpent tout en haut, vingt marches vers le nord, puis vingt vers l'est, et vingt de plus vers le sud, et encore vingt vers l'ouest, avant d'émerger, essoufflés et ravis, sur la coursive aménagée au niveau des cloches. « Faites attention ! lance Charity en voyant les enfants se précipiter vers les étroites ouvertures. Il n'y a pas de vitres.

« Trois mille huit cents, répète-t-elle. Et, au début, Joe Haak a dû transporter les sacs et les cartons tout seul. C'était la condition imposée par le vicaire. Il n'avait pas de chariot. Ni de petites mains pour l'aider. Il soulevait les cartons, souvent deux par deux, et il devait grimper l'escalier et traverser le jardin, et encore la nef, pour venir empiler son chargement ici. Puis il repartait en chercher d'autres, et ainsi de suite. Inlassablement. Les gens s'arrêtaient pour observer son manège. "Que faites-vous ? lui demandaient-ils.

— Je stocke mes affaires dans l'église, répondait-il. Le vicaire a accepté que je lui loue le clocher."

« Ses affaires ? Des soupes et des ragoûts ? Du lait concentré, des puddings et des sacs de farine ? Sans compter ceux de haricots, et les bocaux de miel, de marmelade, de sauces, de fruits au sirop ; les paquets de fruits secs, de purée, de pâtes. Il y avait des conserves – saucisses, carottes, jambon, sardines, olives – et des boîtes de levure, de muesli, des sacs de cacahouètes. Comme il achetait, chaque fois qu'il en avait la possibilité, des quantités au format collectivité, les boîtes de haricots, de lait concentré et d'œufs en poudre avaient chacune la taille d'un seau. »

Un effort surhumain, songeait souvent Charity. Elle avait pu voir Joe à l'œuvre. La première fois qu'elle avait aperçu le tas de ferraille des Shaunessy garé au plus près du muret du jardin, elle avait observé avec curiosité Joe dévaler les marches et en extraire prestement deux cartons. « Bien le bonjour, Charity », lui avait-il dit, et elle avait rougi. Elle savait qu'il savait qu'elle l'avait vu nu, mais avant même qu'elle ait pu répondre, Joe empruntait le chemin inverse, en grognant sous le poids de son chargement.

« Puis-je vous aider ? demanda-t-elle lorsqu'il réapparut.

— Non, je ne pense pas. »

Des bouteilles d'huile d'olive, des pots géants de margarine.

« J'aimerais vraiment, insista-t-elle. Peut-être en portant quelque chose de léger ?

— Je crains que le vicaire ne l'autorise pas », répondit-il en soulevant deux nouveaux cartons. De la polenta. Des savons. « C'est un problème d'assurance, voyez-vous. Imaginez que vous m'aidiez et que vous vous fassiez un tour de reins. Qui sera le fautif ? »

Il disparut en haut des marches, et Charity soupesa la question.

« J'en prendrai l'entière responsabilité, lui annonça-t-elle à son retour.

— C'est très aimable, mais si jamais j'enfreins les règles du vicaire… »

Des cubes de bouillon. Du sucre glace.

Une autre fois, elle tomba sur lui au moment où il ouvrait les portes de la camionnette, remplie d'un nouveau chargement de marchandises. « Encore des cartons ?

— J'en ai bien peur.

— Puis-je vous aider ?

— Non. »

Et ainsi de suite. Parfois, quand Charity descendait la colline avec son chien, elle apercevait la camionnette sur la route, négociant prudemment les derniers lacets avant le village. Et le soir, par la fenêtre de sa chambre, elle distinguait la lueur à l'intérieur du véhicule et devinait la silhouette de Joe, à l'œuvre. Quelle quantité d'affaires peut-il bien avoir ? se disait-elle.

« Pourquoi ne demandez-vous pas à Casey de vous donner un coup de main ? suggéra-t-elle un autre jour, où Joe charriait à bras-le-corps des caisses de bouteilles. Vous devriez l'employer, vingt pence par carton. »

La suggestion arracha un sourire à Joe. « Je le ferais, si je le pouvais.

— Vous pourriez demander au vicaire d'ajouter son nom sur l'assurance. »

Ce n'était en rien un problème d'assurance. Si problème il y avait, il découlait d'une intransigeance purement ecclésiastique. Le révérend Alvin Hocking n'avait pas été facile à convaincre. La transaction s'était déroulée au pied de l'autel. « J'ai cru comprendre que vous aviez quelque chose à me demander », avait lancé le vicaire d'un ton sec, en évitant soigneusement de croiser le regard de Joe, au point qu'on aurait pu croire qu'il parlait au téléphone. Quand Joe lui exposa son projet, le vicaire balaya ses pronostics apocalyptiques d'un geste dédaigneux, doublé d'un regard méprisant. « Vous divaguez complètement, asséna-t-il. Si vous voulez jouer à Armageddon, allez vous trouver un autre village. »

Joe insista mais c'était peine perdue. Hocking semblait étranger aux impératifs logiques du monde, il n'était pas programmé pour les comprendre.

« Vous imaginez que Dieu nous laissera mourir de faim ? » demanda-t-il à Joe avec une moue de mépris.

Dieu semble n'avoir guère de scrupules à cet égard, songea Joe, mais il conservait assez de sagesse pour se garder d'entrer dans ce débat. « Dieu ne nous laisse pas mourir de faim, répliqua-t-il en risquant un sourire. Il nous apporte une manne inespérée de nourriture.

— Ainsi donc, vous… vous… êtes un émissaire de Dieu ? » Le ton déniait toute vraisemblance à la proposition.

« Qui sait ? » Joe ouvrit les mains. « Ses voies ne sont-elles pas mystérieuses ?

— Pas mystérieuses à ce point », lui rétorqua le révérend Hocking.

Au final, ce fut une transaction commerciale, et rien d'autre. Joe échoua à convaincre Hocking du bénéfice que la communauté pourrait retirer de vivres stockés dans son église, mais ce dernier accepta tout de même de reconnaître que, l'accès au clocher étant condamné depuis plus de vingt ans pour des raisons de sécurité, cet espace pourrait être adéquat pour générer un revenu. « J'accepte uniquement parce que Polly insiste, souligna-t-il. Vous signerez une décharge absolvant l'église et ses officiers de toute responsabilité à l'égard de dommages ou pertes matériels, ou d'accidents qui pourraient survenir.

— En échange de quoi je prendrai possession des clés pour toute la durée du bail, dit Joe.

— Nul autre que vous ne sera autorisé à pénétrer dans le clocher, exigea le vicaire. Et nul ne devra vous aider dans cette entreprise, sinon notre accord sera nul et non avenu.

— Entendu.

— Vous me réglerez mille livres d'avance, et cinquante livres par semaine. Plus une caution de cinq mille livres, pour couvrir le coût des réparations en cas de dégâts causés à la structure.

— Je m'engagerai par contrat à réparer quelque dégât que ce soit, mais je ne peux pas vous verser une caution de cinq mille livres. J'ai l'intention de dépenser tout mon capital en provisions.

— En ce cas, il ne vous reste qu'à chercher un autre local pour votre épicerie », trancha Hocking.

La messe semblait dite et, Alvin Hocking se dirigeant déjà d'un pas raide vers sa sacristie, l'affaire aurait fort bien pu en rester là.

« Très bien. »

Le vicaire s'immobilisa, mais ne se retourna pas.

« Vous pourriez conserver ma voiture à titre de caution. »

Il y eut un silence glacial.

« Vous pourriez en user à votre convenance jusqu'à ce que je vous restitue les clés du clocher.

— Je suggère que vous m'en transfériez la propriété jusqu'au terme de votre bail.

— Que je la transfère à vous, ou à l'église ?

— À moi. »

Bon, si le monde entier s'effondrait bel et bien, quelle importance après tout ? « D'accord.

— Ces termes me conviennent, conclut Hocking. Je vous prierai de laisser les clés dans ma sacristie. »

Joe sentit un collier de transpiration affleurer sous son col. « À une dernière condition. »

Le vicaire se retourna.

« Vous me prenez pour un illuminé. Bien sûr. Bon, c'est votre droit. Et puisque vous pensez que mes prédictions n'ont aucune chance de se réaliser, cette condition devrait vous être indifférente. » Joe s'avança d'un pas. « Vous vous engagerez à ne réclamer aucune des marchandises de mon épicerie. Aucune. Et à n'en accepter aucune, même si elle vous était offerte par charité.

— Je n'en voudrais pas de toute façon.

— Parfait. »

Alvin Hocking le dévisageait, maintenant, depuis le fond de la nef. « Rédigez le contrat, et je le signerai, dit-il.

— J'inclurai cette dernière clause.

— Faites. Et ajoutez-en encore une. » Le rictus avait réapparu. « Vous n'adresserez jamais plus la parole à ma femme. » Il rejeta la tête en arrière pour savourer l'expression qui se peignait sur le visage du jeune homme. « Vous ne la fréquenterez pas, vous éviterez tout tête-à-tête avec elle, ni ne lui ferez passer des messages. » Il attendit une réponse dont il savait qu'elle ne viendrait jamais. « Quelque entorse à cette clause rendra notre contrat caduc. »

Et, avec un regard suffisant et satisfait, il tourna les talons et quitta l'église à grandes enjambées.

# 17

# Vous reliez les points

« Le gouvernement distribue vingt millions de vaccins, annonça Mallory Books. Ils ignorent donc que ce pays compte soixante-dix millions d'habitants ? »

Joe se tenait devant une poêle à frire. « Comment les préférez-vous ? demanda-t-il.

— Quoi donc ?

— Vos œufs. »

Mallory grogna. « Je crois bien qu'en quatre-vingts ans d'existence, jamais personne ne m'a posé cette question. Je ne sais même pas ce qu'il faut répondre.

— En général, on a le choix entre au plat ou retournés à mi-cuisson. Encore qu'avec moi, vous aurez surtout le choix entre baveux ou caoutchouteux.

— En ce cas, j'opterai pour un entre-deux.

— Excellente réponse. » Joe retourna deux œufs sur l'assiette du docteur, avant d'en casser deux autres dans la poêle.

« En avez-vous terminé avec vos galéjades ?

— Quelles galéjades ?

— Les gens se plaignent de ce que la camionnette de Peter Shaunessy bloque en permanence Cliff Street Hill. Elle serait garée là jour et nuit.

— Ils exagèrent. Il reste toujours largement la place de passer.

— Ce n'est pas ce qu'ils disent.

— Je n'ai pas vu l'*Ark Royal* tenter de remonter Cliff Street, certes, mais mis à part un porte-avions, n'importe quoi d'autre peut passer. » Joe retourna ses œufs. « De toute façon, aujourd'hui, c'est samedi. Je prends un jour de repos.

— Heureux de l'apprendre. » Mallory s'attaqua à son petit-déjeuner. « Jessie Higgs craint que vous ne soyez en train d'ouvrir un supermarché, là-haut.

— Dites-lui de ne pas s'inquiéter. Ce n'est pas le cas. Et elle peut compter sur la vigilance du révérend Hocking. »

Ils mangèrent en silence. Une de ses contributions au foyer de Mallory Books, songea Joe, aurait au moins été d'introduire le concept d'un petit-déjeuner digne de ce nom.

« Vous ne joueriez pas au bridge par hasard ? demanda le docteur.

— À ma manière, répondit Joe en cherchant à se souvenir quand il y avait joué pour la dernière fois. Avez-vous un quatrième ?

— Si vous en êtes. Jeremy, Demelza et moi jouions autrefois avec Alfred Moot, des métairies, mais… il nous a quittés il y a trois ans. Nous aurons besoin de vous au Petrel Inn ce soir.

— Un peu de thé ?

— S'il vous plaît. »

Il y avait une sorte de symbiose dans leur relation, jugeait Joe. Mallory Books glissait les pieds sous la table et endossait le rôle du vieil oncle volubile pendant que Joe s'activait aux fourneaux, faisait le service, débarrassait la table, lavait la vaisselle et rangeait. La contribution de Books, d'une nature plus subtile, consistait en un commentaire sur le vif de commérages locaux ou de nouvelles entendues à la radio. Ses observations étaient nourries des années vécues dans le village, et Joe était tout ouïe. Books était devenu son flux d'information continue, son téléscripteur de gros titres et d'événements marquants. Les soubresauts de l'actualité nationale et internationale y côtoyaient les péripéties survenues dans Fish Street, sans nulle différence de traitement.

« Dorothy Restorick est venue me consulter hier, dit Mallory. Avec le bébé.

— Oui, je la connais.

— Il éternue. Elle pense que c'est la grippe asiatique.

— Ah bon ?

— J'ai perdu un patient, à cause de la grippe, une année. En 1970, je crois. Quelque chose dans ces eaux-là. Corin Magwith. Le grand-oncle de Bevis. Il avait insisté pour sortir labourer son champ en plein hiver. Je lui avais bien dit de rester au lit, mais le bougre n'en a fait qu'à sa tête. On l'a retrouvé raide mort au volant de son tracteur.

— Le pauvre…

— Il serait question de plus de deux cent cinquante mille morts en Indonésie. Et Dieu sait combien en Inde. Personne ne tient les comptes.

— Je m'en doute.

— Vous saviez qu'ils ont bouclé Singapour ? Plus personne n'entre ni ne sort. »

Joe sentit ses antennes tressaillir. Singapour était un goulet d'étranglement, une plaque tournante des expéditions de marchandises et de pétrole.

« Et le détroit d'Ormuz ? demanda-t-il.

— Le quoi ?

— Dans le golfe Persique. Où en est-on du blocus ?

— Ça va de mal en pis. Le Japon s'en est mêlé. »

Le Japon ? Évidemment. Quatre-vingt-dix pour cent de son approvisionnement en pétrole transitaient par le Golfe. Tic, tac. Tic, tac. Quel rêve ce devait être, en ce moment, de faire de la vente à découvert, songea Joe. Les marchés devaient être en chute libre. Il se reprit. Quelle folle pensée. Il avait un travail à accomplir ici, à Saint-Piran.

« Ils rationnent le fuel, reprit Mallory.

— Qui ? Les Japonais ? » Pour la centième fois, Joe regretta que Books n'ait pas la télévision.

« Non, pas les Japonais. Nous. Nous rationnons l'essence.

— Ah bon ? J'ai dû rater ça. » Joe fut pris de l'envie urgente de vérifier du côté de Cassie. Il ne s'était pas connecté depuis plusieurs jours. Il avait été trop occupé à transbahuter des provisions dans le clocher. « Je crois que je vais faire un saut à l'auberge, ce matin.

— Je doute que Jacob ait déjà ouvert.

— J'ai besoin de sa connexion Internet. »

C'était une matinée presque parfaite. Joe descendit au port et longea la digue, jusqu'à son extrémité, pour contempler le large. C'était marée haute, mais il n'y avait pas beaucoup de vent et la mer était calme. Il cherchait la baleine. Il commençait à la considérer comme un élément constitutif du paysage – regarde vers le large et elle sera là, la queue dressée en guise de salut. Mais aujourd'hui, Joe eut beau scruter les flots, point de baleine en vue. Il aperçut des chalutiers, une goélette qui traçait sa route et, plus loin, contre l'horizon, un énorme pétrolier. D'où pouvait-il venir ? se demanda-t-il aussitôt, incapable de juguler le mécanisme d'associations que le mot mettait en branle dans son esprit. De Libye, peut-être ? Ou bien était-ce une des dernières livraisons en provenance du Qatar ou du Koweït ?

Depuis cinq jours qu'il entassait des provisions, il avait eu amplement le temps de procéder à quelques calculs. La camionnette des Shaunessy pouvait contenir en moyenne soixante-dix cartons ou sacs. Un aller-retour pour faire le plein lui prenait un peu moins de deux heures. Charger la marchandise était rapide : le grossiste mettait à disposition un quai pile à la hauteur de son hayon, et un Fenwick avec un chauffeur de bonne composition ; personne ne faisait vraiment attention à lui.

À Saint-Piran, l'affaire se corsait. Décharger les soixante-dix cartons pouvait lui prendre deux heures. Il n'avait que ses bras pour trimballer cartons, palettes et sacs jusqu'à l'église, et plus le stock augmentait, plus les voyages s'allongeaient. Dans le clocher, les piles croissaient à vue d'œil, l'obligeant à hisser les marchandises toujours plus haut. Il avait mis au point un genre de système. Les cartons les plus lourds (boîtes de conserve, bouteilles et bocaux) restaient dans les strates inférieures ; les plus légers (sachets et sacs) allaient au-dessus ; de forme et de taille variables, ils étaient en revanche moins faciles à entasser. C'est comme construire un mur de pierres sèches, songea-t-il plus d'une fois, tandis qu'il pénétrait dans le clocher en titubant sous le poids d'un nouveau chargement. Chaque pierre doit être à sa place. Ici, ce sera au poil pour caser un autre carton de boîtes de conserve, et là, parfait pour un sac de lentilles.

Et le butin s'accumulait. Le premier jour, il ne fit que deux allers-retours entre le grossiste et le village ; le lendemain, il s'y prit plus intelligemment : il se présenta chez le grossiste à neuf heures, à l'ouverture, et à l'heure du déjeuner il était de retour avec une camionnette vide. Il mangea un sandwich au volant. En trimant sans discontinuer, il fit un troisième chargement juste avant dix-sept heures et, à vingt heures trente, tout était en bon ordre dans le clocher. La journée avait été longue, mais elle configura les suivantes. Cela avait été un soulagement de découvrir que le grossiste fermait ses portes le week-end. Joe avait déjà transporté presque un millier de cartons, et dépensé environ treize mille livres.

Cela demeurait cependant une entreprise mal conçue. Il en avait conscience, à présent. Elle était inconsidérée, irréalisable, ridicule. Il aurait dû y renoncer dès le départ. Polly Hocking l'avait bien taxé d'obstiné. Si seulement il avait eu un tableau blanc pour mûrir son projet, bâtir un plan, ou tout bêtement procéder à quelques calculs, eh bien, sans doute ne se serait-il jamais lancé dans l'aventure. Lorsque l'idée avait germé, et même lorsqu'il avait tenté d'expliquer le projet à Polly, le défi ne lui avait pas paru particulièrement ardu. Il n'avait pas pris le temps de méditer sur l'échelle du projet. Néanmoins, au bout d'une semaine, et une fois le marché conclu avec Alvin Hocking, Joe n'avait eu guère d'autre choix que de le mener à son terme. Le vicaire avait pris possession de sa Mercedes, après tout. Une fois le premier voyage effectué et l'arrivage inaugural empilé, se remettre en route pour un deuxième, puis un troisième, tombait sous le sens.

C'était l'imprudence de la jeunesse. L'aventurisme insouciant d'un jeune homme qui avait peu à perdre. Treize mille livres. Chez Lane Kaufmann, certains traders gagnaient cette somme en une semaine. Aucun d'eux, soupçonnait Joe, ne connaîtrait jamais la valeur concrète de leurs gains hebdomadaires, une fois convertis en pots de crème pâtissière et sacs de riz. Quant à l'idée que n'importe lequel d'entre eux puisse consacrer une semaine entière en manutention, elle était tout simplement monstrueuse. Et pourtant, malgré sa folie, le coût financier, l'effort physique qu'elle réclamait, Joe avait tiré quelques bénéfices inattendus de son entreprise si aberrante soit-elle. Il se sentait en meilleure forme. En meilleure santé. Plus fort. Il avait passé huit ans de sa vie vissé devant des moniteurs informatiques, à pâlir à la lueur des écrans plasma. Jusque-là, il n'avait jamais fait de réels progrès à la salle de sport, jamais eu le sentiment d'appartenir à une communauté. Alors qu'ici, à Saint-Piran, il était l'homme qui avait sauvé une baleine. Ici, il avait élaboré un projet destiné à secourir une communauté menacée par Armageddon. Étrangement ici, au contact de ces aimables villageois, il s'était découvert une nouvelle identité. Il dormait bien, aussi. Ses rêves, lorsqu'il en faisait, n'étaient plus tourmentés par des visions du passé. Au cours des cinq derniers jours, à peine avait-il pensé aux salles de marché, à Janie Coverdale, aux caractères qui clignotaient en rouge sur des écrans.

Au Petrel Inn, la table accolée à la fenêtre était son nouveau bureau. « Café ? proposa Jacob Anderssen.

— Oui, avec plaisir. »

Il y avait certaines choses qu'il aurait dû faire plus tôt. Il envoya un e-mail à son père, et un autre à Brigitha. « Je vais bien, leur écrivit-il. J'ai traversé une crise personnelle, mais j'ai trouvé un endroit calme pour me remettre sur pied. » Il sourit en écrivant ces mots. « Faites des provisions de nourriture, et emportez-les sur l'île. S'il vous plaît, prenez cet avertissement au sérieux. Je ne suis pas en train de dérailler, je vous le promets – stockez des vivres pour au moins dix semaines. Concrètement, ça représente trois cents boîtes de conserve par personne. Quatre cents, si vous voulez parer à toute éventualité. S'il vous plaît, commencez dès aujourd'hui. Je ne suis pas alarmiste. Je ne le pense pas, du moins. Il se pourrait que nous n'ayons plus beaucoup de temps devant nous. » Après avoir cliqué sur « envoyer », il recula contre son dossier et contempla la vue à travers la fenêtre. Avait-elle jamais été plus plaisante ? Un bateau de pêche manœuvrait prudemment dans le chenal, et Joe discernait le visage tanné par le grand air de l'homme qui tenait la barre. Combien de fois avait-il pu effectuer ce même trajet ? Il distingua les toussotements sourds d'un moteur qu'on éteint et vit, dans la foulée, les fils Robins – les jeunes Daniel et Samuel – sauter sur le quai avec des cordes. Lequel était Daniel ? Lequel Samuel ?

Il était temps d'écrire un autre e-mail. Il envoya un petit mot à Manesh, et mit en copie les garçons de l'équipe de développement. « Je suis désolé, je sais que je vous ai laissé tomber, écrivit-il. Je ne supportais plus la pression. J'ai craqué. » N'est-ce pas curieux, songea-t-il, qu'une expérience devienne vraie par le seul fait de la coucher noir sur blanc ? « J'espère que tout ce que vous choisirez d'entreprendre sera couronné de succès, écrivit-il encore. Faites des stocks de nourriture. Et vous pouvez dormir sur vos deux oreilles : je ne reviendrai pas. »

Quelqu'un était entré dans l'auberge et se dirigeait vers lui.

« Bonjour ! »

Une femme corpulente, en robe de coton, avec un teint vermillon et un grand sourire. « Je vous dérange ?

— Du tout. » Il tendit la main, machinalement. « Joe, enchanté. Je vous connais, n'est-ce pas ? Vous êtes Martha Fishburne.

— C'est bien moi. » Elle paraissait contente qu'il ait retenu son nom. Elle secoua sa main avec chaleur.

« Attendez. Je vais vous faire de la place. » Il poussa son ordinateur en bout de table et déplaça sa chaise. « Puis-je vous offrir un café ?

— Avec plaisir.

— Un autre café, s'il vous plaît, Jacob.

— Tout de suite.

— Que puis-je pour vous, madame Fishburne ? » Quelle expression protocolaire ! déplora-t-il aussitôt. « Je voulais dire, je suis ravi de vous rencontrer en bonne et due forme, et de faire plus ample connaissance. »

Voilà qui était mieux. Le sourire de Martha s'élargit encore plus. « J'espérais bien pouvoir faire de même.

— Quelle belle journée, n'est-ce pas ? » La conversation semblait partie d'un bon pied.

« Ma mère aurait dit que chaque jour est une belle journée, sauf si on ignore d'où viendra le dîner du lendemain.

— Votre mère était une femme pleine de sagesse.

— Entre autres choses. »

Ils échangèrent un sourire. « Vous êtes l'institutrice.

— Trente-six ans que j'enseigne ici. Mais plus pour bien longtemps, j'en ai peur. Les gamins se font trop rares. » Le dépit se peignit sur son visage. « Notre école est le plus petit établissement du coin. Il ne reste plus que moi. Moi, Modesty Cloke qui donne un coup de main, et neuf élèves, de quatre à onze ans. Chaque jour, je m'attends à voir tomber sur mon paillasson l'enveloppe qui m'annoncera que tous nos jeunes iront désormais en classe à Treadangel. Dix kilomètres à l'aller, et autant au retour. C'est un peu absurde, tant que je suis là et que je respire encore. » Elle retrouva son sourire. « Rares sont les visages, ici, que je n'ai vus passer dans mon école.

— Je m'en doute, dit Joe en hochant la tête.

— Chaque fois que j'aperçois Benny Restorick descendre la rue en costume-cravate, je vois le petit garçon, avec ses dents du bonheur, qui un jour m'a glissé une anguille dans le décolleté. » Elle sourit. « Et quand je croise Moses Penhallow, je vois un petit bonhomme au bégaiement si prononcé que c'est à peine s'il arrivait à ouvrir la bouche. Et Kenny Kennet – si intelligent qu'il n'a jamais fait le moindre effort pour apprendre. Il n'était heureux qu'à rôder sur les plages. Et Jessie Higgs – elle s'appelait Magwith, à l'époque – qui était infichue de faire une addition et regardez-la maintenant, qui gère l'épicerie et fait tous les comptes de tête, les doigts dans le nez. » Elle lâcha un éclat de rire. « Personne ne comprend ce village comme moi – hormis peut-être le Dr Books. Personne n'a de secret pour sa maîtresse d'école. »

Joe lui sourit. « Je vous crois sur parole.

— Cette Polly Connor – elle n'a pas trop eu le choix, vous savez. Sa maman, que Dieu ait son âme, s'était mise en tête de la marier à ce vicaire, le jour même où il a débarqué à Saint-Piran. Et peu importe qu'il ait vingt-six ans de plus que la petite. Nora Connor ne voyait pas où était le problème. Son propre mari était alcoolique, voyez-vous. Et Polly… c'était une sacrée coquine. Nora et Alvin Hocking ont tout combiné. Je les voyais faire. Je m'occupe des fleurs à l'église, voyez-vous. Je savais ce qui se tramait. Un jour, je les surprenais à faire des messes basses ; le lendemain, comme par hasard, Nora était mal fichue et elle envoyait Polly au presbytère, dans une robe neuve, au prétexte de quelque commission. J'ai l'œil, pour ce genre de manigances. Et ça n'a pas fait un pli : à tout juste dix-sept ans, Polly a épousé le vicaire. C'était il y a dix ans. Ce mariage aura fait le bonheur de Nora, c'est certain. Il est sobre comme un chameau, cet homme – il ne goûte même pas le vin de messe – mais Polly est-elle heureuse pour autant ?

— Pourquoi me racontez-vous tout ça ?

— Vous me faites l'effet d'un jeune homme qui a besoin de savoir certaines choses. »

Joe détourna la tête. « C'est ce que vous me vouliez ? Me mettre en garde contre Polly Hocking ?

— Vous mettre en garde ? s'offusqua l'institutrice. Qui a parlé de mise en garde ?

— Alors quoi ?

— Alors rien. Faut bien passer le temps. »

Jacob se présenta avec les deux cafés.

« Bon, voilà où je voulais en venir, reprit Martha. Lorsqu'on connaît un village aussi bien que moi je connais celui-ci, il n'y a plus guère de secrets qui tiennent. Si Nan Horsmith se sent patraque, elle va le dire à Jenny Shaunessy, qui à son tour le dira à Jessie lorsqu'elle passera chercher son pain à l'épicerie, et Jessie le dira à tout le monde ; cela prendra peut-être une demi-journée mais, pour finir, ça arrivera aux oreilles d'Aminata, l'infirmière, qui fera peut-être un saut chez Nan, en fin d'après-midi, pour voir si ça va mieux. Mais moi, je serai au courant avant même Jenny. Parce que je verrai à quelle heure le jeune Thomas Horsmith arrive à l'école, s'il a les yeux rouges, et porte des chaussettes dépareillées. »

Joe sourit. « Vous reliez les points. » Martha Fishburne était elle aussi une analyste. La seule différence entre elle et lui tenait à la nature des liens qu'ils voyaient. Joe voyait la cascade de conséquences qui irradiaient des secousses de l'économie internationale ; Martha voyait, elle, une séquence d'ordre nettement plus intime, mais pas forcément moins complexe. Ses conclusions découlaient de la connaissance qu'elle avait acquise de trois cents personnalités sur un demi-siècle et d'autant de schémas de comportement. Il puisait ses indices sur CNN et Bloomberg ; Martha se fiait à une paire de chaussettes dépareillées.

Elle hochait la tête. « C'est tout à fait ça. Je relie les points.

— Comme moi. »

La découverte inopinée de ce lien inattendu donna envie à Joe de glisser un bras autour des épaules de cette femme. La clarté de l'histoire qu'elle venait de lui raconter parlait à son sens du récit. Une chose en amène une autre, qui en amène une troisième.

« Vous pourriez travailler à la City », dit-il.

Une boutade, bien sûr, quelle banque aurait employé cette femme au visage rougeaud et attifée de robes en coton bon marché ?

« Merci. » Elle avait compris le compliment.

« Alors, dites-moi ce que vous voyez en ce moment, lorsque vous reliez les points », demanda-t-il.

Elle le considéra avec gravité. « Rien de bien bon. La plupart des gens, ici, ne pose pas de questions. Mais moi… Bon, je suis institutrice ;

c'est mon métier de poser des questions. Et donc, beaucoup sont venus me dire : "Vous savez, ce jeune homme qui loge chez le docteur, le jeune Joe, eh bien, figurez-vous qu'il déménage toutes ses affaires dans le clocher." Et puis d'autres : "C'est des boîtes de corned-beef qu'il entasse là-haut." Et aussi des sacs de haricots, si j'en crois la petite Ellie Magwith. Benny Shaunessy a affirmé qu'il y avait aussi des jerrycans d'essence, et que vous projetiez de mettre le feu à l'église. Il ne manque pas d'imagination, ce petit, mais moi, voyez-vous, je relie les points.

— Et quelle est l'image qui émerge ?

— Celle d'un jeune homme perturbé qui vient jusqu'ici, depuis Londres, dans sa belle voiture, et manque de se fiche en l'air dans la mer. C'est un banquier, disent certains, et voilà qu'en moins de deux on le voit conter fleurette à Polly Hocking, et une chose est sûre, pour conquérir le cœur d'un jeune homme, personne ne sait mieux y faire que notre Polly. Il est beau, elle est à n'en guère douter la plus jolie friponne à s'être assise sur les bancs de ma classe, et quand on les voit ensemble, on croirait voir un rhum limonade – impossible de distinguer dans le verre où finit l'un et où commence l'autre. On ne pourrait pas glisser la lame d'un couteau entre les deux, comme dirait mon Ronnie. Et voilà-t-il pas que, maintenant, c'est le vicaire qui conduit la belle voiture. Il se raconte qu'on a vu le révérend Hocking quitter le village à cent soixante kilomètres-heure, le visage aussi sinistre qu'un lundi de mars. Et Louisa Penroth l'a aperçu à Truro, dans Boscawen Street. Bon, n'importe qui trouverait tout ça assez étrange, non ? Qu'en pensez-vous ? demanda-t-elle, en inclinant la tête de côté.

— Présenté comme ça…

— Et ce n'est pas tout. » Joe crut voir un pétillement dans l'œil de l'institutrice. « Je me souviens de Peter Shaunessy, quand il est arrivé dans ma classe, il y a vingt ans de ça. Il avait beau essayer, il ne pouvait rien me cacher. La nature lui a donné un de ces visages qui respirent la sincérité – le garçon ne sait pas mentir. Donc, quand je lui demande, "Combien de temps vas-tu louer ta camionnette à ce jeune homme de la City ?" et qu'il me répond en regardant ailleurs que les affaires ne vont pas fort, qu'il n'a pas besoin d'une camionnette aussi grosse, je lui repose ma question. Cette fois, il m'explique que c'est rentable, de louer sa camionnette, qu'il devrait le faire plus souvent. Alors je lui dis : "Peter… – combien de temps ?", et là, il me répond : "Un mois."

— Vous êtes une vraie Miss Marple », observa Joe, un sourire jusqu'aux oreilles.

Martha était ravie du compliment. « Vous lisez Agatha Christie ? Je la trouve extraordinaire.

— Moi aussi.

— Donc, voilà comment je vois les choses. Vous avez quitté la City, et roulé aussi loin que vous le pouviez. Personne ne sait que vous êtes ici. Vous, vous savez quelque chose. Vous connaissez un secret – un lourd secret. Il se prépare quelque malheur. Bon, j'ignore quel est ce secret, mais ce que je sais… » Elle lui planta gentiment un doigt dans le bras. « C'est que vos projets ont été contrariés. Vous projetiez de vous terrer à Saint-Piran, et d'acheter suffisamment à manger et à boire pour traverser ce malheur qui nous pend au nez, et puis il s'est produit deux choses qui ont bouleversé vos plans.

— Deux choses ? » Il était curieux maintenant. Martha avait-elle relié plus de points qu'il ne l'avait imaginé ?

« La première : la baleine.

— La baleine ?

— Oh oui. Vous n'étiez qu'un étranger dans un village où personne n'allait se retourner sur votre passage et, du jour au lendemain, vous voilà devenu un héros local. Tout le monde connaît votre nom. Et plus encore… vous connaissez le leur. »

Joe était en train de contempler son café. « Et la seconde ?

— Polly Hocking.

— Je vois.

— Donc, maintenant, vous avez modifié votre plan. Et c'est très bien, attention ! Vous stockez assez de nourriture pour alimenter tout Saint-Piran. Est-ce que je me trompe ? »

Il aurait été vain de nier. « Je n'ai jamais pensé que cela resterait secret très longtemps.

— Vous êtes quelqu'un de bien, Joe Haak. J'aurais adoré vous avoir dans ma classe. Ma question est… avons-nous assez de temps ?

— Assez de temps… ?

— Vu que vous avez loué la camionnette pour encore trois semaines, je me dis qu'il vous reste beaucoup de voyages à faire. »

Joe laissa échapper un sifflement discret, mais ouvertement admiratif. « Avez-vous le temps d'entendre toute l'histoire ? »

Le visage de Martha s'illumina une fois de plus. « L'institutrice d'un petit village a toujours le temps pour écouter une histoire. »

Ils confièrent l'ordinateur à Jacob et remontèrent ensemble le quai, avant de contourner le cap en direction de la plage. « C'est là qu'on m'a trouvé, indiqua Joe en tendant le doigt.

— Je sais. Tout le monde le sait. »

Il lui parla de Lew Kaufmann, de Janie, de Cassie. Il lui parla du pétrole, de la guerre et de la grippe. Il lui indiqua la quantité exacte de cartons et de sacs qu'il pouvait transporter par voyage. Il lui parla du révérend Alvin Hocking et de son oukase.

Le vieux Garrow, casquette vissée sur la tête et pipe au bec, était comme à son habitude assis sur le banc dominant la plage. « Je l'ai pas vue aujourd'hui, lança-t-il en se découvrant lorsqu'ils le dépassèrent. Mais je surveille.

— Il parle de la baleine », traduisit Martha.

Ils avancèrent un moment en silence. Joe remarqua un chemin de pas dans le sable. Quelqu'un les avait précédés. Mais ce n'était pas Polly, cependant. Il aurait reconnu son empreinte.

« À qui puis-je en parler ? demanda Martha.

— Uniquement à des personnes en qui vous avez toute confiance. Si qui que ce soit d'extérieur au village a vent de notre entreprise, nous sommes potentiellement en danger.

— Et comment se manifesterait ce danger ? »

Joe se remémorait sa conversation avec Lew Kaufmann, au douzième étage. « Je ne sais pas exactement. Personne ne peut dire comment les gens réagiront. Nous pourrions nous faire attaquer.

— Attaquer ! Mais par qui ?

— Par des gens affamés.

— Et qui feraient quoi ? »

Joe haussa les épaules. « Qui dévaliseront nos réserves.

— Je vois. Du coup, on se retrouverait affamés, et eux l'estomac plein. Est-ce si dangereux ?

— Peut-être pas pour eux. »

Ils firent demi-tour. « Accepteriez-vous de modifier vos plans pour lundi ? demanda Martha. Et sans me demander pourquoi ? »

Joe n'avait d'autre choix qu'acquiescer.

« Soyez chez le grossiste à seize heures. Et attendez-moi.

— Pou… »

Elle lui écrasa un doigt sur les lèvres. « Vous avez promis.

— D'accord. »

Il tendit la main, et elle la serra. Puis Joe passa son bras autour des épaules de l'institutrice et ils reprirent ensemble le chemin du village.

# 18

## Eh bien les voilà !

Imaginons un goéland argenté planant haut dans le ciel au-dessus des falaises de Cornouailles, porté par les courants d'air tièdes qui montent de l'Atlantique. Une inclinaison d'aile, un mouvement de tête, et le goéland s'en va longer les saillies rocheuses, les renfoncements inaccessibles, les criques invisibles, les cavités et les failles qui forment la capricieuse frontière entre la terre ferme et l'océan. Il survole le cap Piran, et le voilà soudain qui s'élève en flèche au-dessus de cette redoutable péninsule, et découvre l'étroit chemin dissimulé entre des haies séculaires. Notre goéland décide-t-il de suivre ce sentier ? Imaginons que oui. Il s'engage le long du tracé sinueux aux démarcations érodées, disparaît ici dans un bouquet d'arbres, réapparaît là pour traverser un profond ravin, puis gravit le flanc pentu d'une colline avant d'épouser l'arc d'une périlleuse courbe. Mais rien de tout ça, aucune clôture, aucuns travaux de terrassement, ne constitue un obstacle pour un goéland argenté. Devant lui, notre goéland aperçoit maintenant le village : une église romane flanquée d'un clocher en granit et, comme une cale enfoncée au pied de la colline, une poignée de maisonnettes aux murs chaulés et aux toits d'ardoise, blotties les unes contre les autres et comme jetées là au petit bonheur par un peintre du dimanche. Il n'y a pas un seul angle droit, rien n'est de niveau, les crépis ont été éraflés par des conducteurs maladroits. Il n'y a que quatre bateaux dans le port (sa taille ne permet guère d'en accueillir davantage) qui, pour l'heure, parce que c'est marée basse, sont envasés ; quatre épaves de vaillants vaisseaux qui eurent leur heure de gloire, et qui aujourd'hui se battent contre la corrosion, la rouille et l'épuisement de dix mille journées de labeur en mer. Il y a des mouettes perchées sur les toits, sur la digue ; elles pèsent de tout leur poids sur leurs palmes claires pour faire contrepoids au vent, et elles veillent à faire savoir qu'elles sont là. Elles avancent leur bec jaune par saccades et elles poussent leur cri, un criaillement, un sanglot étranglé, une plainte – haak… haak… haak.

C'est son nom qu'elles crient. C'est lui qu'elles appellent. C'est du moins ce qui se dit, à Saint-Piran, et leur complainte fait aujourd'hui partie du folklore local. Vous entendrez forcément raconter cette histoire, même à la fête de la Baleine. Les mouettes appellent Joe Haak, et parfois, les enfants s'amusent à répéter en écho « haak, haak, haak ».

Il n'existe ni statue, ni portrait sur toile, ni même une photographie de l'homme que les mouettes appellent de leurs cris. Il continue de vivre dans les descriptions de ceux qui se souviennent de lui, mais ces portraits-là ont des traits fuyants. Il était grand, affirme Ardour Cloke, mais Ardour n'avait que quinze ans lorsque l'homme nu s'échoua sur la plage. Sa mémoire lui joue peut-être des tours. Car le vieux Casey Limber soutient, lui, que Joe était de taille moyenne – voire plus petit. Selon Thomas Horsmith, il avait les yeux bleus, mais Ellie Horsmith jure qu'ils étaient marron. D'après Charity Limber, il avait le teint très clair, les cheveux blond-blanc, une voix profonde et grave. Jessie Higgs, elle, se souvient de cheveux drus comme de la paille, et soutient qu'il avait une voix plutôt aiguë et mélodieuse. Certains disent qu'il portait la barbe. D'autres qu'il était au contraire imberbe. Quelques-uns tranchent que seules les mouettes savent vraiment.

Par la suite, ils seraient nombreux à témoigner que ce matin-là fut le dernier où tout était encore normal. Le dernier avant la fin du commencement, comme disait Charity Limber. Mallory

Books, attablé devant le petit-déjeuner, relayait les dernières nouvelles du front.

« Elle est arrivée, annonça-t-il d'un ton lourd de portée tout en remplissant la théière.

— Qui donc ?

— La grippe. » Il ponctua sa réponse d'un clappement de langue soucieux.

« Comment ça ? Ici, à Saint-Piran ?

— Non, non. Ici, en Angleterre. Avec un équipage aérien, à Heathrow, apparemment. Ils l'ont annoncé au poste. Deux membres sur les douze sont déjà morts. »

Joe faillit lâcher l'assiette qu'il tenait. « Déjà deux morts ?

— Et un troisième est en soins intensifs. Ils ferment tous les aéroports internationaux, par précaution. »

Joe laissa échapper un lent sifflement. Un court instant, il se retrouva transporté au cinquième étage, chez Lane Kaufmann. Mesurer les conséquences d'une telle décision serait mission impossible, même pour Cassie. Elles étaient trop gigantesques. Joe pouvait entendre Janie Coverdale crier depuis la salle de marché : « Trouve-moi une position short, Joe. Trouve-m'en une. » Avec une nouvelle pareille, il ne devait y avoir que l'embarras du choix : les compagnies aériennes, les aéroports, les agences de voyages, les hôtels... Joe fut pris de tournis. Allaient être impactées toutes les sociétés liées de près ou de loin au tourisme, toutes celles qui prospéraient sur les échanges internationaux – boîtes de conseil, logistique, institutions financières, assurances. Il essaya de se souvenir d'un événement d'ampleur similaire. En 2001, après les attaques terroristes, le trafic aérien avait été suspendu sur tout le territoire américain. Une compagnie aérienne au moins avait fait faillite. Joe se laissa tomber dans un fauteuil pour réfléchir. « Ce n'est pas bon, dit-il à Mallory.

— Pas bon ? C'est désastreux, oui.

— Quarante pour cent des marchandises mondiales, en valeur, sont transportées par les airs, reprit Joe, en tentant de se représenter les chaînes logistiques tendues jusqu'à leur point de rupture.

— Qui s'en soucie ? répliqua sèchement Books. Les gens sont en train de mourir.

— Oui, je sais. » Et ce n'est qu'un début, songea-t-il. Peut-être la grippe sera-t-elle le cadet de nos problèmes. Certes, on avait déjà fermé des aéroports, par le passé : tempêtes de neige en hiver, grèves en été, de la poussière en provenance de lointains volcans ; le transport aérien avait toujours été un maillon faible du réseau d'activités qui fondait le socle de l'économie mondiale. Cédait-il au délire, d'exagérer la menace ?

« Si jamais elle arrive jusqu'en Cornouailles, il nous faudra agir, était en train de dire le docteur.

— Je suis déjà en train d'agir, lui fit observer Joe. Je stocke de la nourriture.

— Certes, mais je n'ai encore jamais vu de cadavre qui ait de l'appétit », rétorqua Books. Il reposa bruyamment la théière sur la table. « Le problème, ce ne sera pas la nourriture. Mais la grippe. »

Joe sentit ses mains devenir moites. « Quel est le taux de mortalité ? demanda-t-il. Que disent-ils aux infos ?

— Rien. C'est bien ce qui m'inquiète. Deux morts sur un équipage de douze personnes. C'est vous le mathématicien.

— Dix-sept pour cent, calcula Joe.

— On ne peut pas vraiment extrapoler à partir d'un échantillon aussi mince mais, en Indonésie, ce taux pourrait déjà être de dix-huit pour cent. Et souvenez-vous de la pandémie de 1918. La grippe a tué presque vingt pour cent de ceux qui l'avaient contractée.

— Tant que ça ?

— D'après certaines estimations, oui. Elle a plus tué en six mois que la peste en un siècle. »

Joe garda le silence.

« Au diable les pourcentages, reprit Books. En ce qui concerne Saint-Piran, s'il meurt une personne sur trois cent sept, c'est une de trop.

— Trois cent huit », corrigea Joe mais trop bas pour que le docteur l'entende.

Il se mit en route pour l'entrepôt du grossiste et remplit la camionnette des Shaunessy de nouilles, café instantané, lait en poudre.

Attentif aux commentaires de Mallory Books, il poussa au-delà des linéaires de produits alimentaires ; détergents, désinfectants, savons et articles de toilette. Devant les rouleaux de papier hygiénique et les couches jetables, il hésita. Des produits qui avaient la cote, certes, mais qui occuperaient bien trop de place dans la camionnette – et dans le clocher. Les gâteaux secs, c'était tentant, mais Joe nourrissait quelques doutes quant à leur longévité. Il eut des visions de son garde-manger progressivement décimé par des dates de péremption échues. Voilà qui amuserait le révérend Hocking, songea-t-il. Lui faudrait-il reléguer des cartons de marchandises périmées à la décharge ? Il repoussa cette pensée tout au fond de son esprit. Quelle différence y avait-il entre la farine ménagère et la farine au levain ? L'entrepôt du grossiste proposait un éventail de choix déroutant. Il avisa des sacs de seize kilos de « farine boulangère ». Il en embarqua une pleine palette.

Physiquement, il était de plus en plus en forme. Il pouvait maintenant gravir presque en courant les marches du jardin paroissial, une palette de boîtes de conserve enveloppée de film plastique ridé sous chaque bras. Une fois rangé le chargement, il grimpa tout en haut du clocher et contempla la vue. Il ouvrit un paquet de barres aux flocons d'avoine, et en mangea une. C'était la première fois qu'il piochait dans ses réserves.

S'il devait être le seul à survivre, il aurait de quoi se nourrir pendant des années.

Il y avait quatre niveaux, dans le clocher, quatre plateaux évidés en leur centre pour ménager un passage aux cordes. Au rez-de-chaussée se trouvaient des cabinets – à l'usage des fidèles, pour parer à une urgence si le service s'éternisait. Au troisième niveau, une porte dissimulait une petite pièce supplémentaire, coincée comme une arrière-pensée dans un angle de la tour. Joe découvrit là un genre de cagibi : il y avait de vieilles cordes suspendues à une poutre, et un assortiment d'outils soigneusement alignés sur une étagère – un levier, un pied de biche, quelques longs crochets en laiton. L'attirail du bedeau, sans doute. Mais personne n'avait sonné ces cloches depuis plus de vingt ans. Elles présentaient un danger apparent. Curieusement, dans ce cagibi, se trouvait également un cadre de lit en bois, étroit, débarrassé de son matelas. Quelqu'un avait vécu là, autrefois. Un Quasimodo cornouaillais ? Joe referma soigneusement la porte derrière lui. Si les réserves devaient grimper jusqu'au troisième niveau, peut-être aurait-il besoin de cette pièce pour y stocker des cartons.

Il lui restait encore du temps à tuer. Il laissa la camionnette devant l'église et descendit sans hâte au village. À l'auberge, en attendant que Jacob lui prépare son café, Joe se connecta à Cassie. À titre de test, il lança une recherche dans la base de données, puis s'adossa confortablement pour attendre les résultats. Le serveur semblait fonctionner correctement. Il était temps de voir ce que donnaient les prédictions. Ses doigts hésitèrent au-dessus du clavier. En avait-il vraiment envie ? Il pouvait aussi refermer ce maudit ordinateur, ne jamais plus consulter Cassie, tourner le dos à ses prophéties fantasques une bonne fois pour toutes. Ne savait-il pas par avance à quoi s'attendre ? Titres en chute libre, faillites – la belle affaire ; ce ne seraient là que des chiffres. Cassie ne lui apprendrait rien des drames sous-jacents. Joe s'étonna de n'avoir jusque-là jamais pris cet aspect-là en compte. Une société en faillite n'était pas simplement pour les traders de la City l'occasion de se livrer à un carnage ; c'était un crève-cœur et la ruine pour ses fondateurs, la misère pour ses actionnaires, le chômage pour ses employés. Derrière le cours de chaque action, songea-t-il, il y a une histoire humaine. Des centaines d'histoires humaines. Et pendant que les traders exultent sans retenue et débouchent le champagne, des hommes, des femmes, rentrent chez eux en ravalant leurs larmes, effondrés à l'idée d'annoncer la mauvaise nouvelle à leur conjoint.

Ses doigts hésitaient toujours, au ras du clavier. Voulait-il savoir ? Cassie aurait forcément détecté l'épidémie de grippe et les fermetures d'aéroports en recoupant les flux d'informations de la nuit. Saurait-elle comment calculer les répercussions ? Était-il seulement possible, en pareilles circonstances, de distiller la sagacité d'un millier de commentateurs ? Leur clairvoyance à tous n'allait-elle pas se casser les dents sur le bœuf de Francis Galton ?

Joe enfonça la touche. L'écran se figea, avant d'être envahi par une multitude de chiffres.

Qu'espérait-il ? Les projections à court terme étaient mauvaises, mais nullement apocalyptiques. Elles s'étaient dégradées depuis sa dernière consultation, mais rien de plus. Cassie prédisait des cours à la baisse dans presque tous les secteurs d'activité : transport aérien, industries du bâtiment, sociétés d'ingénierie, exploitations minières, télécommunications, médias. L'industrie pharmaceutique tenait le choc. Joe ne put réprimer un sourire narquois. Les pandémies étaient bonnes pour leurs affaires, sans doute. Le tourisme et les loisirs dévissaient, l'industrie chimique et l'automobile aussi. Les cours du pétrole demeuraient stables. Ça, en revanche, c'était une surprise. Cassie anticipait à l'évidence une hausse qui œuvrerait en faveur des compagnies pétrolières ; clic, clic, il continua de dérouler le tableur. Ce n'est qu'une prédiction, martela-t-il dans sa tête. Il était déjà arrivé que Cassie se plante dans les grandes largeurs, mais force était de constater que les cours poursuivaient leur baisse. Maintenant, qu'en était-il des prédictions à plus long terme ? Joe pianota un code d'accès et une fenêtre de recherche s'ouvrit. Dans la barre de champ, il sélectionna « 2 semaines », mais son doigt, cette fois encore, hésita au-dessus de la touche Entrée.

Puis, cédant à une impulsion, il ferma la fenêtre. À quoi bon ? Il était trop engagé sur cette route pour faire demi-tour. Si les prédictions de Cassie étaient dignes de foi, la crise sanitaire couplée à la crise énergétique ferait se volatiliser entre huit et quinze pour cent des valeurs boursières à l'échelle mondiale. Selon Cassie, cela suffirait à mettre en branle un mécanisme irréversible d'effondrement. Mais était-il réellement irréversible ? Le total des pertes se monterait à… trois mille milliards de dollars – or cet argent, avait-il une existence concrète ? S'agirait-il d'une perte réelle ? Ou bien tout ça ne serait-il que relatif ? Cassie pouvait se tromper. Peut-être cette situation n'était-elle qu'un sauve-qui-peut momentané, et que d'ici un mois ou deux, quand le conflit dans le Golfe serait réglé, que la grippe aurait passé son chemin… tout rebondirait ?

Il disposait d'assez de temps, avant son rendez-vous avec Martha, pour remplir la camionnette d'un nouveau chargement. En dépit des doutes qui l'avaient assailli un peu plus tôt, Joe entassa les marchandises sur le chariot. Le projet avait maintenant atteint un rythme de croisière, et il se refusait à le faire dérailler. Alors qu'il passait en caisse avec soixante-huit cartons et sacs et s'apprêtait à débourser presque un millier de livres, un responsable, en complet-veston de vilaine qualité, le gilet partiellement déboutonné, vint rôder autour de lui. Joe, imprudemment, lança un regard dans sa direction, et l'homme fondit sur lui.

« Richard Mansell, annonça-t-il en tendant la main.

— Enchanté. » Joe serra la main, sans se présenter.

— Et vous êtes… ?

— Un client.

— Formidable. » L'homme marqua une pause, mal à l'aise. « Êtes-vous satisfait de nos services ?

— Extrêmement, merci. »

Le responsable consulta son bloc-notes. « Vous… euh, vous êtes un très bon client…

— Tout à fait. Vous avez là un magasin épatant.

— Merci, merci, répondit Mansell mais, visiblement, il n'allait pas se satisfaire de cette flatterie. Achetez-vous pour le compte d'un détaillant des environs ? Nous serions plus que ravis de vous livrer. Ce serait beaucoup plus simple.

— Non, je vous remercie. Ce sont des achats personnels.

— Personnels ?

— Oui. J'ai cru comprendre que tout client dépensant plus de cinq cents livres par semaine chez vous peut prétendre au statut de membre. C'est bien ça, n'est-ce pas ?

— Oui, oui, tout à fait. » La nervosité de Mansell était palpable. Pour rien au monde il ne voulait effrayer, et perdre, un si bon client. « Mais… n'y a-t-il rien que nous puissions faire pour vous aider ?

— Rien, merci.

— Habitez-vous dans les environs ? Il semblerait que vous soyez déjà venu à plusieurs reprises, la semaine dernière, et je…

— Je n'ai besoin de rien, vraiment, le coupa Joe avec fermeté.

— Très bien, fit Mansell en amorçant une marche arrière. Vous en êtes sûr ?

— Sûr et certain. »

De retour sur le parking, Joe consulta sa montre. Martha n'était nulle part en vue. Il disposait d'une demi-heure de battement. Il dénicha un marchand de journaux et acheta le *Financial Times* – pour la toute première fois depuis sa fuite de chez Lane Kaufmann. Il s'installa dans la cabine de la camionnette, le déplia. Les nouvelles étaient sombres. La grippe faisait la une, mais cette actualité était talonnée par la crise pétrolière. Un article titrait *Les États-Unis menacent d'intervenir dans le Golfe*. Forcément, songea Joe. L'intérêt particulier sera trop puissant, ils ne possèdent pas de ressources propres suffisantes. Et même si huit barils sur dix en partance du Golfe sont destinés au marché asiatique, l'impact sera dévastateur sur les cours mondiaux. Machinalement, il sauta plusieurs pages pour consulter celles des cotations. Le prix du pétrole avait bondi de cinquante-six pour cent. Il imagina Cassie en train de mouliner les données, d'ajuster ses prédictions. Pétrole, gaz, grippe, guerre – les quatre mots les plus essentiels de son lexique.

On tapota à la vitre. Martha, un sourire radieux aux lèvres. Joe s'empressa de descendre.

« J'ai une surprise pour vous », annonça-t-elle. Elle l'attrapa par l'épaule et l'obligea gentiment à pivoter sur ses talons. Une petite foule s'était rassemblée sur le parking. Des visages familiers, pour la plupart. Il y avait là Jeremy Melon, Demelza Trevarrick, Casey et Charity, les jumeaux Robins. Mais aussi Jacob, l'aubergiste, Moses, le propriétaire du B&B, Bevis et Lorne Magwith, les fermiers, les frères Shaunessy, les sœurs Bartle, Kenny Kennet, Benny Restorick, Modesty Cloke, la ravissante Aminata Chikelu et une vingtaine d'autres personnes dont Joe connaissait à peine le nom, ou l'avait oublié.

Il étouffa un cri. « Vous m'aviez promis de n'en parler à personne !

— Je vous ai promis de n'en parler qu'aux personnes en qui j'avais confiance », rectifia Martha. Elle ouvrit grand les bras face à l'assemblée. « Eh bien les voilà ! »

Elle était si rayonnante que Joe ne put que lui retourner un sourire.

« Mais ma camionnette est déjà pleine, protesta-t-il.

— C'est là qu'intervient notre arme secrète. » Martha lui désigna, garés à l'autre extrémité de l'aire de chargement, deux gros camions de déménagement, hayons déjà abaissés. « Mon Ronnie, expliqua-t-elle. Il est déménageur. »

Un homme au sourire avenant et vêtu d'une ample salopette tachée se détacha du groupe. Il avait le même teint couperosé que Martha.

« Ravi de vous rencontrer, dit-il à Joe.

— Merci. » Que pouvait-il dire d'autre ? « Votre concours nous sera très précieux.

— Nous disposons aussi d'une vingtaine de voitures, reprit Martha avec un geste ample, et Joe remarqua que, effectivement, le parking s'était rempli.

— Doux Jésus. » Il avait la bouche trop sèche pour parler.

« Ben alors, vous ne dites rien ?

— Euh… Et le vicaire ?

— Eh bien quoi, le vicaire ?

— Il ne laissera personne sinon moi transporter les marchandises à l'intérieur du clocher. »

Martha lui décocha un regard de conspiratrice. « Figurez-vous que sa charmante épouse l'a justement emmené à Plymouth.

— Faire les boutiques ! ajouta quelqu'un, et une onde de rire secoua la petite foule.

— Et voir un spectacle », compléta Martha.

Jeremy Melon sortit du rang. « Joe, je pense que vous devriez nous donner vos instructions.

— Imaginez qu'on a une fichue baleine à soulever », lança quelqu'un à tue-tête.

Joe se sentit plein d'une soudaine énergie. « Alors allons-y ! Soulevons-la tous ensemble, cette fichue baleine, d'accord ? »

L'assemblée des villageois répondit par une acclamation.

« Je sais que cela va vous paraître fou, reprit Joe, mais… » Il marqua une pause ; il cherchait les mots justes. « J'ai eu une prémonition. J'ai rêvé qu'une voix m'envoyait à Saint-Piran. Elle me disait de faire des réserves de vivres – suffisamment pour nourrir tout le village. J'ai rêvé qu'une terrible famine arrivait. Oui, je sais, c'est dingue, mais jamais je ne me le pardonnerais si je ne faisais rien. »

Ces mots furent accueillis par un murmure approbateur.

« Je croyais que c'était un ordinateur qui vous l'avait dit », lança quelqu'un.

Joe rougit. « Oui, aussi. » La réponse suscita quelques rires. « S'il vous plaît, n'en parlez à personne. Et si jamais quelqu'un, dans l'entrepôt, vous demande où vous habitez, je vous en supplie, ne le lui dites pas.

— On n'a qu'à répondre qu'on fait des réserves pour le château de Windsor, au cas où ils attraperaient tous la grippe », proposa Benny Restorick.

Ce n'était guère convaincant, mais Joe garda cet avis pour lui. « D'accord, vous pouvez toujours essayer. Mais uniquement si quelqu'un insiste.

— Qu'allons-nous acheter ? demanda une voix.

— De la nourriture. En conserve, en bouteille, en sacs. Pas d'alcool, je vous prie. Nous n'avons pas la place. Et rien qui périsse rapidement. Rien qu'il faille conserver au réfrigérateur. Pas de nourriture pour animaux, pas de superflu. Juste des produits de base. » En dévisageant ces honnêtes villageois, Joe eut le sentiment qu'ils saisissaient ces instructions mieux que lui-même l'avait jamais fait. « Remplissez les camions et toutes les voitures à ras bord. » Il sortit une carte de crédit de sa poche et la brandit à bout de bras. « C'est moi qui paye. » Ce qui souleva une clameur d'approbation.

Ils pénétrèrent dans le magasin telle une armée. Ils s'attelèrent à la tâche, se dispersant dans les rayons, hissant des cartons sur les chariots, traînant des sacs. Joe évoluait parmi eux à la façon d'un chorégraphe, mettant à profit sa connaissance fraîchement acquise de l'agencement des lieux pour les diriger. « Prenez ça », pouvait-il dire en indiquant des paquets de sucre au format collectivité, ou « On n'a pas besoin de ça », en bannissant d'un geste les cartons de Perrier.

Richard Mansell, le responsable, la panse toujours aussi débraillée, accourut d'un pas raide le long d'une allée. « Pouvons-nous aider ?

— Pouvez-vous mettre tout votre personnel aux caisses ? demanda Joe. Nous sommes pressés. Et nous aurons peut-être besoin d'un coup de main pour le chargement.

— Bien sûr, bien sûr. »

Les villageois progressaient dans l'entrepôt à la façon d'un essaim de sauterelles, en décimant des rayons entiers. « Tout ça, indiquait Joe, et tout ça. Quand votre chariot est plein, dirigez-vous vers les caisses », dit Joe, mais le processus avait déjà commencé. Le bip-bip frénétique des lecteurs de code-barres imitait ceux des écrans, à la banque.

Il faisait presque nuit lorsque le convoi négocia les lacets de la route qui descendait à Saint-Piran. À l'église, on se serait cru en plein carnaval.

« Nous disposons encore de deux ou trois heures avant que Sa Sainteté ne rentre au bercail, annonça Jeremy. Mais il ne va pas falloir traîner. » Ils formèrent une chaîne humaine. Les jeunes Shaunessy lançaient les cartons depuis l'intérieur des camions. Les jumeaux Robins les réceptionnaient. Venaient ensuite Benny, les Magwith, Aminata et une vingtaine d'autres, à la queue leu leu à travers le cimetière, sous le porche géorgien, le long de la nef et jusque dans le clocher. Où s'activaient Kenny, Casey et Charity, Modesty, Martha et son Ronnie, les Anderssen, et Joe.

« Qui tient le pub ? » demanda ce dernier.

Romer Anderssen lui décocha un clin d'œil. « On est fermé. Mais mon petit doigt me dit que nous allons très bien travailler d'ici une heure. »

Le long de l'allée étaient acheminés soupes, savons, viandes, céréales, fruits, sucre, lentilles, riz. « A-t-on besoin de faire une pause ? » cria Joe à tue-tête. Il était en nage.

« On a presque terminé », lui répondit-on depuis l'autre bout de la chaîne, mais ce n'était pas le cas. Il restait à vider les voitures, et la camionnette. Les cartons passaient de mains en mains, jusqu'à Kenny, dans le clocher, qui escaladait les piles comme il l'aurait fait d'un échafaudage, se perchait sur l'une, passait sur une autre en vacillant. « D'autres par ici ! » criait-il, et les cartons venaient à lui.

Ils montèrent jusqu'au troisième niveau, poursuivis par les paquets. Puis jusqu'au quatrième et dernier niveau. Allaient-ils manquer de place ? Joe avait la sensation qu'il ne pouvait plus rien soulever, plus rien porter. Plusieurs maillons de la chaîne avaient jeté l'éponge. Martha Fishburne et Modesty Cloke étaient assises sur des sacs, exténuées.

Et pile au moment où Joe songeait qu'ils avaient tous atteint leurs limites, un cri, au loin, annonça enfin : « Le dernier !

— Le dernier ! » entonnèrent en chœur les Shaunessy.

Et les Robins, en écho : « Le dernier ! » Le cri remonta le long de la chaîne. « Le dernier ! » Cet ultime paquet, une palette de boîtes de conserve, pénétra dans l'église en décrivant un arc exténué tandis qu'il volait d'entre les bras de Toby Penroth jusque dans les mains tendues de Bevis Magwith. « Le dernier !

— Le dernier ! exulta Martha, qui avait repris sa place dans la chaîne.

— Le dernier ! » relaya Charity.

Comment parvenaient-ils encore à mouvoir leurs membres ? se demanda Joe, incrédule. Par quel miracle étaient-ils encore tous là, à déplacer cette montagne de nourriture ?

« Le dernier ! annonça Casey Limber.

— Le dernier ! » reprirent à l'unisson Jacob et Romer Anderssen. Joe réceptionna la palette, et se mit à rire. Des pois cassés à la moelle. Jamais il n'y avait goûté. Néanmoins, en cet instant, rien n'aurait pu le combler davantage que la vue de ces boîtes de conserve. « Le dernier, dit-il en hissant la palette vers Kenny Kennet.

— On n'a plus de place ! trompetta celui-ci, et un rire se propagea le long de la chaîne.

— Cinquante pintes de Seagrass, Jacob, s'il vous plaît, enchaîna Joe. Lorsque vous serez prêt. C'est ma tournée. »

Tous les participants affluaient maintenant vers le clocher. Ils voulaient voir de leurs yeux le garde-manger. Ils se bousculèrent à la porte, moites de transpiration, en échangeant des tapes sur l'épaule. « Bonté divine ! Regardez-moi ça ! »

s'exclama Jeremy Melon. La plupart, cependant, restaient sans voix en découvrant la quantité stupéfiante de provisions, dont ils avaient pourtant transporté la plus grande partie. Tour à tour, ils se faufilèrent entre les piles, gravirent en file indienne l'escalier pour gagner le premier niveau, puis le deuxième. « Jésus Marie Joseph », souffla Martha.

Le dernier niveau ne pouvait pas accueillir plus de trois ou quatre personnes à la fois. « Je n'étais jamais monté jusqu'ici, dit Benny Restorick.

— Moi non plus », renchérit Jeremy.

L'un après l'autre, ils grimpèrent pour contempler un instant leur village en contrebas. Mais on ne distinguait pas grand-chose ; il faisait déjà trop sombre.

« Des bières vous attendent chez Jacob, annonçait Joe à ceux qui redescendaient.

— On ne les aura pas volées, observa Moses Penhallow.

— Joe ! » appela Kenny, tandis que les villageois vidaient progressivement les lieux. Il lui désigna la porte, au troisième niveau. « Il y a encore une pièce, ici.

— Je sais. Une ancienne chambrette.

— On pourrait la remplir aussi.

— Non. » Joe posa la main sur le bras du glaneur. « J'en ai besoin.

— Pour quoi faire ? » Le ton laissait entendre un étonnement sincère.

« Je vais m'y installer », dit Joe, et il fut le premier surpris de sa réponse. L'idée ne l'avait pas effleuré avant que la phrase ne jaillisse de sa bouche, mais évidemment qu'il allait devoir vivre là. Il s'y voyait déjà. Il y avait un lit – étroit, certes, mais il s'en contenterait ; un petit cabinet de toilette au rez-de-chaussée. Il y ferait frisquet, mais il le supporterait, comme une sorte de pénitence.

« Veillez à ce que tout le monde ait à boire. Je vous rejoins », dit-il à Kenny.

Le pas lourd du dernier villageois résonna dans l'escalier et Joe se retrouva seul. Dehors, le village n'était plus qu'une silhouette grise contre le ciel noir. Joe s'assit sur un carton, écouta les véhicules rebrousser chemin, les éclats de voix enjoués qui allaient s'amenuisant et, une fois le silence retombé, il gagna à son tour le rez-de-chaussée. Quand il actionna l'interrupteur, l'obscurité l'enveloppa. Il avait dépensé presque toutes ses économies, laissé derrière lui tous ses repères, et tout ce qu'il possédait – ou presque – se trouvait dans ce clocher, protégé par ces murs en granit. Il écouta un instant la solitude qui suintait des milliers de cartons. Puis il descendit la colline en direction du village.

# 19

# Certains aiment bien l'odeur du poisson

« Vous avez de la visite », dit Mallory Books pendant qu'ils prenaient leur petit-déjeuner, et il désigna la fenêtre qui donnait sur Fish Street. Quelqu'un frappait au carreau.

Joe alla ouvrir.

« On parle de nous aux informations, annonça sans préambule Jeremy.

— Comment ça ?

— À la télé. Vite. » Il empoigna Joe par le bras et l'entraîna chez lui, plus haut dans la rue. La porte d'entrée était restée ouverte ; ils se faufilèrent le long des chevalets et des toiles. Dans la salle de séjour, l'image figée d'un écran de télévision émergeait du désordre ambiant.

Jeremy batailla un instant avec la télécommande. « Regardez. »

« *Ailleurs dans le pays, il semblerait que des familles aient commencé à faire des réserves en prévision d'une éventuelle pénurie de nourriture. Un village de Cornouailles a, paraît-il, dépensé à lui seul plus de quarante mille livres chez un grossiste. Notre envoyée spéciale Jenny Messenger a cherché à en savoir un peu plus.* » Une journaliste, filmée sur le parking du grossiste, se substitua au présentateur, à l'écran. « *Précisons en préambule qu'aucun cas de grippe n'a encore été signalé dans cette région de l'Angleterre,* expliqua la jeune femme face à la caméra, *et que si les communautés rurales risquent fort de pâtir du rationnement des carburants, personne ici ne paraissait s'en inquiéter particulièrement. On n'avait signalé aucune ruée dans les magasins. Jusqu'à hier. Lorsque cet entrepôt, que vous voyez derrière moi, est devenu le théâtre d'une opération de stockage à très grande échelle.* »

Richard Mansell apparut à l'écran, le gilet impeccablement boutonné. « *C'était la première fois que je voyais un truc pareil,* témoigna-t-il. *Le parking était plein – des voitures, des camions de déménagement, des camionnettes et j'en passe. Ils sont tous arrivés en même temps. Des gens sacrément organisés. Ils savaient exactement ce qu'ils étaient venus chercher.*

— *Combien étaient-ils ?*

— *Je ne les ai pas comptés, mais à vue de nez je dirais une centaine. Peut-être plus.* »

« Nous n'étions même pas quarante ! » protesta Jeremy, et Joe leva la main pour le faire taire.

« *Quel genre de marchandises ont-ils acheté ?*

— *Des conserves, essentiellement.* » Nouveau plan de coupe, sur un rayon quasiment vide.

« *Et savez-vous d'où ils venaient ?*

— *Non, mais c'est évident qu'ils étaient tous du même village. Et c'est une seule et même personne qui a réglé toute la note.*

— *Vous êtes certain qu'il ne s'agissait pas simplement de l'approvisionnement d'un nouveau commerce ?* »

Mansell, face caméra, secouait la tête. « *Celui qui dirigeait l'opération m'a bien spécifié qu'il s'agissait d'achats personnels.* »

La jeune envoyée spéciale réapparut à l'écran. « *Quels qu'ils soient, ceux qui ont dévalisé ce grossiste n'ont rien fait d'illégal puisqu'aucune mesure de rationnement n'a encore été décrétée à cette heure. Le gouvernement assure qu'elles ne sont pas à l'ordre du jour et enjoint la population à ne pas céder à des achats de panique.* » La jeune femme avança lentement vers la caméra avec son micro. « *Les commerçants affirment que, pour l'heure, exception faite de quelques fruits et légumes d'importation, il n'y a aucune pénurie. Les restrictions de carburant ne s'appliquent toujours pas aux camions et aux véhicules de livraison de marchandises comestibles mais, si on se fie à ce qui s'est passé dans ce petit village du sud-ouest de l'Angleterre, le message n'a pas été entendu par tout le monde. Et si des incidents comme celui-là étaient amenés à se multiplier, alors peut-être, je dis bien peut-être, les commerces se trouveront-ils bel et bien à cours de marchandises. C'était Jenny Messenger, en direct de Cornouailles.* »

« Oh merde, lâcha Joe.

— Pff ! Vous comptiez y retourner aujourd'hui ? demanda Jeremy en se tournant vers Joe.

— Non. Je suis lessivé. »

En rentrant, Joe informa le docteur de son intention de dormir dans le clocher. « Je ne déménage pas complètement, précisa-t-il. Je souhaite conserver ma chambre chez vous, si vous êtes d'accord. Je reviendrai utiliser la douche et les toilettes, et préparer le petit-déjeuner et le dîner.

— Du moment que vous continuez de me régler le loyer…

— Cela va de soi.

— … ça m'est bien égal. » Mais le docteur regardait ailleurs. « Si jamais il se met à faire vraiment froid…

— Je reviendrai ici, le rassura Joe.

— Vous pouvez emprunter le matelas de la couchette de mon bateau. »

C'était la première fois que Joe entendait parler d'un bateau. Il arqua les sourcils. « Vous avez un bateau ?

— Au port.

— Lequel est-ce ?

— Le voilier. Je l'ai racheté à un de mes patients, il y a vingt ans, mais il est en parfait état. Parfois, quand il fait beau et qu'il y a un brin de vent, je sors faire un petit tour dans la baie. »

Joe hocha la tête avec respect. « J'aimerais bien l'essayer, un de ces jours.

— Dix livres de l'heure, annonça Mallory, en mordant à belles dents dans sa tartine. Mais pour vous… je ferai une ristourne. Vingt-cinq pour cent. »

Joe avait en tête un bateau. Un sloop de six mètres, en bois, qui sentait la toile humide et le vernis. À l'intérieur de la cabine, basse de plafond, flottait l'odeur du tabac à pipe. Le skipper avait une barbe blanche, le regard concentré sur l'horizon et la fâcheuse habitude de parler trop bas pour se faire entendre par-dessus le vent. Les voiles claquaient et l'homme criait, « Viens ici ! » Joe s'agrippait alors aux cordes et glissait le long du pont, en baissant la tête pour ne pas se cogner à la bôme. « Oui, pappa ? »

« Avez-vous déjà barré ? s'enquit le docteur.

— Oui. »

Le vieux port de Limhamn abritait plus d'un millier de bateaux de plaisance. À l'aube, l'horizon n'était qu'une ligne en pointillé loin derrière la forêt de mâts nus et éparpillés, et la brise du matin transformait le claquement des cordes en cacophonie. Pour un enfant de douze ans, un bateau qui tangue au gré des remous devient vite aussi familier que la terre ferme. Se réveiller dans un hamac, grimper sur le pont en se cramponnant pour contempler la lueur orangée du soleil levant, pisser dans les eaux grises du port. C'étaient là des souvenirs auxquels Joe n'avait pas rendu visite depuis un certain temps. Trop, peut-être.

« C'est mon père qui m'a appris.

— Où naviguiez-vous ?

— Dans le détroit d'Øresund. » Le souvenir lui arracha un sourire. « Mon père a une île dans la Baltique.

— Votre père possède une île ?

— C'est moins grandiose qu'il n'y paraît. L'archipel de Stockholm compte à lui seul trente mille îles. Et quantité d'entre elles abritent des maisons de vacances. L'île de mon père se trouve beaucoup plus au sud – près de Karlskrona, à deux jours de mer environ de Limhamn. Nous partions là-bas en bateau tous les étés. Juste lui et moi.

— Et votre mère ?

— Elle vivait à Londres.

— Hum. » Books savait à quel moment arrêter de poser des questions. « En tout cas, vous pouvez emprunter le matelas. »

Le long du quai, Joe manqua d'entrer en collision avec Martha Fishburne, qui sortait de l'épicerie de Jessie Higgs. « Il paraît qu'ils ont parlé de nous à la télé, lui dit-elle, la mine grave.

— Oui. J'ai vu.

— Ça fait jaser. »

Joe hocha la tête. « Je m'en doute. Cela ne doit pas sortir du village. Personne ne doit savoir où se trouvent nos réserves. »

Martha barra ses lèvres d'un doigt grassouillet. « Vous pouvez nous faire confiance. Tout le monde tiendra sa langue. »

Qu'avait pu ressentir cette petite communauté isolée de tout en entendant parler d'elle aux informations nationales ? Croyait-il sincèrement que le secret ne serait pas éventé ?

Joe repéra sans mal le voilier de Mallory – il n'y en avait pas d'autre dans le port. Il ne restait plus qu'à attendre la marée haute. La cabine offrait juste assez de hauteur pour que l'on puisse s'agenouiller et le matelas, s'avéra-t-il, n'était qu'un pauvre rectangle de mousse recouvert d'une toile de coton tachée. Joe le roula et l'emporta à l'église, en s'arrêtant en chemin pour bavarder avec Jacob, puis Benny Restorick, puis John Shaunessy, puis Toby Penroth. Il n'était pas aisé de traverser le village, il y avait toujours trop d'occasions de conversations.

Demelza Trevarrick émergea d'une porte, une cigarette entre les doigts. « Trésor, roucoula-t-elle. Nous réservez-vous d'autres aventures ?

— Non, répondit Joe. Pas aujourd'hui. » Il n'avait jamais eu, comme promis à Jeremy, cette fameuse conversation avec Demelza. C'était elle l'experte en histoires d'amour. Peut-être l'avait-il évitée. Sans ce fichu matelas sous le bras, il l'aurait saluée de loin, poliment, en passant, et cela l'aurait sans doute dissuadée de lui emboîter le pas.

« Sommes-nous obligés de cavaler, trésor ? J'espérais que nous pourrions faire un brin de causette.

— Bien sûr. » Joe ralentit.

« Où allons-nous ?

— À l'église.

— Avec un matelas ? » À son regard, on aurait pu le croire pestiféré. « Vous avez l'intention de coucher sur cette cochonnerie ?

— Simple précaution. Je pourrais être amené à dormir dans le clocher si jamais la situation… se corsait.

— Se corsait ? » répéta la romancière, l'air inquiet, mais d'un ton qui semblait sous-entendre qu'à Saint-Piran rien ne serait jamais susceptible de prendre pareille tournure. « Vous ne croyez pas que vous poussez cette fable survivaliste un peu trop loin ? Stocker de la nourriture, bon, c'est très bien. Sur ce point, personne ne trouvera trop à redire. Et pour ne rien vous cacher, tout ce qui peut énerver notre bon révérend sera toujours bienvenu, mais franchement ?

Dormir dans le clocher ? Sur un vieux coussin crasseux ? » Elle tira sur sa cigarette et, d'un soupir, libéra une volute de fumée. « Ce serait tellement plus romantique s'il y avait une femme dans l'histoire. »

Joe se retourna vers elle. « Navré de vous décevoir. Il n'y en a pas.

— En êtes-vous certain ? » Demelza devait faire des efforts pour ne pas se laisser distancer.

« Évidemment.

— Et la jeune Polly Hocking ? »

Joe s'arrêta net. « Jeremy vous a dit quelque chose ?

— Évidemment, trésor. Il ne pourrait rien me cacher, même si sa vie en dépendait.

— Cherchez-vous encore à jouer les entremetteuses pour moi, Demelza ?

— J'essaie, j'essaie, même si vous ne me facilitez pas la tâche. Ce village est un véritable vivier de femmes jeunes et célibataires. Et regardez-vous ! s'exclama-t-elle en le désignant de la tête aux pieds d'un geste appréciatif. Un jeune homme aussi séduisant… Quel crève-cœur de vous voir emménager dans un vieux clocher plein de courants d'air, tout seul, quand des dames seraient toutes disposées à faire la queue pour vous y rejoindre. »

L'image lui arracha un sourire. « Si seulement…

— Alors pourquoi refuser mon aide ?

— Nous avons déjà eu cette conversation, lui rappela Joe. Et conclu que toutes les célibataires du beau sexe étaient soit trop vieilles, soit dangereusement peu discrètes, ou encore qu'elles sentaient le poisson.

— Pas toutes.

— D'accord – la plupart.

— Certains aiment bien l'odeur du poisson.

— En ce cas, pour eux Saint-Piran doit être un vrai vivier. » Il se remit en route.

« Et la charmante Aminata ?

— Eh bien quoi ?

— Une fille adorable. Et splendide. Je pourrais vous organiser un rendez-vous. »

Joe soupira, sans discrétion. « Je ne voudrais pas passer pour un ingrat…

— Mais ne la trouvez-vous pas ravissante, trésor ? »

Le visage d'Aminata s'imposa à l'esprit de Joe avec une étonnante facilité. « Si. Elle est superbe.

— Eh bien, voilà !

— Franchement, Demelza, je ne suis pas… sur le marché.

— C'est Polly Hocking, n'est-ce pas ?

— Que voulez-vous dire ?

— La moitié du village vous croit embringués dans des rendez-vous galants », développa Demelza. Elle tira sur sa cigarette puis, d'une chiquenaude, se débarrassa adroitement du mégot, qu'elle écrasa sous sa semelle. « Mon cher, on ne peut rêver histoire plus parfaite. Un grand amour contrarié. Le bel étranger et la ravissante jeune femme, prisonnière d'un mariage de raison. Ils se rencontrent sur la plage…

— … derrière une baleine échouée…

— … leurs regards se croisent et il sent que ce cœur ne demande qu'à libérer son torrent de passion.

— Vous m'en direz tant.

— Ils sont irrésistiblement attirés l'un vers l'autre mais ils savent que jamais leur amour ne pourra être consommé, alors, pour être auprès d'elle, il emménage dans l'église… où il dépérit d'amour. »

Joe s'arrêta. « Vous écrivez des romans d'amour, n'est-ce pas ? »

Elle lui sourit. « Vous devriez en lire un.

— C'est ce que je viens de faire, je crois. Est-ce vraiment là ce que pense la moitié du village ?

— Oh oui !

— Eh bien, je suis navré de décevoir cette moitié-là, mais c'est l'autre qui a raison.

— Très cher ! L'autre est convaincue que vous le faites déjà comme des lapins. »

Un jour d'automne, il devait y avoir foule dans le détroit d'Øresund ; des voiliers comme celui de son père, des vedettes, des yachts, des paquebots, des ferrys, des bateaux de pêche et des cargos. Joe, à douze ans, avait l'impression que la totalité du monde transitait par le détroit, que chaque vague était le sillage d'un bateau. Quand la mer était calme, son père lançait un fil avec un hameçon. « Pourquoi s'en priver ?

disait-il. On pourrait attraper un cabillaud. » Ils n'avaient jamais cette chance, mais ils pêchaient des saumons, des truites de mer, des flétans, des anguilles. Mikkel Haak les vidait sur le pont, en rejetant à la mer la tête, la queue et les viscères, Joe faisait frire les filets sur le réchaud à gaz, puis père et fils s'installaient dans le cockpit pour regarder décliner les lumières de l'été. Rarement depuis il s'était autant régalé, songea Joe, un brin perplexe. Pourquoi ces souvenirs vieux de quinze ans se manifestaient-ils subitement, et avec une telle force ? Était-ce une ruse de son esprit pour bouter Polly Hocking hors les murs ?

« En ce cas, tout le monde est dans l'erreur.

— En êtes-vous si sûr ? » Ils étaient arrivés devant le jardin paroissial et Demelza posa la main sur le loquet avant que Joe ait pu le soulever. « Il existe plusieurs sortes de vérité, vous savez.

— Je ne crois pas. La vérité, c'est la vérité.

— C'est très beau, la vérité, mais les mensonges le sont tout autant. C'est ce que disait Emerson. Et savez-vous ce que disait Platon ? »

Joe secoua la tête.

« La poésie est bien plus proche de la vérité que l'histoire.

— J'ignore ce que vous attendez de moi, Demelza… »

Elle le dévisagea avec un soupir théâtral. « J'essaie de vous aider, vous ne comprenez vraiment pas.

— C'est très aimable à vous. » Joe posa le matelas à terre et écarta délicatement la main de Demelza du loquet. « Mais je n'ai pas besoin de votre aide.

— Vous n'en voulez pas, le corrigea-t-elle. J'avais raison, au sujet de la fille, n'est-ce pas ? La fille de Londres ?

— Pas tout à fait.

— Comment s'appelait-elle ? »

Il hésita. « Clare.

— Et vous vous êtes fourvoyé, n'est-ce pas ? Vous vouliez davantage, et elle n'était pas prête à vous le donner.

— Quelque chose de cet ordre-là. Mais ce n'est pas ça qui m'a poussé à partir. »

Elle serra sa main dans les siennes. « Mallory s'imagine vous avoir percé à jour. Selon lui, vous êtes un jeune cador de la finance qui s'est mis dans de sales draps. Il vous juge impulsif. Il vous voit jeter l'argent par les fenêtres pour acheter des sacs de haricots, donner votre jolie voiture au vicaire, vous promener avec la jeune Polly, et il en conclut que vous êtes un gosse de riche, habitué aux excès et en mal d'aventure. Je n'insinue pas qu'il ne se soucie pas de vous. Loin de là. Mais il ne vous comprend pas, Joe. Moi, si. C'est mon métier, voyez-vous. Votre travail ne définit pas qui vous êtes. Il indique simplement comment vous gagnez votre vie. Vous êtes troublé, Joe Haak. Vous êtes un rêveur. Et un romantique.

Vous cherchez l'amour. Vous voulez avoir des crampes à l'estomac, sentir votre cœur battre à tout rompre, et nager dans le bonheur jusqu'à la nuit des temps. Vous commettez pourtant les deux erreurs typiques des romantiques.

— Deux erreurs ?

— Au moins. »

Demelza n'ignorait rien de l'amour, et le portait sur son visage. Joe sentit sa résistance battre en retraite.

« Dites-m'en plus.

— Erreur numéro un, énonça-t-elle, et une étincelle s'alluma dans ses yeux. Vous croyez au coup de foudre. »

Joe éclata de rire. « Je n'en crois pas mes oreilles ! Une romancière qui écrit des histoires d'amour et ne croit pas au coup de foudre ? Je pensais que c'était la base de la littérature sentimentale.

— Oh Joe, Joe. Mon cher petit. Il vous reste tant à apprendre. Je crois bien entendu à l'étincelle de désir qui jaillit au premier regard. J'y ai succombé plus souvent qu'à mon tour, le ciel m'en est témoin. Nulle force n'est plus puissante que celle-là et elle est difficile à distinguer de l'amour, quand elle vous tombe dessus. Mais combien de fois au réveil, en regardant l'objet de son désir, comprend-on qu'on a pris des vessies pour des lanternes ? Le véritable amour, c'est comme une recette de cuisine, il doit mijoter. Il ne doit pas frire en deux minutes mais cuire lentement, à feu doux. Voilà pourquoi vous ne l'avez jamais trouvé là-bas, Joe. Vous rencontrez une fille, sautez dans un lit et pensez que vous allez tomber amoureux. Dans cet ordre. Or, ça ne marche pas comme ça.

— Donc j'ai la mauvaise recette ?

— La meilleure qui soit, pour un amour véritable, c'est une longue et étroite proximité, plus une pincée de danger que l'on doit affronter main dans la main. »

Joe éclata de rire. « Proximité et danger. C'est donc ça, les ingrédients secrets de Demelza Trevarrick ?

— Et une généreuse dose de temps. Le danger peut être en option, mais avec lui, l'histoire n'en sera que meilleure. C'est comme le grain de sable qui, dans l'huître, donne naissance à la perle. » Elle le dévisageait avec un sérieux imperturbable. « Le temps, en revanche, n'est pas optionnel. Les êtres humains ne sont pas des pièces de puzzle. On ne rencontre pas un beau matin celui ou celle qui est fait pour nous. Il faut infléchir notre personnalité et notre vie afin d'accueillir l'autre. Cela prend du temps. Ça ne se fait pas au premier regard. Ne vous moquez pas, Joe.

— Loin de moi cette idée. » Il souleva le loquet mais la main de Demelza, sur le portail, en bloquait toujours l'ouverture. « Ça me plaît bien. Proximité, danger, et une généreuse rasade de temps. J'essaierai de m'en souvenir, quand se présentera la fille idéale. Mais je ne suis pas venu ici pour ça, Demelza. Vraiment pas. »

Elle fit la moue. « Nous n'avons pas parlé de votre seconde erreur.

— Ah, oui.

— La plus grave. Vous courez après la mauvaise fille. » Elle écarta sa main et poussa le portail. « Réfléchissez-y, Joe. Réfléchissez-y. »

Une fois tournée la lourde clé pour verrouiller l'énorme porte derrière lui, Joe éprouva un sentiment de sécurité, entre ces murs séculaires. Il n'y avait pas grand-chose à faire dans le clocher. Il monta dérouler le matelas sur la paillasse en bois, et s'y assit. Côté confort, ça laissait à désirer, mais il s'en contenterait. Il s'allongea, croisa les mains derrière la nuque et contempla les poutres en chêne. Il s'y sentait bien, dans cette chambrette ; elle lui rappelait une tente. Un air froid mais sec s'infiltrait par une multitude de fentes et de trous. Aussi longtemps que les températures, la nuit, ne descendraient pas trop en dessous de zéro, il pourrait survivre.

Joe se souvint de cette autre nuit qu'il avait passée sous une tente d'emprunt, dans un bois, au nord de Rouen. Il y pensait souvent, à cette nuit-là — plus souvent peut-être qu'il ne l'aurait dû. Il avait quatorze ans. Une moitié de vie plus tôt… Joe revoyait avec précision la clairière, la poche d'ombre fraîche, les fleurs sauvages, les herbes hautes. C'était un doux souvenir, et l'un des plus douloureux, pourtant. Cet été-là, il était parti camper avec sa mère et sa sœur Brigitha, en France. La Mini break jaune de Mamma n'était pas adaptée pour une expédition de quinze jours ; elle était mille fois trop exiguë pour loger trois passagers et l'indispensable barda de tubes, piquets et sacs de couchage – sans compter la garde-robe nécessaire à Brigitha (qui avait alors seize ans) et le volume incompressible des bagages de Mamma, qui se déplaçait rarement sans deux grosses valises, même pour un week-end. Ces vacances devaient être les dernières qu'ils passeraient ensemble ; si seulement ils l'avaient su, peut-être se seraient-ils montrés plus attentifs les uns aux autres. Mais, apparemment, les auspices n'étaient pas favorables pour ce voyage. D'un naturel inquiet, Mamma s'était tracassée pendant des semaines avant le départ. Séparée de Pappa Mikkel depuis à peine deux ans, elle se tourmentait à l'idée que Joe et Brigitha s'éloignent d'elle à leur tour. La force magnétique qui soudait autrefois la famille semblait s'être dissoute, et Alison Haak s'inquiétait de l'influence de leur père. Elle savait que Joe et Brig, désormais adolescents, auraient passé de meilleures vacances avec leur père, sur son île, qu'avec elle à Margate ou à Southend.

Ce séjour en France serait le moyen de rétablir la balance.

Ils n'avaient pas suffisamment préparé le voyage (en ce temps-là, Joe n'avait encore développé aucune de ses légendaires dispositions en matière de planification, et ni Mamma ni Brigitha n'étaient douées en ce domaine). Ils n'avaient pas non plus les moyens de s'offrir les vacances auxquelles ils aspiraient. Dès le départ, Brigitha se montra d'une humeur de dogue. Seize ans, ce n'est pas l'âge idéal pour partir camper avec sa mère et son jeune frère. Ils avaient sous-estimé aussi les heures de route entre Calais et le camping dans lequel Mamma avait réservé, près de La Rochelle, sur la côte. Le trajet avait été interminable et crevant. Installée à l'arrière de la minuscule voiture, cernée par les bagages, un volumineux casque audio perpétuellement vissé sur les oreilles, Brigitha feignit de dormir tout du long, indifférente aux pittoresques villages français qu'ils traversaient, aux vignobles, aux champs de tournesols.

« Regardez comme le paysage est joli, les exhortait Mamma, avec un désespoir de plus en plus palpable.

— Rien à battre, répondait Brigitha.

— Mais regarde ce magnifique village, insistait Mamma.

— Préviens moi quand on sera arrivé. »

Au camping, il plut, par intermittence, sept jours durant. Pas de quoi se réjouir. Pluie ou pas, un matin, Brigitha expulsa de sous la tente le sac de couchage de Joe, parti faire une course.

« Il puait, expliqua-t-elle l'air renfrogné. Ça me donnait envie de vomir. Je ne pouvais plus partager la tente avec lui une seconde de plus.

— Je ne me mêle pas de cette histoire », décréta Mamma. Même sa patience commençait à s'épuiser. « Vous réglez ça entre vous. C'est votre conflit.

— Et où je vais dormir ? protesta Joe. Mon duvet est trempé !

— Mais, Mamma, c'était une infection, tu n'as pas idée ! se justifia Brigitha. On se demande ce qu'il a trafiqué, là-dedans. » Brigitha s'attendait peut-être à quelque sympathie maternelle. Le sac de couchage, indéniablement, empestait l'adolescent, résulta d'un récent bombardement d'hormones et de sécrétions fétides de pieds.

« On va devoir acheter un autre sac de couchage, conclut Joe. Hors de question que je dorme dans celui-là. » Déjà, à l'époque, il était obstiné.

« Nous n'avons pas les moyens, objecta Mamma. Tu dormiras dans le mien en attendant que le soleil revienne, et qu'on puisse faire sécher le tien. »

Joe essaya de dormir dans le sac de couchage de sa mère, mais il était imprégné d'une odeur bizarre, comme si l'air contenu à l'intérieur se décomposait lentement. Mamma, elle, trouva refuge dans la voiture, recroquevillée sur la banquette arrière, sous un amoncellement de gilets et de serviettes de toilette. Tôt le matin, Joe alla la réveiller. « Mamma, je n'arrive pas à fermer l'œil. Laisse-moi dormir dans la voiture. »

Au bout d'une semaine, le temps s'améliora ; Mamma s'endormit sous un parasol, et attrapa un coup de soleil sur les mollets et l'arrière des cuisses.

« Tu aurais dû protéger tes jambes, lui fit remarquer Joe.

— Le soleil s'est déplacé ! »

La distance entre Calais et la côte Atlantique n'était pas leur seul mauvais calcul. Mamma avait largement sous-estimé leur budget. « On va camper. Quel besoin avons-nous d'argent ? On pourra se nourrir de baguette, de fromage, de soleil et de grand air. » Au départ de Londres, l'idée semblait séduisante. Ces vacances seraient un retour à la nature – une toile au-dessus de la tête, du sable entre les orteils, les longues journées sur la plage, les soirées au bord de la piscine, les feux de camp, les balades, les repas simples. Mais ces aspirations ne firent pas long feu. Le camping, bon marché, se révéla une enceinte caporalisée, un quadrillage d'allées recouvertes de gravier tranchant et d'emplacements de tentes mesurés avec un soin tatillon – des rangées et des rangées de tentes, parfaitement alignées et plantées à égale distance les unes des autres. À peine y avait-il un brin d'herbe. Les sanitaires malodorants étaient au diable, et la plage plus encore.

« Pas de feux de camp », exigeait le règlement. D'emblée, donc, leurs rêves en avaient pris un coup. Dîners et boissons à la buvette du camping avaient, dès les deux premiers soirs, englouti presque un tiers de leur pécule. De retour sous la tente, à la lumière de la torche électrique, et tandis que la pluie tombait implacablement au-dessus de leur tête, Mamma compta avec anxiété ce qui leur restait. « Nous allons devoir vivre comme de vrais campeurs, déclara-t-elle avec un enjouement de façade. À partir de maintenant, on se fait la popote. Et on ne boit plus une goutte d'alcool. »

Brigitha accueillit ce décret comme une attaque personnelle. « En France, on peut boire à partir de douze ans, fit-elle savoir à sa mère.

— On achètera une bouteille de vin au supermarché, et on prendra un verre au dîner », tergiversa Mamma.

Durant la première semaine, ce régime baguette, fromage et grand air bénéficia de quelques précieux rayons de soleil. Mamma conservait une réserve d'argent dans la boîte à gants de la voiture, destinée à couvrir les frais d'essence du retour. Mais Joe et Brigitha la découvrirent et, peu à peu, sans malveillance aucune, chapardèrent de petites sommes. Jamais plus de quelques billets à la fois. Ils s'offrirent des glaces, des rhums-coca, des choux à la crème. Une lotion après-soleil. À la discothèque improvisée autour de la piscine du camping, ils burent des piña coladas – le thème de la soirée se voulait hawaïen. Lorsque Mamma découvrit ses économies envolées, elle s'effondra. Joe songeait souvent que ce fut l'un des pires moments de sa vie. Le spectacle de sa mère désespérée, en larmes, sous une tente minable, pendant les vacances dont elle avait rêvé – jamais il ne s'était senti aussi malheureux.

Cela aurait sans doute été plus simple si seulement Mamma leur en avait voulu. Plus juste, aussi. Mais elle n'adressa de reproches qu'à elle-même. Incapable de supporter le remords de sa mère, Joe s'enfuit du camping et erra un jour durant comme une âme en peine dans la pinède, en regrettant de ne pouvoir s'y perdre pour de bon.

Une constante de mon comportement ? se demanda-t-il, étendu sur son matelas, dans le clocher. La fuite. Pour éviter d'affronter les conséquences de mes actes, je prends la tangente. Et c'est ce que je continue de faire en ce moment même.

Ils durent quitter le camping quatre jours plus tôt que prévu, pile au moment où la canicule s'installait. Mamma insista pour conduire à soixante kilomètres-heure tout du long jusqu'à Calais. « C'est le seul moyen d'économiser l'essence », leur expliqua-t-elle. C'était sûrement là aussi une manière de les punir. Sans compter les arrêts fréquents. Le voyage de retour fut une punition, tant pour elle que pour ses enfants. Porte-monnaie et poches furent retournés ; ils dénichèrent quelques pièces pour acheter de l'essence. Ils durent jeûner pendant vingt-quatre heures, et remplir leurs bouteilles d'eau aux robinets des stations-service. « Elle doit être infestée de microbes, prévint Brigitha. Ça va nous tuer. »

À Alençon, alors qu'ils étaient de plus en plus grincheux et tenaillés par la faim, Mamma essaya de retirer de l'argent à un distributeur. « Ça ne va pas marcher, gémit-elle, en se cachant les yeux pour ne pas voir le message de refus s'afficher à l'écran. Je le sais. » Ils attendirent le verdict en retenant leur souffle. L'automate éjecta la carte. « Je savais que j'étais à découvert, pleurnicha Mamma. Je ne crois pas que vous réalisiez combien c'est ruineux d'entretenir deux adolescents à Londres. »

Joe passa un bras autour de ses épaules. « Ça va aller, Mamma. On va s'en sortir.

— Comment ? Comment veux-tu que l'on s'en sorte ? On n'aurait jamais dû partir ! »

La tournure des événements avait instillé un peu d'humilité à Joe et Brigitha. Lorsqu'ils reprirent la route, cette dernière mit un point d'honneur à manifester de l'intérêt pour tout ce qui défilait sous leurs yeux. « Vous avez vu ce ravissant moulin ? Et regardez ce petit bijou d'église ! »

Il fallut se rendre à l'évidence : jamais ils ne parviendraient à Calais avant minuit. Quelque part après Rouen, ils bifurquèrent sur une étroite route de campagne, qui les mena au milieu des bois. Joe planta la tente dans une clairière. Ils avaient une baguette, une tête d'ail charnue et une bouteille de lait stérilisé ; maigre pitance. Mamma s'éclipsa pour trouver un coin pipi. Et revint avec une lueur dans l'œil et une pleine poignée de champignons. Dix minutes plus tard, ils en avaient ramassé suffisamment pour préparer un festin. Brigitha alla collecter du bois, Joe alluma un feu, et ils firent frire les champignons avec de l'ail et les dernières gouttes d'huile d'olive. Mamma avait dans la voiture quelques bouteilles de vin qu'elle comptait offrir à leurs voisins, pour les remercier d'avoir surveillé la maison. « On pourra en acheter deux autres à Asda », décréta Joe. Une généreuse rasade alla agrémenter la fricassée dans la poêle, en plus de quelques gouttes de lait.

Ce fut la plus belle soirée des vacances. Ils se goinfrèrent de champignons parfumés à l'ail, burent plus de vin qu'il n'était raisonnable pour des adolescents et ils jouèrent aux cartes à la lueur d'une bougie, tout en tisonnant le feu. Lorsqu'ils décidèrent finalement de se coucher, il leur fut impossible de trouver le sommeil. Alors ils bavardèrent jusqu'à pas d'heure. Ils dormirent sous la même tente, blottis les uns contre les autres pour se tenir chaud. Tard dans la nuit, alors que tout était silencieux autour d'eux et qu'on n'entendait que le bruit de leurs respirations, Mamma chuchota, « Regardez ce petit bijou d'église ! » et ils furent pris d'un fou rire qui ne se calma que parce qu'ils étaient la proie de crampes trop douloureuses.

Proximité et danger, songea Joe. Peut-être cette recette fonctionnait-elle également pour les familles. S'il pouvait revivre une soirée, une seule, de toute sa vie, ce serait celle-là, ces quelques heures volées quelque part au nord de Rouen. Il serra les bras autour de lui et, en fermant les yeux, il retrouva la sensation de l'étreinte maternelle, cette nuit-là. Il échangerait tout – jusqu'au dernier sac ou carton de nourriture, sa voiture, son appartement, sa carrière, ses amis, tout ce qu'il possédait à Londres, tous les rêves dont il s'était bercé – pour être simplement de retour sous cette tente, et entendre rire sa mère.

Et maintenant, des larmes lui piquaient les yeux.

# 20

## Il n'y a pas la grippe en Cornouailles

Au crépuscule, Joe était de retour sur le quai. Une nuée de papillons faisait la sarabande dans sa tête. À ce qu'il lui semblait, du moins. Et son cœur ne battait pas à la bonne cadence. Comme s'il y avait trop d'air dans ses poumons, ou que leur contenance était insuffisante. Quand il était petit, Pappa Mikkel lui avait appris comment garder son calme en situation de crise. « Donne une note à la crise, disait le vieil homme. Une note sur cent. Puis regarde l'horizon, comme si rien n'avait d'importance, et demande-toi quelle sera cette note demain. La semaine prochaine. L'année prochaine. L'événement sera-t-il digne de figurer dans ton éloge funèbre ? Est-ce une question de vie ou de mort ? Si ce n'est pas le cas, tu peux re-regarder la crise en face et la reconnaître pour ce qu'elle est : un imposteur. »

Joe essaya de fixer l'horizon. Un voile de brume s'était levé, floutant le trait entre ciel et océan, le noyant dans la lueur ambrée du soleil couchant. Je donne à cette crise une note de cinquante sur cent, songea-t-il, et cette seule pensée l'apaisa ; mais demain, la note pourrait monter à soixante ; la semaine prochaine, à quatre-vingt-dix. Et à cent dans un an. Et il n'y aurait peut-être plus personne pour prononcer d'éloges funèbres.

Sauf s'il s'était trompé sur toute la ligne. Sauf si le révérend Alvin Hocking détenait une vérité supérieure – à savoir que jamais Dieu ne laisserait Ses enfants mourir de faim. Sauf, encore, si Cassie avait fait fausse route. Une fois de plus. La sagacité d'une assemblée entière pouvait bien échouer à deviner le poids d'un bœuf.

Tout au bout du port, près du parking où il avait quelques jours auparavant abandonné sa voiture, un bolide était apparu au détour de l'épicerie de Jessie Higgs et progressait maintenant au ralenti sur l'étroite chaussée, cherchant une place entre les cabestans, les casiers à homards et les filets détrempés. De là où il se trouvait, Joe entendit le grondement du moteur, et reconnut la silhouette d'une Porsche cabriolet. Il détourna la tête. Les voitures de ce genre étaient des trophées de réussite dans le monde qu'il avait laissé derrière lui. Cela étant, la soirée était un peu trop avancée pour que l'on vienne jouer les touristes ; Joe, intrigué, se retourna. Le conducteur manœuvrait avec maladresse pour se garer. Qui pouvait bien débarquer à Saint-Piran dans une voiture comme celle-ci ? Joe sentit les papillons reprendre leur ronde endiablée. La portière s'ouvrit, et une silhouette féminine se dégagea au ralenti de derrière le volant : une jambe d'abord, un bras, puis un corps tout entier. Elle avait quelque chose de familier, cette silhouette émaciée et voûtée qui cherchait appui contre le toit de la voiture, cette apparition totalement incongrue au milieu des pièges à homards et des amarrages, et qui arborait un tailleur magnolia et un strict carré aux épaules.

Avait-il la berlue ?

Dans tous les cas, son cœur battait à tout rompre. Quelle note mériterait cette apparition ? Regarde l'horizon ! Pas plus de vingt. Était-elle venue pour mettre à exécution une vengeance, suite au krach ? Joe devait-il détaler sans demander son reste ? Où irait-il, sans voiture ? Tout bien pesé, il se résigna à aller à sa rencontre. Il lui devait au moins ça. Elle avait parcouru tous ces kilomètres, après tout – et pourquoi, sinon le retrouver ? Comment devait-il l'accueillir ? Par une accolade, un sourire ? Devait-il se montrer surpris ? « Doux Jésus, toi ici ! » Ou feindre la nonchalance ? « Je me demandais combien de temps tu mettrais à me retrouver. » Tout à ses tergiversations, Joe s'était mis en marche sans s'en apercevoir. Janie Coverdale le regarda approcher. Il lui trouva une petite mine.

« As-tu mangé ? lui demanda-t-il. Parce que si on se dépêche, on pourrait peut-être convaincre Jacob Anderssen de te faire cuire un homard. »

On aurait dit qu'elle le voyait pour la première fois. Elle recula d'un pas, et tendit la main, pour le tenir à distance. « N'approche pas davantage, dit-elle, et voyant qu'il allait passer outre cette instruction, elle cria, de ce ton cassant duquel elle s'adressait parfois aux traders les plus jeunes du cinquième : N'approche pas ! »

Joe s'arrêta net. « Janie ? C'est moi.

— Je suis malade, Joe, n'approche pas », reprit-elle, et elle s'affaissa sur elle-même, pareille à un jouet percé qui se dégonfle, genoux en dedans.

Joe la releva, et ne sachant trop où la faire asseoir, lui fit contourner la voiture, en la soutenant, puis il ouvrit la portière et l'aida à se glisser sur le siège passager. Janie le regarda en clignant des paupières.

« Où m'emmènes-tu ?

— Dans un endroit sûr. » Il s'installa au volant. Le siège était bien trop collé au volant, mais Joe estima que ça ne valait pas la peine de le reculer. Il mit le contact. « Tu n'as plus d'essence, observa-t-il.

— Passé Exeter, toutes les stations-service étaient à sec. À Bristol, il y avait huit kilomètres de queue. Huit kilomètres ! J'ai dû filer mille livres à un type, dans une allée, pour siphonner son réservoir, et il me regardait comme une voleuse. » Elle se mit à tousser.

— Comment m'as-tu trouvé ?

— Joe… j'ai la grippe.

— Pas forcément… Ce pourrait être n'importe quoi.

— C'est la grippe, Joe. La grippe asiatique. Colin Helms l'a rapportée de Singapour.

— Helms ?

— Il était sur un vol où tout le monde a été contaminé.

— Comment s'en sort-il ?

— Il est mort. »

Joe évita de justesse de s'encastrer dans la devanture de l'épicerie. « Mort ? Colin Helms ?

— Et Martin Lawrie. Et Harriet Adlam.

— Martin Lawrie… répéta-t-il, incrédule.

— Et Harriet Adlam.

— Je ne les connais pas. » Cela faisait l'effet d'une remarque sans cœur.

« Si, Harriet, du neuvième étage. Une grande fille avec des lunettes. Toujours en tailleur rouge. »

Il la revit à ses côtés dans l'ascenseur, oscillant sur ses jambes au rythme d'une mélodie qu'elle était seule à entendre. Lorsque Joe sortait de la cabine au cinquième, elle lui adressait invariablement un petit signe, de ses mains aux ongles rouges – « Ciao ciao ».

« Ciao ciao, chuchota Joe.

— C'est elle.

— Morte ?

— On l'a découverte chez elle, ce matin.

— Jésus Marie Joseph. »

Il s'engagea sur la route de la colline. Quelqu'un lui fit un signe. Casey, qui promenait un caniche. Une autre main s'agita. Modesty Cloke.

« Tu es connu, dans le coin, on dirait, railla Janie d'une voix faible.

— Comment m'as-tu retrouvé ?

— Oh, tu sais… » Une quinte de toux, longue et apparemment douloureuse, la secoua. « C'est Manesh qui t'a trouvé. Un habitant de ce patelin a assuré ta voiture. »

Joe se gara devant l'église et tendit la clé de la Porsche à Janie.

« Garde-la, Joe. Si je meurs…

— Ne dis pas des choses pareilles.

— Je veux que ma voiture te revienne.

— Tu ne vas pas mourir. » Il glissa d'autorité la clé dans la poche de Janie. « Attends, je vais te porter.

Elle n'avait pas assez de forces pour s'y opposer. Joe la souleva, comme il l'avait fait des sacs de légumes secs.

« Où allons-nous ? demanda-t-elle tandis qu'ils traversaient le jardin.

— Tu verras. »

Une fois dans l'église, Joe s'arrêta devant la porte du clocher et reposa délicatement Janie sur ses pieds instables. « Juste le temps de trouver la clé », la rassura-t-il.

À l'instant où Joe la glissait dans la serrure, une voix, dans son dos lança : « Que se passe-t-il, ici ? »

La question du révérend Hocking résonna entre les murs médiévaux. Émergeant de sa sacristie, il les toisait depuis l'extrémité de la nef.

« Bonsoir, révérend, répondit Joe, tout en bataillant avec la clé en fer forgé de la taille d'une cuiller à soupe.

— Les visiteurs ne sont pas les bienvenus dans le clocher, entonna le vicaire. Vous êtes dans la maison de Dieu, pas dans une garçonnière. »

Aucun doute là-dessus, songea Joe en s'acharnant de plus belle sur cette clé qui refusait obstinément de tourner.

« Nous avons un accord : pas d'invité », insista l'homme d'Église, d'un ton qui semblait sous-entendre : pas de prostituée. Il se dirigeait vers eux.

« Je vous en prie, n'approchez pas davantage, l'enjoignit Joe. Elle est malade. Elle a la grippe asiatique.

— C'est vrai, confirma Janie d'un filet de voix.

— En ce cas, c'est un médecin qu'il vous faut, et non une église traversée de courants d'air. » Une bonne dose de dédain demeurait perceptible dans le ton du vicaire. « Nous avons un accord.

— J'en ai rien à foutre de notre accord. » La clé entendit enfin raison et le lourd battant pivota sur ses gonds, mais il était trop tard pour contrecarrer l'offensive du révérend Hocking. Enragé à force de soupçons, il fonçait droit sur eux.

« Je vous en prie. » Joe lui bloqua le passage. « Janie est malade.

— C'est une histoire à dormir debout, et vous le savez pertinemment. Il n'y a pas de grippe asiatique en Cornouailles. »

Janie avait glissé au sol. Les semelles rouges de ses Louboutin, les traces de mascara sur une joue lui donnaient des airs de fêtarde ivre et déchue.

« Expliquez-moi ce que j'ai fait pour vous déplaire, demanda Joe, en s'arrangeant pour barrer le passage à Hocking. Je vous ai cédé ma voiture. Je vous ai grassement rémunéré la location de votre clocher. Que j'ai rempli de vivres, au cas où vous vous retrouveriez avec une congrégation affamée sur les bras. J'ai obéi à la lettre à notre accord. » Pas une seule fois je n'ai adressé la parole à votre femme, aurait-il pu ajouter, mais il préféra s'abstenir, de crainte de suggérer que la clause en question était justifiée.

« J'avais dit, pas d'invité, martela Hocking en s'approchant de Joe, si bien qu'ils respiraient maintenant le même air.

— Et puis merde, vous venez avec nous, grommela Joe en agrippant le poignet du vicaire.

Désolé, mais vous ne me laissez pas le choix. Avancez. »

Parce qu'on lui forçait la main, parce qu'un de ses bras était tordu derrière son dos, le révérend Hocking obtempéra et pénétra en trébuchant dans le clocher. Où Joe, d'une bourrade, l'encouragea vivement à s'affaler sur un tas de cartons.

« Attendez ici. »

Il aida Janie à franchir la porte, qu'il verrouilla derrière eux. Puis, abandonnant le vicaire, l'air contusionné et intempérant, sur un sac de fruits secs, il la transporta dans ses bras jusqu'au troisième niveau.

« C'est qui, ce type ? » demanda Janie.

Joe l'avait assise sur l'étroit châlit qu'il avait couvert de draps et d'une couverture empruntés au docteur.

Il entreprit de lui raconter toute l'histoire. Le chapitre Polly Hocking réussit à faire sourire à Janie. « Tu la baises ? » demanda-t-elle d'une voix éraillée.

Ah, bah. Peut-être la poésie était-elle vraiment plus proche de la réalité que l'histoire. « Certains disent qu'on le fait comme des lapins.

— Joe Haak, tu es une fripouille. » Elle agita un doigt réprobateur avant de retomber à la renverse sur le lit. « Bon Dieu que je me sens mal !

— Ce n'est qu'une grippe », lui répéta-t-il, mais il pensait à Harriet Adlam. Ciao ciao. Joe se laissa choir sur un carton de boîtes de conserve, et observa Janie. Son visage était luisant de transpiration.

« Parle-moi, Joe, dit-elle après un moment, d'une voix presque trop pâteuse pour être parfaitement intelligible.

— Tu as soif ? » Elle fit signe que oui, et il alla chercher un broc d'eau qu'il avait monté pour se laver. Janie n'en saurait rien. Elle but à même le bec, en inondant son chemisier.

« Pourquoi es-tu partie à ma recherche ? »

Elle secoua lentement la tête. « Je ne savais pas que j'étais malade en quittant Londres. Je croyais fuir l'épidémie. La… la fièvre a commencé il n'y a qu'une heure, environ.

— Et tu es déjà aussi mal en point ? »

Elle confirma d'un signe de tête.

« Mais pourquoi moi ?

— Kaufmann. » Elle esquissa un fantôme de sourire. « C'était son idée. Il a dit que tu serais préparé. » Elle regarda autour d'elle la muraille de provisions. « Il avait raison, à ce que je… » Une interminable quinte de toux l'empêcha de poursuivre.

« Janie, je suis désolé. Désolé de ce que j'ai fait.

— Quoi ?

— Lane Kaufmann. Cassie. D'avoir fait sauter la banque. De vous avoir fait paumer tout cet argent. »

Janie plissa brièvement le front puis ferma les yeux en grimaçant. Quand elle les rouvrit, Joe reconnut l'étincelle annonciatrice d'une repartie bien sentie. La fille qui avait exercé le commandement en chef du cinquième étage, qui avait un jour administré un empire et brassé cent millions en une seule journée d'opérations était de retour. « Espèce d'abruti, chuchota-t-elle. On n'a rien paumé du tout. » Elle referma les yeux. « Pourquoi nous as-tu planté comme ça ?

— J'étais terrifié.

— Au moment où tu passais la porte, le marché était déjà en train de s'effondrer. Je vous avais bien dit de garder votre sang-froid. Et tout le monde m'a écoutée. Sauf toi, Joe. Tu es le seul qui ait craqué. »

Disait-elle vrai ? « Je suis navré.

— Tu étais toujours sur Embankment qu'on avait déjà récupéré vingt-cinq millions. Oh Seigneur ! » Elle battit des paupières et une grimace chiffonna son visage. « Je suis en train de mourir, Joe.

— Mais non. » Il s'assit à l'extrémité du lit de fortune et lui prit la main. « Tu ne mourras pas. Je te le promets. Je ne te laisserai pas faire.

— La grippe a tué soixante personnes la nuit dernière à Londres. Tu ne l'as pas vu aux infos ? »

Soixante ! « Si, probablement. » Avait-il loupé quelque chose ? Aux infos, il avait surtout été question de ces villageois, en Cornouailles – cette communauté avide qui stockait des vivres par wagons entiers.

« Julian soutenait que c'est parce que tu étais parti qu'on retombait aussi rapidement sur nos pattes.

— Est-ce qu'il…

— Il a dit, je cite : "On est tirés d'affaire, maintenant que le geek s'est barré."

— Ça ne m'étonne pas de lui.

— J'ai essayé de t'appeler, mais tu étais parti sans ton téléphone.

— Je sais.

— Lorsque tu es arrivé sur la M4, nous étions presque revenus à nos positions de départ. Putain, qu'est-ce que c'était excitant ! Cassie avait vu juste. Tellement juste. Nous aurions dû avoir un peu plus la foi.

— Ça ne vous a pas empêchés de la mettre hors service, observa Joe.

— C'était l'affaire de quelques jours seulement. Lew voulait qu'on procède à des contrôles supplémentaires, mais jamais je n'ai été si près de me pisser dessus dans une salle de marché. Et toi, Joe, tu as réagi comme un supporter qui s'enfuit du stade parce qu'il ne peut pas voir son équipe encaisser un score de 3-0, et qui loupe les quatre buts qui lui valent la coupe. Dis, toi et moi… » Une lueur presque taquine passa dans son regard. « On n'a jamais… ?

— On n'a jamais quoi ? » Question idiote. Avait-il oublié la banquette en cuir blanc, les genoux osseux de Janie et le demi-sourire qui flottait sur ses lèvres tandis qu'ils oscillaient en cadence ?

« Pardon, reprit-elle. La question était déplacée. » Peut-être ne s'en souvenait-elle pas. « Tu devais être à peine à Bristol quand le monde entier s'est mis à brader ses actions. À la clôture de la séance à Hong Kong, on se serait cru aux soldes de janvier. Toutes les banques de la City sans exception essuyaient des pertes colossales. » Elle s'interrompit pour tousser, et boire une gorgée d'eau. « Colin Helms a annoncé que dans Threadneedle Street des courtiers avaient sauté des toits. Mais rien de tel chez Lane Kaufmann. Parce que nous avions Cassie. » Elle lui serra la main et sembla se détendre contre l'oreiller. « Beau gosse. »

Ce furent là ses dernières paroles cohérentes. Peu après, elle s'endormit. Joe entendit le pas lourd d'Alvin Hocking résonner dans l'escalier. Il se prépara à l'inévitable affrontement, mais lorsque le vicaire déboucha sur le troisième palier, il laissa s'installer un silence inconfortable. Essoufflé par l'ascension, il contempla un long moment Janie avant de se décider à parler.

« Je crois que je vous dois des excuses.

— C'est bon, pas de souci.

— Il se peut que je vous aie mal jugé. »

Joe regarda Hocking droit dans les yeux. « Je ne vous ai pas facilité la tâche.

— Peu importe. »

Un ange passa. On n'entendit plus que la respiration hachée de Janie.

« Ils viennent d'annoncer que la grippe a fait six cents victimes aujourd'hui à Londres, reprit Hocking.

— Seigneur ! Je croyais que c'était soixante.

— Soixante la nuit dernière. Et six cents depuis ce matin.

— Dieu tout-puissant.

— Comme vous dites. » Au pied de ce châlit, Hocking donnait l'impression d'avoir rétréci, de n'être plus qu'un homme de médiocre stature. « Devrais-je prier pour elle ?

— Si vous voulez. »

Le vicaire s'agenouilla. « Si cela vous met mal à l'aise, rien ne vous empêche d'aller chercher une bouteille de cognac dans votre magasin », suggéra-t-il.

Joe ne put réprimer un sourire. « Martha m'a dit que vous ne buviez jamais une goutte d'alcool.

— Il est certaines choses que même Martha Fishburne ignore.

— Il n'y en a qu'une caisse, indiqua Joe. Uniquement pour les urgences.

— Je pense que ceci en est une. »

# 21

# Quand de la mort je traverserais l'ombre

Janie Coverdale s'en alla au petit matin, peu avant que ne sonnent cinq heures. Faute d'autre lit où dormir, Joe et le vicaire étaient demeurés à son chevet tandis que le délire s'emparait d'elle. À un moment, Joe crut que le cœur allait lâcher, tant la fièvre était forte, et il descendit chercher un seau d'eau bien froide ; ils badigeonnèrent le corps de Janie tant qu'ils purent, mais il continuait de se consumer. « Il lui faut des électrolytes », décréta doctement Hocking. Ils diluèrent du glucose et des antalgiques dans un peu d'eau, et lui firent boire cette potion alors qu'elle était encore consciente. Passé minuit, la malade avait sombré dans le coma et suait à grosses gouttes tout en grelottant de fièvre. Joe avait constitué une armoire à pharmacie, mais rien, là-dedans, ne semblait assez puissant pour Janie.

« Quelle poisse qu'on ne puisse pas demander conseil à Mallory, ragea-t-il. Je ne sais pas quoi lui donner. »

Il était inutile qu'ils formulent leurs craintes à voix haute. Ils étaient désormais en quarantaine dans le clocher. En sortir pour consulter Mallory Books était hors de question. Qu'aurait-il pu leur dire ? Ils lui administrèrent donc de l'aspirine et de l'ibuprofène, écrasés dans un peu d'eau ; un somnifère, et aussi du sirop contre la toux. Ils se relayèrent auprès d'elle pour lui éponger le front avec un chiffon. Hocking récita des versets de la Bible ; Joe, lui, se creusa un moment la tête pour trouver quoi dire. Finalement, il évoqua le cinquième étage. Se souvenait-elle de ce jour où toutes les cotations grimpaient, où aucune ne semblait disposée à décrocher, et où tous les deux, sans rien dire à personne, sur la foi d'une simple intuition, avaient misé sur Eurotunnel, et le titre avait bel et bien fait un plongeon spectaculaire ? Le champagne avait été particulièrement savoureux, et Cerys Kenworthy avait déclenché l'hilarité générale en annonçant l'avoir rapporté de Paris en Eurostar. Et ce jour où, en quelques secondes, ils avaient commué dix millions de pertes en bénéfices parce que, pile avant la clôture, une tempête de folie avait mis hors d'usage une plate-forme pétrolière…

« A-t-elle une famille ? » s'enquit Hocking.

Joe hocha lentement la tête. « Trois ex-maris. C'est tout.

— Des enfants ?

— Pas à ma connaissance. »

Il se mit à faire vraiment froid dans le clocher, passé minuit. Ils s'enveloppèrent de vieux atours ecclésiastiques dénichés dans un carton. Joe portait son manteau. Aux alentours de trois heures, Hocking commença à chanter. « "Ô, Seigneur, mon Dieu, lorsque je songe avec émerveillement à tous les mondes que Tes mains ont créés..."

— C'est un des cantiques préférés de mon père, observa Joe.

— "Je vois les étoiles, j'entends le tonnerre gronder, et Ton œuvre se déploie dans l'univers..."

— "Alors mon âme Te chante, ô Dieu mon Sauveur, entonnèrent-ils à l'unisson. Que Tu es grand. Que Tu es grand." » La grosse cloche semblait elle aussi fredonner la mélodie.

« Êtes-vous croyant ? demanda Hocking.

— Pas spécialement. » À quoi bon mentir ?

« Et Janie ?

— Peut-être. »

Ils chantèrent encore, « Reste avec nous Seigneur : le jour décline », et Joe fut le premier surpris de se rappeler les paroles. Ils chantèrent aussi la première strophe du psaume 23, « Le Seigneur est mon berger, rien ne saurait me manquer », et le vicaire récita lentement les suivantes :

« Quand il faudrait marcher dans la nuit sombre, Quand de la mort je traverserais l'ombre, Je n'en aurais ni terreur, ni détresse. »

Puis ils firent silence. Joe éteignit la lumière, et seul le clair de lune qui pénétrait par les arcs romans filtra dans la pièce. « Nous pourrions dormir à tour de rôle », suggéra Hocking. À quatre heures, Janie était glacée ; ils la couvrirent avec tout ce qu'ils purent trouver. Joe retira son manteau. Janie respirait avec beaucoup de difficultés. Joe s'allongea sur le flanc à côté d'elle, posa son bras en travers de son buste et eut la sensation que la malade se détendait dans son étreinte.

À cinq heures, Hocking réveilla Joe, qui s'était finalement endormi. « Elle est partie », annonça-t-il.

Grâce et bonheur m'accompagneront certainement jusqu'à ma dernière heure, songea Joe. Passerais-je un ravin de ténèbres, je ne crains aucun mal car Tu es près de moi ; Ton bâton, Ta houlette sont là qui me consolent. Mais pas aujourd'hui. Pas ici. Pas de la mort de Janie Coverdale. Ses talons qui martelaient le carrelage lustré de la salle de marché, clic, clic, clic… et tous les hommes, jeunes et vieux, mariés ou célibataires, de se retourner sur son passage, hypnotisés par son allure magique. Ses paroles murmurées au creux de l'oreille, ses doigts en train de lui ébouriffer les cheveux, « Trouve-moi un truc, beau gosse », et puis sa voix de stentor, « Allez, les enfants, on fonce ! On va casser la baraque ! » Son chemisier ouvert, un bouton, pas plus. Juste pour qu'ils continuent de se poser des questions. La banquette en cuir blanc… Et si c'était là toute la passion dont elle était encore capable, après trois maris et d'innombrables amants ? La banquette blanche et les paysages de la Charente – son mémorial chez Lane Kaufmann.

Ils l'enveloppèrent de hardes ecclésiastiques et l'allongèrent à même le plancher, juste à côté des cloches. Joe pleurait ; Hocking lui passa un bras autour des épaules et ils regardèrent le soleil se lever sur les collines.

« Je crois qu'hier soir j'ai rompu notre accord, dit le vicaire.

— Ah bon ? Comment ?

— J'ai bu de votre cognac.

— Oh. » Joe balaya ce détail d'un geste. « Je n'aurais jamais dû exiger ça.

— Tout de même. Je pense que notre accord est nul et non avenu. » Il y eut un long silence. « Vous pouvez reprendre votre voiture. » Hocking sortit la clé de sa poche et la tendit à Joe.

« Merci. Mais d'abord, il va falloir qu'on s'en sorte. »

Ils n'avaient pas encore abordé le sujet : d'abord et avant tout, survivre. Et quand on avait vu comment la maladie avait emporté Janie…

« Et quoi qu'il advienne, vous pouvez adresser la parole à Polly, si tel est votre souhait.

— Merci.

— Si jamais un seul de nous sort d'ici vivant… » Hocking, le regard rivé sur la ligne d'horizon, là où la mer et le ciel ne font qu'un, sembla s'être égaré dans quelque rêverie.

« Qu'alliez-vous dire ?

— Rien. Rien. »

Qu'avait-il été sur le point de suggérer ? se demanda Joe. Que s'il ne devait y en avoir qu'un… celui-là devrait veiller sur Polly ? Mais qu'adviendrait-il, s'ils en réchappaient tous les deux ?

« J'ignorais qu'on pouvait mourir de la grippe. En mourir comme ça, aussi rapidement, souffla Hocking.

— C'est pourtant ce qui s'est passé, après la Première Guerre mondiale. À l'époque, on l'appelait la grippe espagnole. Les gens se couchaient en pleine forme le soir, et se réveillaient morts le lendemain.

— Nous devrions prévenir le village.

— Je pense que les médias s'en chargeront pour nous.

— Non, je suis sérieux. On doit impérativement les mettre en garde. Les gens se croient à l'abri du risque, ici, à Saint-Piran, mais regardez – il suffit qu'une jeune femme… » Le vicaire laissa sa pensée en suspens.

« Comment faire ? demanda Joe. On doit rester confinés ici. »

En guise de petit-déjeuner, ils mangèrent sans appétit du corned-beef et des tomates en boîte, avec les doigts puisqu'ils n'avaient ni cuillères ni fourchettes, en improvisant des assiettes avec les couvercles des pots de margarine. Ils préparèrent du jus d'orange instantané avec de l'eau puisée dans le seau. L'éventualité d'un assez long tête-à-tête imposé entre ces quatre murs commençait à faire son chemin. Proximité et danger, songea Joe. Et une généreuse cuillerée de temps. À ce détail près que ce n'était pas tout à fait la compagnie à laquelle Demelza pensait – non plus que lui, d'ailleurs.

« Polly va se demander où je suis passé, observa Hocking, une fois le soleil levé. Ma voiture… enfin, la vôtre… est garée devant le presbytère.

— Vous pourriez être parti réconforter un paroissien.

— Toute la nuit ?

— Existe-t-il des doubles de la clé du clocher ? »

Hocking opina lentement. « Un seul. » Il plongea sa main au plus profond de sa poche. « Et c'est moi qui l'ai.

— Donc personne ne peut entrer ici.

— Sauf à disposer d'un bélier.

— Alors je crois que j'ai une idée. »

En attendant que le soleil réchauffe l'air, des goélands argentés se reposaient sur le crénelage du clocher. Au premier tintement de cloche, ils s'égaillèrent tels des confettis soufflés par une bourrasque, dans un sauve-qui-peut de criaillements et de battements d'ailes. Dong… ong… ong. Un second tintement, plus puissant, fit sensation, celui-là, jusqu'à Cliff Street, et même jusqu'au port, où Toby Penroth s'apprêtait à larguer les amarres et où, sur le quai, Casey Limber déroulait un filet. Jessie Higgs accourut sur son pas de porte. « Dieu du ciel, que se passe-t-il ? »

Dong… ong… ong… ooong.

Martha Fishburne, qui n'était pas encore en chemin pour l'école, se précipita à sa fenêtre. Une farce perpétrée par un gamin, sans doute, mais lequel serait susceptible de s'amuser à ça ? Jeremy Melon s'en alla dare-dare toquer à la porte du docteur. Kenny Kennet, qui partait remplir son sac, s'arrêta net à mi-quai et se retourna pour lever les yeux vers l'église.

Et maintenant, la seconde cloche. Au timbre plus aigu. Puis la première, de nouveau. Et de nouveau la seconde. Deux sonneurs, donc. À quoi rimait tout ce cirque ? On n'avait plus entendu les cloches depuis vingt ans. Benny Restorick et Daniel Robins se rencontrèrent à l'intersection de Harbour Hill et de Fish Street, et aucun d'eux n'eut besoin de prononcer un seul mot. Benny désigna du doigt la colline et les deux se mirent en route d'un pas réglé ; ils furent rejoints sans tarder par le jeune Thomas Horsmith, puis par Jacob Anderssen, et Martha, et Charity, et Jessie, un peu à la traîne. Le vieux Garrow se lança à leurs trousses, à son rythme, en agitant sa canne.

Jeremy Melon et Mallory Books déboulèrent en trottinant du haut de la sente, puis arrivèrent les Shaunessy, les Bartle et bien d'autres encore, qui abandonnaient précipitamment leur maison pour aller grossir les rangs. On pouvait reconnaître parmi eux Charity et Ardour Cloke, et Modesty, ainsi que Valour, et Faith. Abel O'Shea, le capitaine du port, trop sourd pour avoir entendu les cloches, se jeta dans la mêlée en titubant, l'air perdu. Les Penhallow étaient là, eux aussi, en même temps qu'une couvée d'enfants détournés du chemin des écoliers. « C'est quoi ce raffut ? »

Et le vieux Garrow de battre l'air de sa canne. « Un mauvais présage, que je vous dis. C'est un mauvais présage. »

Polly Hocking, en robe de chambre, émergea sur le seuil du presbytère et contempla avec désarroi le clocher, puis la colonne humaine qui gravissait la colline.

Dong. Dong. Dong.

« Quelqu'un est en train de piller le clocher, affirma hardiment Benny Restorick.

— Bah, ils n'emporteront pas grand-chose, si c'est avec ça qu'ils sont venus », observa Jeremy en désignant la Porsche garée, seule comme une âme en peine, devant le portail.

La remarque déconcerta tout le monde. « Que se passe-t-il, alors ?

— La porte de l'église est peut-être restée ouverte », suggéra quelqu'un.

Daniel Robins s'élança en éclaireur sous le porche. « Verrouillée !

— En ce cas, ce doit être Joe qui sonne les cloches, conclut Jeremy. Mais à quoi joue-t-il ? »

Les cloches, justement, s'étaient tues.

« C'est le diable en personne ! » prophétisa le vieux Garrow, en pesant de tout son poids sur sa canne. L'ascension l'avait exténué.

« Joe ? appela Polly à tue-tête. Alvin ? Vous êtes là ?

— Peut-être se sont-ils enfermés sans le faire exprès ? hasarda Martha. C'est bien le genre de choses dont sont capables les garçons.

— Et si on dressait une échelle ? suggéra un villageois.

— Hardi, mon gars ! » lança un autre.

Un cri fit taire les palabres. Quelqu'un venait d'apercevoir une silhouette tout en haut du clocher. Un homme, dont le bas du visage était masqué par un tissu. Un murmure se propagea dans la petite assemblée.

« C'est Alvin ! s'écria Polly.

— Dieu du ciel ! s'exclama Demelza Trevarrick. Il ne va tout de même pas faire ça ! »

Un hoquet collectif secoua la foule. Ce n'était pas sorcier de comprendre ce que la romancière suggérait. Plus tard, confortablement installée à une table du Petrel Inn, Demelza raconterait sur le ton de la confidence comment le fin mot de l'histoire s'était tout de suite imposé à elle : le vicaire, meurtri par l'infidélité de son épouse, avait confronté l'amant dans le clocher. Ils en étaient venus aux mains. Comme le jeune intrus n'avait pas voulu s'en faire remontrer, un coup de poing du cocu l'avait finalement projeté à la renverse contre l'antique balustre, qui avait cédé ; le malheureux n'avait pu que se rattraper de justesse à une des cordes, et la cloche avait répercuté sa détresse jusque dans le village. Mais le vicaire avait maintenant une longueur d'avance sur son rival. D'un coup de canif opportunément à portée de main, il avait tranché la corde, et le suborneur avait dégringolé vers son trépas. Quand les cloches s'étaient tues, le mari bafoué, incapable de faire face aux conséquences de son geste, et désormais en quête du salut de son âme, s'était élancé tout en haut de la tour, sur le chemin de ronde. Un bond, et il s'affranchirait des limites terrestres, s'élèverait en flèche au-dessus du jardin de l'église, côtoierait – brièvement, du moins – les goélands, avant que l'implacable loi de la gravité ne le précipite au-devant de sa mort, sous les yeux de sa congrégation.

Ce serait là un sermon sur la fragilité de la vie que personne ne serait près d'oublier.

Mais les fantasmes de Demelza furent de courte durée. Tout en haut du clocher était apparue une deuxième silhouette. Joe, le bas de son visage également masqué par un lambeau d'habit clérical, vint poser une main sur l'épaule du vicaire.

« Pouvez-vous nous entendre ? » s'époumona Hocking.

Une onde d'impatience fit bruire la foule. Si tout ce cirque n'était qu'un prétexte pour délivrer quelque sermon – merci bien. On n'était pas dimanche, et personne n'avait de temps pour les prières.

« Écoutez, s'il vous plaît, cria Joe à son tour, et le silence se fit. Nous avons ici, avec nous, une femme qui est morte la nuit dernière. Elle s'appelait Janie Coverdale. C'était une de mes amies. Elle a succombé à la grippe. »

La nouvelle provoqua un autre hoquet.

« La voiture garée devant le jardin de l'église est la sienne. »

Une preuve, donc, s'il en fallait encore une. Un brouhaha se mit à gronder au pied du clocher.

« S'il vous plaît. S'il vous plaît… » Joe laissa patiemment la confusion se résorber avant de poursuivre. « Le révérend et moi-même avons passé la nuit au chevet de mon amie, et nous étions à ses côtés lorsqu'elle est partie. Hier, à cette heure-ci, Janie Coverdale était en forme et en bonne santé. Ce matin, elle est morte. » Joe se redressa de toute sa hauteur. « Je n'ai jamais rien vu d'aussi foudroyant. Prenez garde : d'autres viendront chercher refuge ici. Les gens vont fuir les villes, et ce dès à présent. Ils vont sauter dans leur voiture, se procurer autant d'essence qu'ils le pourront, et ils fonceront, le plus loin possible, jusqu'à ce qu'ils n'aient plus une goutte dans leur réservoir, ni de route devant eux. Il suffira qu'une personne infectée, une seule, arrive jusqu'ici, et la moitié d'entre nous pourrait n'être plus de ce monde d'ici la fin de la semaine. »

L'auditoire continuait de s'étoffer. Quelques retardataires accouraient encore vers l'église.

« Vous devez condamner la route ! cria Joe.

— On pourrait la barrer avec un portail à bestiaux, proposa Moses Penhallow.

— Bonne idée ! » approuva Joe en contemplant la mer de visages familiers en contrebas. Joe pouvait voir à son expression combien Polly était dévorée d'inquiétude. « Le révérend Hocking et moi-même pourrions n'être plus là dans deux jours. Nous sommes tous les deux contaminés. »

Un silence de mort engloutit l'auditoire.

« Il vous faut un portail résistant. Et très haut. Sinon, les gens l'escaladeront. Et s'il n'est pas assez solide, ils le briseront. Nous parlons ici de populations aux abois et prêtes à tout. Terrifiées. Affamées. Bloquez également le port. Et tous les sentiers de randonnée sur les falaises. »

Le brouhaha grossit.

« Allez-y, cria Joe. Allez-y ! » Il passa un bras autour des épaules du vicaire.

« Allez-y », répéta Hocking en chassant ses ouailles d'un geste.

Puis les deux hommes disparurent derrière les crénelures.

# 22

# Tous les ingrédients d'un cataclysme

« Dans combien de temps serons-nous fixés ? demanda Hocking.

— C'est variable selon le virus, répondit Joe. Généralement, c'est un cycle d'environ trois jours. Les symptômes se manifestent quarante-huit heures après la contamination, et on devient contagieux. Ensuite, tout dépend de la souche de grippe.

— Comment savez-vous tous ces trucs ?

— Cela faisait partie de mon travail. » Que c'était loin, tout ça – se terrer dans la pénombre dans les marges d'une salle de marché, pianoter toute la journée sur son clavier pour entrer des chiffres dans le système. Une douleur se réveilla subitement.

« Donc, pour l'instant, nous ne sommes pas vraiment contagieux ? »

Ciao ciao, Janie Coverdale. Ciao ciao, Harriet Adlam.Ciao ciao, Colin Helms. Joe s'efforça de se concentrer sur le présent. « Probablement pas, mais mieux vaut ne prendre aucun risque. Qui sait à quelle rapidité cette souche travaille…

— Si seulement je pouvais parler à Polly… »

Il n'y avait pas grand-chose à faire pour s'occuper. « Nous n'avons qu'un seul lit », observa Alvin Hocking. Ils en improvisèrent donc un deuxième, en superposant des sacs de pois chiches, des morceaux de carton et de papier bulle. Mais il n'y avait pas la place de l'installer dans la chambrette.

« Je dormirai sur le palier », décréta Joe. Il isola sa nouvelle couche derrière une cloison de marchandises. C'était presque douillet. Assis sur un empilement de cartons face à une ouverture, Joe contempla les toits et, par-delà, en contrebas, le quai, telle une ligne de partage entre les pavés et l'océan. Comment allaient-ils s'y prendre pour bloquer l'entrée du port ? se demanda-t-il. Était-ce seulement possible ?

Un bruit impérieux l'arracha à ses questions : la sonnerie d'un téléphone portable. Joe se releva d'un bond. « Vous avez un téléphone ? »

Hocking secoua la tête. « Il n'y a pas de réseau, à Saint-Piran.

— Il y en a… ici, sur la colline. » Joe entreprit de localiser la sonnerie, qui se tut, mais reprit aussitôt. « Là ! » Dans la veste de Janie, par terre. Joe se précipita.

« Allô ? »

À l'autre bout, la voix paraissait distante d'un millier de kilomètres. Une voix caverneuse, sans timbre ; un écho, saturé d'électricité statique, péniblement arraché à de vieux poumons malades. « Puis-je parler à Janie ?

— Monsieur Kaufmann ?

— Joe ? »

Il annonça la mauvaise nouvelle, sans prendre de gants. « Janie est morte, monsieur Kaufmann. » Comment le dire autrement ? Joe sentait la mort de Janie prendre possession de l'espace autour de lui comme une vapeur maligne, une tache d'encre noire sur la lumière du matin. Sans qu'il soit besoin de le regarder, il voyait le corps froid, allongé dans son linceul de fortune à même le plancher, à côté des cloches, à deux pas de lui.

Kaufmann ne disait rien. Avait-il entendu ? Sans doute. Joe attendit.

« Et vous, vous allez bien ? demanda enfin le vieux banquier.

— Je crois… » Un autre long silence. « Pouvez-vous prévenir les gens ? Sa famille ?

— Bien sûr.

— Pouvez-vous… le dire à tout le monde, au cinquième ? Leur dire combien elle a été courageuse ?

— Je n'y manquerai pas. » Kaufmann respirait bruyamment. « Personne n'ira au bureau, aujourd'hui. J'ai demandé à tous nos employés de rester chez eux. Ça pourrait durer des semaines. Nous avons été durement frappés, Joe. Nous avons déjà perdu cinq des nôtres. »

Cinq ? Joe n'osa pas poser de questions. Il ne tenait pas à connaître les noms des autres victimes. « Et vous, monsieur ?

— Ça va aller pour moi, Joe. Je suis en famille, dans un endroit où nous ne risquerons rien.

— C'est bien.

— Avez-vous entendu les nouvelles, Joe ? Ils ont dit que ce virus est identique à celui de la grippe espagnole, en 1918. On sait donc comment il agit. » Kaufmann toussa bruyamment. « On sait par exemple qu'elle emportait des jeunes gens en bonne santé, et épargnait les personnes âgées. »

Joe se sentit pris de vertige. Allait-il mourir lui aussi ? « Tous les ingrédients d'un cataclysme sont réunis, dit-il Exactement comme vous le redoutiez. Une épidémie de grippe et une pénurie de pétrole en même temps.

— Ce cataclysme n'est pas fortuit, Joe, observa Kaufmann. C'est une guerre.

— Une guerre ?

— Bien sûr. Des nations essayaient de recréer le virus de la grippe espagnole depuis un certain temps déjà. Ne vous l'avais-je pas dit ?

— Peut-être, monsieur. Je ne m'en souviens pas.

— L'idée ne date pas d'hier. Il y a quelques années, des scientifiques américains ont exhumé, en Alaska, le corps d'une victime de l'épidémie de 1918. Une femme enterrée dans le permafrost. Ils l'ont baptisée Lucy. Ils ont réussi à extraire le virus de la grippe de ses poumons, et savez-vous ce qu'ils ont fait ? Ils n'ont rien trouvé de mieux que de publier la séquence du génome sur Internet. » Kaufmann renifla. « Après ça, ce n'était qu'une question de temps pour assister à une nouvelle épidémie. Vous saviez qu'il y a très peu de différence entre le virus de 1918 et ceux auxquels nous sommes confrontés chaque année ? À peine vingt-cinq paires de base d'ADN. C'est tout. »

Joe n'arrivait plus à réfléchir. Il voulait que cette conversation se termine. « Vous pensez que quelqu'un a… recréé ce virus ?

— Et vous, Joe, qu'en pensez-vous ?

— Monsieur, Janie est morte. Demain, je serai malade à mon tour. Dans deux jours, je pourrais être mort moi aussi. Je ne sais plus trop si j'en ai encore quelque chose à fiche.

— Je comprends. » Le silence se fit sur la ligne. « Vous me tiendrez au courant, Joe ?

— Si je le peux.

— Bonne chance.

— Merci, monsieur. »

Hocking se tenait à deux pas de lui, et l'observait. Joe lui tendit le téléphone. « Voulez-vous appeler Polly ? »

Le vicaire acquiesça.

« Faites-le maintenant. La batterie est presque à plat. » Alors que le vicaire composait le numéro, Joe s'engagea dans l'escalier, qu'il descendit sans se presser. Hocking parlait à voix basse ; Joe ne percevait qu'un murmure, des sons diffus, comme ceux d'une conversation en fond sonore dans un bar. À un moment, il lui sembla que le ton montait – « Non ! Non… » Joe hâta le pas jusqu'au rez-de-chaussée.

Il y avait une tâche à laquelle il pourrait s'atteler, se dit-il. Il avait prévu de faire un inventaire. Pourquoi attendre ? S'il dénichait un stylo, il pourrait dresser une liste exhaustive et détaillée de leurs stocks. Il s'assit sur un carton, mais échoua à mobiliser le moindre enthousiasme. Il vivait peut-être ses derniers jours. Était-il destiné à les passer emprisonné dans une tour, tel un fantôme ? Il pourrait s'en aller, là, tout de suite, il pourrait gravir la colline, grimper sur les falaises – qui l'en empêcherait ? Il ne croiserait probablement pas âme qui vive. Il pourrait trouver refuge dans une grotte. Ou courir jusqu'au port, sauter dans le bateau de Mallory et prendre le large. Il pourrait se laisser dériver, et qui sait ? Peut-être l'océan rejetterait-il son corps, nu, sur quelque plage d'Hawaï. Une autre plage. Une autre aventure. Ça cadrerait bien avec toute l'histoire, se dit-il.

Mais il ne fit rien d'autre qu'attendre que la conversation de Hocking se termine. En essayant de ne pas penser à Polly.

Ils déjeunèrent d'une terrine de jambon et de pommes de terre en conserve froides. Ne disposant d'aucun moyen de faire bouillir de l'eau, ils ouvrirent des bocaux de fruits pour en boire le jus. Et il y avait toujours le cognac.

Au fur et à mesure que la journée avançait, les facettes moins tolérantes de la personnalité de Hocking commencèrent à remonter à la surface.

« D'une certaine façon, assena-t-il, tout ça est votre faute. » Ils étaient affalés à même le plancher, cernés de cartons.

« Ma faute ?

— Oui. Si vous ne vous étiez pas précipité à Saint-Piran, nous ne serions pas confinés ici. »

C'était sans doute vrai, convint Joe. Et, à l'heure où un homme regarde la mort dans les yeux, le reproche était de bonne guerre. S'il n'avait pas paniqué au moment où le marché paraissait résolu à les détruire, si Janie ne leur avait pas dit de rédiger leur testament, si Julian McEvan ne l'avait pas menacé, si son nom n'avait pas été tiré au sort, s'il n'y avait pas eu en face de lui ce mur de visages hostiles, ces regards terrorisés…

« Si vous aviez eu le courage de faire demi-tour et de rentrer chez vous, insista le vicaire. Si vous aviez eu le bon sens… »

Malgré ses efforts pour l'ignorer, Joe devait admettre qu'on gelait, dans le clocher. Le vent qui s'engouffrait par les ouvertures se faufilait jusque dans les moindres recoins. Le froid peut rendre un homme intolérant, se dit-il.

« D'ailleurs, maintenant que j'y pense, qu'est-ce qui vous a pris d'amener votre amie à l'église ? Quelle folie ! Vous auriez dû l'éloigner du village ! »

Soit, ils n'auraient sûrement pas eu assez d'essence pour atteindre ne serait-ce que Treadangel.

« Vous savez quel est le problème, avec les gens comme vous ? »

Qui étaient les gens comme lui ? Les jeunes gens en général ? Les jeunes hommes ? Les jeunes hommes volages qui possèdent trop d'argent, et trop peu de bon sens ? « Peut-être bien, répondit-il. Oui, je sais quel est le problème avec les gens comme moi. »

Il avait consulté un médecin, de Wimpole Street – une femme qui arborait, avec un faux bronzage, de vrais bijoux et une paire de demi-lunes en sautoir. Le Dr Marcia Brodie. Elle exagérait chacune de ses expressions. « Bonjouuur, jeune Joe, lançait-elle lorsqu'il franchissait la porte du cabinet, et les muscles de son visage sculptaient aussitôt un air de ravissement.

Qu'avons-nous là ? » s'interrogeait-elle d'un ton de mauvais augure tout en scrutant les pupilles de son patient à l'ophtalmoscope. Marcia Brodie était la psychologue appointée par la banque pour veiller à la santé physique et mentale de son personnel – enfin, à ce qu'on disait. Deux fois par an, elle recevait chaque employé, dans un bureau du neuvième étage. Elle prenait la tension, mesurait le rythme cardiaque, surveillait le cholestérol, posait des questions pénétrantes, auscultait les yeux et les oreilles, et le patient avait tout loisir de suivre le déroulé de la consultation en direct, sur ce visage merveilleusement cinétique.

« Je voudrais que vous veniez me consulter à la clinique, dit-elle à Joe, une année, en lui tendant une carte. Appelez ce numéro, et prenez rendez-vous. La banque paiera. »

Joe obtempéra, et se retrouva quelques jours plus tard dans une salle de consultation en sous-sol, avec du parquet et du faux mobilier de style. Le Dr Brodie le fit allonger, torse nu, sur une table d'examen froide. Elle le palpa de ses mains froides, puis posa un stéthoscope froid sur sa poitrine. La médecine est une discipline froide, songea Joe.

« Inspirez, demanda le Dr Brodie en faisait tressaillir ses sourcils. Expirez. Inspirez. Expirez. »

Plus tard, pendant qu'il renfilait sa chemise, elle lui signala qu'il avait une tension élevée. « Êtes-vous sous pression ? » lui demanda-t-elle.

Je travaille dans la salle de marché d'une banque d'affaires, aurait-il pu lui répondre, mais elle le savait déjà. « C'est possible.

— En ce cas, on va devoir régler ça. Savez-vous quel est le problème, avec les gens comme vous ? Vous gérez mal le stress. »

« Savez-vous quel est le problème, avec les gens comme vous ? Vous pensez tout savoir, tout connaître. » Hocking s'énervait. « Vous êtes convaincu, parce que vous gagnez des montagnes d'argent et conduisez un bolide, que vous n'avez plus rien à apprendre. Eh bien, vous vous trompez. »

Le Dr Brodie lui avait prescrit des cachets, et montré quelques techniques de respiration. Son père lui avait conseillé de fixer l'horizon et de compter.

« Je gère mal le stress, dit Joe. Voilà le problème, avec les gens comme moi. C'est une experte qui me l'a dit. »

Le vicaire le dévisagea, interloqué. Ce n'était pas la réponse qu'il attendait. « Et c'est ça, votre excuse ?

— C'est la seule que j'aie. » Et c'était vrai. Mais comment des chiffres sur un écran pouvaient-ils le mettre dans de tels états quand la mort d'une amie, et la perspective de la sienne, paraissaient le laisser profondément calme ? « Je connais quelques exercices de respiration très efficaces quand on est sous pression, ajouta-t-il. Voudriez vous que je vous montre ?

— Non merci. » La réponse sonna comme une fin de non-recevoir. Le mari de Polly semblait pourtant en avoir plus besoin que lui.

Une heure plus tard, Hocking était de nouveau contrit. « Excusez-moi. Je n'avais pas l'intention de vous accabler. Rien de tout ça n'est votre faute.

— Merci.

— Me pardonnerez-vous ?

— Naturellement. »

Aucun symptôme pour l'instant, songea Joe en s'allongeant le soir venu sur son lit de fortune. Pas de température, pas de toux, pas de glaires.

Des chauves-souris nichaient sous la charpente du clocher ; à la nuit tombée, elles prirent leur envol. Le tableau est décidément complet, pensa Joe en observant des éclats de lune danser au plafond à chaque battement d'ailes.

Immobile, il écouta les battements de son cœur, amplifiés sous la couverture en papier bulle. Diffusaient-ils insidieusement le virus dans son système sanguin ? Un invisible régiment de forces malignes, un ennemi programmé pour le tuer. Allait-il mourir ?

Il dormait lorsque Janie avait rendu son dernier souffle. Que d'un œil, c'est vrai, mais il dormait, allongé à côté d'elle. Une bonne heure durant, il l'avait sentie trembler, transpirer, grelotter et ferrailler contre les démons qui voulaient l'anéantir.

Quand, ensuite, elle avait semblé se détendre, Joe s'était imaginé qu'elle était en voie de guérison. Erreur – le corps renonçait à combattre. C'est à ce moment-là qu'il s'était endormi. S'il avait lutté contre le sommeil, Janie serait-elle encore en vie ? C'était une pensée idiote, il le savait, mais il ne pouvait s'en défendre. Cela lui rappela un adage paternel. « Sais-tu comment tu dois faire, pour vivre éternellement ? demandait Pappa Mikkel, un sourire taquin affleurant sous sa barbe. Tu n'oublies jamais de respirer, et le tour est joué. » La nuit précédente, Janie avait oublié. Comment cela était même possible ? Mais à ce jeu, la mort triche, songea Joe. Elle vient nous cueillir dans notre sommeil.

Une chauve-souris le frôla ; il devina son mouvement d'ailes au courant d'air qui lui fouetta le visage. Il tira la couverture par-dessus sa tête.

La mort n'était pas pour lui une inconnue. Plus maintenant. Il l'avait vue, là-bas dans la baie, quand il était paralysé de froid, déchiré d'angoisse, écartelé entre les regrets et la culpabilité. Elle était là, embusquée dans ces eaux sombres, patiente. Son moment viendrait. La baleine l'avait sauvé, poussé vers le rivage sur une vague d'étrave et déposé sain et sauf sur le sable. Et alors ? La mort se moquait bien qu'il périsse noyé dans des eaux noir d'encre, ou fracassé contre des rochers, ou bien encore qu'il rende son dernier soupir dans un clocher. Joe se sentit lentement défaillir, écrasé par le poids de cette pensée, et l'acceptation brutale de sa propre fragilité.

De l'autre côté du mur, il entendait Alvin Hocking prier.

# 23

# Plus de courant, plus de téléphone

Il se raconte que les chauves-souris qui vivent dans les églises à l'abandon sont chacune l'âme d'un défunt empêtrée entre ce monde et l'au-delà ; que lorsqu'elles s'envolent de leur perchoir au coucher du soleil, c'est pour aller déposer une requête d'admission au royaume des cieux ; que seules celles qui se sont vu éconduire reviennent à l'aube. Certains prétendent que les chauves-souris sont les esprits des victimes de l'épidémie, car elles furent très nombreuses.

Mais pas à Saint-Piran.

Les Magwith démontèrent un de leurs portails de pâture pour le dresser tout en haut de la route. Bevis Magwith fournit même une chaîne et un cadenas et, le premier jour, un de ses frères resta en faction pour ne concéder le passage qu'à ceux qu'il connaissait, ou dont il pouvait se porter garant. Le système cependant souffrait de quelques imperfections. Quand, à l'heure de la traite, le jeune Corin Magwith déserta son poste pendant vingt minutes pour aider à remiser les vaches, Aminata Chikelu et Elizabeth Bartle restèrent à poireauter derrière le portail, sans pouvoir rentrer chez elles.

« On va devoir faire une clé pour chaque villageois », se plaignit Aileen Magwith.

Une solution se profila le lendemain. Jeremy Melon proposa un cadenas avec combinaison. « Il suffit de poser une affichette indiquant le code juste avant le portail à l'intention des automobilistes qui quittent le village. Au retour, eux seuls pourront le franchir, puisque aucun étranger ne connaîtra le code. »

Ce système fonctionna tout le deuxième jour mais, en pratique, rares furent ceux à se risquer sur la route. La plupart des villageois, même ceux qui d'ordinaire l'empruntaient quotidiennement pour aller travailler, restèrent chez eux. De toute façon, les écoles et les lycées du comté avaient été fermés jusqu'à nouvel ordre, à titre préventif. Benny Restorick s'en retourna après avoir cherché en vain de l'essence. « Il n'y en a plus nulle part, raconta-t-il à qui voulait l'écouter, et la nouvelle ne tarda pas à faire le tour du village. Toutes les stations-service entre ici et Plymouth sont fermées. J'ai fait quatre heures de queue à une pompe, à Redruth, et ils ne distribuaient que deux litres par client. Deux litres ! Et ils se sont trouvés à sec avant que vienne mon tour. »

Le deuxième jour, peu avant l'aube, toutes les lumières s'éteignirent. Aucun radio-réveil ne sonna. Les bouilloires refusaient de fonctionner. À l'heure du petit-déjeuner, Demelza Trevarrick se présenta devant l'épicerie de Jessie Higgs, un gin tonic à la main.

« Eh bien quoi ? Il faut bien boire quelque chose. »

Personne, dans le village, n'avait de gaz pour cuisiner ou se chauffer ; Saint-Piran n'était pas relié au réseau. Mais Jacob Anderssen, au Petrel Inn, avait un réchaud de camping, qu'il sortit pour préparer des fontaines de café et de thé. Une queue ne tarda pas à se former le long du quai. L'eau ne bouillait pas assez vite pour étancher la soif de toute une communauté.

« Combien de temps cela va-t-il durer ? demanda Demelza en observant la file s'allonger.

— Nous avons déjà eu des coupures de courant, par le passé, dit Moses Penhallow. Quand j'étais jeune, on en avait une par semaine.

— Oui, mais s'agit-il juste d'une coupure ? s'interrogea Demelza.

— Selon moi, ils rationnent l'électricité, intervint Jeremy. Peut-être pendant deux ou trois heures.

— Deux ou trois heures ? s'alarma quelqu'un. J'ai ma lessive à faire, moi ! »

En fin d'après-midi, l'électricité n'était pas revenue. Un groupe de villageois s'attardait encore devant l'auberge, et Jacob servait des boissons chaudes à tour de bras. « On devrait faire un saut là-haut, et rafler quelques-unes des soupes de Joe, suggéra Kenny Kennet, ce qui lui valut de s'attirer les foudres de certains.

— Personne n'entre ou sort de ce clocher avant qu'ils ne soient tous les deux tirés d'affaire », décréta le Dr Books, qui se trouvait là lui aussi, à siroter un whisky soda.

*Avant qu'ils ne soient tous les deux morts, oui.* Voilà plutôt la pensée qui était sans doute dans bien des esprits.

« Que ceux qui prenaient le jeune Joe Haak pour un fou lèvent la main, lança Martha Fishburne, en incorrigible maîtresse d'école. Vous avez bonne mine, de soupirer maintenant après ses soupes. »

Polly Hocking descendit du presbytère. « Du nouveau ? s'enquit Jeremy.

— Rien », répondit-elle. Elle avait les traits tirés.

« Quelqu'un devrait appeler la compagnie d'électricité, suggéra Hedra Penhallow. C'est pas normal.

— Les téléphones sont coupés eux aussi, l'informa Jessie Higgs. J'ai essayé d'appeler la laiterie, ce matin, mais aucune tonalité. » Un fait aussitôt confirmé par plusieurs dizaines de ses coadministrés.

« Bon, je n'ai pas vu beaucoup de mains se lever, railla Martha. Plus de courant, plus de téléphone. Vous allez voir que, bientôt, on n'aura plus d'eau non plus.

— Il paraît que la grippe est arrivée à Plymouth, dit Benny Restorick. Et aussi à Redruth et à Truro.

— Et Penzance ? Et Treadangel ? demanda quelqu'un.

— J'en sais rien, mais ça ne va plus tarder.

— Nous devrions éviter les allées et venues, trancha Mallory Books. Et ne plus bouger d'ici jusqu'à ce que l'épidémie soit terminée.

— Sans essence, on ne risque pas d'aller bien loin », fit valoir Benny.

Daniel et Samuel Robins rentrèrent au port avec une pleine caisse de poisson – du colin, du lieu jaune et une douzaine de crabes. Les sœurs Bartle entreprirent de les vider et de trancher les têtes ; Jacob et Romer Anderssen sortirent des poêles pour les faire frire. « Au point où on en est, allez frapper aux portes et annoncez à tout le monde que, ce soir, on dîne gratis, dit Jacob à Thomas Horsmith et Benny Shauncssy.

— Mais on ne boit pas gratis », précisa Romer.

Il avait suffi d'une demi-heure pour transformer la crise en kermesse. Le vieux Garrow s'éclipsa et rapporta de chez lui un accordéon. Kenny sortit un fifre d'un de ses sacs, et bientôt retentirent les premiers accords d'une chanson de marin. Aminata, qui la connaissait, s'installa entre les deux musiciens pour chanter. Le poisson rissolait, les pieds battaient la mesure, le cidre et la bière blonde coulaient à flots, et une douce brise d'automne soufflait du large. Moses et Hedra allumaient des bougies, Charity et Casey se tenaient enlacés, Martha dansait avec Ronnie, Demelza allumait une cigarette française, et Kenny, quand il ne soufflait pas dans son fifre, chuchotait à l'oreille d'Elizabeth Bartle. Des enfants galopaient, des femmes cancanaient, des hommes se racontaient leurs histoires ; un caniche, truffe au ras du sol, chassait des têtes de poissons ; la grosse voix de Jacob, affairé aux fourneaux, dominait le brouhaha tandis que des familles entières affluaient en direction du port avec des chaises et des tables pliantes. On aurait pu croire à une fête de jubilé, ou de couronnement ; il ne manquait que les drapeaux et les banderoles, les souvenirs de pacotille fabriqués pour la circonstance et le gâteau. Et si, alors que la soirée se poursuivait au son ininterrompu des flonflons, une silhouette solitaire désertait discrètement les festivités, rasait les poches d'ombre de Harbour Hill puis bifurquait à l'insu des regards dans Fish Street, qui l'aurait remarquée ? Et si cette silhouette resserrait autour d'elle les pans d'un manteau, chassait de côté une mèche rebelle et contemplait la silhouette grise de l'église romane, n'était-ce pas dans l'ordre des choses ? « Certains pleurent pendant que d'autres dansent », comme disait souvent Martha. Tout le monde n'était pas d'humeur à taper du pied.

« Polly ? » Une personne, au moins, l'avait vue s'éclipser de la fête. « Veux-tu que je te raccompagne ? »

Polly se retourna. L'infirmière avait déjà revêtu son uniforme. « Aminata ?

— As-tu envie d'un peu de compagnie ? » Aminata glissa d'autorité la main au creux du bras de la jeune femme.

« Ça va, je t'assure. Je crois que j'ai besoin d'être seule.

— Tu sais, au Sénégal, il y a un proverbe qui dit, "La solitude, ce n'est jamais bon. Mais si tu ne peux pas faire autrement, alors partage-la au moins avec un ami." »

« Un village ne se résume pas à une rangée de maisons, disait volontiers Martha Fishburne. C'est un réseau de liens. » Dans une autre vie, Joe aurait pu modéliser ces connexions sur son ordinateur. L'infirmière en charge des gardes de nuit est liée à la jeune femme par l'amitié ; la jeune femme est mariée au vicaire ; le vicaire est enfermé dans un clocher avec l'analyste financier ; l'analyste écoute le vicaire qui prie. Tirez sur un cordon à une extrémité de ce réseau, et c'est tout le village qui répondra. C'était en vertu de ça qu'une centaine de personnes avaient réussi à sauver une baleine. Et qu'une promenade vespérale bras dessus, bras dessous jusqu'au sommet de la colline importait autant.

Au matin du troisième jour, l'électricité n'était toujours pas revenue, l'humeur festive avait fait long feu et un nouveau problème menaçait de perturber la vie de la communauté. Quand Martha Fishburne avait ouvert le robinet de sa salle de bains, seul en avait coulé l'écho caverneux de tuyaux vides. Elle s'était ruée dehors, et était tombée sur Jordy, le mari de Jessie Higgs, maître d'équipage dans la marine de Sa Majesté.

« Bosco ! Tu es revenu ?

— Permission forcée. On nous a tous renvoyés à terre, pour donner un coup de main au plan d'urgence nationale.

— C'est comme ça qu'ils l'appellent ? Une urgence nationale ?

— Il semblerait. » Le bosco Jordy Higgs était un jeune homme au visage carré, buriné et aussi rouge qu'un steak cru.

« Eh bien, j'ai moi-même une urgence nationale, annonça Martha. Je n'ai plus d'eau.

— Personne n'en a. Bevis et les garçons sont partis à la station de pompage, pour voir si on peut réparer. » Son haussement d'épaules laissa peu de doute quant à la futilité, selon lui, de cette mission de reconnaissance.

« Comment vais-je faire pour me laver ? Comment allons-nous tous faire ?

— Dans la mer ? » suggéra Higgs.

Mallory Books, revêtu d'un pardessus, des couvertures sous un bras et une bonbonne d'eau de cinq litres à la main, grimpa jusqu'à l'église et alla frapper à la porte du clocher.

« Ils ne répondent jamais », dit une voix dans son dos. C'était Polly, assise sur un banc, seule.

« Ils sont sans doute tout en haut.

— Oui, sans doute. C'est pour ça qu'ils n'entendent pas.

— As-tu essayé de les appeler ?

— Oui, sans résultat. »

Le vieux médecin alla coller un œil contre la serrure. Il n'y avait rien à voir, sinon des cartons. « Joe ! cria-t-il. Si vous êtes là, écoutez-moi bien ! »

Le clocher demeura silencieux.

« Joe, je dépose des couvertures à côté de la porte. Le temps qu'on sorte de l'église, et vous pourrez descendre les chercher d'ici quelques minutes. » Il fit signe à Polly d'approcher. « Je laisse également une bonbonne d'eau, cria-t-il. Joe, j'ai besoin de savoir si vous m'entendez. Si vous m'entendez, s'il vous plaît, sonnez la cloche une fois. »

Un autre silence, interminable.

« Joe ! insista Mallory. Sonnez la cloche pour moi ! »

Encore un long silence. Et puis, un tintement anémique.

« C'est bien, mon garçon. Maintenant, ouvrez grand vos oreilles. Vous aurez besoin des couvertures. Restez bien au chaud, et hydratez-vous le plus possible. Vous m'entendez, Joe ? Vous resterez contagieux pendant au moins une semaine après la disparition des symptômes. Accordez-vous huit ou neuf jours, ce sera plus sûr. Installez-vous confortablement. Polly et moi, nous vous apporterons de l'eau, chaque jour à cette heure-ci, que nous déposerons ici, à la porte. Nous vous apporterons aussi des vêtements propres. Assurez-vous que l'église est vide avant de descendre les chercher. Vous m'entendez, Joe ? »

Un second tintement, guère plus gaillard.

Mallory se redressa et regarda Polly. « Tu as entendu ? »

Elle hocha la tête.

« Je devrais lui noter tout ça, j'ai peur qu'il oublie. » Mallory disparut dans la sacristie et en revint avec un stylo et du papier. Lorsqu'il eut terminé de coucher ses instructions noir sur blanc, il glissa soigneusement la feuille dans une enveloppe, qu'il déposa sur les couvertures. « Allons, viens, mon petit. » Il prit Polly par la main puis ils quittèrent l'église, en verrouillant la porte derrière eux.

# 24

# Pâte de curry, quarante-huit fois cent

C'était une façon de surmonter la situation. Et de se réchauffer car il faisait sacrément frisquet dans le clocher. Joe s'activait, déplaçait des cartons ; il s'était lancé dans son inventaire. Alvin, emberlificoté dans ses atours cléricaux, le regardait faire en recrachant des nuages de condensation. « J'espère que vous n'allez pas me demander de vous aider. J'ai un problème de dos, avait-il annoncé d'emblée.

— Je fais ça uniquement pour rester actif », expliqua Joe. Il déplaçait des cartons d'une pile sur une autre, et notait au fur et à mesure le contenu de chacune sur sa liste. « Il faut bien faire quelque chose.

— Nous pourrions prier.

— Merci, mais ça ne tient pas chaud. Du moins, pas de la façon dont moi je le fais.

— Si vous voulez, je pourrais noter, proposa Alvin en tendant la main vers le papier et le stylo.

— Avec plaisir. » Joe reprit l'inventaire oralement. « Douze bocaux de 560 grammes de betteraves en tranches.

— Betterave. Douze fois 560, répéta le vicaire tout en écrivant.

— Douze soupes de légumes. 400 grammes.

— Soupes de légumes. Douze fois 400 grammes. »

Il y avait trois mille huit cents articles à inventorier. Cela allait prendre un certain temps.

« Ils ne vous ont pas donné des tickets de caisse ? demanda Alvin. Tout doit y être noté, sûrement.

— Oui, sans doute. Mais je les ai égarés.

— Égarés ? Comment vous êtes-vous débrouillé ?

— Je les ai jetés, clarifia Joe. Ne me demandez pas pourquoi. » Ces tickets, ça lui avait déplu. C'était une trace matérielle, tous ces chiffres, les prix, les totaux, imprimés noir sur blanc. Il ne parvenait pas à envisager ce garde-manger comme le produit d'une transaction financière. Il ne voulait pas penser à tout l'argent que l'opération avait coûté.

Son nouveau compagnon ne voyait pas son insouciance du même œil. « Vous êtes un imbécile, lui assena Hocking, exaspéré.

— J'en conviens. Je suis un cas désespéré. Cheveux d'ange shirataki, trente-six paquets de 150 grammes.

— Je ne sais même pas comment ça s'écrit.

— Notez simplement cheveux d'ange.

— Je n'arrive pas à me faire à l'idée que vous avez jeté les tickets. » À l'évidence, le révérend maîtrisait mal l'art du lâcher prise. « Jeté ! » Et, d'un geste, il fit mine de se débarrasser d'un papier.

« Vous n'êtes pas obligé de m'aider. » Joe tendit la main pour reprendre la liste.

« Non, non, ça va. Je pense que vous êtes un fieffé crétin. C'est tout. »

Je pourrais te retourner le compliment, songea Joe. « Sirop de maïs, douze flacons d'une pinte.

— Sirop de maïs. Douze pintes. Ça fait combien, en litres ?

— Aucune idée. Est-ce important ?

— Bien sûr. » Hocking était décidément d'une humeur de chien. « Vous ne pouvez pas inventorier certains articles en litres et d'autres en pintes. »

Joe expira très lentement. « Contentez-vous de noter. »

Hocking renifla avec mépris. « Je persiste à penser que cela a une importance.

— Huile de colza première pression à froid. Quatre bidons de deux litres et demi. »

Au bout d'une heure, ils avaient enregistré moins de deux cents articles. « Cela pourrait nous prendre la semaine, se lamenta le vicaire.

— Nous avons toute la semaine devant nous, lui rétorqua Joe.

— Qui aurait pensé que la grippe puisse être aussi meurtrière », s'étonna tout haut Hocking alors qu'ils s'attaquaient à une nouvelle pile de cartons.

Oui, qui – vraiment ? « C'est la maladie la plus mortelle connue à ce jour, répondit Joe, et l'expression d'incrédulité du vicaire lui arracha un sourire. Mais, aujourd'hui, on l'a oublié à force de l'invoquer à tort et à travers. Pour s'octroyer un jour de congé, par exemple. C'est dingue, quand on y pense, non ? Alors qu'on a une peur dingue de maladies comme la fièvre Ebola, la fièvre de Lassa ou le SRAS. Comme certaines souches d'Ebola tuent environ soixante-dix pour cent des malades, alors ça nous terrorise. On les croit plus mortelles parce que la grippe saisonnière ne tue qu'une personne sur mille – pas de quoi fouetter un chat, n'est-ce pas ? Pourtant, la grippe est responsable de sept mille décès chaque année rien qu'en Grande-Bretagne, et trente-six mille aux États-Unis ; un demi-million environ, à l'échelle de la planète. Il n'y a pas beaucoup de maladies infectieuses qui tuent un demi-million de personnes par an. Et le nombre de victimes monte en flèche quand débarque un virus de grippe plus virulent. Disons entre dix et vingt pour cent ? Sans compter que la grippe possède un très gros avantage sur Ebola, ou sur l'anthrax : elle s'attrape bien plus facilement. C'est là le génie de ce virus. Il combine tout au mieux pour accélérer au maximum sa propagation. Il vous suffit de respirer le même air qu'un malade. »

Hocking semblait heurté par l'argumentaire de Joe. « Vous ne devriez pas utiliser un mot tel que *génie*. Et vous ne pouvez pas dire que la grippe a tout *combiné* pour faire ci, ou faire ça. C'est un virus. Il n'est pas capable de calculer quoi que ce soit.

— Peut-être pas dans le sens où vous l'entendez. » Joe aurait bien poursuivi la démonstration, mais rien ne pressait. « Quarante-huit savonnettes.

— Savonnettes. Quarante-huit. »

La discipline qu'impose une tâche répétitive a quelque chose de réconfortant. Elle supprime le besoin de conversation. Une certaine cadence s'installe. Douze conserves de petits pois. Petits pois, douze. Neuf bocaux de marmelade d'ananas. Marmelade d'ananas, neuf.

« Un sachet de vingt-cinq kilos de cacahuètes, lança Joe à tue-tête.

— Pas pour la consommation humaine, lui répondit le vicaire.

— Si, bien sûr.

— Absolument pas. C'est pour nourrir les oiseaux.

— Qui, en possession de toute sa tête, achèterait une telle quantité de cacahuètes uniquement pour nourrir les oiseaux ?

— Je vous le demande…

— Eh bien, dorénavant, elles seront également comestibles pour l'homme, décréta Joe.

— À supposer qu'un homme, vous et moi exceptés, accepte d'y toucher, tempéra Hocking, une note légèrement acide dans la voix.

— Espérons donc qu'ils n'auront pas à en arriver là », trancha Joe, qui aurait préféré clore ce débat.

Le vicaire, quant à lui, ne semblait pas l'entendre de cette oreille. « Avez-vous jamais pris le temps de réfléchir, lorsque vous avez garni votre petite épicerie,… et de vous demander quelle était la quantité annuelle de poissons pêchés, à Saint-Piran ? »

La question le prit de court et réveilla immédiatement cette palpitation familière qu'il ressentait quand, chez Lane Kaufmann, les traders du cinquième étage avaient shorté un titre qui mettait à mal ses analyses en commençant à grimper. Il ne voulait pas entendre la réponse.

« Vingt-quatre tonnes, l'an passé », reprit Hocking. Il se régalait d'avoir désarmé l'adversaire. « Puis-je vous épargner la peine de faire les divisions ?

— Si vous y tenez…

— Soit assez pour nourrir le village. Cela fait presque une demi-livre de poisson frais par personne et par jour. »

Certains jours, chez Lane Kaufmann, tout ce que Joe touchait se transformait en plomb. Les conséquences n'avaient jamais été aussi graves que le dernier jour ; chaque fois, néanmoins, quand les pertes atteignaient des sommes à six chiffres, tous les visages se tournaient vers lui, accusateurs. Comme la fois où il leur avait conseillé de foncer sur le platine. « On ne shorte jamais les métaux précieux », l'avait mis en garde Jonathan Guy, mais les prédictions paraissaient si prometteuses ! « On y va ? lui avait demandé Janie. Tu es sûr de toi ? »

Et parfois, il se produisait l'inverse. « Tu es sûr de toi ? lui avait aussi demandé Janie après qu'il lui avait conseillé de shorter le café. Tu connais la chanson, avec les denrées, mon petit Joe.... » Et lui avait secoué la tête – non, non, Janie, je ne suis sûr de rien. Dans un cas comme dans l'autre, dès qu'une cotation commençait à fluctuer, il sentait le sang ralentir dans ses veines. « Merde, merde, merde, enrageait Janie. Tu aurais dû camper sur tes positions, Joe ! » Ou alors : « Je n'aurais jamais dû t'écouter, Joe. J'aurais dû écouter mes tripes. » On ne pouvait jamais gagner, quand on était analyste.

Une demi-livre de poisson. Concrètement, ça donnait quoi, une demi-livre de poisson ? Il n'arrivait pas à visualiser.

« Pensez à un steak d'une demi-livre, Joe. C'est un repas.

— Ce n'est pas suffisant.

— Et la ferme de Bevis Magwith ? Avez-vous seulement pris le temps de calculer sa production de lait ? Il a soixante vaches, dont quarante laitières. Il m'a dit qu'elles lui donnaient plus de huit hectolitres par jour. Que j'ai transposés en pintes, pour vous, Joe – je sais que ça va vous faire plaisir. À l'échelle du village, cela représente cinq pintes par personne et par jour. »

N'arrêtait-il jamais de penser à tout ? Il songea aux poissons qu'il capturait avec son père dans les hauts-fonds autour de l'île. Frits dans du beurre, les filets fondaient dans la bouche. « Qu'essayez-vous de me dire ?

— Simplement ceci : vous avez dilapidé toutes vos économies pour un stock de nourriture de piètre qualité dont personne n'a vraiment besoin. Vous auriez mieux fait de racheter toute la pêche d'une année. »

« Tout est fonction de la nature humaine, lui avait dit Lew Kaufmann, ce jour-là, sous le regard du moai qui veillait sur lui. Tous les systèmes économiques reposent sur la nature humaine. L'intérêt particulier. Et chaque modèle postule que les êtres humains se comporteront de manière égoïste.

— Pas Cassie, avait rétorqué Joe.

— Ah bon ? » Le vieil homme s'était rencogné dans son fauteuil et avait plissé son front buriné. « Ce n'est pas ce que vous m'avez dit, le jour où vous me l'avez présentée. Vous avez oublié ? Vous m'avez dit qu'elle faisait une moyenne de toutes les prédictions des experts en économie ; or chacun d'eux croit à la religion de l'égoïsme. L'intérêt particulier sera donc forcément inhérent à chaque prédiction.

— Bon, oui, d'accord, avait concédé Joe. Mais ça reste une vision plutôt pessimiste de l'humanité, non ? »

Le vieux banquier avait secoué la tête. « Pas vraiment. L'intérêt particulier n'est finalement rien d'autre que l'instinct de survie, qui est un des traits de caractère les plus positifs que possède le genre humain. Et quand sonnera l'heure de l'effondrement, comptez sur cet instinct pour éclater au grand jour. »

« Douze bocaux de sauce arrabiata », indiqua-t-il à Alvin Hocking, mais il n'avait plus la tête à l'inventaire. Il n'arrêtait pas de penser à cette conversation avec Kaufmann. Ce jour-là, le vieil homme était d'une humeur apocalyptique. « Oui, cette heure venue, l'instinct de survie sera le plus fort. » Une quinte de toux l'avait interrompu, et en voyant les larmes lui venir aux yeux, Joe s'était dit que le banquier en savait peut-être plus sur l'instinct de survie qu'il n'avait pris la peine d'imaginer.

« Sauce arrabiata ? lança Hocking d'un ton pétri de dédain. C'est quoi ce truc ? Qui, à Saint-Piran, a jamais cuisiné avec de la sauce arrabiata ?

— Ça se marie bien avec le poisson », se défendit Joe.

Ils s'accordèrent une pause pour se restaurer : thon et pommes de terre en conserve.

« Comment vous sentez-vous ?

— Ça va. Il est trop tôt pour l'apparition des premiers symptômes, de toute façon. »

Après le déjeuner, Joe grimpa tout en haut du clocher, là où se trouvait le corps de Janie. Il faillit céder à une impulsion et écarter le linceul, juste pour s'assurer qu'elle n'était pas simplement endormie.

« Alvin ? » appela-t-il du haut de l'escalier. Hocking se reposait au troisième niveau.

« Oui ? »

Il faisait un froid de gueux sur la coursive. Joe plongea la main dans les replis du linceul et trouva celle de Janie.

« Oui, Joe ? Qu'y a-t-il ?

— Rien. » Comment sa main avait-elle pu se raidir aussi vite ?

Une demi-livre de poisson. Du lait, du beurre, de la crème, et du fromage. Pouvait-on imaginer meilleure chère ? Le plus extraordinaire repas de sa vie avait consisté en une poêlée de champignons à l'ail, cuisinée sur un feu de camp. Qui avait réellement besoin de pois chiches à la moelle ou de sauce arrabiata ? Cerné par ces tonnes de conserves, avec en bouche le goût tenace des pommes de terre froides et de leur texture molle et gélatineuse, les relents gras et chimiques du thon industriel, la seule pensée de nourritures fraîches, saines, de poisson pêché du jour, de lait encore tiède, tout juste extrait du pis, lui fit l'effet d'un rêve qui n'appartenait pas à ce monde-ci.

« J'ai le sentiment de vous devoir des excuses », annonça Hocking en se matérialisant à ses côtés. Il avait grimpé l'escalier sans un bruit.

« À quel sujet ?

— Je vous ai traité de crétin.

— Peut-être en suis-je un.

— Je ne dis pas le contraire, mais il n'empêche. » Le vicaire posa une main sur le bras du jeune homme. Cette main glissa, se faufila à son tour sous le linceul, et détacha les doigts de Joe de ceux, glacés, de la défunte. « Laissez-la reposer en paix, Joe.

— Je pense… je pense… » bafouilla Joe. Avait-il seulement pensé une fois dans sa vie ? En était-il capable ? « Je pense…

— Tout va bien, Joe. »

Alors pourquoi tremblait-il comme une feuille ? « Je pense que nous devrions l'enterrer.

— Ce serait contrevenir à la loi. Elle ne peut être inhumée sans une enquête préalable. Faites-moi confiance, je connais ces choses-là.

— Que devons-nous faire alors ?

— Déclarer son décès officiellement. Et la faire examiner par un médecin. Un vrai médecin – pas

Mallory Books. Compte tenu des circonstances, la justice fermera les yeux sur notre retard.

— S'il existe encore des lois et une justice. »

Les tremblements de Joe s'apaisaient.

« Il est certaines choses sur lesquelles nous pourrons toujours compter, Joe. Le soleil se lèvera demain, quoi qu'il arrive. Et il existera toujours des lois auxquelles obéir. »

Sans oublier l'intérêt particulier, compléta Joe à part lui.

À part manger, il n'y avait pas grand-chose à faire. « Voulez-vous que nous poursuivions l'inventaire ? » s'enquit Hocking.

Ce fut le tour de Joe de hausser les épaules. « À quoi bon ? Apparemment, on croule déjà sous le poisson. Sans parler du lait, du beurre et de la crème. Y a-t-il des poules, dans le village ?

— Toby Penroth en possède une douzaine. Les Moot et les Shaunessy en ont quelques-unes également.

— Ils ont donc aussi des œufs.

— Il y a aussi la centaine de brebis de Bevis.

— Une centaine ? Combien de kilos de viande ça représente ?

— Je n'en sais trop rien. À vue de nez, je dirais assez pour un fastueux barbecue de village. »

Joe soupira. « Pourquoi personne ne m'a rien dit de tout ça ?

— Ils attendaient probablement que vous le compreniez par vous-même. On n'est pas du genre à poser beaucoup de questions, à Saint-Piran, vous savez. Si un jeune écervelé débarque dans une belle voiture flambant neuve, et se met en tête d'entasser des provisions dans le clocher, pourquoi quelqu'un chercherait-il à l'en dissuader ? Ce n'est pas notre manière de faire.

— Eh bien, je le déplore. »

Ils demeurèrent assis pendant un petit moment, malgré la rigueur du froid, surtout avec ce vent qui s'engouffrait par les ouvertures béantes. « Qu'est-ce que nous fichons là ? demanda Joe après un silence. On attend juste de mourir ?

— Bien sûr que non. Nous nous comportons en personnes responsables. Nous évitons de propager la maladie jusqu'au village.

— Elle l'atteindra quoi qu'il arrive, un jour ou l'autre. Quelqu'un finira par trouver le chemin de Saint-Piran, et alors tout s'enchaînera.

— Vous ne le pensez pas vraiment.

— Je ne sais plus quoi penser. » Joe s'était levé et faisait les cent pas.

« Et si nous ne sauvions qu'une vie – une seule ?

— Je sais.

— Et si c'était Polly ? »

C'est drôle qu'un prénom puisse devenir un instrument de combat. Qu'il ait le pouvoir de nous désarmer, de nous faire trébucher. Le prénom suscita-t-il une réaction de la part de Joe ? Était-ce parce qu'il cherchait un indice qu'Alvin Hocking le dévisageait ?

De quoi ? Il ne l'avait même jamais embrassée !

« Il n'y a rien entre Polly et moi », dit-il, et il regretta aussitôt d'avoir flanché. D'où vient qu'un homme peut se sentir coupable alors qu'il n'a commis aucun crime ?

En réalité, le vicaire n'était nullement en train de le scruter. Il s'était pris la tête entre les mains. « Je sais, dit-il. Polly me l'a dit.

— Elle vous a dit quoi ?

— Qu'il n'y avait rien entre vous. Mais j'ai bien vu la façon dont elle vous regarde. Et dont vous, vous la regardez. Si on laisse tomber du sodium dans de l'eau, on obtient forcément une réaction. Le sodium n'a pas choisi de réagir. Non plus que l'eau. C'est juste la loi de la nature qui prend le dessus.

— Je pensais que vous ne croyiez pas aux lois de la nature ?

— Comment ça ? Parce que je suis un homme d'Église ? Mon cher petit, je suis bien obligé de croire aux lois de la nature. Je crois que Dieu les a créées.

— Et la grippe avec ?

— Ah. » Hocking releva la tête. « Il nous faudrait une semaine pour mener à bien cette conversation.

— Il se trouve que nous disposons justement d'une semaine. » Sauf si nous sommes tous les deux morts dans deux jours.

Au moins, ils ne parlaient plus de Polly. « Dites-moi, Joe, croyez-vous que la nature doive être aussi cruelle ? Ne pensez-vous pas que le monde serait meilleur si Dieu éliminait les prédateurs ?

— Peut-être.

— Nous serions alors envahis par les lapins, les rats et toutes sortes de brouteurs. Il n'y aurait du coup bientôt plus un seul brin d'herbe dans les pâturages, plus de forêts et ce serait le début de la fin.

— Donc jamais le lion ne s'allongera aux côtés de l'agneau, c'est ça ?

— Hormis dans un zoo.

— Et la grippe n'est qu'un prédateur parmi d'autres ?

— Eh bien… n'est-ce pas le cas ?

— Donc, Dieu a créé la grippe par souci d'équilibre ?

— Je n'en sais rien. Mais je sais que la grippe existe, et que, par conséquent, elle doit participer du dessein de Dieu.

— On en revient toujours à la théorie de Leibniz.

— Leibniz ?

— Gottfried Leibniz. C'était un mathématicien, comme moi. C'est plus ou moins à lui que l'on doit les règles de l'arithmétique binaire. J'ai connu un programmeur, autrefois, qui avait son portrait sur son bureau. Le père de notre discipline, aimait-il répéter. Mais Leibniz avait aussi quelques idées bizarres. Comme vous, il pensait que toutes les choses qui, dans ce monde, nous apparaissent comme des désagréments – la grippe, les guêpes, les tremblements de terre, la guerre – n'existent que parce que, sans elles, le monde serait un endroit bien pire. Et Leibniz pensait que nous vivions dans le meilleur des mondes possibles. »

Le vicaire se leva lentement.

« Qu'en pensez-vous, vous ? reprit Joe. Vivons-nous dans le meilleur des mondes possibles ?

— Si votre question est : est-ce que, selon moi, Dieu laissera ce monde courir à sa perte, alors ma réponse est non. Je pense que cette grippe ou ce conflit dans le Golfe ne provoqueront rien d'autre qu'une petite gêne momentanée. Ce qui n'est pas votre avis, naturellement.

— Ah bon ? » Personne n'apprécie de s'entendre dire ce qu'il pense.

« Sinon, à quoi rimerait tout ce cirque ? » Hocking, d'un geste ample, désigna les piles de cartons et de sacs.

« Prédire le futur, c'est comme prédire le temps qu'il fera, expliqua Joe. On ne peut jamais voir très loin. Et même quand on pense en être capable, on n'est pas à l'abri d'une erreur.

— Et vous aviez prédit ceci, n'est-ce pas ? Vous avez vu que Saint-Piran serait frappé par la famine ?

— Non, pas moi. Cassie. Moi, je n'ai rien vu du tout.

— Qui est Cassie ? »

Joe haussa les épaules. « Quelqu'un qui est capable de voir dans le futur. Enfin, un peu. Cela n'a rien de scientifique, Alvin. Ce n'est pas comme le sodium et l'eau. Ce sont juste des conjectures.

— Je vois. » Le vicaire avait enfoncé les mains dans ses poches pour les réchauffer. « Donc tout ça, ce n'est qu'une supposition ?

— Évidemment. » Comment cela pourrait-il être davantage ? « Il y a quatre scénarios possibles, reprit Joe. Faites votre choix. Scénario numéro un, Leibniz a raison : tout ne peut qu'aller de mieux en mieux. Nous roulons dans des voitures de plus en plus rapides, nos assiettes sont toujours plus remplies, nous vivons tous plus longtemps, les femmes embellissent et nous avons tous une vie sexuelle plus épanouie. Scénario numéro deux, Leibniz est à côté de la plaque. Dans ce scénario-là, tout se ralentit et va de mal en pis. Les récoltes sont insuffisantes. Les déserts s'étendent. Les barrières coralliennes meurent. La déforestation s'accélère. Les réserves de pétrole s'épuisent lentement. C'est une longue et lente régression, qui plonge le monde dans la misère, comme dans les années 1930 pendant les tempêtes de poussière. On se retrouve au Moyen Âge. Le scénario numéro trois est moins tranché : pas de grands changements. Nous nous laissons porter au fil de l'eau, sans nous poser de questions, et tout reste plus ou moins en l'état. Enfin, le scénario numéro quatre, celui dont m'a parlé un jour mon ami Lew Kaufmann, et qui depuis me hante. Car une fois qu'on connaît l'existence de ce scénario-là, croyez-moi, on ne peut plus s'arrêter de se poser des questions.

— Il devient une obsession.

— Si vous voulez.

— Et quel est-il ?

— Nous pensons que les systèmes complexes seront éternels, commença Joe mais, sans qu'il sache trop pourquoi, l'image de la baleine venait de s'inviter dans son raisonnement. Vous souvenez-vous de la baleine ? Aviez-vous déjà vu une telle créature de près ? Peut-on concevoir la complexité, le nombre de cellules qui doivent interagir pour qu'un animal de cette taille puisse seulement flotter ? Combien de milliards de cellules composent une baleine – sachant que chacune d'entre elles est un moteur miniature, qui fabrique des protéines, œuvre à la reproduction, brûle de l'énergie ? Songez aux reins, qui n'ont jamais de répit, aux poumons, et le cœur, vous imaginez sa taille ? Voilà un animal qui n'a pas à redouter les prédateurs – sinon les hommes, car qu'est-ce qui, à part eux, pourrait affecter une telle créature ? Et pourtant… » Joe regarda Alvin. « Pourtant, pendant un court instant, sur la plage, tout ce système perfectionné ne servait plus à rien. C'est ça, le scénario numéro quatre. C'est celui auquel la baleine a été confrontée. Si nous n'avions pas agi, tout le système se serait arrêté, cellule après cellule, puis les organes… Une fois que la baleine arrête de respirer, peu importe que vous soyez une cellule du cœur, ou une autre tout au bout de la queue. Il n'existe aucun scénario qui envisage votre survie.

— C'est donc ça, le scénario numéro quatre ? La mort ?

— Ce qui est marrant, c'est que je ne l'avais jamais totalement compris jusqu'alors. De tous les scénarios, s'il en est un que nous sommes tous voués à connaître un jour, c'est celui-là : la mort. Et que le monde est en train de connaître en ce moment, révérend Hocking.

— Le monde, et une baleine sur une plage, pour vous, c'est du pareil au même ?

— Oui, je le pense sincèrement.

— Mais la baleine n'est pas morte…

— Uniquement parce que nous étions là pour la sauver. » Les deux hommes échangèrent un regard. « Je suis un prévisionniste, reprit Joe. C'est mon métier. Mais ces projections ont toutes une faiblesse. Nous avons tendance à nous appuyer sur ce que nous connaissons du passé, et à extrapoler. Or on ne peut pas prédire l'avenir sur la base du présent. »

Alvin Hocking plongea la main dans son surplis et en sortit sa petite bible. « Dieu utilise la même métaphore, dit-il en feuilletant l'ouvrage. Il met en garde le prophète Job. Ne sous-estimez jamais Dieu. Voilà son message. Il utilise l'image d'un léviathan – une gigantesque créature qui vit dans les grands fonds marins, si monstrueuse qu'on ne songerait même pas à lui résister.

— Une baleine.

— Oui, probablement. Voire quelque animal encore plus terrifiant. » Le vicaire fit glisser un doigt le long d'une page. "Et Léviathan, le pêches-tu à l'hameçon ? lut-il. Avec une corde comprimes-tu sa langue ? Fais-tu passer un jonc dans ses naseaux, et avec un croc perces-tu sa mâchoire. S'engagera-t-il par contrat avec toi ? Sera-t-il mis en vente par des associés, puis débité entre marchands ? Ton espérance serait illusoire, car sa vue seule suffit à terrasser."

— Ça me plaît bien, dit Joe. Dieu nous avertit que certaines forces de l'humanité sont si élémentaires qu'on n'a aucun pouvoir sur elles.

— Si vous voulez.

— Et Job nous met-il en garde contre la fin du monde ?

— Ah… » Hocking s'était remis à feuilleter sa bible. « Pas particulièrement. Pour comprendre Armageddon, il faut se plonger dans l'Évangile de saint Jean. C'est à lui que l'on doit les quatre cavaliers de l'Apocalypse, les messagers bibliques de la fin des temps. Le premier monte un cheval blanc. C'est Conquête. Que certains baptisent Pestilence.

— Comme la peste ?

— Oui, ou la grippe. Ensuite vient Guerre – sur un cheval rouge. Puis Famine, sur un cheval noir.

— Je crois que nous pourrions ne pas en être loin…

— Et vient enfin le cheval pâle, dont le cavalier est représenté avec une faux : Mort. »

Ils redescendirent. « Inversons un peu les rôles », proposa Hocking. Il souleva un carton du haut d'une pile. « Gâteau de riz, douze boîtes.

— Gâteau de riz, répéta Joe tout en notant. Douze.

— Pâte de curry, quarante-huit fois cent grammes.

— Pâte de curry, quarante-huit fois cent.

— J'aime bien le curry, observa le révérend. Bon choix. »

# 25

# Je l'aimais bien

Le second matin, bien avant le lever du jour, ils inhumèrent Janie Coverdale dans un cercueil qu'ils avaient bricolé avec des cartons, du scotch d'emballage et de vieilles cordes. Ils se glissèrent discrètement dans le cimetière et le vicaire alla ouvrir la remise du sacristain. Ils y trouvèrent deux bêches bien affûtées, une pioche et une pelle. Ils mirent toutes leurs forces à creuser à la lueur d'une torche, dans un coin du cimetière où, d'après Hocking, la terre était meuble et le lit de roche profond. Au final, le trou n'avait cependant pas la profondeur requise. « Ça ira, décréta l'homme d'Église. Nous la déplacerons lorsque tout cela sera fini. »

Ils soulevèrent Janie pour la coucher en terre. Elle ne semblait pas peser plus lourd qu'une boîte de flocons d'avoine.

« Jésus lui dit : je suis la résurrection, entonna Hocking. Qui croit en moi, même s'il meurt, vivra ; et quiconque vit et croit en moi ne mourra jamais. »

Tout commençait à tanguer dans la tête de Joe. À force d'avoir creusé, il transpirait, il se sentait étourdi, désorienté. Il devait être quatre heures du matin. « Qui croit en moi, même s'il meurt, vivra. » Avait-il jamais réfléchi au sens de ces mots ? Il regarda Hocking, de l'autre côté de la tombe ; il faisait trop sombre pour distinguer son expression. Le vicaire était-il conscient du double langage ? Évidemment. C'était tout l'objet du verset, après tout.

« Dieu tout-puissant, Tu nous juges dans Ton infinie miséricorde et justice, et adores tout ce que Tu as créé. Dans Ta miséricorde, transforme les ténèbres de la mort en l'aube d'une nouvelle vie, et le chagrin de la séparation en la joie des cieux, à travers Notre Sauveur Jésus-Christ. »

Le révérend observa un silence et Joe, par réflexe, marmonna « Amen ».

« Confions notre sœur Janie à la miséricorde de Dieu, notre Créateur et Rédempteur.

— Amen. » Ce n'était peut-être pas le bon répons.

« L'homme, né de la femme, a la vie courte, reprit Hocking. Pareil à la fleur, il éclôt puis se fane, il fuit comme l'ombre, sans arrêt. Au milieu de la vie, nous sommes dans la mort. » Il marqua une pause.

« Nous devrions la recouvrir, maintenant, suggéra Joe. Au cas où quelqu'un se réveillerait de bonne heure et tomberait sur nous.

— “Il viendra, le Jour du Seigneur, comme un voleur ; en ce Jour, les cieux se dissiperont avec fracas, les éléments embrasés se dissoudront, la terre avec les œuvres qu'elle renferme sera consumée.” »

Ce verset semblait particulièrement à propos. Joe empoigna la pelle. « Récitez vos écritures. Je vais pelleter.

— “Voici, le jour de l'Éternel arrive, jour cruel, jour de colère et d'ardente fureur, qui réduira la terre en solitude et en exterminera les pécheurs”, psalmodia Hocking.

— Un peu moins fort, si vous le pouvez », chuchota Joe. Une autre pelletée de terre. « Nous ne voulons pas réveiller tout le village.

— “Hurlez car il est proche, le jour de l'Éternel ; il vient comme un ravage du Tout-Puissant.” »

Il vient. Il est déjà là. Joe travaillait maintenant avec frénésie.

« “Sache bien, au reste, que dans les derniers jours, surviendront des moments difficiles. Les hommes en effet seront égoïstes, cupides, vantards, orgueilleux, diffamateurs, rebelles à leurs parents, ingrats, sacrilèges, sans cœur, sans pitié, médisants, intempérants, intraitables, ennemi du bien, délateurs, effrontés, aveuglés par l'orgueil, plus amis de la volupté que de Dieu, ayant les apparences de la piété, mais reniant ce qui en est la force."

— Il doit être coton à apprendre par cœur, celui-là, observa Joe, d'une voix essoufflée. Saint Jean, de nouveau ?

— Le deuxième livre de Timothée », indiqua Hocking.

Ensemble, ils façonnèrent un semblant de tumulus.

« Aimeriez-vous prononcer quelques mots ? s'enquit Hocking.

— Il n'y a personne pour les entendre, éluda Joe.

— Dieu les entendra. »

Dieu en aura bientôt marre d'entendre des éloges funèbres, songea Joe. Il essaya de se représenter Janie, dans son tailleur Armani, avec son sac Hermès et sa chaîne Tiffany, perchée sur ses escarpins Louboutin. « Je ne sais pas quoi dire... Elle était douée dans ce qu'elle faisait. » Mais que faisait-elle ? Elle pariait sur la faillite de sociétés. Elle fêtait ce que d'autres pleuraient. Elle séduisait de jeunes traders qui ne mégotaient pas leurs heures, en retroussant sa jupe sur une banquette blanche. Elle avait quitté trois maris. À moins que ce ne soient eux qui l'aient quittée. Quelle importance, maintenant ?

« Je l'aimais bien », dit-il. Cela lui semblait être l'épitaphe la plus sincère. « Travailler avec elle était... amusant. » Non – pas amusant, pas tout à fait. Excitant, peut-être. C'était une sorte de vertige. Certains auraient redouté de tomber, mais Janie, elle, appréciait la vue. Joe eut une pensée pour Colin Helms, pour Harriet Adlam. « Ciao ciao, Janie », chuchota-t-il. Il fit un signe de ses doigts terreux. « Ciao ciao.

— Ça va ?

— Oui. »

Ils rangèrent les outils dans la cabane du sacristain. À l'est, une lueur diffuse effleurait l'horizon. « Vous aviez raison, dit Joe. Le soleil continue de se lever. »

Avaient-ils veillé toute la nuit ? Probablement. Quand on se trouvait face à la mort, une heure de sommeil, c'était du pur gaspillage.

De retour dans l'église, à côté de la porte du clocher, ils trouvèrent un petit tas soigneusement disposé, ainsi qu'une enveloppe adressée à « Joe ». Un jerrycan d'eau, ainsi que des couvertures, des manteaux, et des vêtements propres. « Quelqu'un a pensé à nous », observa Joe en souriant. Il souleva les couvertures et les manteaux. « Encore des couvertures ! Nous croient-ils en train de mourir de froid ?

— Peut-être est-ce le cas », observa le vicaire.

Joe ramassa l'enveloppe et désigna le jerrycan. « Pouvez- vous porter ça ?

— Cela fait chaud au cœur de savoir qu'on ne nous a pas oubliés », dit Hocking en pénétrant dans le clocher. Il actionna l'interrupteur qui aurait dû éclairer l'escalier. « L'ampoule a grillé. »

Ils restèrent un instant immobile, noyés dans le noir.

« Je ne pense pas que cela vienne de l'ampoule. »

Ils gravirent l'escalier à la lueur de la torche électrique. « Il n'y a pas une seule lumière dans le village, observa Hocking.

— Peut-être qu'ils dorment tous, encore.

— Non. C'est une coupure d'électricité. »

La coupure d'électricité, songea Joe.

Ils s'assirent, emmitouflés dans les couvertures, et burent le jus d'une conserve de fruits. Quand le soleil fut suffisamment haut dans le ciel, Joe déchira l'enveloppe. « C'est un mot de Mallory. » Il commença à lire, et la prose du vieil homme lui arracha un sourire. Il lui semblait entendre sa voix.

« Écoutez-moi bien, Joe, lut-il à haute voix. Ce sont les ordres du docteur. Vous aurez besoin des couvertures. Veillez à rester au chaud. Hydratez-vous abondamment. Vous serez contagieux pendant au moins sept jours après la disparition des symptômes. Il vous faudra en compter huit ou neuf, par mesure de précaution. Polly et moi nous vous apporterons de l'eau, que nous poserons chaque soir devant la porte. Si vous avez besoin de quoi que ce soit d'autre, notez-le sur un papier, que vous laisserez à notre intention. Ne laissez pas traîner de vêtements souillés.

Ils pourraient abriter des miasmes. Et il y a encore une chose que vous pouvez faire pour nous, Joe : chaque jour, à l'heure du petit-déjeuner, sonnez les cloches. Une fois chacune, cela suffira. La grosse cloche pour Alvin, et l'autre, la plus aiguë, pour vous. Nous saurons ainsi que vous êtes l'un et l'autre encore en vie, et bien portants. »

Il tendit la lettre à Alvin, qui la relut, avant de la lui rendre. « Ça veut dire qu'on peut rester enfermés ici pendant encore quinze jours.

— Ça m'en a tout l'air. »

Ils détachèrent, au rez-de-chaussée, les cordes des deux cloches.

« Vous savez les différencier ? demanda Joe.

— Quelle importance ? lui rétorqua Hocking. Puisque nous sommes encore tous les deux là.

— Cela pourrait en avoir une demain. » Et, curieusement, cela les fit rire. Comment pouvaient-ils envisager l'éventualité du trépas avec tant de sang-froid ?

« Je suis heureux que vous trouviez ça drôle, lança Joe. L'un de nous pourrait sonner la mauvaise cloche ; imaginez l'angoisse que cela provoquerait. » Il tira sur une des cordes et un lointain son de cloche se fit entendre. « C'est la plus aiguë », dit Joe.

Le vicaire tira sur la seconde corde : un son plus grave, plus consistant.

Ils attendirent que les vibrations se dissipent et que l'église redevienne silencieuse. « Je vais raccourcir cette corde, décida Joe. Comme ça, nous saurons les différencier. » Il fit un nœud. « Celle-ci, c'est la mienne. »

Quel pouvait bien être l'état d'esprit, en bas, dans le village ? se demanda-t-il. Mallory devait être content d'avoir entendu les cloches, preuve qu'ils avaient lu sa lettre.

« Les gens rient toujours après un enterrement, dit Hocking. J'ai remarqué cela. Une fois que le corps est en terre, et qu'on a lu les versets, le premier éclat de rire ne se fait jamais beaucoup attendre.

— C'est quelque chose que les Irlandais comprennent bien. » Joe songea aux veillées funèbres irlandaises.

« Et les Cornouaillais, aussi. »

Y avait-il eu des rires quand Mamma était morte ? Joe n'en avait pas le souvenir. Son père s'était rasé. Il se rappelait ce détail. Cet inconnu en costume et aux joues glabres, cette silhouette voûtée, émaciée, incongrue dans le couloir. Un étranger aux obsèques de sa mère. « Qui est cet homme ? avait murmuré quelqu'un.

— C'est le père de Joe et Brigitha. »

Même Joe n'avait pas reconnu pas son père. Mikkel Haak était un homme qui savait rire, contrairement à celui qui s'avançait dans le couloir avec cette vieille valise à la main. Celui-là paraissait aussi froid et mal aimé qu'un comptable. Ou qu'un banquier, peut-être. Quand Joe l'avait aperçu depuis le palier de l'étage, dans cette maison qui avait été autrefois la sienne, il lui avait fait l'effet d'un intrus abîmé par la vie. Il était descendu et Mikkel l'avait serré fort contre lui, et ils avaient pleuré ensemble. Quand Brigitha avait émergé de la cuisine, le père et le fils l'avaient avalée dans leur étreinte.

Où se trouvait Brigitha, en ce moment ? Avec le souvenir des obsèques venait de se réveiller celui du parfum de ses cheveux, ce jour-là, de l'humidité de ses joues. Joe fut saisi d'un besoin urgent de voir sa sœur, son père, de recréer cette étreinte à six bras. « Regardez-moi ce petit bijou d'église », lui chuchoterait-il à l'oreille. « Et ces moulins à vent ! Ne sont-ils pas ravissants ? » dirait-elle à son tour. Et peut-être riraient-ils, alors, en se remémorant une nuit, une moitié de vie plus tôt.

Alison Haak n'avait pas été inhumée. Si elle l'avait été, peut-être leur deuil aurait-il été plus facile, mais au lieu de reposer dans la terre froide et noire, elle avait été happée, dissimulée dans son cercueil, par un convoyeur mécanique, pendant qu'un rideau se refermait sans grâce derrière elle. Ainsi se débarrassait-on des défunts, de nos jours. Un employé avait soustrait le corps aux regards afin de procéder à la crémation mais, dans un coin de son esprit, Joe avait attendu que sa mère réapparaisse, comme la jeune assistante d'un spectacle de magie, au centre d'un faisceau de lumière et au son d'un roulement de tambour et d'un tonnerre d'applaudissements.

« J'avais dix-sept ans quand ma mère est morte », dit-il.

Le vicaire hocha lentement la tête.

« Ma sœur en avait dix-neuf.

— Cela n'a pas dû être facile.

— Non. »

Joe savait comment se souvenir du visage de Mamma. Il s'était entraîné, afin de ne jamais l'oublier. Il la revoyait en train d'ouvrir un cadeau, à Noël, les yeux écarquillés de plaisir, ses dents d'un blanc éclatant. C'était un souvenir muet ; elle s'agenouillait devant la cheminée, les cheveux retenus en arrière par un ruban. Désormais, il était capable de se repasser cette séquence au ralenti, image par image ; la façon dont elle se retournait vers lui ; les yeux, dont il ne voyait d'abord que le blanc ; la bouche, entrouverte, lèvre imperceptiblement retroussée dans une mimique d'étonnement ravi. « Je peux me la représenter, reprit-il. Ma mère. C'était il y a quinze ans, mais dans mon esprit elle est toujours là. Elle est encore réelle. » Il y avait d'autres images, dans son album, mais aucune ne possédait autant d'acuité. Mamma, pleurant sous une tente ; le jour où Pappa Mikkel était parti – elle n'avait pas pleuré, ce jour-là. Son visage contre l'oreiller, sur le lit d'hôpital, tellement amaigri que cette femme alitée ne ressemblait déjà plus à sa mère ; et, flottant autour de son lit, cette odeur discrète d'air en putréfaction, cette odeur qu'il avait sentie dans son sac de couchage, trois ans plus tôt.

Hocking avait assez de sagesse pour ne rien dire.

« Si je meurs, cette image d'elle mourra aussi. Personne ne se souviendra de cet instant comme moi.

— En ce cas, ne mourez pas. » Le vicaire posa la main sur l'épaule de Joe. « Du moins, attendez encore un peu. »

Ils inventorièrent quelques cartons de plus.

Mamma était morte sur un lit d'hôpital, dans une chambre individuelle fleurie, avec vue sur les pelouses, et des mangeoires à oiseaux à l'extérieur de la fenêtre. Elle avait demandé qu'on lui fasse écouter les Beatles. Quand la fin fut imminente, l'infirmière dit à Joe qu'il pouvait mettre la musique. Il avait branché le lecteur de CD de sa mère, volume réglé sur bas pour éviter qu'on l'entende dans les chambres voisines. L'appareil avait lu les morceaux selon un ordre aléatoire. « Strawberry Fields Forever. » « Across the Universe. » Il semblait peu probable que Mamma puisse entendre ; son coma était trop profond. Mais tel était son souhait. Joe prit une de ses mains, et Brigitha l'autre. L'infirmière s'assit avec eux, un bras sur les épaules de Brigitha pendant qu'au mur l'aiguille de la pendule retranchait les toutes dernières secondes de la vie de Mamma. Continue de respirer, Mamma, avait songé Joe. Mais sa respiration était si superficielle qu'il était même difficile de la percevoir.

Personne ne savait trop quelle chanson passait à l'instant précis où elle s'en alla. Mais lorsque l'infirmière souleva le poignet de Mamma pour vérifier son pouls et se tourna vers eux, avec ce regard qui signifiait que c'était fini, les Beatles chantaient « She Loves You ».

« C'est un message qu'elle nous envoie », avait dit Joe. Il n'en croyait pas un mot, bien sûr, et néanmoins il savait que c'était vrai.

« Ceux que nous avons aimés continuent-ils de veiller sur nous ? demanda-t-il à Alvin.

— C'est ce que je crois.

— Est-ce seulement vrai ? Il ne suffit pas d'y croire. Le monde entier pourrait-il croire au même mensonge ? » La poésie peut-elle réellement être plus proche de la vérité que l'histoire ? La sagesse des foules parviendra-t-elle à pénétrer les plus grands mystères de la vie ? Si on calculait, sur sept milliards de gens, combien il s'en trouvait pour croire en Dieu, alors Dieu existerait aussi sûrement qu'un bœuf pèsera en moyenne cinq quintaux quatre-vingt-dix-neuf, aussi sûrement que le prix du pétrole grimpera en flèche après une guerre au Moyen-Orient, ou que le soleil se lèvera le matin. Mais les foules ne pouvaient-elles pas se tromper, parfois ?

« Je veux répondre à Mallory », annonça Joe, après un moment. Ils firent donc une pause dans leur inventaire et Joe s'installa avec un papier et un stylo.

« Merci pour l'eau, les couvertures et les vêtements, écrivit-il. Nous sommes encore tous les deux bien portants. Aucun symptôme pour l'instant. » Même si, justement, il s'apercevait qu'il transpirait. Peut-être à cause des efforts soutenus de la matinée. « Si j'en crois ce que j'ai appris, Saint-Piran est bien placé pour résister à n'importe quelle crise. Nous avons du poisson, du lait, et même des œufs, mais nous devons nous protéger à tout prix de la contagion. Je n'ai pas besoin de vous dire quels dégâts un seul réfugié contaminé pourrait provoquer dans le village. » Il secoua la tête. Ça n'allait pas. Il avait l'impression d'écrire un mémo – cela en avait d'ailleurs le ton – à un de ses analystes juniors. Allons bon – il avait mal à la tête, maintenant. Se pouvait-il que la progression du mal soit aussi fulgurante ? « Demandez à Bevis de condamner la route jusqu'à ce que la crise soit passée. Ce qui n'interviendra qu'après le rétablissement de l'électricité, et de l'eau. » Si tant est qu'elles soient rétablies un jour. « Demandez aux Robins et aux Shaunessy de mettre leur pêche en commun pour nourrir tout le monde. » Il reposa le stylo.

« Je n'arrive plus à écrire », annonça-t-il. Il signa la lettre et la tendit à Alvin. « Pouvez-vous la déposer devant la porte, pour le docteur ? Je me sens un peu patraque. Je crois que je devrais m'allonger.

— Bonne idée. »

C'était le début d'après-midi. Joe s'étendit sur son lit de fortune et remonta les couvertures sous son menton. Le sang battait dans ses tempes. Il contempla, au-dessus de sa tête, le plancher de la coursive qui entourait les cloches. En se concentrant, il lui semblait sentir les planches en chêne descendre vers lui, se rapprocher. Il essaya de fermer les yeux, de guetter des bruits en provenance du village, il n'entendit rien d'autre qu'un silence qui faisait froid dans le dos. Même les goélands se taisaient, aujourd'hui. Le seul à faire du raffut, c'était son cœur, qui pompait bruyamment son sang épais, paresseux, et chaque battement lui provoquait une douleur aussi aiguë qu'une piqûre d'aiguille. Quand il rouvrit les yeux, il vit Janie, assise le dos bien droit dans son cercueil en carton, livide et visiblement en état de choc ; elle parlait, mais à cause du vent ses paroles étaient inaudibles. « Ne faites pas attention à elle, lui ordonnait le vicaire. Les morts essaieront de nous convaincre qu'ils sont vivants.

— Mais elle n'est pas morte, protesta Joe. Elle n'est pas morte. Elle est vivante.

— Les morts peuvent donner cette impression parfois. C'est un réflexe nerveux.

— Mais nous l'avons enterrée. Comment est-elle revenue jusqu'ici ?

— C'est incroyable, ce dont les morts sont capables. »

Janie tendait vers lui ses doigts maigres et alourdis par les bagues. Si elle le touchait, il le savait, il mourrait lui aussi.

« NON !

— Vous allez bien ? »

Avait-il crié dans son sommeil ? « Oui, répondit-il, le cœur encore emballé. J'ai soif. »

Et il se rendormit. « Notre Père qui êtes aux cieux, se lamentait le vicaire. Vais-je devoir enterrer tout le monde de mes mains ? » Était-ce dans son rêve ? Il n'empêche – le jardin de l'église était jonché de corps. Il y avait là Jessie Higgs. Joe la reconnut, sans l'ombre d'un doute. Et Colin Helms. Brigitha était là, elle aussi. Ainsi que Mamma, allongée, seule, à l'écart, sous un if. Vêtue de blanc. Manesh Patel, Jonathan Woodman et Harriet Adlam étaient entassés les uns sur les autres. « Eux, ce sont les gens de la banque, indiquait Joe à Hocking. Ils doivent être enterrés ensemble.

— Jamais je n'arriverai à creuser un trou assez profond ! » protestait le vicaire.

Il se réveilla, brièvement ; Alvin Hocking, à ses côtés, le couvait d'un regard sévère. « Vous avez attrapé la grippe », lui disait-il.

Joe avait une pelle à la main. « Je peux vous aider.

— En ce cas, allez creuser là-bas », lui indiquait le vicaire.

Où, là-bas ? Il traversait le jardin de l'église, mais l'allée était bloquée, obstruée par le corps de la baleine. Comment avait-elle fait pour remonter aussi haut, pour gravir la colline ? Poussée par une vague ? « Nous devons remettre cette baleine à l'eau », criait-il, mais trop de villageois étaient partis. Il y avait là le corps de Martha Fishburne. Et, ici, celui du vieux Garrow. Joe pesa de tout son poids contre la baleine. Jamais il n'arriverait seul.

« Vous devez l'enterrer », disait quelqu'un.

La pelle était froide dans sa main.

Et puis, un visage apparut ; il aurait pu le toucher, ou l'embrasser. Elle semblait morte, elle aussi, mais lorsqu'il tendit la main, elle battit des paupières et ouvrit les yeux. « Polly ? »

Son visage avait la fraîcheur d'une pêche cueillie de l'instant. « J'ai un plan, disait-elle. On va prendre la route des falaises, et on s'arrêtera pique-niquer. On achètera des friands, des gaufrettes glacées, et de la limonade. » Elle se levait maintenant, et retirait son manteau. Sans hâte ; en dénouant sa ceinture pour la faire coulisser dans les passants. « Non, Polly. Ne faites pas ça. » Elle allait prendre froid, et mourir elle aussi. Regardez la mort tout autour. Regardez tous ces corps. « Polly ! Non ! »

Elle portait une robe en coton ; elle écartait sans cesse la frange de ses yeux. Elle tourbillonnait pour lui. « Aimez-vous ce que vous voyez,

Joe ? » Elle s'éloignait à reculons, mais il y avait trop de corps, partout. Beaucoup trop de corps. « Non, Polly. Non. » Elle était nue, maintenant, aussi pure qu'une peinture. Elle revenait vers lui, mais il ne fallait pas. Il allait la contaminer. Il le savait, maintenant. « POLLY ! »

Il était réveillé, de nouveau. Baigné de sueur, mais glacé. « Alvin ? »

Le vicaire semblait loin, très loin. « Vous l'avez appelée, dit-il.

— J'ai soif.

— Il n'y a rien à boire. »

Bien sûr qu'il n'y avait rien à boire. Il le savait, mais sa bouche était horriblement sèche. Lorsqu'il fermait les yeux, la pièce tournait comme une grande roue.

Plus tard, la nuit était tombée. Sa langue paraissait trop lourde pour parler. Il chercha Alvin du regard, mais il était seul. Dans un moment de lucidité, il essaya de s'asseoir. Peut-être Hocking était-il malade, lui aussi. Il voulut appeler, mais sa gorge refusa d'obéir. Quelque chose puait. Du vomi. Il y avait ce goût acide dans sa bouche. « De l'eau ? » réussit-il à articuler, mais il n'y avait personne pour l'entendre.

Il se rallongea. Inspire. Expire. Comme Pappa Mikkel le lui avait appris. Continue juste de respirer.

Il devait boire. Il se souleva. Pouvait-il tenir debout ? Non, pas vraiment. Sa tête et ses membres protestaient trop ; en revanche, il pouvait se traîner à quatre pattes. Il s'expulsa du lit, roula par terre et, au prix d'un improbable effort, rampa jusqu'au palier. Il y avait quelqu'un, là, sur une chaise. Une silhouette d'homme, encadrée par la lueur faiblarde d'un ciel crépusculaire. Ou bien était-ce déjà le matin ?

« Aidez-moi.

— Je ne peux rien pour vous, Joe. Vous avez la grippe.

— Je sais. » Il lui sembla que toute énergie refluait de son corps, et il s'allongea sur les lattes de bois. « Je veux de l'eau.

— L'eau ne vous aidera pas, Joe. » L'homme avait détourné la tête et son regard se perdait dans la pénombre.

Il chercha un verre. Une bouteille. Un récipient. N'importe quoi susceptible de renfermer un liquide. Une boîte de conserve ouverte traînait à portée de sa main. Il s'en empara.

« Elle est vide, Joe », dit la voix. Joe regarda à l'intérieur. Il devait s'en assurer. Il la porta à ses lèvres. Elle était bien vide. « Retournez vous coucher, Joe. Il n'y a pas d'eau. » L'homme et son intérêt particulier…

Joe ferma les yeux. Rien d'étonnant, à ce qu'il soit aussi assoiffé, tant il transpirait. Et pourtant, un frisson le secoua comme un mauvais sort de bohémienne. Il se tortilla, et commença à trembler. « Oh bon Dieu.

— Retournez vous coucher. »

Il ne savait plus trop où se trouvait son lit.

« Je suis malade.

— Fichtre. Comme si je ne le savais pas. »

De brefs moments de lucidité, aussi intermittents qu'une vision, rompaient sa confusion. Il essaya de se représenter la bombonne d'eau que Mallory avait déposée. Qu'en avaient-ils fait ? Sans doute l'avaient-ils laissée en bas, à côté de la porte.

« Où allez-vous, Joe ?

— Qu'est-ce que ça peut vous foutre ? » Il se dressa tant bien que mal sur ses jambes. Posa le pied sur la première marche de l'escalier ; hésita. Son équilibre était instable. Il s'efforça de réfléchir avec autant de clarté qu'il le pouvait. Et puis, il s'affaissa. Pas grave. Il allait descendre l'escalier en se laissant glisser sur le dos. Une marche. Une deuxième. Puis, soudain, une cascade de marches. Il s'écrasa en boule au bas de la première volée. Bon. Il respirait encore. Il chercha à boire, impossible, il faisait trop sombre. Une autre volée de marches. Cette gymnastique aiguisait ses sens. Et cette fois, il se mit debout plus facilement. Cette volée-ci, il allait la descendre sur ses deux pieds. Ses jambes flageolaient. Une marche, une deuxième, encombrées de cartons. Il s'appuya à la rampe. Continue de respirer, mon garçon, lui soufflait Pappa Mikkel dans son dos.

L'homme se tenait derrière lui. « Pourquoi ne me poussez-vous pas, tout simplement ? lui demanda Joe. Ça nous ferait gagner du temps à tous les deux. » Mais lorsqu'il leva les yeux, l'homme avait disparu. Allons, la dernière volée. Mais ses jambes ne lui paraissaient plus bonnes à rien. Il trébucha sur la première marche. « Attention, ne tombe pas », le prévint Pappa Mikkel.

Il allait tomber. Il le voyait bien, maintenant, c'était la seule façon de parvenir jusqu'en bas. La cage d'escalier, cette béance sombre comme un puits de mine, était engageante. S'il se penchait en avant juste un peu… juste un peu…

Mais une main s'était abattue sur son épaule. « Arrêtez de faire le con. »

Il sentit qu'on le soulevait, qu'on le calait contre une épaule osseuse. « Arrêtez de lutter, espèce de buse, ou nous allons tomber tous les deux. » Il était de retour sous ses couvertures.

« Je vais vous chercher quelque chose à boire. »

Le temps passa. Peut-être s'était-il rendormi. Quand il se réveilla, un verre d'eau était collé contre ses lèvres. « Merci. » Cela allait le faire vomir, mais il était sensible à la gentillesse du geste.

« Essayez de dormir un peu. »

Le sang épais s'écoule lentement dans des veines fatiguées, et tandis qu'il ralentit, la puissance de l'esprit en fait autant. Sur l'île de son père, il y avait une cabane. Brigitha, un col en peau de mouton drapé sur ses épaules, réquisitionnait un gros fauteuil pour elle toute seule, Joe s'installait dans un autre, pendant que Pappa Mikkel attisait le feu. « On peut dormir là ? demandait Brigitha.

— Non, non, ma chérie, répondait leur père.

— Mais Pappa, on gèle, dans la chambre !

— Si on a trop chaud, on cuit à petit feu. Et tout ce qui cuit à petit feu finit par ramollir. Tu n'as pas envie de ça, n'est-ce pas ? »

Joe rejeta les couvertures et s'offrit à la caresse de l'air glacé. Il grelottait, même, mais les doigts glacés du vent qui se promenait le long de ses membres lui paraissaient amicaux. Ils le maintiendraient éveillé et, grâce à eux, il continuerait de respirer.

Et c'est ce qui se passa, un temps du moins, car un brouillard ne tarda pas à se lever, un brouillard gris, paralysant, qui enroulait ses tentacules autour de lui. Il n'avait pas de substance, ce brouillard. Pas de visage. Ni de voix. Si c'est ça la mort, songea Joe, elle manque singulièrement de présence. Si c'est ça la mort, alors c'est comme éteindre les lumières d'une grande maison, pièce par pièce, et quand la maison est presque tout entière plongée dans l'obscurité, il reste juste le temps de jeter un dernier coup d'œil alentour pour vérifier que tout est bien en ordre ; et puis on actionne le tout dernier interrupteur, dans le couloir. La mort, vit Joe, n'était rien que le noir total. S'y laisser glisser était presque un plaisir. En comptant à rebours. N'était-ce pas ce que l'on dit aux patients avant une opération ? Que ce doit être simple. Dix. Elle s'engouffre dans les narines comme la fumée d'un bûcher funéraire. Neuf. Elle remonte dans les poumons, à la recherche des alvéoles les mieux cachées. Huit. Une sensation de dissolution, comme des bulles dans une vague d'étrave. Sept. Des vrilles élastiques qui se glissent à l'intérieur du cerveau. Une lueur qui gagne en éclat. Six…

Lorsqu'il se réveilla, il était de nouveau assoiffé. Et perclus de douleurs, comme un supplicié traîné sur des kilomètres par un attelage en pleine débandade. Chacun de ses muscles protesta lorsqu'il essaya de s'asseoir, mais le martèlement, dans ses tempes, avait disparu, ainsi que les douloureuses perforations d'aiguilles. Il avait besoin de pisser.

Se mettre debout fut plus facile qu'il ne s'y était attendu. Ses pieds étaient glacés sur le plancher. D'un pas flageolant, il descendit aux toilettes. La chasse ne marchait pas. Ça puait. Où était Hocking ? Il regagna à tâtons le troisième étage. « Alvin ? » Il poussa la porte de la chambrette plongée dans la pénombre. « Alvin ? »

Le vicaire était sur son lit. Assoupi, apparemment.

« Alvin ? »

Un gémissement grave monta de la poche d'ombre.

« Alvin ? Ça va ?

— J'ai soif. »

# 26

# Il existe d'autres boulots

Le Dr Marcia Brodie avait une voix douce de Galloise, et des intonations musicales qui venaient se refléter sur son visage : si le timbre grimpait dans les aigus, les sourcils se hissaient sur le front ; s'il descendait dans les graves, le nez piquait de l'avant et le menton partait s'enfouir dans les replis du cou. « De quoi rêvez-vous, Joe ? » Sourcils hissés haut.

« Je ne suis pas certain de bien comprendre la question. »

Sourcils en berne, menton invisible. « Elle est pourtant assez simple, Joe. Quand le réveil sonne, de quoi rêvez-vous ? » Lente ascension de sourcils.

Pourquoi se souvenait-il de ça ? Il y avait certaines séances qu'il s'était efforcé d'oublier, avec succès parfois.

« Regardez-moi, Joe. » Les sourcils flottaient à mi-hauteur sur les vagues du front. « Écoutez-moi attentivement. » Écoutez ma voix mélodieuse, concentrez-vous sur la mobilité de mes traits. L'hypnose, à en croire ses lectures, du moins, était la soumission volontaire à un bras de fer cérébral. C'était consentir à se prêter au jeu. « Vous devez collaborer, Joe », s'impatientait le Dr Brodie – un choix de mot malheureux, peut-être. « Certaines personnes sont rétives à l'hypnose. Vous devez vous détendre, Joe. Détendez-vous. »

Mais comment pouvait-il se détendre, dans un cabinet médical glacial, en présence d'une inconnue aux mains glacées ? Comment peut-on se détendre quand on redoute, en son for intérieur, de révéler ses secrets ?

Néanmoins, il avait essayé. Il avait vu des hypnotiseurs à l'œuvre, lors de spectacles ; il savait comment se comporter. Il avait laissé tomber la tête, il avait fermé les yeux. Il avait laissé son corps s'avachir comme une marionnette dont on aurait coupé les fils. « C'est bien, Joe, c'est bien. » Il jouait la comédie – et probablement le savait-elle.

« Vous êtes dans une légère transe », remarquait le docteur Brodie. Oui – vraiment très légère, pensaient-ils l'un et l'autre. « Vous pouvez maintenant ouvrir les yeux. »

Cela ne l'avait jamais aidé, d'avoir les yeux ouverts.

« Je vais vous faire remonter dans le temps », disait-elle, mais déjà Joe sentait son esprit partir en goguette. Il pensait au travail. Comme très souvent. « Quel âge avez-vous maintenant, Joe ?

— Vingt-huit ans.

— Je veux que vous reveniez en arrière, Joe. Lorsque je claquerai des doigts, vous serez quinze ans en arrière. » Elle claquait des doigts. « Quel âge avez-vous, maintenant, Joe ? »

Vingt-huit moins quinze, ça fait… ça fait… Voilà, avec tout ça, il avait envie de dormir, il n'arrivait plus à calculer de tête… Ajoute deux pour faire trente, retranche quinze, rajoute deux… « Dix-sept ans. » Non. Zut. « Quatorze. Treize ! J'ai treize ans. »

Mais, à ce stade elle avait découvert le pot aux roses. « Certaines personnes sont vraiment difficiles à hypnotiser », soupirait-elle.

Ils avaient cependant dénoué quelques bricoles, en une demi-douzaine de sessions dans le sous-sol de Wimpole Street. « J'ai rédigé un rapport pour la banque, lui annonça- t-elle un jour, en agitant une enveloppe sous son nez.

— Je n'ai pas le droit d'en prendre connaissance ?

— Si, si vous voulez. »

Il hésita. « Pourquoi la banque a-t-elle accès à ce rapport, de toute façon ? Ces séances ne sont-elles pas censées être confidentielles ?

— Si, normalement. » Elle déchira l'enveloppe. « Mais c'est votre employeur qui a payé ces séances, et vous avez signé une dispense.

— J'ai fait ça ?

— Oui. » Elle sortit de l'enveloppe une unique feuille de papier. « À qui de droit, lut-elle. Rapport confidentiel de séances de psychothérapie avec Jonas Mikkel Haak… »

Il lâcha un reniflement plein de mépris. « Pas si confidentiel que ça, du moment qu'il est adressé "à qui de droit", alors qu'en réalité je suis le seul concerné.

— Parfait, dit le Dr Brodie en lui tendant la feuille. Je vous taquinais. »

Joe prit la page. L'introduction que le Dr Brodie avait lue était inventée de toute pièce. Ce qu'il avait sous les yeux était une longue note manuscrite.

*Cher Joe,*

*J'ai pris plaisir à nos séances. J'espère que ce plaisir aura été partagé. Vous ne devriez pas vous inquiéter de résister à l'hypnose. De nombreux patients sont dans ce cas. Je vois plutôt là un signe encourageant de votre indépendance d'esprit.*

*Peut-être aurez-vous envie de conserver cette lettre. La plupart de ceux qui viennent consulter un psychothérapeute oublient aussi vite les conseils qu'on leur a donnés. Conservez cette lettre, et relisez-la au besoin.*

*Joe Haak, vous êtes un jeune homme bien sous tous rapports. Vous avez un caractère chaleureux, et aimant. Vous êtes un romantique. Vous voulez croire au meilleur de chacun, et cela est attachant. C'est une qualité qui vous définit ; mais hélas, vous travaillez dans un environnement conflictuel et suspicieux. Chaque jour, vous vous heurtez à la réalité de la nature humaine, qui diffère du modèle que vous en avez. En tant qu'économiste, vous êtes le plus souvent confronté à des comportements régis par l'égoïsme. Cela fait naître en vous une dissonance cognitive, qui vous met mal à l'aise et vous force à agir, et à prendre des décisions qui vont à l'encontre de votre tempérament et de vos valeurs. Là réside la cause du stress qui vous accable en ce moment. Vous êtes anxieux et irritable. Vous éprouvez de la difficulté à vous concentrer. Vos pensées s'emballent, votre imagination fait des heures supplémentaires. Vous imaginez le pire. Vous vous rongez les sangs. Ce sont là des symptômes de stress. Et nous savons que vous ne réagissez pas très bien au stress.*

*Mais courage ! Vous allez apprendre, et réussir à le gérer. C'est à la portée de n'importe qui. Et vous ne manquez pas de dispositions. Mettez à profit les techniques que nous avons travaillées ensemble. Cela vaudrait mieux que de vous laisser gagner par le cynisme. Croyez-moi, j'ai vu trop de gens honnêtes et bien intentionnés, dans cette ville, se transformer en misanthropes. Je vous en prie, accrochez-vous à votre optimisme. Continuez de croire en la bonté essentielle du monde. Je n'ai vraiment pas envie de vous voir devenir un de ces grincheux au cuir tanné comme le milieu bancaire en produit si souvent. Vous valez plus que ça, Joe. Ne l'oubliez jamais.*

*J'ai un autre conseil à vous donner. Lane Kaufmann ne me remercierait pas – et puisque ce sont eux qui règlent mes honoraires, j'espère que vous aurez la bonté de leur dissimuler cette lettre. Un jour viendra, j'en suis convaincue, où vous ne pourrez pas en supporter davantage. Et ce jour-là, n'hésitez pas. Levez-vous, et partez. Ne vous embêtez pas à rassembler vos affaires, à faire des adieux. Sortez du bureau, sans vous retourner. Vous m'avez souvent parlé de la promesse que vous aviez faite à votre mère. Vous ne pourrez jamais la tenir si vous vous accrochez obstinément à un boulot qui vous détruit la santé. Il existe d'autres boulots, Joe, d'autres carrières.*

*On peut gérer le stress – jusqu'à un certain point. Cela peut s'avérer bénéfique pour certains d'entre nous, mais ce n'est pas votre cas. Vous n'êtes pas fait pour travailler dans la finance, Joe. Un jour, vous vous réveillerez, et vous vous apercevrez que vous n'en retirez plus aucun plaisir. Quand ce jour viendra, ce sera le moment de tourner la page.*

*Commencez à faire des projets pour ce jour-là, Joe. Et n'attendez pas trop longtemps.*

*Votre amie,*

*Marcia Brodie*

L'aube était spectaculaire. Joe s'assit sur une crénelure du toit, les jambes dans le vide. Les goélands qui avaient dormi là s'étaient dispersés sans demander leur reste. À l'est, le soleil se levait paresseusement ; un halo de lumière encore sans relief au-delà des arbres en atours d'automne. Il s'en était pourtant fallu de peu. Chaque jour le soleil se lève, comprit-il, mais uniquement si on est là pour le voir.

Il se gorgea d'air frais et de rosée. S'était-il jamais senti aussi vivant ? La palette de l'automne qui émergeait en fondu d'une langue de brume avait-elle jamais semblé plus vive, plus belle ? Les courbatures qui continuaient de meurtrir ses membres évoluaient en une douleur d'une espèce différente – une sourde nostalgie de la beauté du monde, du bleu tendre du ciel, du gris minéral de l'eau, des verts délicats des prairies. Un cri monta de la route, en contrebas. Quelqu'un agitait le bras ; quelqu'un vêtu d'une vareuse bleue de pêcheur, et coiffé d'un bonnet à pompon. À cette distance, Joe ne put reconnaître le visage, mais il agita le bras en retour. « Bonjour ! » Qu'il était vrai, ce mot. Qu'il était sincère.

Quand le soleil fut tout à fait levé, Joe gagna le rez-de-chaussée et sonna avec allégresse l'une et l'autre cloches. Puis il ouvrit un paquet de muesli et une boîte de lait concentré, qu'il emporta au troisième étage.

« Un petit-déjeuner ? »

## 27

# Y aura des coups de pétoire et des morts

Le cinquième jour après l'arrivée de Janie Coverdale à Saint-Piran, Daniel et Samuel Robins se trouvaient en mer, en train de pêcher le hareng à moins de deux milles des côtes, quand ils repérèrent une goélette dans la baie. Samuel donna un coup de semonce. La goélette arrivait droit sur eux, à toute berzingue. « Nous n'avions plus le temps de fuir », raconterait Daniel une fois de retour au village. Lorsque le nouveau venu coupa son moteur, moins de vingt mètres séparaient les deux embarcations, et l'élan ne fit que les rapprocher davantage.

« Robert Batho, de Newlyn, annonça une voix depuis le pont. Qui êtes-vous ?

— Daniel Robins. » Daniel n'avait aucune prédisposition pour la dissimulation, il ajouta donc : « De Saint-Piran.

— Bon retour en mer, étranger », dit Robert Batho de Newlyn. Le courant avait ramené les deux ponts presque côte à côte. « Comment ça se passe, pour vous ?

— Ça se passe… bon, pareil que pour tout le monde, je suppose, répondit Daniel.

— La grippe est arrivée chez vous ?

— Pas vraiment. Pas encore.

— En ce cas, considérez que vous êtes vernis. Elle a fait une centaine de victimes, à Newlyn.

— Une centaine ? » Daniel était sincèrement abasourdi.

« Et nous ne sommes pas encore tirés d'affaire. Loin de là. Il y aura pour sûr d'autres morts à mon retour. D'autres enterrements en perspective. Mon voisin l'a attrapée. Et son fils aussi. On a perdu deux pêcheurs d'un même bateau. Deux frères.

— Doux Jésus ! »

Samuel Robins remonta le pont depuis la poupe. « Fais gaffe, ne t'approche pas trop de lui », dit-il à mi-voix à Daniel, tant l'histoire des deux frères décédés l'avait ébranlé. Daniel effleura l'accélérateur, et un léger écart se creusa entre les deux bateaux.

« Où en êtes-vous, question gasoil ? demanda le pêcheur de Newlyn.

— Ce n'est pas brillant. Il nous reste de quoi tenir une semaine. Deux, à la rigueur. On reste près des côtes.

— Vous avez bien raison, opina Batho. À ce que je sais, on ne trouve plus une seule goutte de diesel dans toute la Cornouailles. »

Les frères Robins digérèrent cette information.

« Il était question que l'armée vienne nous ravitailler en carburant, pour assurer les urgences. Mais pour l'instant, je n'ai pas vu l'ombre d'un képi. Et vous ? »

Daniel secoua la tête.

« Vous avez du courant ?

— Non.

— De l'eau ?

— Non plus. »

Robert Batho de Newlyn remit les gaz. « Alors, vous êtes aussi foutus que nous ! cria-t-il pour couvrir le bruit du moteur. Bonne pêche, les gars.

— J'ai attrapé du lieu jaune, là-bas, à un mille environ, dit Daniel en lui indiquant l'endroit du doigt. « Ici, c'est plutôt du hareng.

— De ce côté-là, dit à son tour Batho en désignant l'horizon, il y a du maquereau à la pelle. Poussez sur trois bons milles si vous avez assez de jus, et vous allez faire un carnage.

— Merci bien », dit Daniel.

Le marin fit vrombir son moteur. « À bientôt. »

Peter Shaunessy possédait une radio à ondes courtes sur son bateau. Il la descendit à terre, avec la batterie et tous les fils. « Plus personne n'émet sur les fréquences principales, expliqua-t-il à la petite foule réunie au Petrel Inn, mais avec ça nous allons apprendre tout ce que nous avons besoin de savoir. » Cela leur fit une distraction, pendant un temps. Peter tripota les boutons, Kenny Kennet grimpa sur le toit de l'auberge avec l'antenne, reliée à un très long câble, et il la déplaça à bout de bras dans tous les sens. Ils réussirent enfin à capter des signaux. Ils parlèrent à un radioamateur du Shropshire qui leur indiqua que la situation était critique dans le comté, et à un autre, en Bretagne, qui diffusait un appel à l'aide. « Nous avons besoin de médicaments, suppliait-il dans un anglais très mal accentué. Et de nourriture. » Un homme, en Irlande, se lamentait : « On n'a plus une goutte d'or noir.

— Vous voulez dire d'essence ? demanda Kenny.

— Mais non, cornichon ! De Guinness ! » Les ondes courtes bruissaient de conversations, qui toutes racontaient avec force détails les privations, la maladie, ou dispensaient des conseils, utiles ou superflus. « Ne buvez surtout pas l'eau ! enjoignait un illuminé des ondes, quelque part dans le nord de l'Angleterre.

— Quelle eau ? lui demanda Kenny.

— L'eau contaminée !

— On devrait le mettre en contact avec l'autre gus, l'Irlandais, observa Jacob Anderssen. Ils auraient de quoi parler. »

Au bout d'une heure, le gros du public s'était dispersé. « Nous ne sommes pas plus informés », se plaignit Aminata Chikelu à Elizabeth Bartle. Peut-être était-ce là le sentiment le mieux partagé, en ces premiers jours de crise. « Quelqu'un pourrait-il m'expliquer exactement ce qui se passe ? » avait imploré Martha Fishburne. Un cri venu du fond du cœur, qui faisait écho au sentiment d'impuissance général du village, et personne ne fut soulagé de découvrir, grâce à la radio de Peter Shaunessy, qu'il était partagé dans le reste du monde. Lorsque l'électricité avait été coupée, Mallory Books s'était lancé dans une campagne individuelle pour encourager ses coadministrés à stocker de l'eau. « Bientôt, il pourrait ne plus y en avoir une goutte dans les tuyaux », les avait-il prévenus. Ils avaient donc rempli des baignoires, des casseroles, des bouteilles, des bocaux et, en l'espace d'une journée, la prédiction du vieux docteur se réalisa. Bevis Magwith avait accouru au village en poussant des cris d'orfraie, qui provoquèrent un attroupement.

« Tu aurais dû remplir ta baignoire, Bevis, lui fit observer Louisa Penroth, la femme du pêcheur de homards.

— À quoi ça m'aurait avancé ? lui rétorqua Magwith. J'ai quarante vaches laitières qui ont besoin de boire, une douzaine de génisses, un taureau, et je n'ai qu'un jour de réserve dans les abreuvoirs. Si l'eau ne revient pas d'ici vingt-quatre heures, je vais devoir commencer à abattre des vaches. » Voilà qui donnait à réfléchir. « Ensuite, ce sera le tour des brebis, ajouta-t-il.

— N'y a-t-il pas un ruisseau, dans le village ? » demanda Aminata.

Tous secouèrent la tête comme un seul homme. « Pas à ma connaissance, dit Martha.

— Mais où le village puisait-il son eau, avant ? s'étonna Aminata. Il y avait toujours une source, autrefois, dans les villages.

— Il y avait un puits, intervint le vieux Garrow, et toutes les têtes se tournèrent vers lui.

— Où ça ? demanda Magwith. Montrez-moi. »

Une procession s'engagea dans Fish Street. « Il était pile à cet endroit, dit Garrow en tendant sa canne.

— Sous la cabine téléphonique ?

— Ben oui, ils l'ont posée dessus. »

Une demi-heure plus tard, les Magwith étaient de retour avec une pelleteuse, qui ne fit qu'une bouchée de la cabine et des câbles.

« Si je me souviens bien, reprit le vieux Garrow, ils ont coulé une grosse dalle de béton. J'étais tout minot, à l'époque. »

Bevis Magwith, assis aux commandes de l'engin, dirigeait déjà l'immense pelle mécanique vers le sol. La foule de badauds battit en retraite. Comme on pouvait s'y attendre, le disque de béton se laissa arracher aussi facilement qu'un tas de sable. Après quoi, tout le monde fit cercle pour contempler le trou.

« C'est bien lui. C'est le puits », confirma le vieux Garrow.

Un des fils Robins plongea un seau, à l'aide d'une corde, qui remonta rempli d'eau.

« Quelqu'un devrait la goûter », suggéra Jeremy Melon tout en faisant un pas de côté, signifiant qu'il n'était en rien volontaire.

Lorne Magwith s'avança et prit le seau, sans un mot. Il but une longue gorgée. La foule attendit le verdict en silence. « Ça le fera, annonça-t-il, et un cri de joie monta des rangs.

— On va revenir avec une pompe et une citerne, annonça Bevis Magwith. Si vous voulez du lait, les vaches devront être servies les premières. »

Personne ne s'avisa de protester, mais au Petrel Inn, ce soir-là, les pronostics émis à la lueur d'une bougie n'étaient pas brillants. Jeremy dit tout haut ce que chacun pensait : « Que se passera-t-il lorsque nous n'aurons plus de fuel ? »

Jacob Anderssen rationnait désormais la bière. Un quart de pinte par personne, c'était tout ce qu'il pouvait proposer. Son épouse veillait au grain. « Nous n'avons jamais travaillé autant, se plaignait-elle à quiconque voulait bien écouter. Et nous n'avons rien à vendre ! » Il y avait bien des bouteilles d'alcool fort, et même quelques-unes de vin, à la cave, mais Romer rechignait à s'en séparer, sinon au tarif habituel. « On fait des ardoises pour la bière uniquement parce que Jacob a encore moins de bon sens que d'argent, expliqua-t-elle aux buveurs. Pour le reste, ce sera rubis sur l'ongle. » Certaines personnes, Mallory Books par exemple, semblaient avoir de généreuses réserves d'argent liquide, mais après quelques tournées de whisky, sa générosité commença à s'épuiser. Les bougies étant rares, on en avait allumé une seule pour tout le bar. Heureusement qu'il y avait le feu de bois ! C'était une bénédiction et peut-être la principale force d'attraction de l'auberge. En début de soirée, la moitié du village semblait réunie au Petrel Inn qui, même éclairé avec parcimonie, était devenu un refuge pour tous ceux qui répugnaient à regagner des maisons privées de chauffage et d'éclairage. Romer ouvrit la salle à l'étage, qu'ils utilisaient pour les mariages et les fêtes, et alluma une autre bougie. Comme il n'y avait pas assez de chaises pour asseoir ne serait-ce que la moitié des clients, la plupart des hommes s'accoudèrent au comptoir, et bien d'autres restèrent debout, par petits groupes, encombrant les couloirs et la resserre. Annie Bartle et Charity Cloke donnaient un coup de main derrière le bar. Les Shaunessy et les Daniel apportèrent quelques paniers de poissons, Toby Penroth offrit cinq homards, Kenny Kennet, un seau de moules. Une dizaine de personnes, dans la petite cuisine, se mit au travail devant un assortiment de réchauds de camping. Jessie Higgs arriva bientôt avec un stock de bougies et recueillit une ovation.

Ceux qui veillèrent le plus tard sirotèrent très lentement leur ration d'alcool. Romer, qui avait oublié qu'aucun représentant de la loi ne viendrait lui chercher des poux, insista pour sonner la cloche à dix heures trente. « C'est l'heure, s'il vous plaît, messieurs, mesdames, c'est l'heure !

— Trésor, ne pourrions-nous pas avoir un dernier petit verre ? supplia Demelza Trevarrick, qui était à court de cigarettes et contrainte d'en mendier.

— Vous avez tous un lit, que je sache ? s'entendit-elle répondre sèchement. Terminez vos verres, s'il vous plaît. »

Dehors, sur Harbour Square, une fine pluie s'était mise à tomber. « Bon Dieu qu'il fait noir ! se plaignit Demelza. Et froid. Et maintenant, en plus, il pleut comme vache qui pisse ! » C'était un langage bien peu châtié pour un auteur de romans sentimentaux. Elle prit le bras de Jeremy Melon. « Trésor, vous allez devoir me raccompagner chez moi.

— Je n'y vois pas mieux que vous.

— Oui, mais si l'un de nous trébuche, l'autre sera là pour le rattraper. » Ils entreprirent l'ascension de Fish Street, en tâtonnant le long des murs. Un peu de la générosité de Mallory Books s'était distillée dans le sang de Demelza, et affectait son sens de l'équilibre. « Personne n'a donc de torche électrique, dans ce patelin ? »

La question, apparemment, n'appelait aucune réponse.

« Nous n'arriverons jamais jusqu'à chez moi, c'est au diable », reprit Demelza. Ils avaient à peine parcouru une vingtaine de mètres, et n'étaient plus très loin de la porte de Jeremy. « Jeremy, trésor, je vous en supplie, ne m'abandonnez pas ! Jamais je ne trouverai seule mon chemin.

— Vous pouvez toujours dormir chez moi », proposa Jeremy.

La pluie avait cessé, et une mince tranche de lune apparue derrière un nuage procurait assez de lumière pour poursuivre l'ascension de Fish Street sans le secours d'une torche. Si Demelza avait eu besoin d'une excuse, elle était toute trouvée. Mais comme elle l'avait expliqué un jour à Joe, en matière de passion, certains n'avaient droit qu'à la portion congrue.

« Je pensais que vous n'aimiez pas les filles, disait-elle maintenant, dans une ultime, et vaillante, tentative de résistance. Depuis quinze ans que vous êtes installé dans ce village…

— Seize…

— Je ne vous ai jamais vu avec une fille. »

Jeremy soupira. « Dans certains endroits, c'est déjà pas simple d'être homosexuel. Imaginez un peu le chantier, s'il faut expliquer à Saint-Piran qu'on peut être "bisexuel".

— Bon, on ne va pas rester là, s'impatienta Demelza. Entrons. »

Très tard ce même soir, le village fut victime d'une rafle. Un gros camion fonça droit dans le portail, dévala jusqu'à Harbour Square et défonça la vitrine de l'épicerie. Le temps que Jessie et bosco Higgs se précipitent au rez-de-chaussée pour enquêter sur l'origine d'un tel raffut, les voleurs avaient déjà pris la poudre d'escampette. Après avoir dévalisé plusieurs étagères.

« Ils cherchaient le garde-manger de Joe », lança Jessie, d'un ton sombre.

À la lumière froide de l'aube, les villageois se rassemblèrent pour inspecter les dégâts. Toby Penroth apporta quelques planches qu'il cloua par-dessus la vitre brisée.

Mais ce n'était pas la fin des problèmes, ce matin-là. Saint-Piran n'était pas encore remis des émois causés par le braquage de l'épicerie que des voleurs de bétail, accompagnés de chiens, firent une razzia à la ferme des Magwith, emportant soixante et une brebis à bord de leurs bétaillères. Lorne et Bevis se trouvaient à ce moment-là en bas, au village, en train de pomper de l'eau au puits, et Forrest et Corin étaient seuls à la traite ; Aileen aperçut les malfaiteurs, complètement par hasard, depuis la fenêtre de la chambre alors qu'elle faisait les lits. Elle se rua dans la cour en agitant à bout de bras le fusil de chasse de

Corin, sur quoi les voleurs remontèrent le hayon de leur dernier camion, et repartirent aussi tranquillement qu'ils étaient venus. Il n'y eut aucun coup de feu tiré – le fusil, s'avéra-t-il, n'était pas chargé. Mais ce second incident ébranla considérablement le village.

« Z'allez voir que sous peu, y aura des coups de pétoire et des morts, prophétisa le vieux Garrow.

— On devrait prévenir la police », suggéra Aileen à son mari, une idée fort peu réaliste de l'avis général. Bevis décida donc de prendre la situation en main. Il grimpa avec la grosse excavatrice tout en haut de la route, jusqu'au croisement, et creusa une tranchée d'un mètre de profondeur en travers de l'embranchement pour Saint-Piran. Il entassa ensuite la terre excavée en rempart et, pour la bonne mesure, déchiqueta un peu les bas-côtés afin d'en augmenter la hauteur. Il s'arrêta pour admirer son travail. Et constata qu'il suffirait de quelques branchages supplémentaires pour dissimuler entièrement la route aux regards. Après tout, ce petit chemin vicinal n'avait jamais été facile à repérer, même à l'époque faste où il y avait le panneau.

L'opération lui réclama moins d'une heure. Il transplanta quelques mètres de haies, qu'il alla arracher un peu plus bas le long du chemin, sur le monticule de terre et de gravats qui barrait l'embranchement. Si un autochtone ne manquerait pas de remarquer ce barrage inattendu là où se trouvait autrefois une route, n'importe quel étranger, en revanche, passerait son chemin sans s'apercevoir de rien. Saint-Piran était maintenant effacé de la carte.

Si Bevis Magwith avait été un homme réfléchi, il aurait pu, en reconduisant son excavatrice à la ferme, s'interroger sur la signification de ce qu'il venait d'accomplir. Une seule et unique route se hasardait jusqu'à Saint-Piran, et il avait coupé net ce fragile lien vital, sur un coup de sang. Pour la petite communauté établie au cap Piran, le divorce d'avec le reste du comté, et le reste du monde au-delà, était acté. Jeremy Melon aurait dit qu'ils n'étaient désormais guère plus qu'une flaque abandonnée par la marée au milieu des rochers.

Aucun avion ne traversa le ciel gris pâle au-dessus du cap Piran, ce jour-là. Aucun gros bateau ne fut aperçu au large de ses côtes. Aucun randonneur ne s'aventura sur les sentiers de ses falaises. Pas un véhicule ne se risqua à défier les ouvrages de Bevis Magwith. Le courant n'était toujours pas revenu, non plus que l'eau, et les ondes radio s'étaient tues. En ce morne matin d'octobre, les habitants de Saint-Piran n'entendirent rien d'autre, au réveil, que le criaillement des goélands, le sifflement d'un vent du nord glacial, et le tintement de deux cloches d'église.

## 28

# Je tuerais volontiers pour un repas chaud

« Je me trouvais à Truro, la semaine dernière, dit Alvin Hocking. Il y avait là un homme-sandwich. Savez-vous ce que proclamait son panneau ? *La fin du monde est proche.* Je n'avais plus vu ce genre d'illuminé depuis des années. »

Joe sourit. « Peut-être avait-il raison.

— Vous le pensez ?

— Ça commence à en prendre la tournure. »

Ils étaient assis sur le toit du clocher et contemplaient l'océan. Dans un petit moment, le froid les obligerait à se retirer à l'intérieur, mais pour l'instant ils profitaient du grand air.

D'une étroite rue, en contrebas, monta un chant, celui d'une femme, qui s'enroulait par-dessus les toits d'ardoise. À cette distance, les paroles étaient indistinctes, mais la mélodie était familière, et la pureté de la voix, la perfection de son timbre étaient telles que les deux hommes se trouvèrent comme envoûtés.

« C'est la voie d'un ange, murmura Joe.

— C'est notre rossignol. » Alvin sourit. « C'est étonnant à quel point sa voix porte.

— Qui est-ce ?

— Une jeune femme du nom d'Aminata.

— L'infirmière ?

— J'adorerais l'avoir dans le chœur. Mais elle assure les gardes de nuit, et dans la journée elle dort.

— C'est une chanson de Diana Ross, dit Joe en fermant les yeux pour se concentrer. "Close to you".

— Les Carpenters aussi l'ont chantée.

— Quand on y pense, reprit Joe, votre homme-sandwich ne faisait rien de plus étrange que ce que moi-même je faisais autrefois à la banque. » Il s'imagina au cinquième étage, à la banque, en costume d'homme-sandwich. « Shortez du Samsung ! » disait-il, par exemple. Ou encore « Gare au secteur de l'édition ! »

« Sauf que personne ne l'écoutait.

— Moi non plus, on ne m'écoutait pas toujours.

— En un sens, cela ne diffère pas trop de ma mission, dit Hocking. À quoi sert un prêtre, sinon à mettre en garde contre Armageddon ? »

Joe sourit. « Nous avons peut-être plus en commun que nous ne l'imaginions. » Il laissa la pensée faire son chemin. Elle n'était pas si farfelue. N'avaient-ils pas, l'un comme l'autre, étudié leurs saintes écritures, et colporté une liturgie d'épouvante ?

Sans compter qu'ils étaient l'un et l'autre amoureux de Polly Hocking.

Mais Joe l'avait-il seulement jamais été ? À une époque, il avait nourri ce même genre de sentiments pour Clare Manners, du service com. Une allumeuse, elle aussi. Elle venait travailler en jean, et ses chemisiers, invariablement trop courts de quelques centimètres, exposaient autour de la taille un ruban de peau bronzée qui l'avait mis au supplice. Elle avait un rire qui résonnait dans tout l'étage. Certains jours, chez Lane Kaufmann, seuls le déhanché de Clare Manners et la musique de son rire l'avaient soulagé de son ennui et de la morosité ambiante. Il avait rêvé d'elle, brodé quantité de fantasmes et échafaudé toutes sortes de plans pour l'inviter à sortir, et bien d'autres choses avec.

Mais le destin en avait décidé autrement. Leur premier rencard avait été une soirée bizarre ; ils consacrèrent la première heure à dénicher un restaurant servant des plats sans gluten ; la seconde, à batailler pour s'accorder sur un sujet de conversation. Elle parlait ski et équitation ; lui, de tout le reste. « Tu devras te disputer mon affection avec Geordie », le prévint-elle. Geordie n'était autre que son cheval – cela n'avait pas été clair d'emblée. Dans l'agitation du restaurant, Joe avait trouvé son rire moins musical. Trop vite, ils s'étaient retrouvés sur le trottoir – et après ? Un petit tour en club ? Ou bien rentrer à la maison pour s'adonner à une activité plus physique ? Ils avaient opté pour le sexe. Une fois chez lui, Joe lui avait arraché ses vêtements, ce qu'il rêvait de faire depuis de longs mois, mais il se trouva tout déconcerté de n'être pas plus excité. Elle se montra froide et mal à l'aise. « Tu es sûre que tu veux ? lui demanda-t-il, en essayant de la ramener à de meilleures dispositions avec des baisers, tout en bataillant avec l'agrafe de son soutien-gorge.

— Uniquement si toi tu veux. »

Cette réponse valait-elle consentement ? Sur un plan juridique, sans doute, mais pouvait-on se contenter d'une déclaration aussi ambiguë, dans une chambre à coucher ? Joe étant en quête d'une passion réciproque, sa propre question semblait signifier qu'il n'en mourait pas d'envie non plus. Cela voulait-il dire du coup que la réponse de Clare valait, en fait, pour un non ?

« Je t'aime », lui dit-il, une fois les ébats terminés et le visage de la jeune femme calé contre son épaule. D'où diable sortaient ces mots ? Ils s'étaient échappés de leur propre initiative d'entre ses lèvres, comme s'ils avaient patienté en lui, à l'état de chrysalide, pendant un an ou plus, guettant le moment d'achever leur métamorphose et de prendre leur envol.

« Arrête, Joe, tu deviens flippant… »

« On va se revoir ? lui demanda-t-il le matin, juste avant qu'elle disparaisse dans la salle de bains.

— Évidemment. » Son rire était presque redevenu musical. « Tu vas me voir au bureau, non ?

— Ce n'est pas que je voulais dire. »

Il y eut un deuxième rencard. Cette fois, Joe dénicha ce qui lui semblait être le restaurant parfait, à Chiswick, avec une vue magnifique sur la Tamise et une carte adaptée. Il réserva une table près de la fenêtre. Pour la suite de la soirée, il avait acheté des billets pour un spectacle de jumping à l'Olympia. Malgré tous ces préparatifs, la soirée n'eut pas le succès escompté. Clare n'apprécia pas la cuisine du restaurant. Elle avait commandé un curry de patates douces aux noix de cajou accompagné de riz sauvage, trop épicé à son goût, qu'elle picora sans conviction. « On va te commander autre chose, insista-t-il, mais elle s'y opposa.

— Ça m'a écœuré », coupa-t-elle, et elle le regarda manger. À l'Olympia, ils prirent place autour du manège. Joe s'était imaginé que ce serait la diversion idéale et, de prime abord, Clare avait semblé sincèrement enthousiaste. Mais une fois assise, elle devint critique. Elle n'aimait pas le parcours. Les participants n'étaient pas au niveau. Elle avait à redire sur la notation. Un des cavaliers usait un peu trop de sa cravache. Enfin, Clare annonça qu'elle en avait assez vu. « À demain, au bureau », dit-elle à Joe tandis qu'ils regagnaient Hammersmith Road. Elle lui autorisa le plus bref des baisers. « Je préfère rentrer dormir chez moi, si ça ne t'embête pas. » Elle grimaça. « Histoire de filles. »

Cela remontait à quinze mois. Joe avait bataillé un peu pour entretenir la flamme, mais ils n'étaient jamais plus sortis ensemble. Il s'était pourtant fendu d'un petit mot (« Je suis navré que les chevaux ne t'aient pas plu... Revoyons-nous un autre soir »), qui resta sans réponse. Elle prenait soin d'éviter son bureau. Il l'avait recroisée par hasard, dans le hall d'accueil, et l'avait invitée à déjeuner. « J'ai trop de travail », lui avait-elle répondu, le regard fuyant.

De temps en temps, Joe se représentait son visage, il imaginait son corps ondoyer devant les tablées de quants, le nombril négligemment à l'air. Elle s'invitait dans ses rêves, toujours inaccessible. Joe songea qu'il lui fallait l'épater pour capturer à nouveau son attention. Mais le courage et l'imagination lui faisaient défaut. Un jour, il l'aperçut au loin, sur le palier du cinquième étage, et ils se croisèrent en n'échangeant guère plus qu'un signe de tête. Le même jour, dans l'ascenseur, il surprit une conversation qui n'était pas destinée à ses oreilles ; Clare Manners sortait avec Julian

McEvan. Non ! Clare et Julian ! Si ! Sur le point de s'envoler pour Monaco, pour assister au Grand Prix. Consumé de douleur et d'indignation, Joe partit à pied, et remonta Embankment jusqu'au Waterloo Bridge. Il s'accouda à la rambarde pour regarder un moment les bateaux se traîner sur la Tamise. Une imposante péniche s'engouffra sous le pont, glissant sans effort dans le sens du courant. Joe l'observa poursuivre sa route sur les eaux limoneuses. Une métaphore grossière de sa relation avec Clare. Déjà elle s'effaçait, avalée par la brume, par les arches du Blackfriars Bridge. Puis elle disparut.

Clare Manners s'appelait maintenant McEvan. Elle avait quitté la banque, et ils n'avaient pas gardé d'autres contacts que les messages sur les réseaux sociaux, visibles par tout un chacun. Elle avait posté les photos de son mariage ; Clare et Julian, la perfection sur papier glacé. Le mariage avait eu lieu dans un château. Tous les invités portaient le kilt. Et pour leur lune de miel, ils étaient partis aux Seychelles, d'où ils avaient posté d'autres photos, seuls sur une plage de sable blanc au coucher de soleil.

« Il y a une différence fondamentale entre nous, était en train de dire Hocking.

— Ah bon ?

— Vos prédictions sont intéressées. Elles sont conçues pour gagner de l'argent – enrichir votre banque, tout au moins. Mes prédictions visent seulement à aider mon prochain. L'aider à se préparer à ce qui l'attend dans l'au-delà. »

Joe opina. « Vous avez raison, naturellement.

— Je vénère Dieu, et vous, vous vénérez Mammon », poursuivit Hocking, qui commençait à s'échauffer.

Il n'y avait guère d'arguments à opposer à cela. « Si le monde doit courir à sa perte, cela ne sera pas la faute de la religion ; mais la vôtre, à vous et vos semblables.

— Ma faute ?

— Pas que.

— C'est un soulagement de vous l'entendre dire.

— Mais celle de gens comme vous. »

Ah, c'était reparti. Les gens comme lui. « Vous généralisez, protesta Joe.

— Pas du tout. Je classifie. Je fais des observations taxinomiques concernant un groupe social particulier dont vous êtes un des représentants. »

Cette conversation ne pouvait mener nulle part. Joe résista à l'envie de lâcher un soupir. « Et du haut de votre vaste connaissance du comportement humain, sauriez-vous me dire également… ce qui, selon vous, est en train de se passer dehors ? » La question pouvait-elle passer pour sarcastique ? Il espéra que non.

« Que voulez dire ?

— Nous n'avons plus ni eau ni électricité depuis une semaine. Je suppose qu'on peut en conclure que l'ensemble de la Cornouailles est logée à la même enseigne, et sûrement le pays tout entier, voire l'ensemble du monde.

— Ça ne prendra pas de telles proportions, tempéra Hocking.

— Mais si c'était le cas ? Imaginons que l'on ait fermé les robinets au Moyen-Orient, au Nigeria et au Venezuela : plus de pétrole. Selon moi, c'est déjà le cas. Imaginons que les Qataris et les Russes aient fait de même avec le gaz. Plus rien ne fonctionne, c'est la pénurie. Il n'y a plus de nourriture dans les magasins, et toutes les livraisons sont suspendues. Imaginez le tableau, Alvin. Et maintenant, dites-moi comment, d'après vous, les gens se comportent ? »

Alvin Hocking fixait un point au loin.

« C'est important, Alvin. C'est la seule inconnue, dans mon modèle informatique.

— Je n'ai jamais eu beaucoup foi en la nature humaine. » Hocking marqua une pause. Il avait repéré un bateau contre la ligne d'horizon. « N'est-ce pas un pétrolier, là-bas ?

— J'espère de tout cœur que c'en est un. » Joe scrutait l'horizon à son tour. « Où se dirige-t-il ?

— Vers le large.

— Ce n'est pas une raison pour désespérer. Ils arrivent avec les soutes pleines, et repartent à vide.

— La Bible nous met en garde contre les prédictions de la fin du monde, lâcha Hocking.

Saint Matthieu dit : “Quant à la date de ce jour, et à l’heure, personne ne les connaît, ni les anges des cieux.”

— Je ne pense pas que mon patron aurait apprécié ce verset. »

Le vicaire sortit sa bible de sa poche et entreprit de la feuilleter. « “On se dressera nation contre nation, et royaume contre royaume : et il y aura par endroits des famines, des épidémies et des tremblements de terre.”

— Bon, il semblerait qu’on nous ait épargné les tremblements de terre.

— Ça ne supporte guère la plaisanterie, Joe. » Le vicaire fronça les sourcils.

« Excusez-moi. Ce n’était pas mon intention.

— Isaïe dit : “Hurlez car il est proche, le jour de l’Éternel ; il vient comme un ravage du Tout-Puissant.”

— Je n’aime pas trop le sous-entendu.

— Qui l’aimerait ? L’humanité s’est perdue, Joe. C’est là notre problème. Nous n’avons pas été à la hauteur de la gloire de Dieu.

— Qu’entendez-vous par là, concrètement ?

— Que nous ne pouvons faire confiance à personne. Si l’ordre public disparaît, tout s’effondre. Ce sera la loi de la jungle. Si un homme sait qu’il peut tuer en toute impunité, sans craindre de châtiment, il n’hésitera pas.

— Vraiment ? De la même façon que vous avez essayé de me tuer ? »

L'expression d'Alvin était un mélange volatil d'effroi et de mépris. « Je n'ai pas essayé de vous tuer, Joe. Je vous ai sauvé la vie. »

Quelle était la part de vérité, dans cette affirmation ? « Je ne vous crois pas. » Jusque-là, l'euphorie qui avait accompagné sa guérison avait effacé ses souvenirs de cette nuit-là.

« Vous déliriez.

— Je sais.

— Vous réclamiez je ne sais quoi.

— Je réclamais de l'eau.

— Comment pouvais-je le deviner ? Vous divaguiez. »

Ils restèrent un moment sans rien dire.

« Ne jouez pas à ce petit jeu, Joe », reprit Hocking. Il avait détourné le visage. « Nous avons tous les deux frôlé la mort. Nous sommes tous les deux vivants. N'allez pas tout compliquer avec des théories de la conspiration. »

Si un homme sait qu'il peut tuer en toute impunité… il le fera. Était-ce là le message d'Alvin Hocking à l'humanité ? Leur faudrait-il barricader le village pour se protéger de maraudeurs homicides ?

« C'est là une vision bien sombre de l'humanité, Alvin. La Bible nous donne-t-elle vraiment un pronostic à ce point pessimiste ? »

Le vicaire se retourna vers lui, l'air visiblement soulagé que Joe ait changé de sujet. « Avez-vous lu l'Ancien Testament ? demanda-t-il.

— Pas récemment. » Jamais, en fait, mais il connaissait certaines des histoires. « Peut-être aurais-je dû programmer l'Ancien Testament dans mon modèle informatique. » Quelles différences cela aurait-il induit ? À quoi bon recouper les analyses de CNN ou Reuters. Voyons plutôt ce que nous disent Abraham, Élie ou Sophonie.

Il était temps de rentrer se mettre au chaud. Joe, encore un peu raide, se leva. « Êtes-vous prêt à casser une graine ?

— Que diriez-vous d'un buffet froid avec du jambon et des pommes de terre, et un peu de soupe pour faire descendre le tout ?

— Ça me paraît parfait.

— Vous savez quoi ? dit Hocking. Je tuerais volontiers pour un repas chaud. »

# TROISIÈME PARTIE

## *Les compagnons feront-ils un banquet de Léviathan ?*

## 29

# Comment nous comporterons-nous ?

Le village était presque méconnaissable. Barbus, sales, Joe et Alvin sortirent de leur confinement aux alentours de midi le onzième jour. Hocking gagna directement son presbytère pour retrouver Polly. Heureux d'être libéré de sa compagnie, Joe descendit vers le port. Il y avait très peu de monde dans les rues. Il toqua à la porte de l'ancien cabinet médical de Fish Street, et entra sans attendre de réponse.

« Il y a quelqu'un ?

— Mon cher petit ! » Mallory émergea de sa salle de consultation et vint étreindre Joe. « Que c'est bon de vous revoir !

— Plus que bon. Merveilleux. »

Mallory s'écarta de Joe pour l'examiner. « J'en termine avec Mme Restorick, puis nous boirons un petit whisky pour fêter votre retour. » D'un mouvement de tête, il indiqua la salle de consultation, et Joe aperçut Dorothy et Benny, rayonnants, qui étaient à l'évidence là pour quelque motif d'ordre médical.

« Excusez-moi, je ne voulais pas déranger.

— C'est un plaisir de vous revoir, Joe, lança Dorothy.

— Oui, vraiment, mon vieux, renchérit Benny.

— Un plaisir partagé, les assura Joe.

— On peut lui annoncer la nouvelle ? » demanda Dorothy. Ses yeux brillaient d'excitation. « On va avoir un bébé.

— Félicitations. C'est une merveilleuse nouvelle. » Joe referma doucement la porte. La vie suit son cours. Le sodium et l'eau. Rien ne peut arrêter la chimie de la vie. Cette soudaine confrontation avec le miracle de la biologie humaine lui inspira un désir violent de voir Polly. Il était de nouveau libre de lui parler – mais de quoi ? Et où trouveraient-ils un peu d'intimité dans ce vase clos qu'était Saint-Piran ? Il aurait aimé se promener sur la plage avec elle, pour voir l'empreinte de ses pas dans le sable. Pourrait-il jamais s'en contenter ?

La porte du cabinet médical se rouvrit et Joe vit sortir l'heureux couple qui s'embrassait à qui mieux mieux, Books sur leurs talons. « Revenez me voir si quoi que ce soit vous tracasse. Quoi que ce soit, vraiment. Bon, ce n'est pas votre premier, vous connaissez les ficelles.

— Je ne pourrai jamais vous remercier assez, docteur », dit Benny. Il sortit une bouteille de vin rouge d'un cabas. « Nous ne savions pas comment vous payer, mais j'ai pensé que…

— C'est très généreux de votre part, Benny. Vraiment très généreux. »

Le troc était devenu la monnaie courante, songea Joe. L'économie du don. Il se demanda si en d'autres temps Books, heureux de rendre service à la communauté, aurait refusé de tels cadeaux. Aujourd'hui, c'était différent, même pour le bon docteur. L'échange équitable était devenu la règle. La sociologie de l'échange, c'était là un sujet qui semblait pour Joe déjà appartenir à un monde plus ancien, moins pertinent.

Mallory brandit triomphalement la bouteille de vin. « Il semblerait que nous n'ayons même pas besoin de puiser dans les réserves de whisky. Venez, venez, mon garçon, ajouta-t-il en conduisant Joe dans le salon. Et racontez-moi tout.

— Tout ? Que voulez-vous savoir ? Nous étions bouclés dans un clocher, à dresser un inventaire de produits d'épicerie.

— Mon cher petit, ce n'est pas ça qui m'intéresse. » Le vieil homme dénicha un tire-bouchon dans un buffet. « Vous n'allez pas tarder à découvrir qu'il va falloir l'économiser un peu, ajouta-t-il en s'attaquant à la bouteille. Un demi-verre, c'est tout ce qu'on devrait s'accorder. Si j'ai bien suivi, John et Lucy Thoroughgood sont en train de préparer du cidre, mais il ne sera pas prêt avant des semaines. Voire des mois. Et il pourrait être infect. Kenny Kennet connaît une recette de vin d'algues dont le vieux Garrow jure qu'il est buvable, mais j'ai le plus grand mal à imaginer que quiconque soit impatient d'y goûter. Ceci, ajouta-t-il en présentant l'étiquette à Joe, pourrait bien être la dernière bouteille de vin français correct que vous et moi aurons le plaisir de boire… à moins qu'il ne me soit donné l'occasion de diagnostiquer d'autres grossesses. Les symptômes, mon garçon. Je veux que vous me décriviez vos symptômes. » Le bouchon sauta avec un bruit mat et le docteur versa une rasade du précieux breuvage dans chaque verre. « Ne me faites pas grâce des détails. »

La place du village, elle aussi, avait bien changé. Un assortiment de tables et de bancs avait poussé sur les pavés. Certains, sans doute fabriqués à la hâte, n'étaient qu'un assemblage de planches de bois non dégrossies et de vieux barils d'essence ; d'autres, visiblement, avaient été transportés depuis des jardins et des terrasses. Au centre de la place, devant le Petrel Inn, les Magwith avaient installé trois vieilles auges en fer forgé. « Qu'est-ce que c'est que ça ? demanda Joe lorsqu'ils sortirent faire un tour.

— Le barbecue du village, lui répondit Mallory. Qu'est-ce que ça fume ! Comme personne n'a de charbon, nous cuisinons au bois.

— C'est énorme. On pourrait nourrir tout le village avec ça.

— Mais c'est bien ce que nous faisons. Tous les jours en fin d'après-midi, deux heures avant la tombée de la nuit. Les garçons assurent le ramassage du bois. Là, regardez. » Mallory indiqua un gigantesque tas de bûches.

« Doux Jésus. » Joe se demanda comment tout cela fonctionnait. Qui paie qui, combien, et avec quoi ?

« Toute personne valide, homme, femme ou enfant, participe à l'effort, reprit Mallory. En ce moment même, certains sont en train de pêcher en mer. On a réquisitionné tous les bateaux. D'autres ramassent des coquillages. » Du doigt, il désigna le mur d'enceinte du port où une dizaine de personnes, sinon plus, étaient adossées aux vieilles pierres avec des cannes à pêche. « À l'heure où nous parlons, quelques-uns sont montés à la ferme, donner un coup de main aux Magwith pour la traite du soir. Et ils y retourneront demain avant l'aube pour celle du matin. La ferme possède un groupe électrogène pour alimenter les trayeuses, mais nous veillons à garder le fuel pour les bateaux. Traite manuelle, donc. »

De la façon dont il le présentait, Mallory donnait l'impression qu'il s'agissait d'une coutume ancestrale.

« Que faites-vous du lait ?

— On le boit. On s'en sert pour pocher le poisson. On le baratte, pour faire du beurre et de la crème. Corin prépare du fromage. »

Tout ça en… quoi ? Onze jours ? songea Joe avec un hochement de tête admiratif.

À une extrémité de la place, gisaient les restes, broyés, de la cabine téléphonique, et en lieu et place de celle-ci, on avait érigé une vieille pompe à bras en fer forgé, maintenue par d'imposantes traverses de bois. Le bosco Jordy Higgs était à la manœuvre. Vêtu d'une simple chemise estivale malgré la saison, le teint rouge rhubarbe, il actionnait la poignée en transpirant à grosses gouttes, pendant que Jessie, Martha et une dizaine d'autres personnes faisaient circuler des seaux et des baquets le long d'une chaîne.

« Je pourrais essayer », proposa Joe.

Des têtes s'étaient tournées pour l'accueillir. « Eh bien, eh bien, bonjour, étranger ! » dit Martha en l'enveloppant dans une solide accolade. Joe se retrouva à passer de bras en bras. Combien d'années avait-il travaillé chez Lane Kaufmann, et combien de fois avait-il reçu une accolade de la part de ses collègues ? Pas souvent. Il rendit chaque étreinte, et cela faisait du bien.

« Je ne peux dire qu'on est mécontent de vous revoir, dit Jessie. Nous sommes plus que prêts à aller dans votre supermarché. »

Joe s'efforça de transformer sa grimace en sourire. « En temps voulu », se surprit-il à répondre.

La vision d'une interminable queue de villageois allant faire main basse sur le magot de vivres qu'il avait si méticuleusement assemblé, stocké et inventorié, flottait dans son esprit et le mettait mal à l'aise.

Jordy Higgs avait profité de la diversion pour s'accorder une pause. « Je préfère passer mon tour, pour l'accolade, dit-il en levant les bras afin de montrer les auréoles de transpiration sous ses aisselles. Je pue trop.

— Laissez-moi donc vous remplacer, répondit Joe.

— Vous êtes sûr d'être rétabli ?

— Je me porte comme un charme. » Était-ce bien vrai ? Il avait cependant recouvré assez de forces pour manœuvrer une pompe, non ?

« En ce cas, avec plaisir. » Higgs lui céda la place et Joe empoigna le bras en fer. Il était froid, et plus lourd qu'il ne l'avait anticipé. Il le souleva, haut, puis l'abaissa en laissant le poids de son corps faire tout le travail. Un filet d'eau satisfaisant émergea du bec, aussitôt capturé dans un seau par Aminata Chikelu.

« Bon travail », dit-elle.

Ils échangèrent un sourire, puis Joe détourna les yeux. Que pouvait bien faire Polly, en ce moment ? se demanda- t-il. Alvin et elle rattrapaient-ils le temps perdu ? Il souleva le bras de la pompe. C'était plus facile, cette fois. Étaient-ils enroulés l'un autour de l'autre, en proie à une sorte de passion festive ? Il abaissa le bras en mobilisant toutes ses forces.

« Hé, allez-y mollo, lui lança Higgs avec un sourire rigolard. Laissez un peu d'eau en bas. »

Quand Higgs le relaya de nouveau, Martha vint rejoindre Joe, assis sur un muret pour reprendre son souffle. « Puis-je vous dire un mot ? demanda-t-elle.

— Bien sûr.

— Pouvons-nous faire quelque pas ?

— Si vous voulez. » Joe sauta sur ses pieds et ils s'éloignèrent sans hâte de la pompe et de l'agitation qui régnait alentour.

« On s'est dit qu'il serait peut-être temps d'ouvrir votre garde-manger.

— Je vois.

— Pour être franche, ce n'est pas juste une pensée en l'air, Joe. C'est une requête en bonne et due forme. Pouvons-nous ouvrir le garde-manger ? »

Maintenant que la question avait été posée solennellement, Joe fut assailli par une nouvelle vague de panique. « Êtes-vous sûre ?

— Je ne vous le demanderais pas si je ne l'étais pas. »

Pourquoi cette soudaine réticence ? N'était-ce pas justement dans ce but qu'il avait acheté toute cette nourriture ? « Vous comprenez que c'est une réserve pour les situations d'urgence, n'est-ce pas ? Je me disais que nous devrions peut-être attendre jusqu'à ce que les gens aient vraiment…

faim. » Telle fut sa réponse ; mais ces mots, il ne les pensait pas. Ils lui laissaient un drôle de goût dans la bouche.

Un silence s'installa ; Martha le dévisageait bizarrement. « Ils vous ont tous aidé à le remplir, ce garde-manger, dit-elle finalement, avec un mouvement de tête qui désignait l'ensemble du village.

— Je sais.

— Et ils sont affamés.

— Et tout ce poisson ? Tout ce lait ?

— Ça ne suffit pas. Les garçons n'ont plus assez de gasoil pour partir au large. La pêche s'en ressent. En outre… avez-vous déjà essayé le régime poisson-lait ? »

Martha lui ressemblait. Voilà pourquoi elle l'avait pris à part – pour lui laisser la possibilité de manifester cette réticence si peu dans ses habitudes devant elle, et elle seule. Elle savait que l'inévitable conflit entre sa générosité innée et son sens de la propriété pouvait se manifester.

« On n'ira pas loin, murmura-t-il. Avec ce qu'il y a dans le garde-manger. » Pendant ces quelques derniers jours si sombres, il avait fait le calcul assez souvent pour le savoir. À raison de trois cents bouches à nourrir, les réserves tiendraient deux mois. Quatre, en les complétant avec les produits de la mer, les vaches laitières et les agneaux.

« Toute cette nourriture, ce n'est plus seulement la vôtre, fit valoir Martha, avec un regard néanmoins empreint de bonté.

— Bien sûr, bien sûr, acquiesça-t-il, tandis qu'une boule lui obstruait la gorge.

— Alors qu'en dites-vous, Joe ? »

Il contempla ses pieds. « Allons-y. Ouvrons le garde-manger. » Et avec chacun de ces mots, un poids sembla s'envoler de ses épaules. « *Comment vous comporterez-vous, Joe Haak ?* » Il lui semblait entendre l'écho de la question de Lew Kaufmann. « *Comment nous comporterons-nous* ? »

« Vous avez raison, Martha. Entièrement raison ! Allons l'ouvrir tout de suite ! » Il se retint de sautiller.

Le sourire qui fendait le visage de Martha faisait plaisir à voir. « Bon, ne nous emballons pas non plus, tempéra-t-elle. L'idée n'est pas de tout manger en une seule fois.

— C'est sûr. »

Elle glissa son bras au creux du sien. « Venez, allons consulter les cuisiniers. »

Les villageois s'attroupèrent bien avant l'heure du thé. Les enfants, d'abord. Les garçons venaient allumer les feux ; les filles, les regarder faire. Puis arrivèrent les femmes, avec des chargements d'assiettes, de tasses, de couverts, et enfin les hommes, qui portaient des chopes à bière, des jerrycans de fuel pour alimenter les feux, et quelques maigres offrandes : une demi-douzaine d'œufs – les Thoroughgood ; un pot de margarine – les Cloke ; une botte de carottes, du potager de Nate et Rose Moot. « J'ai ouï dire que nous aurions droit à un repas digne de ce nom, ce soir, lança quelqu'un, et la nouvelle se propagea dans la foule de plus en plus dense.

— Et tout ça, c'est grâce à notre Joe », souligna Martha avec fierté.

Sitôt que les feux commencèrent à prendre, l'air se chargea de fumée. Joe et Casey Limber transbahutèrent depuis le clocher un sac de vingt kilos de riz, qu'ils vidèrent dans neuf énormes marmites remplies d'eau frémissante. Romer Anderssen et Rose Moot improvisèrent une sauce dans une batterie de casseroles empruntées à droite et à gauche, avec les carottes, deux douzaines de tomates en conserve, vingt bocaux de sauces prêtes à l'emploi en provenance du magasin de Joe, et un seau d'eau du puits. Les sœurs Bartle levèrent les filets des poissons ; Jacob et Kenny les assaisonnèrent avant de les faire noircir, par fournées de trente, sur une grille en fonte. Moses et Hedra Penhallow, aidés des frères Shaunessy, tisonnaient les braises et retournaient le poisson, et la foule continuait de grossir. Kenny faisait ouvrir des moules, qu'il ajouta à la sauce. Les odeurs puissantes du feu de bois et les fumets de cuisine envahirent la place.

La lumière déclinait. Un grondement de moteur, sur la colline, annonça l'arrivée imminente des

Magwith et des trayeurs bénévoles, entassés dans une remorque tirée par un tracteur. Ils apportaient plusieurs bidons de lait et le déchargement se fit dans un brouhaha ponctué d'interpellations. Sous la supervision d'un des frères Magwith, on transvasa le lait dans des carafes qui prirent place sur les tables.

Comment fait-on pour nourrir autant de bouches affamées ? se demanda Joe. *Comment nourrit-on une ville de dix millions d'habitants ?* avait demandé Kaufmann. Ici, sur cette placette, nourrir trois cents personnes à peine semblait déjà une tâche presque insurmontable ; et qui mobilisait une énergie surhumaine. Joe aurait dû comprendre tout ça, ces questions étaient au cœur des modèles qu'il avait construits pendant des années, en calculant l'offre et la demande, étudiant l'interdépendance des chaînes, décortiquant les interactions humaines. Mais dans ce village, rien de tout ça ne faisait sens.

On commençait à garnir des assiettes avec les premières louches de poisson, de riz et de sauce, à remplir les premiers verres de lait, et les gens prenaient place autour des tables lorsque Alvin et Polly apparurent. Les villageois se levèrent pour les accueillir.

« Révérend Hocking, grâces soient rendues à notre Seigneur », déclara Eileen Magwith.

Le visage cendreux et amaigri du vicaire se fendit d'un sourire avunculaire. « Chère madame

Magwith. » Il prit sa main entre les siennes. « Chère madame Fishburne, madame Horsmith, Corin – que c'est bon de vous voir. » Il se fraya tant bien que mal un chemin dans cette foule qui venait l'entourer, une poignée de main ici, un bras sur une épaule là, en les regardant chacun dans les yeux. « Madame Cloke, merci infiniment pour vos prières. Jacob, Romer, Joshua, Mary… »

Joe, poussé à l'écart de la mêlée qui avalait le vicaire, se retrouva près de Polly, et il perçut la douce électricité qui l'entourait. « Vous allez bien ? » lui demanda-t-il.

Elle contempla ses chaussures.

« Je peux vous parler, vous savez. J'ai la permission d'Alvin. » Il sentit un désir urgent de la serrer dans ses bras.

« Pas ici », répondit-elle, et elle détourna le regard. Quelqu'un avait attiré son attention et elle était en train d'agiter la main. « Une autre fois. »

La dynamique d'une foule humaine est implacable, tout particulièrement pour une personne seule. Qui saluez-vous, et qui ignorez-vous ? Demeurez-vous immobile au même endroit, en espérant que la fête viendra jusqu'à vous ? Ou bien circulez-vous avec une bonhomie joviale ? Pouvez-vous prendre le risque de vous retrouver en marge, seul avec un verre vide ? Tandis que les préparatifs du dîner atteignaient leur paroxysme, et que les familles et les amis commençaient à se figer par petits groupes, Joe se retrouva rejeté à la périphérie de toute cette animation. Il avisa une place au bout d'une tablée, à côté d'un gros monsieur dont il n'avait pas encore fait la connaissance. « Joe, dit-il en tendant la main par-dessus la table, à l'intention d'un couple âgé qu'il n'avait jamais croisé.

— J'ai cru comprendre que c'était vous qu'il fallait remercier, pour le riz. »

D'un mouvement de tête, il chercha à minimiser son rôle.

« Joe, quel plaisir de vous voir. » Une main tomba sur son épaule. « Vous auriez une petite place pour deux convives de plus ? »

Joe leva la tête.

« Je suis sûre que vous allez arriver à nous caser, trésor », dit Demelza. Elle avait un bras passé sur les épaules de Jeremy, et la main posée bien à plat sur son torse – un geste presque sexuel, pensa Joe.

# 30

## Il y a toujours d'autres filles

Cet hiver-là a marqué les mémoires, à Saint-Piran. Novembre fut si pluvieux que le bosco Higgs déclara qu'il allait bientôt construire une arche. On envisagea de déménager tables et chaises dans la cabane des mareyeurs, afin de manger à l'abri de la pluie. Mais ça n'allait jamais marcher. La cabane pouvait accueillir une centaine de personnes, pas plus. « Et on ne tiendra jamais tous dans l'auberge, souligna Jacob Anderssen, d'un ton pessimiste.

— Ni dans la salle de classe, compléta Martha.

On tiendrait tous dans l'église », fit remarquer Joe, mais les meneurs n'eurent pas l'air convaincus.

Peter Shaunessy secoua la tête, la mine grave. « Le vicaire ne nous laissera jamais faire. »

Ils grimpèrent néanmoins la colline, en délégation, en transportant tables et bancs.

« Et les bancs de l'église ? objecta Alvin Hocking, lorsqu'il devint évident qu'on se passerait de toute façon de son approbation.

— Du bois pour les feux », dit Joe.

On dégagea un coin du jardin pour y installer les cuisines. Les pierres tombales feraient des fours épatants. On passa la journée, sous une pluie battante, à trimbaler pierres tombales, balustrades en fer, bancs et tables, et, avant le coucher du soleil, le village disposait d'une cafétéria équipée et dotée de plus de fours et de barbecues qu'on ne pouvait en utiliser.

« De grâce, épargnez le pupitre », les supplia Hocking, et il fut entendu. On réquisitionna les balustrades en fer des stalles du chœur pour en faire des chenets, et on démantela les bancs pour transformer les dossiers en tables.

Polly, bras croisés, observait les opérations. Joe s'efforçait de ne pas intercepter son regard.

À mesure que novembre avançait, les réserves de nourriture s'amenuisèrent. Joe regardait sacs et cartons quitter son garde-manger à la force des bras pour finir en bouillons et ragoûts. Il rayait méthodiquement les articles de sa liste. Il aurait dû pouvoir convoquer un comité de village, auquel dire : « On devrait y aller doucement. »

« Qui est le responsable, selon vous ? demanda-t-il un soir à Jeremy alors qu'ils se serraient côte à côte à une table, dans l'église éclairée à la bougie.

— Le responsable de quoi ?

— De l'organisation. Qui a en charge de rassembler les ressources pour la cuisine, le ménage ? Qui décide des menus ? Qui rationne la nourriture ? »

Jeremy haussa les épaules. « Je pensais que c'était vous », répondit-il.

La pêche quotidienne fournissait bien moins que la demi-livre par personne annoncée par Alvin Hocking ; et ce malgré la bonne volonté des villageois, toujours plus nombreux à attraper leur canne à pêche. « Les quantités ne sont jamais très élevées, à cette saison, expliqua Daniel Robins. En général, en novembre, ça donne moitié moins qu'en juillet. Les journées sont trop courtes. Sans compter que nous n'avons pas le gasoil nécessaire pour aller assez loin. »

La ration de lait fournie par les Magwith elle aussi était moins abondante qu'attendue. La traite manuelle donnait moins de volume ; les réserves de concentrés alimentaires étaient épuisées et les Magwith nourrissaient désormais leur bétail à l'ensilage. Par une nuit mouvementée, Eileen Magwith fut réveillée par des coups de feu et l'aboiement des chiens. Aux premières lueurs du jour, les hommes se rendirent aux champs et découvrirent que les brebis n'étaient plus qu'au nombre de neuf. Dans la nuit, des voleurs étaient descendus par les chemins des falaises. Ils avaient abattu les bêtes au fusil, et emporté leurs dépouilles, laissant des traces de sang sur l'herbe.

Joe se fit pêcheur. Il empruntait le bateau de Mallory, mais hissait rarement les voiles. Jeremy et lui avançaient à la rame dans la baie, et mettaient une dizaine de lignes à l'eau. Le voilier était équipé d'un petit moteur in-bord, mais ils veillaient à ne l'utiliser qu'avec parcimonie. Le premier jour, ils attrapèrent huit maquereaux de taille modeste. Une piètre récompense pour neuf heures passées en mer. « Un dîner pour huit », dit Jeremy tandis qu'ils amarraient le bateau au port, en fin d'après-midi.

Un dîner pour vingt, songea Joe.

Peter Shaunessy installa sa radio dans l'église, où la réception du signal était excellente. « Où en est-on avec la grippe ? » lui demandait régulièrement Mallory, et Peter répercutait la question sur les ondes, à l'intention de quiconque la recevrait. C'est ainsi qu'ils discutèrent avec un couple de Plymouth qui n'avait rien avalé depuis six jours, sinon des pâtées pour chat. « La grippe, c'est devenu le cadet de nos soucis, dit le mari à Peter. J'en suis à souhaiter qu'elle vienne et nous emporte. » Ils communiquèrent avec un paquebot de croisière, qui se trouvait dans la Manche. « La grippe a causé vingt-quatre décès à bord, leur indiqua l'opérateur radio. Nous voulons accoster.

— Attendez une semaine, leur dit Joe. Laissez à la contagion une chance de s'éteindre.

— Impossible d'attendre. Nous avons besoin d'eau. »

En décembre, la pluie se calma, mais un vent du nord féroce prit le relais. Sur le voilier, Joe et Jeremy étaient malmenés par la houle comme du beurre dans une baratte. Un jour, ils rentrèrent bredouilles mais, le lendemain, ils attrapèrent un saint-pierre, deux roussettes et un énorme congre. Tous bons pour la marmite.

« Savais-tu qu'on l'appelle aussi dorée ou poule de mer ? demanda Jeremy pendant qu'ils vidaient le saint-pierre.

— Tu es un puits de science », railla Joe.

On ouvrit les caisses de corned-beef et de jarret de porc, on mit à tremper les pois chiches, les lentilles, les haricots. Le dîner à l'église était devenu une cérémonie, que Joe commençait à apprécier. Romer et les cuisinières avaient appris à maîtriser la cuisson du pain dans les fours en pierres tombales. Nate et Rose Moot barattaient le lait, et rapportaient chaque soir des mottes de beurre dans un seau en bois. Le cidre fermentait toujours, mais les Thoroughgood le proposaient à la dégustation sous forme de grog. Un dîner pouvait se composer d'un morceau de pain encore chaud, de beurre frais, d'une chope de lait tiède et d'un petit verre de grog de pomme en digestif, d'un goulasch de poisson aux haricots agrémenté d'un assortiment hétéroclite de boîtes de conserve. Joe ne se souvenait pas d'avoir connu meilleurs repas depuis la poêlée de champignons à l'ail, quelque part au nord de Rouen, ou les poissons qu'il faisait frire avec Pappa Mikkel. Et quand il repensait à la façon dont il se nourrissait en ville, le souvenir semblait se perdre dans la nuit des temps.

Malgré tout, ils faisaient un seul repas par jour, et le village avait en permanence la faim au ventre. Après dîner, Joe procédait à un rapide inventaire de son garde-manger à la lueur d'une chandelle. Se pouvait-il que les réserves fondent aussi vite ? Tous les cartons qui s'étaient entassés dans l'escalier avaient déjà disparu. Les tas de sacs fondaient à vue d'œil. De temps à autre, Joe entendait frapper à la porte du clocher et trouvait là un villageois, avec un panier. « Vous n'auriez pas un peu de lait en poudre ? Et un morceau de savon ? » Joe ouvrait grand la porte, et le visiteur s'en repartait avec un panier plein. Les stocks de certaines conserves – les légumes, les soupes – arrivaient à épuisement ; celles de fruits devaient être rationnées avec soin. Les réserves de pâtes et de riz s'amenuisaient à vue d'œil. Il restait quantité de sacs de farine boulangère, mais pour combien de temps encore ?

Les températures étaient en chute libre. Polly l'ignorait. La pêche ne s'améliorait pas. Jeremy cessa de l'accompagner en mer. « J'ai des engelures, se plaignit-il. Et on attrape si peu de poisson, je ne vois pas en quoi ma présence aidera. » Pour la compagnie, peut-être ? s'abstint de lui rétorquer Joe.

« J'aurai de meilleurs résultats en allant explorer les flaques entre les rochers, reprit Jeremy. Quand on connaît les coins, on peut attraper des blennies, des gobies et des stromatés. On pourrait ramasser aussi plus d'algues comestibles. »

Les semaines passèrent. Un jour, à mi-hiver, sous un ciel aussi gris qu'un vieux drap de fil, Joe sortit seul en mer. Il s'attacha au gouvernail et hissa impétueusement les voiles. Le vent puissant qui soufflait ce matin-là avec acharnement les gonfla et, très vite, Joe se retrouva loin des côtes, bien plus qu'il ne s'était aventuré jusque-là ; à peine apercevait-il encore la terre ferme. Il n'était pas le seul bateau, au large ; dans quelque direction qu'il regardât, l'océan était saupoudré de goélettes, de barques et de plaisanciers. Chacun veillait à garder ses distances. Tout ce que la Cornouailles compte de bateaux est de sortie, songea Joe. Il rabattit la voile, et laissa son embarcation danser sur les vagues tandis qu'il lançait ses cannes. Sans le concours de Jeremy, il attrapa deux pleins seaux de harengs. Pour rentrer, il lui fallut tirer des bords face au vent. Il avait presque perdu de vue le cap Piran mais, bientôt, il vit se dessiner les contours familiers de l'éperon rocheux, et il distingua au loin le petit village aux murs chaulés, la digue, l'église romane. Rentrer au port prendrait un certain temps, mais il avait encore deux ou trois heures devant lui avant le crépuscule. Il s'attela à hisser les voiles et tandis que les cordes filaient au creux de ses paumes, il sentit le pouvoir secret de la brise, savoura la solitude et la liberté qu'offrait l'océan. Il était rompu à ces manœuvres. Souvent, Pappa Mikkel descendait dans la cabine fumer sa pipe en disant, « Ramène-nous à la maison, fiston », et Joe, à la barre, tirait des bords entre les îlots rocheux, dépassant Sölvesborg, puis Karlshamn. Parfois, le vent pouvait être aussi massif qu'un élan. « Raccourcis tes voiles, Joe », lançait Mikkel depuis la cabine, et si parfois Joe s'exécutait, souvent aussi il désobéissait, et il sentait le petit voilier bondir sur les vagues et filer aussi vite qu'un cheval de course.

À la proue du bateau de Mallory, Joe aperçut une nappe de couleur noire qui glissait sous la coque. Il redoubla aussitôt de vigilance et vira de quelques degrés à tribord.

La nappe sombre réapparut. De couleur grise, cette fois, elle se déplaçait à une rapidité anormale, une trentaine de centimètres à peine sous la surface.

« La baleine… » murmura Joe.

C'était bien elle, qui émergeait d'une vague, tel un sous-marin libéré de son ancrage, à quelques mètres de lui seulement. Le corps presque entier de l'animal jaillit à la verticale au-dessus des rouleaux, et tandis qu'il pivotait sur lui-même, il sembla rester un instant en suspens dans les airs, comme s'il défiait les lois de la gravitation. Puis, d'une autre torsion, il replongea entre deux vagues, et il ne resta plus de sa présence qu'un puissant geyser d'embruns et un bouillonnement d'écume à la surface.

Joe se cramponna au gouvernail. La lame d'étrave que la baleine avait créée en crevant la surface de l'eau souleva le bateau ; le temps d'un battement de cœur, Joe crut qu'il était bon pour dessaler puis, finalement, le bateau revint se caler sans encombre au creux d'une vague.

La baleine affleurait de nouveau à la surface. Au moment où elle l'éventra en pivotant une fois de plus sur son axe, et tout en giflant l'écume laiteuse de sa nageoire caudale, elle parut s'immobiliser, un œil braqué en direction du bateau, avant de s'abîmer à nouveau.

« Oh mon Dieu ! » chuchota Joe, et aussitôt le bateau recommença à tanguer violemment.

Où était-elle passée ? se demanda-t-il en scrutant la surface. Sans doute avait-elle plongé profondément cette fois. Elle semblait avoir disparu pour de bon. Joe venait de choquer les voiles, pour se laisser pousser par le vent latéral, quand elle resurgit d'un coup, à une centaine de mètres de lui. Cette fois, elle pirouetta et retomba la renverse, avec un mouvement de nageoire qui se voulait peut-être un signe d'adieu.

« Au revoir, ma vieille. » Joe agita la main. « Au revoir, mon amie. »

De minuscules flocons de neige voletaient contre le ciel crépusculaire lorsqu'il fit demi-tour en direction port. À l'approche du quai, il s'autorisa à mettre le moteur, puis il crapahuta jusqu'à la proue pour lancer les défenses. Annie Bartle, en tablier, les cheveux retenus sous un foulard à pois, l'attendait pour nouer les amarres. « Ça a donné quoi ? demanda-t-elle.

— Deux seaux de harengs.

— Ma parole ! C'est plus qu'en ont apporté les garçons aujourd'hui.

— J'ai eu de la chance. » Il hissa les seaux sur le quai. « Et j'ai vu la baleine.

— Certains des gars l'ont vue, eux aussi. Elle a passé la journée dans la baie. Là, tenez… » Elle tendait la main pour l'aider à grimper sur le quai.

Tu as dix ans de trop pour moi, Annie, songea Joe, mais la caresse de sa main, sur son bras, était tiède et lui rappela qu'il n'avait plus approché une femme depuis un moment. « Certains aiment bien l'odeur du poisson », avait dit Demelza. Une odeur que lui-même dégageait, là maintenant plus forte que celle de la mareyeuse. Et peut-être Annie la trouvait-elle à son goût. « Puis-je vous accompagner dîner ? demanda-t-il en lui présentant son coude.

— Avec grand plaisir », répondit-elle. Chacun empoigna un seau de harengs et, en le balançant avec un enthousiasme exagéré, ils entreprirent, bras dessus, bras dessous, l'ascension de la colline.

Le lendemain, il fallut faire une croix sur la pêche. Le vent soufflait un blizzard de neige fondue depuis le large. Le dîner se résuma à un ragoût d'algues et de pois chiches – absolument infect. Le lendemain ne fut guère plus heureux. Une tempête ayant fait rage pendant la nuit, fours et barbecues étaient noyés. Romer, Jacob et Martha firent main basse sur les flocons d'avoine et le sucre, et au menu, ce soir-là, il fallut se contenter de porridge au lait. Personne ne se plaignit, c'était un soulagement d'échapper au ragoût d'algues.

« Il faut vraiment que le temps se reprenne », soupira Joe, mais le jour suivant n'apporta aucune amélioration. Les frères Robins sortirent tout de même le bateau, et rapportèrent quelques lieus jaunes, qu'on fit cuire dans des soupes de légumes en boîte, avec des algues et des haricots.

Ce soir-là, tandis que l'église se vidait, Bevis Magwith s'approcha de Joe d'un pas lourd. « C'est Noël dans trois jours, dit-il. Qu'allons-nous faire ?

— Noël ? Ça m'était un peu sorti de la tête…

— Il n'empêche. On devrait marquer le coup, dit Magwith.

— Oui, on devrait. » Qui était aux commandes ? se demanda Joe une fois de plus. Pourquoi Magwith était-il venu s'adresser à lui ?

« J'ai une vache infertile que je peux vous donner.

— Merci », répondit Joe. Il était un peu pris au dépourvu. C'est quoi, une vache infertile ? Du bœuf, non ? Même si on était loin de la traditionnelle bonne chère de fin d'année, cette viande serait la bienvenue.

« Je demanderai à Nate Moot de la dépecer demain.

— Merci. Avez-vous une suggestion pour la cuisiner ? »

Magwith haussa les épaules. « Ça, c'est le rayon de Romer et Jacob. »

Joe se mit en quête des Anderssen, qui rangeaient marmites et casseroles, et aidaient à éteindre les feux. Joe leur fit part de la proposition de Bevis Magwith.

« Cet homme a toujours été bon, observa Martha. Il était déjà comme ça, petit.

— Oui, on devrait marquer le coup, dit Jacob.

— Je ferai faire des décorations aux enfants, dit Martha. Et ils chanteront des cantiques.

— Ça représente quelle quantité de viande, une vache infertile ? » demanda Romer. Personne ne connaissait la réponse.

« À mon avis, c'est de la carne, dit Jacob.

— Un autre ragoût, en ce cas. »

Joe se remémora un Noël, sur l'île de son père, du temps où Mikkel et sa mère étaient encore ensemble. Quel âge pouvait-il avoir à l'époque ? Sept ans ? Huit, peut-être, pas plus. Il avait neigé sans relâche toute la nuit et Pappa avait dû creuser un passage devant la porte pour sortir de la cabane. Dehors, le paysage était aussi parfait que celui d'une carte de vœux, immaculé, ensoleillé. Pendant que Pappa faisait le tour de la cabane pour casser les stalactites suspendues aux auvents, Joe et Brigitha avaient fait des bonshommes de neige. Mamma, elle, avait passé la journée devant les fourneaux – et quel festin ! Joe se rappelait, encore à ce jour, le canard rôti avec un gratin de pommes de terre et de chou rouge et le *ris ala mande* – un gâteau de riz aux amandes et à la cannelle. Après, ils s'étaient assis devant la cheminée pour entonner des chants de Noël – ceux du répertoire anglais, parce que c'étaient ceux que Mamma leur avait appris, mais Pappa avait aussi chanté des chansons danoises, « Det Er Hvidt Herude », ainsi qu'une autre, mélancolique, qui parlait d'un amour perdu. Puis, parce que c'était la chanson du folklore danois que Mamma préférait, ils avaient entonné, en chœur, « Wonderful, Wonderful Copenhagen, friendly old girl of a town » et Mamma avait fait un déchant sur le vers final « *wonderful, wonderful Copenhagen for me* ».

En sortant de l'église, Joe se remémorait encore ce Noël et faillit ne pas voir la silhouette encapuchonnée, sous le porche, si immobile qu'on aurait pu la prendre pour une ombre. « Polly ? » Il faisait trop noir pour distinguer le visage, mais son champ magnétique, presque palpable, ne laissait aucune place au doute. « Polly ?

— Bonsoir, Joe.

— Pouvons-nous parler ? » Il avait déjà posé la main sur son bras. « Venez. » Il l'entraîna dans le jardin paroissial. Elle marchait à côté de lui, en trébuchant. Il faisait aussi noir que dans un puits de mine.

« Où m'emmenez-vous, Joe ?

— Quelque part où nous pourrons discuter à l'abri des regards.

— Pourquoi ? »

Ils s'arrêtèrent sous l'if. Joe regrettait de ne pouvoir distinguer ses traits. Il lui prit les épaules et la tint devant lui. « Vous m'avez manqué.

— Je ne suis pourtant allée nulle part. »

Souriait-elle ? Inclinait-elle insensiblement le visage vers l'avant, comme elle le faisait souvent ? Avait-elle des mèches devant les yeux ? Il ôta les mains de ses épaules. Il aurait dû l'embrasser. Joe songea à Clare Manners et à son ruban de chair tentateur. Se pouvait-il que l'histoire se répète ?

« Vous allez bien ? demanda-t-il. Nous n'avons pas réellement eu l'occasion de bavarder… depuis… vous savez…

— Je sais.

— Je vous ai manqué ?

— Quel besoin de le demander, Joe ? »

Que voulait-elle dire ? « Je dois savoir, Polly. Avez-vous pensé à moi pendant… toutes ces semaines ?

— Évidemment.

— Je sais combien c'est compliqué pour vous. Je sais qu'Alvin complique tout. » Il sentait son souffle caresser son visage.

« Que voulez-vous, Joe ? »

Que voulait-il ? Toi, je te veux toi, aurait-il pu répondre. Je veux sentir la chaleur de ton corps contre le mien. Je veux prendre ton visage entre mes mains. M'allonger à côté de toi. Je veux me réveiller chaque matin, et voir ton visage sur mon oreiller. « Puis-je vous embrasser ? » Ce n'était qu'un murmure, mais il redouta soudain que sa voix ait porté au-delà du jardin, et jusqu'à des oreilles embusquées quelque part.

Au lieu de répondre, elle se pencha vers lui. Il sentit sa pommette effleurer son visage. Elle déposa un baiser tendre sur sa joue, puis s'écarta. « Raccompagnez-moi, Joe. »

Ce baiser était pour lui une invitation, et il essaya de l'attirer plus étroitement vers lui.

« Non, protesta-t-elle, et il lâcha prise. Raccompagnez-moi. »

Ils se mirent en route, en zigzaguant entre les tombes. « Je suis désolé, dit Joe. Je ne voulais pas… » Que n'avait-il pas voulu ? Quelle qu'elle soit, la chute de cette phrase ne serait sans doute pas sincère.

« Ce n'est pas grave », dit-elle. La lueur d'une bougie vacillait derrière un vitrail de l'église. « Trouvez-vous une autre fille, Joe. » Elle tendit la main et lui toucha la joue ; il allongea le cou pour qu'elle devienne une caresse.

« Il n'y en a pas d'autres.

— Bien sûr que si. Il y a toujours d'autres filles. » Elle laissa retomber sa main.

« Quand bien même il y en aurait un millier.

— Vous n'en avez pas besoin d'un millier, Joe. Juste d'une. Vous ne l'avez pas encore trouvée.

— Je croyais peut-être. »

Ils restèrent un instant sans parler. Joe sentait son cœur grossir dans sa cage thoracique. « Arrête, tu deviens flippant », avait dit Clare Manners. Et les mots de Demelza lui revinrent. Les êtres humains ne sont pas les pièces d'un puzzle, avait-elle dit. Nous ne nous emboîtons pas à la perfection.

« Où alliez-vous ? » s'enquit Polly.

Il haussa les épaules. « Je descendais voir Mallory.

— Alors je ne vous retiens pas. » Elle le dévisagea un instant encore, puis rebroussa chemin vers l'église.

## 31

# On dirait qu'on lui a tiré dessus

Il n'avait pas envie de sortir le bateau. Il se leva, fit sa toilette à l'eau froide. Il ne puisait plus dans le garde-manger pour son petit-déjeuner. Cela lui était arrivé, autrefois, de considérer cette nourriture comme sa propriété, mais ça, c'était avant, quand des règles différentes avaient cours. Aujourd'hui, son petit-déjeuner consistait en un verre d'eau tirée au puits, et rien d'autre.

Il avait toujours froid, ces derniers temps. Il faisait un froid de canard dans le clocher mais, chez Mallory, ce n'était guère mieux. Plus personne n'avait de bûches pour faire une flambée ; on économisait le bois pour cuisiner. Donc Joe s'emmitoufla aussi chaudement qu'il le put, en superposant un tee-shirt, une chemise, un pull-over, un duffel-coat, et en enfilant un bonnet de laine.

Le quai était désert. Il aurait pu se croire revenu au matin de son arrivée, seul avec sa meute de terreurs. Mais le vent était moins mordant alors. Il rabattit la capuche de son manteau. Il n'avait aucun projet pour la journée. Trouvez-vous une autre fille, Joe. Oui, Joe – trouve-toi une autre fille.

Peut-être pourrait-il aller pêcher un poisson dans une flaque de marée ? Jeremy et Kenny, apparemment, réussissaient à en dénicher quelques-uns. Il enfonça les mains dans ses poches, longea le mur du port, puis s'engagea sur le sentier du cap. Là où tout avait commencé, sur cette plage.

Il n'était plus seul. Une silhouette maigre crapahutait le long des rochers, à la lisière de l'eau. Avec ce képi de gendarme et cette vareuse, ce ne pouvait être que Kenny. « Hé ! » cria Joe en levant un bras, mais quelque chose venait de happer l'attention du glaneur, et semblait le captiver, le subjuguer même, tant il était comme pétrifié. Puis, il escalada quelques rochers, pour prendre de la hauteur et observer les vagues en train de se briser.

« Salut ! » cria Joe à tue-tête.

Kenny tourna la tête et lui fit signe.

« Viens, viens vite. »

Joe obtempéra.

« Vite ! »

Joe courut le rejoindre.

« Regarde. » Kenny désignait du doigt une nappe d'ombre, dans l'eau. « Elle est là. »

Joe escalada les rochers. « Qu'est-ce qui l'a ramenée ?

— Va savoir. »

Il y avait toutefois quelque chose de curieux. La baleine paraissait faire du sur place. Tourner en rond, à la rigueur ; ou se laisser porter par les vagues. « Qu'est-ce qui lui arrive ? » L'énorme créature donnait l'impression d'être dans le coma – ou bien peut-être était-elle assoupie ? « Ça dort, les baleines ?

— Aucune idée.

— Regarde, elle saigne ! » dit alors Kenny. Des filets bruns et huileux tourbillonnaient autour d'elle. « Oui, je crois que c'est du sang.

— Doux Jésus…

— On dirait qu'on lui a tiré dessus.

— Avec une arme à feu ?

— Regarde. » Kenny désigna la tête de l'animal. On distinguait, sur un profil, une dizaine de blessures à vif. Étaient-ce des impacts de balles ? « À tous les coups, quelqu'un aura essayé de la dégommer au fusil de chasse.

— Je l'ai vue il y a quelques jours à peine, protesta Joe. Elle nageait dans la baie. Qui aurait pu lui tirer dessus ?

— N'importe qui. Il y a une centaine de bateaux au large. N'importe qui aurait pu faire un carton. Et elle est revenue ici pour mourir. »

L'hypothèse semblait fondée. Sans doute la baleine se sentait-elle, comme Joe, liée à cette bande de sable. « Ou alors, peut-être qu'elle s'est dit qu'on pourrait la sauver de nouveau.

— Peut-être. »

Une vague souleva le corps du cétacé, et le fit rouler vers la bande de galets. « Elle va encore s'échouer !

— C'est bien parti pour. La marée est forte, aujourd'hui ?

— Oui, en ce moment, ce sont de gros coefficients. »

Une autre vague la poussa, et la déposa dans un creux entre deux longs doigts rocheux. Quand l'eau se retira, les deux hommes furent étreints par un sentiment d'impuissance. L'animal ne s'était pas échoué, comme la fois précédente, sur une bande dégagée de sable et de galets. Cette fois, il était coincé dans un nœud inextricable de rochers.

« On n'arrivera jamais à la sortir de là ! »

Alors qu'ils s'avançaient vers elle, le glaneur posa la main sur le bras de Joe. « Je crois qu'elle est morte, Joe », dit-il avec douceur.

Tout s'expliquait : la peau avait perdu son lustre, et l'animal gisait ventre à l'air, tête affaissée au creux des rochers. Le scénario numéro quatre, songea Joe.

« Bon, on devrait la découper, dit Kenny.

— Tu crois ?

— Que peut-on faire d'autre ? Si on la laisse là, elle va se décomposer et empuantir tout le village.

— Tu as sans doute raison. » Mais aucun des deux hommes ne bougea. Joe avait l'impression de clore un chapitre de sa vie. Cette baleine l'avait sauvé, elle l'avait poussé jusque sur la plage. Le lendemain, il l'avait sauvée à son tour, avec tout un village. Et maintenant elle gisait là, spécimen gargantuesque d'une galerie de monstres. Tandis qu'ils restaient bras ballants, elle s'enfonça d'un autre cran dans la niche de rochers, et Joe se trouva face à son œil, encore ouvert, qui le regardait sans le voir. Et puis, comme dans un mouvement irrévocable, l'œil se ferma, et la baleine cessa définitivement de bouger.

« Je vais chercher de l'aide, annonça Joe. Attends-moi. »

La fois précédente, il avait contourné le cap en courant aussi vite que possible, en hélant tous les inconnus qu'il apercevait. Cette fois, Joe reprit d'un pas pesant le sentier littoral. Il n'y avait personne sur le port. Personne sur la place. Il s'engagea dans Fish Street, et gagna l'échalier d'où partait le sentier de la falaise. Tout en haut de la route, il avisa trois silhouettes, apparemment en grande conversation. Il reconnut Peter Shaunessy. C'était justement l'homme de la situation, mais qui étaient les autres ?

« Peter ! » cria-t-il en levant un bras.

L'imposant pêcheur se retourna et agita la main. Le couple avec lequel il discutait, un jeune homme et une jeune femme dont les visages ne disaient rien à Joe, semblait nerveux. Peter était en train de leur remettre un paquet. Le jeune homme s'en saisit d'un geste vif et le cala sous son bras. « Je suis à vous dans une minute, Joe », lança Peter tout en prenant congé du jeune couple – qui tourna les talons et s'éloigna sur le sentier avec une hâte que rien ne justifiait.

« Qui était-ce ? »

Peter semblait penaud. « Personne. Des gens de Treadangel. Un couple. Ils sont venus par les falaises.

— Que voulaient-ils ? »

Peter haussa les épaules. « À votre avis ? De la nourriture. Ils ont dit qu'à Treadangel il n'y a plus rien à manger depuis trois semaines. »

Joe essaya d'assimiler cette information. « Comment s'en sortent-ils, alors ?

— Avec tout ce qui leur tombe sous la main. Ils attrapent des goélands avec des pièges, ils pêchent dans les rochers, ils font bouillir des glands…

— Doux Jésus ! » Joe se sentait soudain accablé ; la vie à Saint-Piran avait été douce, en comparaison. « Que leur avez-vous donné ? »

Peter détourna le regard. « Que pouvais-je leur donner ? Si nous commençons à partager le peu que nous avons, où cela finira-t-il ? Il n'y a pas que Treadangel, vous savez. Et Penzance ? Et Truro ? Si nous partageons notre pêche avec les gens de Treadangel, pourquoi pas aussi avec les autres ? Pourquoi pas avec ceux de Bristol, ou de Londres ?

— Donc, vous ne leur avez rien donné. »

Peter dansa d'un pied sur l'autre. « Bon, il se peut que je leur aie donné une paire de homards…

— Des homards ?

— Et un bar – pas bien gros…

— Et… ?

— Bah, une petite demi-douzaine de crabes. »

Joe posa la main sur l'épaule du pêcheur. « Peter Shaunessy, vous êtes un homme bon.

— Ce n'est pas ce que diront les autres, ce soir au dîner.

— C'est ce que diront les gens à Treadangel. » Une pensée faisait son chemin. « Dites, combien y a-t-il d'habitants à Treadangel ? »

Peter secoua la tête. « Aucune idée. Mille ? » Il regarda Joe comme s'ils allaient pouvoir trouver la réponse en s'y mettant tous les deux. « Cinq mille ? »

Joe se retourna vers le sentier de la falaise, où cheminait encore le couple de Treadangel. « Attendez ! cria-t-il à tue-tête. Attendez !

— Que faites-vous ? demanda Peter avec autorité. Vous n'allez pas leur donner des provisions de votre garde-manger ?

— Non, non, pas du garde-manger. Attendez. »

L'homme se retourna et chercha l'origine des cris.

Joe le héla à grands signes. « Venez avec moi », lança-t-il à Peter en s'élançant à la poursuite des jeunes gens.

Les malheureux ne semblaient effectivement pas très épais. Quelque chose scintillait sur le pourtour de la bouche de la fille. Des écailles de poisson. Elle avait mordu dans le poisson, cru, que Peter lui avait donné.

« Attendez ! » Arrivé à leur hauteur, Joe tendit la main. « Je m'appelle Joe », dit-il.

Le couple considéra sa main tendue d'un air soupçonneux. « Nous cherchons à manger, dit la fille. C'est tout. On peut faire du troc.

— Oui, renchérit son compagnon. On peut travailler. Sur les bateaux. Aux champs.

— Nous avons à manger », dit Joe.

Le jeune homme coula un regard vers Peter. « Il nous a dit le contraire.

— Bon, il ne sait pas tout. Croyez-moi, nous avons à manger plus qu'il ne nous en faut. Écoutez… j'ai une proposition pour vous.

— Tout ce que vous voulez. » L'homme serra la main de Joe entre les siennes. « Nous ferons n'importe quoi.

— Y a-t-il toujours des cas de grippe, à Treadangel ? »

La fille secoua la tête. « Plus aucun depuis quatre ou cinq semaines.

— Parfait. » Joe était un peu essoufflé. « Pouvez-vous faire venir tous les gens de Treadangel demain, ici, à midi ? »

L'homme haussa les sourcils. « Toute la ville ?

— Oui, toute la ville. Les jeunes et les vieux. Nous allons vous préparer un banquet. »

Le couple lui rendit son sourire, l'air dubitatif. « Un banquet ?

— En quelque sorte.

— Où est l'entourloupe ? s'inquiéta la fille.

— Il n'y en a pas. Demain, c'est Noël. Voyez ça comme le cadeau de Saint-Piran à sa voisine. »

L'homme restait sur ses gardes. « Que voulez-vous, en échange ?

— Rien. Venez simplement à l'église à midi. Amenez tout le monde. Tous ceux qui peuvent marcher. Apportez des couverts, des assiettes et des mugs. Et des paniers, aussi, au cas où il y aurait des restes.

— Des restes ? » Le sourire de la fille avait fondu et elle laissa échapper un sanglot. « Jurez-moi que ce n'est pas une farce », dit-elle d'une voix étranglée.

Joe lui prit la main ; elle était glacée. « Je vous le promets. Nous allons vous nourrir. Il n'y aura pas de dinde, ni de tourte à la viande, mais il y aura à manger pour tout le monde.

— Qu'est-ce qui vous a pris ? grommela Peter tandis que les deux visiteurs s'éloignaient. Vous êtes devenu dingo ?

— Ne l'étais-je pas déjà ? Merci de m'avoir fait confiance, Peter. Maintenant, j'ai besoin que vous m'accompagniez. »

## 32

## Permission d'accoster

Le matin de Noël, on sonna les cloches. Joe et Alvin, au mépris des foudres des inspecteurs qui avaient condamné le clocher, se suspendirent aux cordes comme s'ils cherchaient à alerter toute la Cornouailles.

« On doit les entendre jusqu'à Treadangel, observa Alvin.

— J'espère bien. »

À la plage, le travail de dépeçage battait son plein. Une vingtaine d'hommes sinon plus s'activaient autour de la carcasse avec des couteaux, des scies, des haches, et même une tronçonneuse, sous la houlette de Peter Shaunessy. Daniel et Samuel avaient apporté des caisses et des tonneaux.

« On ne gâche rien, pas la moindre miette – tout est bon dans la baleine ! cria Peter. Mettez le blanc et la graisse dans les tonneaux, et la viande dans les caisses. »

Peter avait beau s'époumoner, la plage était transformée en un charnier ensanglanté et huileux. Les galets rendus glissants luisaient de graisse, et un brouet de sang, de peau et de particules de chair ruisselait vers la mer. En retrait, Joe suivait les opérations depuis le sentier. C'était sa baleine qu'on dépeçait.

« J'avais jamais débité un truc pareil, lui dit Lorne Magwith. Son lard est si coriace qu'il émousse la lame du couteau. Et les muscles sont si denses qu'on n'arrive pas à les trancher.

— Ce sera mangeable ? demanda Joe.

— Il y a de fortes chances que le goût soit dégueulasse.

— Le goût, on s'en fiche. » Joe pensait à la fille affamée de Treadangel. « Du moment qu'on ne s'empoisonne pas.

— Elle vient tout juste de mourir. Aucun risque pendant un jour ou deux, le rassura Lorne.

— Parfait. »

À l'église, les préparatifs avaient déjà commencé en cuisine. Romer Anderssen, drapée dans un tablier de cuir, avait pris les opérations en main. On avait allumé les feux, une nappe de fumée enveloppait le jardin et l'odeur de la viande en train de rôtir parfumait les ruelles du village.

« Joe ! Pouvons-nous nous servir dans le garde-manger ? demanda Romer.

— Faites. C'est Noël. Prenez tout ce qu'il vous faut. »

On pavoisait l'église avec des brassées de houx. On déballait des cartons de décorations de Noël exhumés des greniers et des garages. On tendait des guirlandes entre les arbres.

« Cela n'a-t-il pas un air festif ? demanda Martha en venant prendre le bras de Joe. Nous avons enrôlé tous les enfants du village pour suspendre les décorations. Lorsque les gens de Treadangel arriveront, ils ne reconnaîtront pas les lieux. Nous non plus, d'ailleurs. »

À l'intérieur de l'église, Alvin Hocking supervisait la disposition des tables. Il était chez lui, après tout. Polly dépliait les chaises.

Eileen Magwith, qui jouait des chants de Noël à l'harmonium, s'interrompit, l'air coupable, lorsqu'elle s'avisa de la présence de Joe. « Je devrais aider au lieu de m'amuser, dit-elle d'un ton d'excuse.

— Eileen, vous aidez, la rassura Joe. Vous ne pourriez pas mieux faire. Je vous en prie, n'arrêtez surtout pas.

— Vous êtes sûr ?

— Archisûr. »

Dehors, Bevis Magwith venait d'arriver sur son tracteur et la brigade de rôtisseurs l'aidait à décharger les bidons de lait et la vache qui avait été débitée. De jeunes garçons poussaient en ahanant de pleines charretées de viande de baleine sur la route de l'église. Les Thoroughgood décantaient du cidre d'un tonneau dans une gigantesque soupière. « Joe, venez le goûter ! cria John en lui présentant une louche pleine.

— Merci. Hum… pas mauvais.

— Ça aurait supporté quelques semaines d'affinage de plus. Mais on va le faire chauffer avec de la cannelle et des clous de girofle. Du cidre chaud. »

Le village avait-il jamais vu agitation aussi industrieuse ? Quelqu'un avait-il déjà vu visages plus radieux un matin de Noël ? Joe respira à pleins poumons l'air frais et pur. C'était une journée parfaite. Un peu frisquette, peut-être, mais bon, c'était Noël.

« J'espère que ces gens de Treadangel ne vont pas nous poser un lapin », dit Demelza. Elle aidait Aminata et les sœurs Bartle à ouvrir des moules et à lever des filets de poisson.

« Je suis sûr qu'ils viendront, la rassura Joe.

— On dirait que nous avons déjà des invités, indiqua Aminata en tendant le doigt vers le port. J'ai vu trois bateaux s'approcher de la côte. Un, tout au moins. »

Chacun tourna la tête dans la direction qu'elle indiquait. Un vaisseau, toutes voiles levées, se dirigeait droit sur Saint-Piran.

« Sacré rafiot, observa Jeremy. C'est un yacht. Quelqu'un devrait aller voir qui c'est.

— Peut-être des gens de Treadangel, hasarda Aminata.

— Ça m'étonnerait. Treadangel est dans les terres. Des gens de Penzance, peut-être ?

— Je vais aux nouvelles, annonça Joe. Tu viens, Jeremy ? Allons nous assurer qu'ils viennent en amis. »

Les deux hommes descendirent Fish Street jusqu'au port. Le capitaine Abel O'Shea attendait déjà sur le quai, flanqué de Casey Limber. « C'est qui ? leur demanda Joe.

— Personne qu'on connaît, répondit Casey, qui observait le bateau aux jumelles. Il me semble qu'il est immatriculé à Poole. C'est un catamaran. Sacré rafiot. Dix mètres, je dirais.

— Douze, trancha le capitaine du port. Et un mètre et demi de quille.

— Peut-il entrer dans le port ?

— Avec cette hauteur de marée, de justesse. »

Ils observèrent le bateau qui entamait les manœuvres d'approche au moteur. Les voiles s'abaissèrent ; une silhouette, sur le pont, lança les défenses. Bientôt, on distingua trois personnes à bord.

« Permission d'accoster ? lança une voix d'homme.

— Avez-vous des cas de grippe à bord ? lui cria Joe.

— Aucun. Et vous ?

— Nous non plus.

— Personne n'entre dans le village, dit O'Shea. Ce sont les instructions du Dr Books.

— Et il a raison, mais c'est Noël, fit valoir Joe.

— Vous pouvez reculer et aller vous ranger là-bas » cria Casey au skipper, en désignant un anneau.

Le catamaran pénétra dans les eaux étales du port. Le skipper manœuvra en douceur jusqu'à ce que la poupe soit à fleur de quai. Une jeune femme, une adolescente presque, avec une luxuriante chevelure bouclée, lança une corde que Casey rattrapa avec agilité. Pendant qu'il l'enroulait étroitement autour du cabestan, une autre femme, plus âgée, déplia une passerelle.

« Bienvenue à Saint-Piran, dit Joe en tendant la main pour aider la plus jeune des deux à débarquer. Et joyeux Noël.

— Vous n'imaginez pas combien c'est bon de retrouver la terre ferme », répondit la jeune fille en serrant chaleureusement la main offerte. Elle secoua ses boucles, comme pour en chasser des embruns. « Nous sommes en mer depuis des mois. Grand-père refusait de nous laisser débarquer.

— Vous avez un grand-père plein de bon sens, observa Joe. Mais ici, vous ne risquez rien. Vous êtes les bienvenus à notre repas de Noël. »

L'adolescente laissa échapper un glapissement d'excitation. « Vous avez entendu ça, maman ? lança-t-elle par-dessus son épaule.

— Pas de dinde au menu, précisa Joe.

— Tant qu'il n'y a pas non plus du poisson et des lentilles, ça m'est bien égal. »

Joe grimaça. « Il se pourrait qu'il y ait du poisson et des lentilles.

— Oui, mais sur la terre ferme, c'est différent. Ah, au fait, je m'appelle Cassie.

— Cassie ?

— Vous pouvez peut-être nous renseigner… Nous cherchons un certain Joe Haak. »

# 33

## Ce que pense un vieux banquier juif

Le Petrel Inn était ouvert, mais désert. Joe prit place avec les Kaufmann à la table à côté de la fenêtre, celle-là qu'il avait considérée un temps comme son bureau. « Je ne peux malheureusement rien vous offrir à boire », dit-il.

Qu'importe.

Après que Joe avait prêté main-forte à Lew Kaufmann pour franchir la passerelle, les deux hommes étaient tombés dans les bras l'un de l'autre.

Une fois attablé à l'auberge, le vieux banquier entreprit de conter leurs aventures au jeune homme. Lew Kaufmann possédait plusieurs yachts, tous au mouillage dans la vaste marina de Sandbanks, près de Poole. Selon lui, le catamaran, bien que le plus petit vaisseau de sa flotte, était le plus stable en haute mer. Peu après que Cassie avait délivré ses premières prédictions, il avait commencé à équiper *Le Rêve de Cassandre* en vue d'une longue traversée. Il avait rempli les placards de la cabine de réserves de nourriture et d'eau et, lorsque la grippe avait entamé son funeste périple, la famille Kaufmann avait quitté sa maison de Sandbanks, hissé les voiles et mis le cap vers les Açores. Kaufmann, apparut-il, possédait également une maison à Angra do Heroísmo, sur l'île de Terceira. Il leur avait fallu un mois pour atteindre l'archipel, au milieu de l'Atlantique. Ce n'était pas la saison idéale pour entreprendre cette traversée, mais le catamaran, conçu pour naviguer par gros temps, avait résisté à la houle de l'Atlantique et à plusieurs tempêtes. Malheureusement, ils avaient rarement bénéficié de vents de plus de force quatre. Parvenus dans l'archipel des Açores, ils tentèrent d'accoster à Ponta Delgarda, sur l'île de São Miguel. En vain. Les autorités portugaises, soucieuses de maintenir l'île en confinement, ne voulurent rien entendre : interdiction formelle de débarquer, ou même de mouiller au port. Les Kaufmann reprirent donc la mer, direction Terceira. Deux jours plus tard, ils parvinrent à Angra, où quantité de bateaux étaient déjà à l'ancre dans la marina. *Le Rêve de Cassandre* n'était pas le seul à avoir fui l'Europe à destination des Açores. Là aussi, les autorités portuaires interdisaient à quiconque de débarquer.

Toutefois, elles autorisèrent les bateaux visiteurs à s'attacher les uns aux autres, pour se protéger au moins de la houle. Des limites de l'hospitalité d'Angra résulta un énorme nœud d'embarcations arrimées les unes aux autres, et qui flottaient comme un enchevêtrement de débris marins entre les débarcadères. Des jerrycans d'eau étaient lancés, depuis le quai, aux bateaux les plus proches, puis acheminés comme le long d'une chaîne jusqu'au dernier arrivé. *Le Rêve de Cassandre* se retrouva tout au bout d'une rangée de douze ; il était certes à l'abri des intempéries, mais privé de toute possibilité d'accoster et de débarquer ses passagers. Passé quelques jours, les autorités portuaires se radoucirent. Quantité de passagers de la flottille avaient de toute façon bravé l'interdit en gagnant le rivage à la nage et, à ce stade, selon toute probabilité, aucun ne présentait encore un risque sanitaire. Les Kaufmann, libérés de leur confinement, partirent s'installer dans la confortable villa de Lew dominant la Baia do Morgado.

« Qu'est-ce qui vous a poussé à revenir, alors ? demanda Joe.

— Les nouvelles, répondit Kaufmann.

— Quelles nouvelles ? »

À bord du *Rêve de Cassandre*, il bénéficiait d'un centre de communication digne d'un paquebot transatlantique. Pendant que Tom et Kate jouaient les skippers, Lew manipulait la radio. Rien à voir avec la radio amateur de Peter Shaunessy ; les conversations futiles avec des Irlandais qui se lamentaient sur la pénurie de Guinness – très peu pour Lew Kaufmann. Ses connexions étaient toutes bien plus proches du cœur du gouvernement. « J'étais en contact quotidien avec Toby Maltings au Home Office*.

— Avons-nous toujours un Home Office ?

— Mon cher petit ! Évidemment. Qu'imaginiez-vous ? Que le gouvernement de ce pays allait se volatiliser à cause d'une crise mineure ?

— Une crise mineure ? C'est peut-être l'impression que ça donnait aux Açores. Vous m'avez dit, une fois, qu'il s'agissait d'une guerre…

— Et c'en était une. J'étais en lien étroit avec COBRA…

— Cobra ?

— Le comité gouvernemental en charge du déploiement des plans d'urgence. Ce risque avait été pris en compte, Joe. Bien avant que la grippe fasse sa première victime à Bandar Lampung, que les premiers coups de feu soient tirés dans le Golfe, ils avaient déjà tout prévu. J'ai un peu travaillé pour eux, avant la crise, alors ils m'ont tenu au courant.

— Vous avez travaillé pour le gouvernement ? Expliquez-moi. » Joe savait qu'il n'aurait jamais posé la question au douzième étage de Lane

* Équivalent du ministère de l'Intérieur.

Kaufmann. Mais ici, à la table du Petrel Inn, il s'y sentait autorisé.

Les yeux du vieil homme pétillaient. « Bon, en vérité, ce n'est pas exactement moi qui ai travaillé pour eux… Vous le savez déjà, n'est-ce pas ? »

Joe secoua la tête ; sa perplexité était sincère. Jamais il n'avait vu Kaufmann en proie à une telle animation, ni, il fallait bien le dire, en aussi bonne santé. Ces trois mois en mer paraissaient avoir comblé bien des rides sur le visage du vieil homme.

« Mon cher petit. Pourquoi diable le comité COBRA accorderait-il le moindre intérêt à ce que pense un vieux banquier juif ? Je conseille le gouvernement depuis trente ans pour les affaires courantes. Une fois par an environ, je suis convié à un séminaire au Trésor, afin d'envisager des stratégies pour protéger l'industrie bancaire en cas de krach. C'est très flatteur, certes, mais je ne suis pas certain que mes idées soient seulement entendues. Et puis, tout a changé au cours de l'année passée. Tout à coup, nous avions quelque chose qui les intéressait au plus haut point. Ou plutôt devrais-je dire quelqu'un. » Les yeux du banquier brillaient. « Et ce quelqu'un, c'était vous, Joe Haak.

— Moi ? » Joe ne comprenait décidément plus rien.

« Évidemment. Au printemps dernier, je leur ai montré Cassie. Si vous aviez vu leur réaction ! Au bout d'une demi-heure de démonstration, la secrétaire d'État à l'Intérieur en personne est descendue y jeter un œil, et la minute d'après, nous cherchions des créneaux dans nos agendas respectifs pour présenter Cassie au secrétaire du Cabinet et au secrétaire d'État à la Défense. » Kaufmann se pencha vers Joe. « Cassie avait prévu tout ce qui est arrivé.

— Je sais.

— Et vous pensiez, je suppose, comme moi au début, que ces prédictions étaient fausses. Mais Cassie ne se trompait pas, Joe ! Personne n'a rien vu venir, mais agrégez un millier d'opinions, dix mille prédictions et votre diagramme des dépendances et là, l'image n'aurait pas pu être plus claire. Cinq jours après avoir présenté Cassie à COBRA, l'alerte était au rouge. »

Joe essayait d'assimiler tout cela. « Ils se sont servis de Cassie pour planifier leurs dispositifs d'urgence ?

— Bien sûr. Grâce à Cassie, nous disposions d'une parfaite compréhension de la façon dont les chaînes logistiques allaient céder, les unes après les autres. Pétrole, transport, électricité, eau… C'était comme aligner des dominos destinés à tomber les uns après les autres. Une fois identifiés les maillons faibles, nous pouvions agir.

— Quelles sont les nouvelles qui vous ont décidé à rentrer en Angleterre ?

— C'est terminé, dit Kaufman en ouvrant grand les mains.

— Terminé ?

— Ce n'est peut-être pas l'impression que ça donne vu d'ici… mais oui, tout est rentré dans l'ordre. L'électricité est rétablie. Elle l'est depuis déjà quinze jours à Londres. La crise dans le Golfe est dénouée. La première cargaison de pétrole devrait arriver dans les raffineries d'ici quelques jours. » Kaufmann recula sur sa chaise et contempla Joe avec un grand sourire. « De nouveaux vaccins vont partir en fabrication sur-le-champ; nous avons toute raison de penser qu'ils seront à même de contenir la propagation du virus.

— Combien de victimes, au final ?

— Des millions, selon moi. Nous ne connaîtrons pas toute la portée de l'épidémie avant quelque temps. Mais nous sommes très en deçà des projections les plus pessimistes de Cassie. Vous souvenez-vous des premières prédictions que vous m'avez montrées, à mon bureau, il y a des mois de ça ? »

Joe hocha la tête.

« D'après cette première projection, c'était sans solution. J'ai fait part aux équipes du COBRA d'une catastrophe irréversible, pareille à une pile de bois qui dégringole. Nous n'imaginions aucune issue possible.

— Or il y en avait une ?

— Un des aspects très astucieux de Cassie, Joe, c'est que vous l'avez conçue pour tester différents scénarios. Cela nous a été très utile. Je me souviens, la première fois que vous m'avez montré le programme, vous avez fait varier la température des relations entre l'Arabie Saoudite et l'Iran. Cela signifiait que nous pouvions prendre en compte les prédictions de Cassie, et moduler certaines de nos hypothèses. Parfois, cela n'impliquait pas de grande différence. Nous pouvions voir quelles seraient les répercussions, par exemple, si nous décidions de réajuster le prix du pétrole ; comme celui-ci flambait déjà, une nouvelle hausse aurait été sans réelle incidence. Peu après le début de la crise, alors que *Le Rêve de Cassandre* était déjà à mi-chemin des Açores, j'ai reçu un appel de Toby Maltings. Que se passerait-il, m'a-t-il demandé, si nous modifiions nos hypothèses concernant la nature humaine ? »

Un fantôme de sourire se faufila sur le visage de Joe.

« Je lui ai conseillé d'essayer. Nous avions pour présupposé que la faim et le désespoir dresseraient les gens les uns contre les autres. Nous avions pensé que la faillite de notre monnaie, l'effondrement de l'ordre public… que tout ça conduirait droit à l'anarchie. Cela semblait inévitable.

— N'importe quelle société n'est qu'à trois repas de l'anarchie, murmura Joe.

— Et l'anarchie faisait partie de l'équation. Elle conduisait à un effondrement irréversible. Toujours l'intérêt particulier qui prime. Les réseaux s'effondrent. La confiance dégringole.

Les devises partent en fumée. Nous n'avions aucune raison de prédire autre chose. L'intérêt particulier est la force la plus puissante qui soit, en économie. »

Joe opina. « Peut-être. » Il se représentait les algorithmes, tels que Lew Kaufmann les avait vus – des courbes rouges, sur des graphiques, qui toutes plongeaient, inexorablement. Mais les hommes avaient le pouvoir de contrecarrer des équations. « La plus puissante… en économie, peut-être. »

Des voix s'élevaient dehors. Quelqu'un, sur la place du village, appelait Joe à tue-tête. Puis Casey Limber et Mallory Books franchirent la porte du pub. « Je vous avais bien dit qu'on le trouverait ici », était en train de dire Casey.

« Des amis de Joe ? s'enquit Mallory, en traversant la salle pour tendre la main à Tom Kaufmann.

— Oui.

— En ce cas… soyez les bienvenus à Saint-Piran. » Mallory salua la famille Kaufmann dans son ensemble avant de reprendre : « Je vous prie de m'excuser mais je vais devoir vous l'enlever. » Il se tourna vers Joe. « Il faut qu'on avance, mon grand. Vos invités arrivent. »

Ils entreprirent ensemble l'ascension de la route pavée qui menait à l'église, en marquant quelques pauses pour permettre à Lew Kaufmann et Mallory Books de reprendre leur souffle. Une foule de villageois s'était rassemblée devant la grille du jardin. Déjà, les cloches carillonnaient. Au-delà de l'échalier jouxtant l'église, partait en serpentant le chemin de crête des falaises. On le voyait, sur presque un kilomètre et demi, épouser les festons de la côte et, en cet instant, une colonne humaine armée de paniers progressait tel un long cortège de réfugiés de guerre sur le chemin.

Joe et les Kaufmann se frayèrent un passage dans la foule jusqu'à l'échalier, à côté duquel patientait Martha Fishburne avec des écoliers alignés en rangs le long du mur de pierres sèches – les petits choristes.

« Le voilà ! » s'écria Martha, et les enfants poussèrent un « Hourra ! » que s'empressa de reprendre la foule. « Vous tombez à pic, Joe, lança Martha. Nous n'attendions plus que vous. Maintenant, nous pouvons commencer. »

Elle adressa un signe de tête aux enfants. La mélodie cristalline d'une clarinette monta du dernier rang – Emily Horsmith se révélait très douée pour la musique – puis, après un temps de silence absolu, la chorale entonna :

« *Petite ville, Bethléem, tu dors paisiblement…* »

Le couple que Joe avait rencontré la veille ouvrait le cortège des visiteurs de Treadangel. Ils le serrèrent dans leurs bras comme de vieux amis.

« *Sur ton sommeil, l'étoile d'or se lève au firmament…* »

« Bienvenue à Saint-Piran, leur dit Joe. Et joyeux Noël.

— Joyeux Noël à vous aussi. »

« *Sa lumière éternelle nous apporte de la joie…* »

Les premiers arrivants franchissaient l'échalier avant de s'égailler dans le jardin paroissial, essoufflés par la randonnée, pâles et amaigris par des semaines de privation, mais souriants.

« *La réponse à nos appels…* »

Alors qu'une queue de visiteurs grossissait derrière l'échalier, Alvin Hocking, en grande tenue d'apparat, se matérialisa subitement, tel un revenant, au milieu de la foule, et posa une main sur le bras de Joe. « Joyeux Noël, Joe. »

« *… ce soir se trouve en toi.* »

« À vous de même.

— Puis-je prendre le relais ?

— Si vous voulez. »

Le vicaire se posta à côté du portail et se mit en devoir de gratifier chaque invité d'une accolade. « Que Dieu vous bénisse, mon enfant, disait-il d'une voix chaleureuse. Joyeux Noël. Bienvenue à Saint-Piran. »

En temps utile, il fut rejoint par Polly. « Allons, ne les retiens pas, chuchota-t-elle en lui prenant la main. Le repas est prêt.

— Bien sûr, bien sûr. »

Devant les barbecues rougeoyant de braises, les files commençaient à grossir et les assiettes à se tendre, que l'on remplissait de pleines louches d'un consistant ragoût.

« *Que Dieu vous garde en joie, messieurs. Que rien ne vous consterne…* » chantait le chœur.

Cela occasionnait un joyeux chambard, tous ces gens qui se pressaient avec leur assiette et leurs couverts ; rapidement, la place vint à manquer dans l'église, comme dans le jardin, pour tous les contenir. Une bonne part d'entre eux s'était déjà dispersée le long de la route, mais d'autres arrivaient par les falaises – des gens plus âgés, maintenant, qui gravissaient péniblement le sentier. « Bonjour, bonjour », trompettait Alvin. À ce stade, il avait renoncé à accueillir chaque nouveau venu par une accolade. « Joyeux Noël. »

« *Le bon roi Venceslas regarde dehors le jour de la Saint-Étienne…* »

Jeremy Melon se faufila tant bien que mal dans la foule pour rejoindre Joe et les Kaufmann. « Le voilà, notre bon roi Venceslas, dit-il en enfonçant doucement un doigt dans les côtes de Joe, avant de lui désigner Hocking. Le bon roi qui distribue ses largesses de Noël aux nécessiteux. »

La remarque fit sourire Joe. « Il fait du bon travail.

— On croirait que c'était son idée. Et sa baleine.

— La baleine n'était à personne. Un temps, à mes yeux, c'était aussi ma baleine. Mais il n'en était rien, naturellement. C'était une créature sauvage. Vivante, elle n'appartenait à personne, et sa mort n'a rien changé à ça. » Joe posa la main sur le bras de Jeremy. « Je suis triste qu'elle soit morte. Elle m'a sauvé la vie, tout de même.

— Et aujourd'hui elle nourrit tous ces gens.

— Oui. » Machinalement, Joe se tourna vers l'océan. C'était devenu une habitude pour lui, de chercher à l'apercevoir au large – sa baleine. « Oui, c'est vrai. »

Ils installèrent Lew et Mallory sur un muret, puis rejoignirent la queue pour participer au banquet. Les Anderssen et les Magwith puisaient louche après louche, le bouillon dans des fûts de cent litres ; Jessie et le bosco Higgs garnissaient les assiettes de monticules de riz et de haricots ; Charity, Casey et les sœurs Bartle s'épuisaient à servir les pâtes. Aminata et les Penhallow s'occupaient des légumes.

« Joe, il reste encore plein de choses à manger ! cria Bevis Magwith. Dites aux gens de venir se resservir.

— C'est la première fois que je mange de la baleine, dit Cassie Kaufmann, hésitante, la cuiller en suspens au-dessus de son assiette.

— J'espère pour vous que ce sera la dernière, répliqua Joe.

— Imaginez que c'est du bœuf, suggéra Jeremy. D'autant qu'il y a aussi une vache entière, là-dedans.

— N'imaginez rien du tout, intervint Mallory Books. Remplissez-vous l'estomac, c'est tout. »

Demelza Trevarrick vint les rejoindre, avec une assiette très généreusement servie, et se colla à Jeremy. « Ce n'est pas ce qu'on pourrait appeler de la grande gastronomie, mais c'est tout à fait mangeable. »

Il fallut plus de deux heures pour effectuer le premier service, et en milieu d'après-midi on s'activait toujours en cuisine. On procéda à un changement d'équipe : les Thoroughgood et les Moot vinrent relayer les Anderssen et les Magwith aux fourneaux. De tout le temps que dura le festin, les Shaunessy et les Robins transportèrent sans interruption des brouettées de viande de baleine depuis la plage. Les cuisiniers s'efforçaient de noircir les steaks au barbecue avant de les lâcher dans les marmites de ragoût. Les garçons, quant à eux, continuaient d'apporter du bois pour alimenter les feux. Et tandis que les tourbillons de fumée dansaient entre les tombes avant de se déliter dans les branches des ifs, que le cidre chaud et le vin de mûres coulaient, le chœur chantait toujours.

« Le moment est venu de faire une pause », annonça finalement Martha quand l'entier répertoire des chants de Noel eut été épuisé pour la troisième fois. Les habitants de Treadangel avaient formé un chœur rival. Adultes et enfants étaient en train de prendre place, et ils entonnèrent « Les douze jours de Nöel ».

Joe s'éloigna discrètement des Kaufmann. Il fouilla la foule des yeux, à la recherche de Polly.

Une main effleura son bras. C'était la fille de Treadangel.

« Je m'appelle Susannah, dit-elle.

— Joe.

— Je sais. Vous vous êtes présenté hier. Comment pourrais-je jamais vous remercier ? » D'un mouvement d'épaule, elle remonta le jeune enfant aux yeux rougis calé sur sa hanche.

Joe secoua la tête. « C'est inutile.

— Rien ne vous obligeait à nous nourrir tous. Vous auriez pu garder tout ça pour vous.

— C'était une très grosse baleine.

— Quand même…

— Et c'est Noël. »

Il venait de repérer Polly, en grande discussion avec un invité – un jeune échalas aux sourcils épais et à la barbe clairsemée. Un coude appuyé contre le torse de l'homme, elle passait paresseusement la langue sur ses lèvres.

Joe reporta son regard sur Susannah. « Je regrette que ce n'ait pas été un Noël avec de la dinde et des pommes de terre sautées.

— C'était mieux. » De sa main libre, la jeune femme attira la tête de Joe vers elle et l'embrassa.

« Vous vous êtes resservie ?

— À deux reprises. »

La fête était un indéniable succès. Joe s'éclipsa pour aller voir ce qui se passait du côté des barbecues, où les cuisiniers continuaient de s'activer ; des gens faisaient toujours la queue et il y avait encore des assiettes à remplir.

« … *quatre pissenlits, trois petites poules, deux caramels et un moineau tout en haut du pommier.* »

« Ceux qui avaient mangé étaient environ cinq mille hommes, sans les femmes et les enfants », récita une voix dans son dos. Joe se retourna. Alvin Hocking arborait un large sourire.

« C'est vrai que ça a des allures de miracle.

— De toute ma vie, je n'ai rien vu qui s'en approche autant, renchérit un homme de Treadangel en se joignant à la conversation. Il paraît que le gars qui a fait ça avait rempli le clocher de bouffe, de haut en bas. »

Le sourire d'Alvin s'élargit. « Oui, il paraît.

— Et qu'il en a utilisé une grande partie pour ce repas.

— Il semblerait.

— Et que c'est lui aussi qui a attrapé la baleine.

— Bon, ça, c'est peut-être un peu exagéré », tempéra Joe.

Dans l'air enfumé, sous les ifs, Polly avait attiré un peu plus d'admirateurs autour d'elle. Elle exécutait une petite danse, en se déhanchant sur l'air des « Douze jours de Noël ». Joe détourna le regard. « Je dois aller rejoindre mes invités.

Mallory Books et les Kaufmann étaient toujours sur le muret, là où il les avait laissés. « J'ai dépêché le jeune Thomas Horsmith chercher le Clynelish, annonça Mallory. Il n'y a plus de cidre. »

Joe éclata de rire. « Je croyais que le whisky était réservé aux urgences. Où est-elle, ici ?

— L'urgence est qu'il n'y a pas de whisky ! »

Les choristes se turent, et le son de l'accordéon du vieux Garrow monta de derrière le muret, rejoint par le pipeau de Kenny Kennet et le banjo du bosco Higgs. L'heure n'était plus aux cantiques, mais à la danse. Quelqu'un, auparavant avait une annonce à faire. « Kenny ! Arwen ! Une minute, s'il vous plaît ! » Alvin Hocking se jucha sur une tombe. Les musiciens obtempérèrent et, par endroits, le silence se fit dans la foule.

« S'il vous plaît, tout le monde… S'il vous plaît ! » Le vicaire était accoutumé à avoir l'entière attention de son auditoire, même s'il apparaissait évident qu'il en irait différemment ce soir. Il éleva la voix : « S'il vous plaît, tout le monde… J'ai quelques brèves déclarations à faire. »

Le brouhaha se mua en un bourdonnement sourd.

« Les villageois de Saint-Piran tiennent à souhaiter un joyeux Noël à tous leurs voisins de Treadangel.

— Il radote, chuchota Jeremy, caustique, à l'intention de Joe. Il l'a déjà fait à leur arrivée.

— Je tiens à remercier tous ceux qui ont travaillé d'arrache-pied pour préparer ce savoureux repas. Je ne peux pas tous les citer, ils sont trop nombreux, je ne veux pas risquer d'en oublier certains. Donc laissez-moi seulement dire un très grand merci à tout le monde, ici, à Saint-Piran. »

Une salve d'acclamations salua cette déclaration.

« C'est surtout la baleine qu'il devrait remercier, railla Jeremy. Question contribution, c'est la meilleure.

— Comme la plupart d'entre vous le sait, j'exerce mon ministère ici à Saint-Piran, ainsi qu'à Saint-Luke à Treadangel. Naturellement, personne n'ignore que, ces dernières semaines, il ne m'a pas été possible d'assurer le service dans l'une et l'autre églises, pour les raisons que nous connaissons tous.

— Rien ne l'en empêchait, marmonna Jeremy. Il avait déjà eu la grippe. Il aurait pu faire des allers-retours sans problème. C'est plutôt la perspective des six kilomètres à pied sur les falaises qui l'en a dissuadé.

— Je suis heureux de vous annoncer que j'assurerai le service à Saint-Luke ce dimanche matin, et j'espère vous y voir nombreux.

— S'il offre un bon gueuleton, il aura du monde... » Jeremy était manifestement déterminé à commenter sur le vif tout le discours du vicaire.

« Jeremy ! le gronda Joe.

— Pardon, pardon.

— Nous aimerions tous que vous restiez un peu plus longtemps parmi nous. Nous avons du gâteau de riz et des fruits – en quantité suffisante pour tout le monde – mais modeste, je le crains. Et ensuite, nous pourrons continuer de… socialiser.

— J'ai vu que la jeune Polly n'a pas attendu son feu vert. »

Joe se surprit à sourire à cette remarque.

« Nous ne pouvons toutefois pas laisser repartir nos invités par le sentier de la falaise après la tombée de la nuit, reprit le vicaire. Ce serait bien trop dangereux. Donc, nous avons une autre petite surprise…

— Un hélicoptère ? hasarda Jeremy.

— M. Magwith est en train de rouvrir la route. » Le vicaire marqua une pause, escomptant sans doute une explosion de joie. Comme rien de tel n'eut lieu, il persévéra, envers et contre tout. « M. Magwith a une bétaillère, et suffisamment d'essence pour faire cinq ou six allers-retours à Treadangel. Nous pensons pouvoir transporter cinquante à soixante personnes à chaque voyage, aussi, tous ceux qui ont des difficultés à se déplacer, je vous en prie, profitez-en pour vous faire raccompagner chez vous. »

Cette fois les acclamations furent au rendez-vous, pour la plus grande satisfaction de Hocking, tout sourires.

« Pour tous les autres, nous allumerons des lanternes jusqu'en bas du chemin pour éclairer votre retour.

« S'il te plaît, parle aussi longtemps que tu veux, mais pas de prière, dit Jeremy à mi-voix.

— Je sais que certains d'entre vous souhaitent que je récite une prière.

— Non ! Non !

— Mais je suggère plutôt que chacun prie de son côté, en silence.

— Excellente idée.

— On me dit qu'il reste quantité de viande de baleine. Et je sais, de source bien informée, que celle-ci doit être consommée fraîche. Alors s'il vous plaît, avant de nous quitter, ce soir, si vous avez des paniers, descendez à la plage pour les remplir. Les meilleurs morceaux sont partis, mais ceux qui restent sont tout aussi nutritifs. Nous devrions remercier Dieu de nous avoir envoyé cette baleine.

— Dieu a sacrément le coup au fusil, alors. »

Joe écrasa la main contre sa bouche. Il n'était pas certain de pouvoir réprimer son rire.

« Je vous laisse avec messieurs Garrow, Kennet et Higgs, qui vont vous régaler de leur musique au style très personnel. Encore une fois, merci. Et joyeux Noël. » Le vicaire se fendit d'un dernier grand sourire, et quitta son estrade.

« Il ne peut pas résister à une tribune, marmonna Jeremy. Est-ce qu'il resterait du cidre ?

— Si nous sommes patients, Mallory nous offrira peut-être une goutte de scotch.

— Voilà la meilleure nouvelle de tout l'après-midi. Conduisez-moi à lui. »

# 34

# Un cœur gros comme cinq hommes

Chaque année, à Saint-Piran, se tient une fête très spéciale : on l'appelle « la fête de la Baleine ». Quel que soit le temps, le jour de Noël, les villageois grimpent jusqu'au jardin paroissial, où un chœur d'enfants chante des chants de Noël sous les applaudissements des familles réunies. On ne cuisine jamais de baleine, bien entendu. Ces temps-ci, on se débrouille avec du poisson frais et des pommes de terre, des tranches de pudding et des tartelettes aux fruits secs. Les enfants dessinent une baleine sur un immense rouleau de papier qu'ils accrochent à un mur de l'église désaffectée, en souvenir de l'Apocalypse et du fameux animal. Ceux qui étaient présents ce jour-là se laissent choir pesamment sur les pierres tombales et racontent l'histoire. Thomas

Horsmith parle de la baleine. Il décrit sa taille, et explique comment les hommes l'ont débitée à la scie, au couteau, à la hache, pour récupérer le blanc et la viande. « Nous avons mangé son foie, raconte-t-il. Un foie gros comme une maison. Et le cœur – un cœur gros comme cinq hommes. C'était de la bonne viande, attention ! Et avec la graisse, vous n'imaginez pas le nombre de tonneaux qu'on a remplis. »

Quand le jour commence à décliner, on éteint toutes les lumières du village. « C'était exactement comme ça, explique Charity Limber à la foule réunie, tandis que tous les regards se tournent vers les toits gris et les façades aveugles. Quand la nuit est tombée, pas une seule lumière ne brillait dans le village. Et quand il a fait entièrement noir, les gens ont allumé des bougies, et se sont blottis autour des feux. Et c'est à ce moment-là que c'est arrivé. »

Il y aura toujours un enfant pour demander : « Racontez-nous comment c'est arrivé, madame Limber. » Aucun n'ignore bien sûr que les hommes, en bas, au village, attendent le signal.

« La fête tirait à sa fin, reprend Charity. Tout avait été mangé, la vaisselle était propre. Le vieux Bevis avait approché sa bétaillère jusqu'ici, et s'apprêtait à reconduire les gens de Treadangel chez eux. Mais la fête n'était pas tout à fait terminée. Il restait un dernier chant de Noël à chanter.

— Et qui l'a chanté, madame Limber ?

— Cela aurait dû être moi, comme convenu aux répétitions. Le moment venu, je n'ai pas pu. Je tenais la main de mon Casey, et il m'a dit, "Va, c'est à toi, Charity", alors j'ai secoué la tête. "Je ne peux pas, lui ai-je répondu. Pas devant tous ces gens. – Si, tu dois le faire" a-t-il insisté, et là quelqu'un a dit : "Moi, je vais chanter."

— Qui était-ce, madame Limber ?

— Elle s'appelait Aminata. Elle était africaine, de quelques années mon aînée. C'était la plus gentille et la plus jolie fille du village. Son sourire était si lumineux. Elle était infirmière, et elle savait chanter aussi. Elle a grimpé sur cette pierre tombale, ici, et le silence s'est fait dans la foule. Tous savaient que ce serait la dernière chanson de la soirée. »

À ce signal, chaque année, une des filles du village grimpe sur la tombe où s'était tenue Aminata, prête à rejouer cette scène.

Charity marque une pause ; le silence apporte un effet dramatique à l'instant. Elle dévisage la foule qui l'entoure. Jeunes ou vieux, plus personne ne pipe mot, tout le monde retient son souffle. Les petits ont les mains devant la bouche. « On a entendu… une courte note à la clarinette », reprend Charity.

Un clarinettiste, qui se tient à côté d'elle, recrée cette note. Les villageois de Saint-Piran connaissent la suite.

« Puis il s'est produit deux choses. Aminata a ouvert la bouche, et libéré la plus belle voix qui se puisse imaginer. »

La fillette juchée sur la pierre tombale renverse imperceptiblement la tête et chante, « Douce nuit, sainte nuit… » Et à ce jour encore, près d'un demi-siècle plus tard, la magie de cet instant demeure intacte. Aujourd'hui encore, cette note d'une infinie justesse fait naître des frissons chez tous les villageois réunis dans le jardin. Aujourd'hui encore, il est possible de croire, l'espace d'un court moment, que le monde n'a jamais été souillé par aucun péché, que les épreuves sont une illusion, et que les grands mystères de la naissance, de la mort, de l'amour et du deuil, de la connaissance et de l'existence peuvent tous être distillés dans une seule et unique voix cristalline. Lorsque cet instant de grâce se produisit, en ce premier banquet de Noël, il n'y eut quasiment aucun couple qui ne se prît par la main ; quasiment aucun enfant qui ne levât les yeux vers ses parents ; quasiment aucune paupière qui ne battît pour chasser une larme. Plus personne ne bougeait. Plus personne n'osait respirer.

Et dans le village de Saint-Piran, à chaque Noël, tandis que la jeune soliste achève le premier vers de son chant, les lumières s'allument dans le village ; exactement comme elles le firent tant d'années plus tôt. Aujourd'hui, les hommes actionnent les interrupteurs, dans toutes les maisons, afin que chaque fenêtre soit illuminée et que le village émerge des ténèbres. Aujourd'hui, les villageois attendent cet instant. Et des acclamations de joie retentissent quand la première ampoule s'allume, suivie par toutes celles du village, jusqu'à ce que la vallée entière semble noyée sous un déluge de lumière.

Le soir de ce premier Noël, les attentes étaient bien moindres.

« *Tout se tait, plus un bruit* », chanta Aminata.

Et il n'y avait pas un bruit.

« *Dans les cieux, l'astre luit…* »

Les vitraux de l'église de Saint-Piran-le-Martyre illustrent des scènes de la vie des apôtres. Lorsqu'ils sont éclairés de l'intérieur, ils projettent une lueur chaude et diffuse sur les ifs et les tombes du jardin. Quelqu'un, dans l'église, avait laissé un interrupteur baissé, si bien que lorsque l'électricité fut rétablie, la foule se trouva baignée dans un kaléidoscope de lumières multicolores. Et si quelqu'un se demanda si ce petit effet avait été planifié (peut-être avait-on prévu un groupe électrogène pour illuminer l'église ?), la question fut de courte durée car, d'un coup, ce fut l'ensemble du village, en contrebas, qui s'illumina. Les réverbères. Les lumières du port. Des ampoules se mirent à briller dans les mansardes et dans les salons, dans les chambres et dans les salles de bains. Et tandis que chacun prenait conscience de ce qui était en train de se passer, une voix s'envola dans les aigus :

« *Dans le silence du ciel, dors*, chanta Aminata. *Dans le silence, dors.* »

Les illuminations marquent la fin de la fête de la Baleine. Les villageois rabattent étroitement les pans de leur manteau, se dirigent vers le portail du jardin et commencent à redescendre la colline pour rentrer chez eux. Le soir de ce premier Noël aussi ce fut le signal du départ et des adieux. Un détachement d'avant-garde se mit en route avec des lanternes, suivi de près par une procession de marcheurs qui cheminaient par petits groupes, en famille, et par Bevis, au volant de sa bétaillère, avec son premier chargement de passagers. C'était la fin d'une journée de réjouissances. Joe se retrouva aux côtés d'Alvin et de Polly, au portail, où s'échangeaient d'ultimes poignées de main. « Merci, révérend, merci…

— Que Dieu vous bénisse, mon enfant. Que Dieu vous bénisse. »

Un goût de fin, pensa Joe. Comme quand on émerge d'un tunnel ; ou qu'on pose le pied sur la terre ferme après une longue traversée. La vie, parfois, pouvait faire ça. Tracer une ligne, et décréter : au-delà de cette ligne, plus rien ne sera jamais pareil. Le soleil se lèvera demain, mais il se lèvera sur un monde qui ne sera plus le même.

Pour Joe, une ligne avait été tracée à la mort de Mamma. Les Beatles chantaient « She Loves you » et, quelque part entre les premiers accords et la dernière reprise du refrain, ils l'avaient tous franchie – Joe, Brigitha, et Mamma, elle aussi.

La vie en avait tracé une autre à la mort de Janie. Joe dormait lorsque Janie avait franchi cette ligne-là. De ce côté-ci, se trouve le monde que l'on connaît. De l'autre côté… tout autre chose.

Mamma adorait Noël. Joe déplia dans son esprit la photo de sa mère. Elle était là, ouvrant les cadeaux, la peau aussi lisse que de l'albâtre, les dents aussi blanches que de la craie. Il y avait la larme au coin de l'œil, comme toujours, et le sourire. Cinq mois après les vacances en camping, après la nuit au nord de Rouen. Elle lève les yeux vers lui, et leurs regards se croisent. Y avait-il des rides autour de ses yeux ? Non, pas qu'il s'en souvienne. Pas de rides donc. Juste des yeux d'une pureté parfaite. Une voix, dans sa tête, protestait. *Si, si* – elle avait des rides autour des yeux. Ah bon ? Et de quelle couleur étaient-ils, ses yeux ? Verts, se souvint Joe. Non, gris, corrigea la voix.

Se pouvait-il qu'il soit en train d'oublier ?

Il avait franchi une autre ligne. Le visage de Mamma s'effaçait peu à peu. Et il n'y avait pas de retour possible.

Il avait également franchi une ligne le matin où, à son réveil, dans le clocher, il avait senti que son corps était en voie de guérison. Cette ligne-là était d'une nature différente, comme une seconde chance. Peut-être même une troisième.

Joe comprit que la vie traçait une autre ligne en regardant la dernière famille de Treadangel saluer de la main et se mettre en route. Son garde-manger était presque vide. La baleine était morte. Les lumières étaient revenues. Qu'est ce que l'avenir avait en réserve pour Joe Haak ?

Hedra Penhallow, qui était en quête de Joe et des Kaufmann, finit par les dénicher dans le jardin, alors qu'ils étaient eux aussi sur le départ. « Nous pouvons vous héberger au B&B, leur dit-elle. Gracieusement.

— C'est très aimable à vous, répondit Tom Kaufmann, mais nous pouvons dormir sur le bateau.

— Il n'en est pas question, insista Hedra. Vous dormirez ce soir sur la terre ferme. Maintenant que l'électricité est revenue, nous aurons peut-être même de l'eau courante.

— Merci, mais nous ne voulons pas vous imposer tout ce dérangement, insista à son tour Tom Kaufmann. En outre, il se peut que nous reprenions la mer dès l'aube.

— J'aimerais tant dormir dans mon lit, soupira Cassie. À la maison. »

La petite troupe se mit en route. Dans Fish Street, Mallory souhaita bonne nuit à la compagnie et disparut dans sa maisonnette. Jeremy et Demelza s'éclipsèrent eux aussi discrètement dans l'obscurité. Il ne resta plus que Joe, et les Kaufmann.

« Alors, la crise est réellement terminée ? demanda Joe à Lew.

— Exactement comme je vous l'ai dit, Joe. Cela a pris un petit moment. Mais oui. C'est terminé. » Le vieux banquier accusait la fatigue. La journée avait été longue. Kate s'approcha pour le soutenir.

« Pourrions-nous poursuivre cette conversation à bord ? »

La marée étant basse, le catamaran flottait maintenant bien en deçà du niveau du quai et la passerelle présentait une pente intimidante.

« Dieu tout-puissant ! s'exclama Lew. Jamais je n'arriverai au bout. » Il se laissa choir lourdement sur un cabestan.

« Nous allons vous aider, père, proposa Tom, qui ne semblait guère plus sûr de son équilibre.

— Il est toujours temps pour vous de loger au B&B, suggéra Joe.

— Merci mais c'est non.

— En ce cas, nous allons devoir vous porter à bord, dit Tom.

— Non ! Pas question de me laisser transporter comme un sac de patates. Je suis trop vieux pour ça. S'il vous plaît, écoutez d'abord ce que j'ai à dire.

— Comme vous voudrez, père.

— Monsieur Haak ? » Lew se retourna vers Joe. « Monsieur Haak, nous devons parler, vous et moi.

— Vraiment, monsieur ?

— Oui, vraiment. Il nous faut discuter de certaines choses importantes. » Le vieil homme respirait avec difficulté. « Dites-moi, Joe. Que s'est-il passé au juste ici, aujourd'hui ?

— Je vous demande pardon ?

— Vous m'avez très bien entendu, Joe. Que s'est-il passé ici ?

— Je ne suis pas certain de comprendre le sens de votre question, monsieur. Vous étiez là comme moi.

— Oui, Joe. J'étais là. » Lew récupérait son souffle. « Et vous êtes économiste. Comme moi. Et c'est pourquoi j'éprouve quelques difficultés à trouver un sens à tout ça.

— Je ne…

— Venez, venez vous asseoir, mon garçon. » Le vieil homme lui désigna un empilement de caisses de harengs vides. « Si je suis assis, et vous debout, on ne va jamais y arriver. Vous me donnez le tournis. »

Joe s'assit avec précaution sur les caisses.

« Je me suis laissé dire que vous aviez consacré toutes vos économies à l'achat de provisions, que vous avez ensuite stockées dans le clocher…

— C'est plus ou moins ça.

— … puis partagées avec tout le village ? »

Joe hocha la tête.

« Et aujourd'hui, ce même village a dilapidé une baleine entière, ce cadeau tombé du ciel, et la totalité de vos réserves pour offrir un festin à un autre village ?

— Je comprends que ça puisse paraître…

— Peu importe le paraître, dites-moi plutôt de quoi il retourne, Joe. J'ai vraiment envie de comprendre. »

Joe détourna les yeux vers le large. Il faisait trop noir pour distinguer quoi que ce soit. J'ai fait une promesse, songea-t-il. Il y a longtemps. J'ai fait une promesse à Mamma. Et qu'elle semblait loin, cette promesse, aujourd'hui. Un matin, à l'aube, il avait abandonné ses vêtements sur des rochers, à deux pas d'ici, et s'était enfoncé dans l'océan. Il se souvenait encore de la morsure de l'eau glacée, et de la force du courant sous-marin ; et de cet instant où il avait abandonné toute résistance au froid et où il avait plongé tête la première dans la vague. Il se souvenait d'avoir nagé, d'avoir senti la mer l'envelopper comme un être vivant, monstrueux. Il se souvenait que l'eau avait arraché jusqu'au dernier lambeau de stress et d'anxiété de ses os. Et que lorsqu'il avait voulu faire demi-tour et rejoindre le rivage, un obstacle s'était dressé. La baleine. Quand elle avait plongé, il avait été aspiré avec elle dans les profondeurs. C'est ce qui se passait, avec les baleines. Et c'est ce qui s'était passé, comprit-il soudain, avec la banque. Quand Lane Kaufmann avait plongé, il n'avait eu d'autre choix que de suivre le mouvement.

« Pourquoi êtes-vous ici, monsieur ? demanda-t-il. Pourquoi êtes-vous venu à Saint-Piran ?

— Nous sommes venus pour vous, Joe. »

À l'évidence, ils n'étaient pas venus lui rendre une visite de courtoisie. Ils étaient venus le chercher.

« Où voulez-vous m'emmener ?

— Il est temps pour vous de rentrer, Joe. »

Rentrer ? Où ça ? À Londres ? À la banque ? Au cinquième étage ?

« Il n'est pas question de vous ramener à la banque, reprit Kaufmann, qui semblait lire dans son esprit.

— Où, alors ?

— Ils ont besoin de vous au Home Office. Au COBRA. Ils ont besoin de vos compétences.

— C'est eux qui vous ont envoyé me chercher ? C'est pour ça que vous avez quitté les Açores ? »

Kaufmann sembla mal à l'aise.

« Vous n'avez pas besoin de moi, reprit Joe. Franchement. Il y a un million de programmeurs informatiques à Londres. Choisissez n'importe lequel d'entre eux.

— Aucun ne possède vos lumières, Joe. Vous seul connaissez intimement le fonctionnement de Cassie. On doit la remettre en piste. Tant de choses ont changé. Il faut maintenant que Cassie comprenne tout ça. » Kaufmann leva une main décharnée pour désigner le village.

« Tout ça ?

— Cassie n'aurait jamais pris en compte ce qui s'est passé ici. Même nourrie de la sagesse d'un millier d'économistes et d'un million d'informations, jamais elle n'aurait prédit ça. Et ce village n'est pas une exception. Des choses similaires se sont produites absolument partout. Ça ne tient pas simplement à la baleine. Non plus qu'à votre garde-manger. Vous n'avez pas été le seul bienfaiteur de Saint-Piran, Joe. J'ai discuté avec les gens d'ici, aujourd'hui. Le fermier a donné son lait. Les petits exploitants, leurs légumes et leur cidre. Les pêcheurs, leur pêche. Le médecin a donné de son temps et de son savoir. Des gens ont trimé toute la journée, qui pour débiter cette baleine, qui pour transporter du bois, qui pour cuisiner. Qu'en retirent-ils ? Quelle est la monnaie d'échange ? »

Dans sa tête, Joe entendait une voix de soliste d'une absolue pureté.

« Il n'y a pas de monnaie d'échange, monsieur. Cassie ne serait pas en mesure de comprendre », répondit Joe en songeant aux algorithmes qui constituaient le cerveau de Cassie. Les colonnes devaient toujours s'équilibrer. À tout crédit correspond un débit égal. L'intérêt particulier s'applique toujours, en toutes circonstances.

« Voilà pourquoi nous avons besoin de vous, Joe. Pour remédier à ça.

— Quoi que nous fassions, Cassie ne pourra jamais tout prédire. Il y a bien trop d'inconnues. Qui aurait pu prédire qu'une baleine s'échouerait sur notre plage ? ajouta-t-il avec un haussement d'épaules défaitiste.

— Ou qu'un jeune illuminé remplirait un clocher de provisions ? »

Ou qu'il me faudrait tenir une promesse faite à Mamma, pensa Joe.

Lew respirait de nouveau avec difficulté. « Néanmoins, nous sommes dans l'obligation de prédire certaines choses. Il y aurait trop à perdre, si nous faisions fausse route. Je ne parle pas ici du prix des actions. Cela n'a jamais été réellement le propos. Vous le savez, n'est-ce pas ? Le propos n'est pas d'élaborer des plans d'action, et d'être prêt au cas où… quand… cela se reproduira. Le propos, c'est de sauver des vies, Joe.

— Je sais. » Joe regarda de nouveau vers le large et essaya de se représenter comment un tel programme pourrait jamais fonctionner. « Regardez, dit-il. L'océan obéit à un mouvement de flux et de reflux. Je peux prédire, avec une totale certitude, que d'ici quelques heures la marée viendra remplir ce port, et que le bateau remontera au niveau du quai. Mais regardez cet homme. » Il désigna la silhouette de Daniel Robins, qui enroulait des cordes sur le pont d'un petit bateau. « Où sera-t-il, dans quelques heures ? Bien au chaud dans son lit, ou en mer ? Ou encore ailleurs ? Je peux prédire le mouvement d'un océan, mais pas ceux d'un individu. Quel programme le pourrait ? »

Les deux hommes contemplèrent un instant l'océan, puis Lew rompit le silence. « Nous n'avons pas besoin de savoir ce que ferait un homme. Nous avons besoin de savoir ce que cent feraient. »

Ou mille. Ou un million. Ou trois cent sept.

« Ce qui est drôle, dit Joe, c'est que nous ne devrions pas être surpris de ce qui est arrivé. Songez aux gens que vous connaissez. Vos amis, votre famille, vos voisins. Combien d'entre eux décririez-vous comme des gens violents, ou dangereux ? Pourquoi imaginons-nous toujours que, quand la crise surviendra, nous deviendrons tous, soudain, autres que ce que nous sommes ?

— Peut-être avons-nous trop prêté l'oreille à notre vieil ami Thomas Hobbes.

— Oui, sans doute.

— *Où tout homme est l'ennemi de tout homme… il n'y a aucune place pour une activité laborieuse… aucune connaissance de la surface de la terre, aucune mesure du temps, pas d'arts, pas de lettres, pas de société, et ce qui est le pire de tout, la crainte permanente, et le danger de mort violente.*

— Je m'en souviens, murmura Joe.

— *Et la vie d'un homme est solitaire, indigente, dégoûtante, animale et brève.*

— J'avais oublié combien la vision de Hobbes est sombre.

— Mais peut-être ne l'avons-nous pas lu assez attentivement. Le *Léviathan* de Hobbes survit grâce à un contrat social qui nous lie tous ensemble. Quand Hobbes dit que notre condition naturelle est mauvaise, brutale et courte, il nous montre également que nous pouvons nous élever au-dessus de notre état et construire des sociétés solidaires les unes des autres. » Kaufmann posa la main sur les genoux de Joe. « Et si ce n'était pas le comportement des autres, que nous redoutions ? Et si nous étions terrifiés à l'idée de changer nous-mêmes ?

— C'est possible…

— Alors venez nous aider à enseigner cela à Cassie. » Le vieil homme appela d'un geste sa petite-fille. « Aide-moi à me lever, veux-tu, mon enfant ? » Il se leva avec difficulté. « Comprenez-moi bien, Joe. Je n'attends pas que vous rentriez aujourd'hui. »

Joe se leva à son tour. « Ah bon ?

— Non. Je vous connais mieux que vous ne l'imaginez. Vous n'êtes pas encore prêt. Mais lorsque vous le serez, vous devriez vraiment vous rendre au Home Office, et demander à parler à Toby Maltings. Dites-lui que c'est Lew Kaufmann qui vous envoie. »

Joe acquiesça.

Lew se tourna vers sa petite-fille. « Tu aimerais toujours dormir dans ton lit ce soir ?

— Ce serait merveilleux !

— Si nous levons l'encre maintenant, on pourrait y être avant minuit », dit Kaufmann.

Tom vint les rejoindre, et glissa avec douceur une main sous le coude de son père. « C'est compromis, dit-il. La marée est trop basse, et nous sommes encore à deux jours de mer de Sandbanks. »

Un grand sourire illumina le visage de Lew Kaufmann. À la lueur froide des réverbères du port, son vieux visage ridé semblait avoir retrouvé un regain de jeunesse. « Qui a dit que nous étions obligés de rentrer par la mer ? demanda-t-il. Ils ont rouvert la route. Et en voiture, nous ne sommes qu'à quatre heures de chez nous.

— Mais… objecta Tom, perplexe. Nous n'avons pas de voiture.

— C'est exact. Mais Joe en a une. Et je parie qu'il peut trouver suffisamment d'essence pour nous ramener à la maison.

— Oui, grand-père, s'il vous plaît… faisons ça, supplia Cassie.

— C'est un coupé. On n'y rentrera jamais à cinq… » Ça pourrait marcher, pourtant, cogitait Joe. Alvin lui avait rendu les clés. Et il restait de l'essence dans le réservoir.

« Y rentrera-t-on à quatre ?

— Oui, mais… »

Lew tendit la main. « Quand la monnaie d'échange habituelle n'a plus cours, nous devons en trouver d'autres. Échangeriez-vous votre voiture contre mon bateau ? »

# 35

## Cela s'appelle tourner la page

Un voile de brume matinale recouvrait le village. Quelque chose de similaire était venu envelopper Joe. Il s'assit sur un banc, dans le jardin paroissial. Où avait-il appris cette patience ? Une heure passa. Puis une autre. Et il vit Alvin Hocking descendre d'un pas raide la colline en direction du village, une bible glissée sous le bras.

Joe alla frapper à la porte du presbytère. « Polly ? »

Elle apparut, en jean et maillot de rugby.

« Joe ! »

Ils se trouvaient chacun à un bout du couloir ; la longueur de cet intervalle était écrasante.

« Joyeux Noël, dit Joe. Je ne pense pas avoir eu l'occasion de vous le souhaiter hier.

— Il paraît que tout est terminé.

— Oui, il paraît.

— C'est vrai ?

— Je l'espère.

— Vous cherchiez Alvin ?

— Non, c'est vous que je voulais voir. »

Aucun d'eux ne fit un mouvement pour combler le fossé qui les séparait. Il semblait que le long couloir, avec son miroir doré, sa console cirée et cette imposante bible, et le crucifix sans fioritures accroché au mur du palier étaient autant de barrières impossibles à renverser.

« Il n'y a rien dont nous devons parler, n'est-ce pas ? demanda Polly. Plus maintenant. »

Joe fit un pas en avant, mais elle battit en retraite d'autant.

Joe soupira. « Je songe à m'en aller. »

Son visage était aussi immobile que celui d'une statue. « À quitter Saint-Piran ? »

Il acquiesça. La pendule d'officier se préparait à sonner ; ses rouages venaient d'entrer en action.

« Avec vos amis ?

— Ils sont partis hier soir. »

Polly s'accorda un temps de réflexion. « Où irez-vous ?

— Cela pourrait dépendre. »

Elle s'avança, d'un pas seulement, et un rai de lumière filtrant par la fenêtre du palier tomba sur elle. Son visage avait un teint radieux, ses joues brillaient d'un éclat particulier ; dans la lumière froide de décembre, elle semblait rayonner.

« Polly, je veux que vous veniez avec moi. »

Ils étaient comme deux personnages d'une fresque, figés lui dans son hésitation, elle dans son mouvement de recul. La pendule carillonna.

« Je ne peux pas, Joe.

— Pourquoi ? »

La réponse semblait se lire sur son visage.

« Je ne comprends pas…

— Qu'est-ce que vous ne comprenez pas, Joe ? Je vous l'ai déjà dit. Trouvez-vous une autre fille. » Bon Dieu, qu'elle était belle dans cette pénombre ! Le maillot d'homme, immense, flottait autour d'elle comme une tente, et pourtant elle paraissait tout en courbes et mystères en dessous.

« Pourquoi vous me traitez comme ça ? Avant qu'Alvin et moi nous retirions dans le clocher, nous étions amis. Je pensais que nous étions plus qu'amis. Je pensais que je vous plaisais.

— Vous me plaisez, Joe.

— Alors pourquoi m'évitez-vous ? Pourquoi m'avez-vous snobé, l'autre soir, dans le jardin ? »

Elle haussa les épaules. Son expression trahissait son agacement.

« Vous méritez mieux », murmura-t-il.

Polly parut contrariée. « Vraiment ? Qu'ai-je fait pour mériter mieux ? » Elle se rapprocha, un peu, en ouvrant les mains. « Ai-je accompli des choses extraordinaires ? Me suis-je dévouée à une cause humanitaire ? Suis-je professeur ?

Guérisseuse ? Qu'ai-je fait, hum ? » Son regard était aussi tranchant qu'une lame. « Ou alors, je mérite mieux parce que j'ai des pommettes hautes et des seins qui avancent jusque-là, parce que j'ai des yeux, des hanches et une taille comme ci plutôt que comme ça ? »

Joe ne trouvait rien à lui rétorquer.

« Vous ne me connaissez même pas, Joe. Vous croyez me connaître parce qu'un jour nous sommes partis nous promener ensemble. Parce que je vous ai témoigné de l'intérêt à un moment où vous étiez abattu. Cela veut-il dire que vous me connaissez ? Pas vraiment. Alors pourquoi est-ce que je mérite mieux ? Parce que je suis une bonne, une merveilleuse personne dotée d'une intelligence que tout le monde néglige ? Parce que je suis un joli cœur qui s'y entend pour ferrer les garçons, comme Dan Robins sait y faire avec les poissons ? Ou bien est-ce juste que vous voulez coucher avec moi, Joe Haak ? »

Mal à l'aise, il se surprit à détourner le regard. « Ce n'est pas ça.

— Ah non ? »

Il voulait lui dire, « Je vous aime, Polly Hocking, je vous aime », mais les mots restèrent coincés dans sa gorge. « Arrête, Joe, tu deviens flippant », avait protesté Clare Manners. En outre, il n'était même pas certain que ces mots soient complètement sincères. Il aurait aimé qu'ils le soient. Mais ses yeux racontaient sans doute une tout autre histoire. « J'ai du désir pour vous. » En cela, au moins, il disait vrai. Il la désirait.

« Et vous, Joe Haak, me méritez-vous ? »

Il secoua la tête et sentit l'émotion le gagner.

« Dans le village, tout le monde vous considère comme un saint, Joe, mais moi je sais que ce n'est pas vrai. Et vous le savez vous aussi. Ce que vous êtes venu me proposer, ce n'est pas une virée shopping à Saint-Ives, n'est-ce pas, Joe ? Ce n'est pas d'aller tester votre nouvelle voiture sur la route ? »

Il secoua la tête. « Non.

— Alors de quoi s'agit-il, Joe ? Exactement ? »

Ce fut Polly qui, en s'avançant, combla finalement le fossé qui les séparait. « Peut-être qu'aucun de nous deux ne mérite l'autre, Joe. » Elle glissa une main derrière sa nuque et l'attira vers elle, mais le baiser fut bref. C'était un baiser d'adieu. « C'est moins que ce que vous espériez, n'est-ce pas ?

— C'est mieux, répondit-il, mais il mentait.

— Je suis une allumeuse, Joe. Voilà qui je suis. J'aime la compagnie des jeunes hommes séduisants.

— C'est tout ce que j'étais à vos yeux ?

— Bien sûr que non.

— Mais ? »

Elle détourna le visage.

« Tout le village… » commença-t-il, mais sa voix dérailla. Comment pourrait-il achever pareille phrase ?

« Je sais, dit Polly, en pressant sa main. Tout le monde au village pense que nous sommes des dévergondés, des adolescents lubriques qui se retrouvent en cachette, tous les soirs. Ils imaginent qu'on passe toutes nos nuits à baiser sur la plage. » Elle soutint son regard. « Vous souvenez-vous du jour où nous sommes allés à Saint-Ives ? Vous m'avez expliqué le fonctionnement de votre ordinateur. Vous vous en souvenez ?

— Oui.

— Si suffisamment de gens pensent qu'une chose est vraie, alors c'est qu'elle l'est probablement. N'est-ce pas ainsi que ça marchait ? »

Joe battit des paupières pour retenir une larme. « Plus ou moins. » Francis Galton n'aurait peut-être pas cautionné cette explication mais, en substance, n'était-ce pas ça, la sagesse des foules ? Interrogez trois cents personnes à Saint-Piran, et toutes vous répondront que Polly Hocking et Joe Haak étaient amants. Cela ne devrait-il pas en faire une vérité ?

« Mais ça ne marche pas toujours comme ça, n'est-ce pas, Joe ? »

Non, ça ne marche pas toujours. Trois cents personnes peuvent se tromper. Un millier peut se tromper. Le monde entier peut se tromper. Même la poésie n'est pas à l'abri d'une erreur d'appréciation. « Je suppose », murmura-t-il.

Une fois de plus, elle l'attira vers elle. Cette fois, le baiser fut plus appuyé.

« Aimeriez-vous que ce soit vrai ? demanda-t-il lorsque leurs lèvres se séparèrent.

— Est-ce que j'aimerais qu'on fasse l'amour toute la nuit sur la plage ? En décembre ? On mourrait de froid.

— Et si c'était l'été ?

— Il y aurait beaucoup trop de lumière. Et plein de vacanciers autour. Des promeneurs. Des gens sur des bateaux. Des adolescents en train de fumer des joints.

— Et si nous allions à Florence ? Ou à Venise ? À Rome ? »

Elle sourit. « Ce n'est pas un projet. C'est un rêve. » Elle s'écartait déjà. « J'adorerais visiter Florence avec vous, Joe. Mais vous, ça ne vous plairait pas. Vous détesteriez ça. Vous détesteriez me voir flirter avec des Italiens. Vous en auriez marre de mes caprices et de mes envies. Vous avez vos propres rêves. Vous n'allez pas passer votre vie à réaliser les miens.

— Ça ne me gênerait pas. Si cela signifiait que nous sommes ensemble.

— Et vous ne vous pardonneriez jamais de m'avoir enlevée à Alvin.

— Vous croyez ?

— Oui, Joe. Je vous connais. Alvin n'est pas un mauvais homme. Vous le savez mieux que quiconque. Vous êtes la seule personne à Saint-Piran, à part moi, qui ait vécu avec lui. Il a ses problèmes. Mais qui n'en a pas ?

— Il en a plus que la plupart d'entre nous.

— Ce pourquoi il a besoin de moi. » Polly relâcha sa main.

« Il a vraiment besoin de vous ?

— Plus que vous ne le saurez jamais. » À son expression, Joe comprit que la discussion touchait à sa fin.

« Je pense qu'il y a peut-être bel et bien un saint à Saint-Piran, répondit Joe avec douceur. Et ce n'est pas moi. Ni Alvin.

— Je ne pense pas qu'ils soient prêts à rebaptiser le village. » Elle lui sourit. « J'aimerais vous dire, revenez à Saint-Piran, un de ces jours, revenez me voir. » Elle baissa les yeux. « Mais je ne peux pas, n'est-ce pas ?

— Pourquoi ?

— Ai-je besoin de le dire, Joe ? Vous me décevez.

— J'aimerais tout de même l'entendre.

— Parce que je ne peux pas passer le reste de ma vie à guetter à la fenêtre en espérant vous apercevoir. Je ne veux pas scruter chaque voiture qui descend par cette route en me demandant si c'est la vôtre. Je ne veux pas me retourner sur chaque touriste aux cheveux blonds. Je dois pouvoir avancer. Donc, j'ai besoin que vous me promettiez que si vous partez – quand vous partirez –, vous ne reviendrez jamais plus.

— Jamais ? » Il était choqué. N'était-il pas maintenant chez lui, dans ce village, avec son assemblage composite de maisons, sa baie, son port, son église ? Les coins de la crique les plus propices à la pêche n'avaient plus aucun secret pour lui. Il était familier des vents, et des courants sous-marins parfois traîtres. Il connaissait chaque visage. S'en aller définitivement ne serait pas facile.

« Jamais », dit-elle. Le chagrin se peignait sur son visage mais elle avança la main pour effleurer sa joue. « Je ne peux pas passer les dix prochaines années à attendre que vous débarquiez ici, sur le port, avec une fille à votre bras. »

Il secoua la tête. « Je ne ferai jamais ça. » Mais il était piqué au vif ; il y avait dans cette affirmation un écho de vérité.

« Quand bien même. Je ne peux pas vivre une double vie, Joe. Alvin n'est pas toujours facile, vous le savez ; je dois prendre sur moi. Si j'attends que vous réapparaissiez un jour, ferai-je seulement assez d'efforts ? Soit vous et moi partons ensemble, maintenant, faire des bébés sur une plage en Espagne, soit nous construisons chacun une nouvelle vie sans l'autre.

— Choisissons la première option, alors. » Il essaya de sourire. « L'Espagne, ça m'irait très bien.

— Non, Joe. Nous avons déjà eu cette conversation.

— Mais alors, pourquoi ? Pourquoi, si nous n'en avons plus rien à fiche l'un de l'autre, cela vous gênerait-il que je revienne ? En quoi cela vous troublerait-il ? Je ne serai jamais qu'un étranger parmi d'autres sur la plage. »

Elle le regarda. « Vous connaissez déjà la réponse à cette question. Et si ce n'est pas le cas, alors il vous faudra la trouver par vous-même. »

Joe se frotta le visage ; il avait du mal à digérer ces paroles.

« Pas de lettres, reprit-elle. Ni de messages. Ni d'e-mails.

— Rien ?

— Cela s'appelle tourner la page, Joe. »

Tourner la page.

« Ne vous retournez pas, lui avait dit le Dr Marcia Brodie. *Ce jour-là, n'hésitez pas. Levez-vous, et partez. Ne vous embêtez pas à rassembler vos affaires, à faire des adieux. Sortez, sans vous retourner.* »

« J'ai quelque chose pour vous. » Il plongea la main dans sa poche. L'expression de Polly faisait plaisir à voir. « Voyez ça comme un cadeau de Noël. » Il lui tendit un trousseau de clés. « C'est la Porsche de Janie. Elle me l'a léguée. » Polly prit les clés avec hésitation. « C'est un cabriolet. En été, vous pourrez baisser la capote.

— Vous n'en aurez pas besoin ?

— Non, pas là où je vais. »

Elle referma la main sur les clés.

« Ne m'oubliez pas, dit-elle.

— Vous non plus. »

Joe gagna ensuite le clocher. Il avait prévu de prendre son temps. De fixer une date, dans un mois peut-être. De faire un dîner d'adieu avec Mallory, Jeremy et Demelza. La vie avait tracé une autre ligne. Et on ne peut jamais revenir en arrière.

Il rassembla le peu d'affaires qu'il possédait, les vêtements qu'il avait achetés lors de sa virée en ville avec Jeremy, et quelques-unes des provisions qui restaient ; un assortiment de boîtes de conserve, du riz, des flocons d'avoine, des haricots secs. Il emballa le tout dans des cartons. Puis en hissa un sur l'épaule, et descendit au port.

« À quelle heure est la marée haute ? demanda-t-il à Kenny qui, assis sur le muret, sculptait un bout de bois avec son canif.

— Tu l'as loupée, répondit Kenny. Tu pars pêcher ?

— Peut-être.

— Ce beau bateau est à toi, maintenant, n'est-ce pas ?

— Je l'ai échangé contre ma Mercedes.

— Et nous qui pensions que tu l'avais déjà échangée avec le vicaire… contre la jeune Polly. »

Comme les histoires pouvaient se déformer, tout de même… Et ça n'allait pas s'arranger lorsqu'on verrait Polly au volant de la Porsche.

« La pleine mer est à dix-huit heures cinquante, il fera déjà nuit. Et la suivante est à sept heures et quart. Quelque chose dans ces eaux-là.

— Merci. » Comment ce glaneur faisait-il pour connaître par cœur la table des marées ?

« Il fera encore nuit, cela dit. Mais vers huit heures, tu pourras regarder le soleil se lever depuis la baie. »

Joe rangea le contenu de son carton dans les placards du catamaran. Il inspecta la cabine, luxueusement aménagée. Quel confort, comparé à sa cachette austère dans le clocher. Il s'allongea sur une couchette et contempla le plafond bas. Polly s'y serait sentie à l'étroit, songea-t-il. Ils auraient cependant pu se serrer.

Il alla chercher le restant de ses affaires, et rapporta autant de provisions qu'il le put. Il dénicha cinq gros bidons à eau, qu'il alla remplir à la pompe du village. Il s'y trouvait seul, aujourd'hui. L'eau avait dû être rétablie dans les maisons.

Il procéda à une vérification des équipements du bateau : cordages, voiles, défenses, ancres. Il resserra les cordes d'amarrage, en prenant plaisir à retrouver cette sensation familière lorsqu'elles glissèrent entre ses mains.

C'était le crépuscule. Joe entendit des cris de joie fuser, sur le quai. Il grimpa en haut de l'échelle, pour voir de quoi il retournait. En plus des lumières qui brillaient au Petrel Inn, dans le B&B, dans la cabane des mareyeurs, à l'épicerie et dans le bureau de la capitainerie, des guirlandes de Noël dansaient maintenant le long du mur du port, et le vieux phare semblait embrasé. Un jour trop tard, songea Joe, mais ces illuminations étaient néanmoins les bienvenues. Il se sentit ému aux larmes. Il redescendit dans la cabine. Il entendait des rires dériver le long du quai, et il se mit à rire lui aussi. Quelle étrange sensation, que de rire seul. À la lumière d'une lampe à huile, il déplia sur la table quelques-unes des cartes de Lew Kaufmann. Il pouvait mettre le cap droit vers le grand large, perdre de vue les côtes, partir très loin de tout ça. Il pourrait aller jusqu'à Tahiti, songea-t-il. Ou n'importe quelle autre île des tropiques – il en existait un millier. Il le pouvait – mais l'appel qu'il entendait venait d'une autre île, qui n'abritait ni plages de sable blanc, ni cocotiers. Une île dévorée de criques taillées dans le roc, plantée d'une futaie de grands pins, avec une cabane en rondins, une cheminée en pierre, et un tunnel creusé dans la neige pour accéder à la porte d'entrée. Il y aurait là Brigitha. Et Pappa Mikkel. Ils pourraient faire rôtir un canard et manger du *ris ala mande*. Ce serait un vrai repas de Noël, avec quelques jours de retard. Et trinquer à la mémoire de Mamma.

Il procéda à un inventaire du bateau. Les Kaufmann avaient casé autant d'objets personnels qu'ils l'avaient pu dans le coffre de la Mercedes, mais il restait des tas de choses à bord. Dispositifs de repérage, vaisselle, des suroîts et des vêtements imperméables suspendus dans un placard, des livres, quelques vivres, des bouteilles d'eau, quelques-unes de vin rouge, et une caisse entière de Pedras Brancas – une eau-de-vie des Açores.

Il n'y aurait pas d'adieux. Marcia Brodie avait raison. Polly aussi. Joe s'attabla avec un petit verre de vin et déplia les cartes du Fastnet et de la mer d'Irlande. Il les étudia jusqu'à ce que les voix, sur le quai, se soient tues, et que toutes les lumières dans le village se soient éteintes. Et quand les cartes n'eurent plus aucun secret pour lui, il trouva du papier dans un tiroir.

*Cher Mallory,*

*Je vous fais cadeau de cette eau-de-vie. Je suis sûr que vous la partagerez avec Jeremy, Demelza et Martha. Alvin Hocking apprécie lui aussi l'eau-de-vie, quoi que puisse vous dire Martha. Peut-être pourrez-vous en mettre une bouteille de côté pour lui. Je m'en vais comme je suis arrivé, seul, au petit matin, sans tambour ni trompettes, et s'il vous plaît, pardonnez-moi d'agir ainsi. J'ai besoin d'aller retrouver mon père et ma sœur. Ils me manquent plus que je n'aurais pu l'imaginer.*

*Je vous suis infiniment redevable – à vous, et à tous les habitants de Saint-Piran. Et j'en suis venu à comprendre que le banquet de Noël était le repas d'adieu idéal. Je n'en serai que plus heureux s'il reste mon dernier souvenir avant le départ.*

*Prenez bien soin de vous.*

*Avec toute mon affection,*
*Joe*

Il porta la caisse d'eau-de-vie jusqu'à Fish Street, et la déposa discrètement dans l'entrée, avec la lettre. Mallory était déjà couché.

Joe se réveilla avant l'aube – avant les goélands, même. Il avait étonnamment bien dormi. Mamma ne dormait jamais bien sur le bateau de Pappa Mikkel, à cause du roulis. Elle s'agrippait au rebord de sa couchette, si fort que ses articulations devenaient toutes blanches. « Si je ne m'accroche pas, je vais tomber du lit, disait-elle.

— Mais non, lui rétorquait Pappa en riant. Tu dois apprendre à lâcher prise. »

Mamma avait appris à lâcher prise, finalement. Mais Pappa, lui, respirait encore ; Joe en avait la certitude. Pappa Mikkel avait dû gagner son bateau au plus vite, pour filer sur son île. Il ne craignait pas le froid. « Il faut toujours avoir un peu froid. » Avoir un peu froid, et ne jamais oublier de respirer. C'était ainsi, qu'on mettait la mort en échec. Inspirer. Expirer.

Pappa obligeait Mamma à lâcher le rebord de la couchette, un doigt après l'autre. « Laisse-moi te border, lui disait-il. Je vais tendre tellement ces couvertures que tu ne rouleras jamais plus par terre ; pas même si nous essuyons la même tempête que Jonas. »

C'est aussi sous des couvertures tendues au maximum qu'elle était morte. De temps à autre, Joe lui prenait la main et lui murmurait les paroles de Pappa Mikkel. « Respire, Mamma. Continue de respirer. » Parfois, lorsqu'elle était réveillée, elle pinçait les lèvres pour bien lui montrer qu'elle relâchait sa respiration, et cette mimique évoquait immanquablement à Joe un baiser que l'on souffle.

Durant les quelques jours qui avaient précédé sa mort, sa peau semblait être devenue plus fine que du papier calque. Joe devait faire très attention, même pour simplement lui prendre la main. Elle donnait l'impression d'être assez fragile pour se déchirer en deux.

« Mamma m'a parlé aujourd'hui, lui annonça Brigitha, très peu de temps avant la fin.

— Que t'a-t-elle dit ? »

Ils étaient assis dans la cafétéria de l'hôpital. C'était l'heure de la relève. Brigitha avait maintenant dix-neuf ans. Elle avait son permis de conduire. Elle allait rentrer dormir dans leur petite maison de Blackheath avec la voiture de Mamma, la Mini break qui avait voyagé jusque sur la côte atlantique, en France. C'était le tour de Joe de rester au chevet de Mamma. D'attendre l'inévitable.

Un des murs rose magnolia de la cafétéria était décoré d'une fresque – des empreintes multicolores de mains d'enfants, chacune assortie d'un nom et d'une date. « Voudriez-vous ajouter la vôtre ? lui avait demandé un jour une infirmière. Ce sont les empreintes des enfants de nos pensionnaires. » Pensionnaires – c'était par ce terme que l'hôpital désignait les malades mourants. Comme s'il était une maison d'hôte à la campagne.

Mamma était peut-être une pensionnaire, mais Joe n'était plus un enfant.

« Mamma m'a fait promettre d'être forte, lui rapporta Brigitha. Elle m'a dit que la vie est une aventure merveilleuse. Et qu'il me faut apprécier mes déceptions autant que mes réussites, parce que ce sont les premières qui me rendront plus forte.

— Mamma a dit tout ça ?

— Oui.

— Et elle t'a fait promettre ?

— Oui.

— C'est une pensée drôlement profonde, pour Mamma, observa Joe.

— Elle m'a dit de tomber amoureuse, et de ne jamais taire mes sentiments.

— Tu crois que c'est ce qu'elle a fait, elle ? Avec Pappa ?

— Je ne sais pas. Peut-être pas. Elle m'a fait promettre d'apprécier chaque jour. "Il n'y a rien d'autre à apprécier" », a-t-elle ajouté.

Joe médita ces paroles. « Elle ne m'a rien fait promettre, souffla-t-il à voix basse.

— Oh, elle va le faire. Elle va le faire. »

Quand il entra dans la chambre pour prendre son tour de garde, Mamma dormait. La lumière était basse – si basse qu'on n'y voyait guère plus qu'avec une bougie. N'importe qui aurait eu du mal à rester éveillé dans une telle pénombre. Peut-être était-ce délibéré, peut-être voulait-on inciter les mourants à dormir, pour qu'ils puissent oublier de respirer. Joe s'endormit à son tour dans le fauteuil à dos droit. Lorsqu'il se réveilla, Mamma avait la tête tournée vers lui, et les yeux grands ouverts. « Excuse-moi, Mamma. Je me suis endormi. »

Ses lèvres remuaient. Elle lui disait quelque chose. « Qu'est-ce que tu dis, Mamma ? » Il s'approcha. « Tu veux de l'eau ? Autre chose ? »

Elle secoua la tête.

« Qu'essaies-tu de me dire, Mamma ? » Il se pencha, colla son visage au sien, et elle lui souffla au creux de l'oreille… trois mots – juste trois. Les derniers qu'elle prononcerait dans ce monde.

« Rends-moi fière.

— Oui, Mamma. » Il serra sa main. « Je te le promets. »

# 36

## Elle a relié les points

Joe s'habilla, grimpa sur le pont et commença à détacher les amarres. Il faisait encore noir, mais plus pour très longtemps. Une légère brise soufflait du sud. Un temps idéal pour naviguer, songea Joe. Il inspira à pleins poumons l'air revigorant de Saint-Piran, et se remémora ce premier matin, quand il était sorti de la maison du docteur et avait fait de même, et que ces odeurs d'eau iodée, d'écailles de poisson et de cordes mouillées lui avaient piqué les narines. C'est l'heure idéale pour lever l'ancre, se dit-il. Enveloppé d'un reste d'obscurité, tandis que les premières lueurs de l'aube patientaient sous l'horizon, et que les habitants de Saint-Piran étaient encore au lit.

Il ne remarqua pas tout de suite la silhouette assise par terre au bord du quai, jambes ballantes.

« Qui est là ? » La mystérieuse présence l'avait fait sursauter.

« Quelqu'un qui prendrait volontiers le large », répondit une voix. Une voix de femme.

La femme se relevait. « Quelqu'un qui n'est pas d'ici, non plus. » Elle fit quelques pas vers lui et Joe reconnut son visage quand celui-ci croisa le rai de lumière de la lampe à huile.

« Aminata ?

— Aminata Chikelu, précisa-t-elle en tendant la main. M'autorisez-vous à monter à bord ? » Elle portait un jean brodé et un anorak, la fermeture Éclair remontée au ras du menton.

« Bien sûr. » Joe lui tendit une main, mais elle semblait avoir un si piètre équilibre qu'il la souleva presque pour la hisser à bord.

« Merci, dit-elle, en retrouvant de l'assurance. J'espérais que vous pourriez m'emmener avec vous.

— Vous emmenez où ? demanda Joe, perplexe.

— Là où vous allez. Où que ce soit. » Elle se laissa choir dans un des fauteuils du cockpit, puis, croisant son regard, elle grimaça. « Vous attendiez quelqu'un d'autre, peut-être. »

Il secoua la tête. « Non.

— Bien. Parce que, si j'ai bien suivi, vous l'avez invitée, et elle a décliné.

— Qui ça ? » C'était vraiment une question idiote. Joe, à son tour, se laissa tomber pesamment dans le fauteuil en face. « Qui vous a raconté ça ? Bon, peu importe.

— C'est ça, Saint-Piran…

— Oui, soupira-t-il. C'est ça, Saint-Piran.

— Et nous sommes amies.

— Je sais. »

Aminata guettait sa réaction. « Sa place est ici, Joe.

— Je sais.

— Leur place à tous est ici.

— Sauf la mienne, dit Joe à voix basse, et elle lui décocha un regard.

— Et la mienne.

— Je crois que nous n'avons jamais été présentés en bonne et due forme, reprit-il après un moment.

— Est-ce important ?

— Peut-être pas. Mais vous êtes une des personnes qui m'ont sauvé. Sur la plage. Je ne vous ai jamais remerciée.

— C'est bon, éluda-t-elle avec un geste. Ce n'est pas moi qui vous ai trouvé. Mais Charity.

— Ça ne change rien. Vous avez aidé.

— Ça fait partie de mon travail.

— Vous m'avez fait du bouche-à-bouche.

— Ah bon ? Je ne m'en souviens pas. » Il y avait comme un pétillement dans ses yeux.

« Vous êtes sénégalaise ? »

La question la fit sourire. « Eh bien voilà, dit-elle. Vous savez tout ce qu'il y a à savoir à mon sujet.

— Pardon. Je crois que je me suis mal exprimé. »

Elle tendit la main et lui effleura le poignet. « Pas du tout. » Elle tourna la tête vers le port, et Joe se demanda si elle contemplait, par-delà la digue, quelque lointain océan. « Mon père était sénégalais, mais ma mère était une fille de Cornouailles. Je suis comme vous. Un hybride.

— Un hybride…

— Ou une chimère. » Aminata écarta les cheveux de son visage et lui décocha un regard appuyé. « Je viens d'une ville du nom de Saint-Louis. C'est sur la côte ouest de l'Afrique, près de la frontière avec le désert de Mauritanie. Il n'y a pas grand monde qui traverse cette frontière. Quelques Touaregs, et autres voyageurs écervelés. C'est un peu le bout du monde, voyez-vous, mais c'est beau. Ça regorge de couleurs. De musique et de rires. Et il y a des plages. »

Il sourit. « Un peu comme Saint-Piran, donc.

— Pas vraiment, mais je vois ce que vous voulez dire.

— Je ne pars pas simplement pêcher. Je suis désolé. Je projette… un plus long voyage.

— Un plus long voyage ?

— Oui, et je projetais de le faire… en solitaire.

— En solitaire ?

— Oui.

— Alors il vous faut connaître un proverbe que nous avons au Sénégal. » Aminata se leva. « La solitude, ce n'est jamais bon. Mais si tu ne peux pas faire autrement, alors partage-la au moins avec un ami. » Elle lui prit la main, et la serra doucement avant de la libérer. « Je ne suis jamais montée sur un voilier.

— Ce n'est peut-être pas la meilleure des qualifications pour m'accompagner, observa-t-il.

— Oh, mais j'en ai d'autres, lui rétorqua-t-elle d'un ton léger.

— Je suis impatient de découvrir lesquelles. »

Elle avait déjà un pied sur l'échelle pour descendre dans la cabine. « Pouvez-vous aller chercher mon sac ? »

Joe accusa la surprise. « Vous avez un sac ?

— Évidemment. »

Joe balança la lampe à bout de bras et il l'aperçut, sur le quai, à l'endroit où Aminata avait été assise. Un gros sac de sport en toile. Un brin lourd, peut-être. Il le hissa à bord, avec la sensation d'être dépassé par les événements.

« Aminata…

— Oui.

— Pourquoi avez-vous un sac ? »

À la lumière tamisée de la cabine, son sourire semblait capable de les croquer l'un et l'autre. « Martha, répondit-elle. Elle m'a dit que je ferais mieux de tout prévoir pour un long voyage.

— Martha ? » Joe était pris de tournis. « Martha Fishburne ? L'institutrice ? » Comment Martha avait-elle deviné qu'il partait ?

« Oui, bien sûr. » Aminata inspectait la cabine. « C'est moins spacieux que ce à quoi je m'attendais, observa-t-elle en soupesant une casserole.

— On peut y dormir à six.

— Et nous ne sommes que tous les deux… » Elle ouvrit la porte d'une cabine et se glissa sur la couchette. « … dans une très étroite proximité. Cela sera-t-il un problème ?

— Pas pour moi. Mais vous ?

— Je suis infirmière, dit-elle en se relevant. Rien ne me gêne. »

Il hocha la tête. « Tant mieux. » Proximité – c'était le mot qu'avait employé Demelza. Proximité. Danger. Et une généreuse pincée de temps.

« Il y a cependant quelques petites choses dont vous devez être prévenu, reprit-elle. Si nous devons cohabiter dans un bateau de cette taille pendant… pendant combien de temps, exactement ? »

Il s'éclaircit la voix. « Eh bien, exactement… je n'en sais trop rien.

— Approximativement, alors ? »

Il essaya d'imaginer le voyage. Remonteraient-ils par la Manche, ou par la mer d'Irlande ? Comment seraient les vents en janvier ? « Une quinzaine de jours, dit-il. Peut-être un peu plus.

— Ah, fit-elle, et elle se rapprocha, tellement qu'ils auraient pu se toucher. Alors, vous devez savoir que j'ai deux mauvaises habitudes. Si vous estimez ne pas pouvoir les supporter, il nous faudrait repenser cette aventure.

— Deux ? C'est tout ? » Me concernant, la liste serait longue, songea-t-il. Il pourrait me falloir un gros carnet pour la noter.

« Êtes-vous plutôt tolérant ?

— Je peux m'accommoder de presque tout ». J'ai cohabité dans un clocher avec un vicaire à moitié fou, se dit-il, et à cet instant Joe se surprit à espérer que rien n'empêcherait la jeune femme de l'accompagner.

« Mon défaut numéro un, donc. » Elle dressa un doigt espiègle. « J'ai tendance à chanter. »

Il sourit. « Je vous ai entendue, hier soir.

— En général, je travaille en chantant. Cela exaspère parfois mes collègues. Mais mes patients y prennent plaisir, cela dit. Enfin, certains.

— Je vois. Et il s'agit juste d'une tendance ? »

Il la taquinait, et elle s'en aperçut. Elle lui répondit d'un sourire, qui dévoila un arc de dents sans défaut.

« Et quel est votre répertoire ?

— Oh, les grands classiques, éluda-t-elle avec un petit geste. Les Beach Boys. Motown.

— Un peu de musique pourrait être la bienvenue, en mer. Ça peut devenir sacrément silencieux, au large.

— Voudriez-vous que je vous donne un aperçu ? Juste pour être certain que vous le supporterez ?

— Non, non, c'est bon, protesta-il en levant la main.

— Vous êtes sûr ?

— Certain.

— Même pas deux ou trois mesures de « Baby Love » ?

— Ce ne sera pas nécessaire.

— Bien. Parfait. Numéro deux ?

— Je suis tout ouïe.

— Êtes-vous ouvert d'esprit ?

— Bien sûr. » Quelque chose dans l'air que brassait cette fille était en train d'affoler son pouls.

Elle sourit de plus belle et elle vint glisser un bras autour de sa taille. « Il est possible que vous l'ayez déjà appris par le village. Je fais beaucoup de bruit. Au lit. Apparemment. C'est du moins ce qu'on m'a dit. »

Et c'était avéré. « Il n'y aura personne alentour pour vous entendre.

— Sinon vous. »

Ils détachèrent les défenses, et démarrèrent le petit moteur in-bord.

« Je croyais que c'était un voilier, s'étonna Aminata.

— C'en est un, mais sortons d'abord du port.

— Donc ce n'était pas la fin du monde, finalement.

— Vous trouvez ? répondit-il, et il sentit qu'elle le pinçait doucement. Pas encore, du moins.

— Ce n'était qu'une très longue coupure de courant. Et tout est revenu à la normale. Vous savez, au Sénégal, ça se produit sans arrêt. Un quartier entier peut se retrouver privé d'électricité, ou d'eau, pendant des mois. Voire des années. Et rien ne s'effondre pourtant. »

Il voulait répondre, mais trop d'objections se bousculaient dans sa tête. Néanmoins, elle avait peut-être raison. Nous avons continué de respirer, songea-t-il.

Il n'y avait qu'une petite houle de rien du tout, une fois franchie la digue intérieure. La lumière de l'aube offrait assez de clarté pour que l'on distingue les flots. Aminata vint se poster à côté de lui ; tels un capitaine et son second, ils négocièrent le franchissement du premier brise-lames.

« Je pense que nous devrions agiter la main, dit-elle.

— Pour dire au revoir à Saint-Piran ?

— Oui. » Aminata s'était tournée légèrement, et tandis qu'elle levait un bras en direction du village, Joe se retourna et suivit son regard. Le long du quai, les guirlandes de Noël s'étaient remises à scintiller, et on voyait se découper des silhouettes, par dizaines, agitant la main et criant des encouragements. Joe reconnut Mallory Books. Que faisait-il là ? À six heures du matin ? Puis il avisa Kenny Kennet, avec Casey Limber et Charity Cloke, Jeremy Melon. Ceux-là mêmes qui lui avaient sauvé la vie, qui avaient extrait son corps glacé de la mer. La famille Higgs était là, elle aussi, ainsi que le vieux Garrow, appuyé sur sa canne, et les Magwith… et bien d'autres encore – les sœurs Bartle, les Horsmith, les Anderssen, les Penhallow… Joe se mit à gesticuler de plus belle.

« Comment ont-ils su ? demanda-t-il. Comment avez-vous su ?

— Martha, répondit Aminata. Et elle m'a dit de vous dire qu'elle a relié les points. »

Évidemment. Kenny lui aurait parlé du bateau, et des horaires de la marée. Et Polly lui aurait raconté leur entrevue au presbytère. Quelqu'un l'aurait vu remplir les bidons d'eau à la pompe. Et elle était là, avec Ronnie, en train d'agiter la main.

Demelza, aussi, était sur le quai, criant quelque chose, mais elle était trop loin, la mer avalait ses mots.

« Qu'a-t-elle dit ? demanda Aminata.

— Je n'ai pas entendu. » Mais il croyait savoir – il y a plus de vrai dans la poésie que dans l'histoire. Ou peut-être leur souhaitait-elle seulement une conclusion heureuse.

Deux silhouettes étaient postées à l'écart, à l'extrémité du port – Polly et Alvin Hocking, main dans la main. Alvin devait être heureux de le voir partir, pensa Joe. Et Polly aussi, sans doute. Il agita la main, et ils firent de même. Puis, progressivement, le port s'effaça, jusqu'à se dissoudre tout à fait dans la pénombre de l'aube, les cris et les sifflets des habitants de Saint-Piran se noyèrent tout à fait dans le clapotis des vagues, et on n'entendit plus que le silence de l'océan.

# POST-SCRIPTUM DE L'AUTEUR

1. Il semblerait que la citation « Toute société n'est qu'à trois repas de l'anarchie » soit inspirée de *Red Dwarf*, série comique de la télévision britannique : « On dit que toute société n'est qu'à trois repas de la révolution. Amusez-vous à lui faire sauter trois repas, et vous aurez l'anarchie. » Cette conversation figurait dans la saison 3 de *Red Dwarf*, dont la première diffusion date de 1989. Wikiquote.org suggère quelques autres sources possibles. « Toute société n'est qu'à trois repas de la révolution » aurait été prononcé par Dumas (1802-1870) ou Trotski (1879-1940).

2. Pour un compte-rendu détaillé sur la façon dont les civilisations peuvent s'effondrer, les lecteurs dotés d'endurance souhaiteront peut-être se plonger dans *Effondrement* de Jared Diamond, l'auteur couronné par le prix Pulitzer. L'ouvrage explore tant les événements survenus sur l'île de Pâques que l'effondrement des sociétés khmères d'Angkor Vat, ou d'autres au Groenland et en

Amérique du Sud. Je venais à peine de terminer la lecture d'*Effondrement* que j'ai eu l'occasion de rencontrer le professeur Jared Diamond à Sumatra, dans une hutte en forêt, perdu, à l'écart de tout. Je lui suis reconnaissant de s'être prêté, autour d'un dîner, à une conversation sur l'intrigue de *Sans oublier la baleine.* « Jusqu'où le scénario de l'effondrement est-il réaliste ? », lui ai-je demandé. « Il est parfaitement réaliste, m'a-t-il répondu. C'est l'un des scénarios sur lesquels nous travaillons. »

3. La majeure partie des spéculations de Lew Kaufmann ayant trait à l'effondrement social est inspirée d'un article de Deborah MacKenzie publié dans *New Scientist* en avril 2008. L'article s'intitule « *Will a pandemic bring down civilisation ?* [Une pandémie terrassera-t-elle la civilisation ?] » Tous les exemples dont usent Joe et Lew sont tirés sans nulle vergogne de cet article.

4. L'homme qui séquença le virus à l'origine de la pandémie de grippe de 1918 était un pathologiste militaire américain du nom de Jeffery Taubenberger. Sa première tentative pour isoler le virus le conduisit à analyser des spécimens de tissus humains conservés dans des blocs de cire à l'Armed Forces Institute of Pathology. Il mena des recherches sur des échantillons prélevés sur plus de soixante-dix soldats victimes de l'épidémie, et isola finalement le virus des poumons d'un troupier du nom de Roscoe

Vaughn. Taubenberger put séquencer une partie du génome à partir de cet échantillon mais ne disposait pas d'assez de tissu pour mener le travail à son terme. La découverte capitale intervint lorsque Taubenberger fut contacté par un chercheur norvégien, Johan Hultin, qui travaillait en Alaska et cherchait les dépouilles inhumées des victimes de la grippe de 1918. Hultin obtint des Alaskiens l'autorisation d'exhumer le corps d'une femme – qu'on devait plus tard baptiser « Lucy ». Lucy avait été une femme particulièrement obèse, et la graisse accumulée autour de ses poumons avait ralenti leur décomposition. En 2005, une équipe des Centers For Disease Control and Prevention à Atlanta, dirigée par le Dr Terrence Tumpey, annonça avoir réussi à recréer le virus ayant contaminé Lucy. Dix ampoules de ce virus sont maintenant conservées au centre. L'histoire aurait pu s'arrêter là si, fait assez dérangeant, la séquence du génome, dans ses moindres détails, n'avait été par la suite téléchargée sur des bases de données accessibles sur Internet. En décembre 2011, un virologue néerlandais, Ron Fouchier, de l'Erasmus Medical Centre à Rotterdam, déclara lors d'une convention scientifique à Malte que, en utilisant les données trouvées en ligne, il avait créé un virus de grippe actif, qui pourrait fort bien être plus mortel que n'importe laquelle des maladies contagieuses auxquelles l'humanité a jusque-là fait face.

5. Le 2 juillet 2014, le quotidien britannique *The Independent* annonça, et il ne fut pas le seul, que le Dr Yoshihiro Kawaoka, de l'université du Winconsin-Madison, avait développé une version génétiquement modifiée de la souche responsable de la pandémie de grippe de 2009 capable d'« échapper » efficacement au contrôle du système immunitaire humain. La population humaine, partout dans le monde, se trouverait sans défense contre cette souche de grippe. À en croire l'article de Steve Connor, que Kawaoka ait obtenu l'autorisation de soustraire délibérément la seule défense connue contre une souche de grippe qui a déjà démontré sa capacité à provoquer une pandémie ayant fait 500 000 victimes l'année de son apparition, a semé l'épouvante dans la communauté scientifique. Un chercheur aurait dit : « Kawaoka a pris le virus responsable de la pandémie de 2009, et il a isolé les souches que les anticorps humains ne neutralisaient pas. Il a répété l'opération plusieurs fois, jusqu'à obtenir un mégavirus. »

6. Je suis reconnaissant à Michael Fowle, ainsi qu'à tous les membres du forum « Quants Network » qui se sont portés volontaires pour vérifier les épisodes du roman relatifs aux activités de la City et au trading – je pense ici en particulier à Emilie Pons et à Johan (Hans) Beumee, qui ont lu la totalité du manuscrit et m'ont l'un et l'autre fait part de commentaires

et de suggestions utiles. Partout où c'était possible, j'ai tenu compte de leurs conseils afin de donner de la salle de marchés de Lane Kaufmann une description aussi conforme à la réalité que possible. Dans certains cas, cependant, j'ai préféré laisser l'histoire telle que je l'avais imaginée, même si ce choix a probablement compromis l'exactitude du propos. Emilie m'a fait remarquer que Joe ne serait pas considéré comme un « quant » parce qu'il n'était pas à strictement parler un trader. J'ai cependant laissé le terme, parce qu'il me plaisait bien. Johan m'a aidé à comprendre le principe des opérations à découvert, mais m'a informé que la plupart des traders ont la possibilité d'opérer à découvert. Le cinquième étage de Lane Kaufmann serait donc plutôt une salle de marchés spécialisée dans les « opérations exotiques et autres opérations à effet de levier » plutôt que dans la vente à découvert. Le montant des pertes qu'encaissent parfois les traders supervisés par Janie est assez improbable dans le cadre des ventes à découvert, m'a-t-il informé, et proviendrait plus vraisemblablement d'autres procédés de trading. Finalement, j'ai ignoré ce qui était probablement un excellent conseil, d'une part parce que je ne voulais pas compliquer l'histoire avec trop de processus financiers, et d'autre part parce que j'étais attiré par la sombre symbolique des ventes à découvert. J'espère que les vrais quants et les vrais traders me pardonneront.

7. Il faut du courage et des compétences particulières pour lire le tout premier jet d'un roman et suggérer ensuite une ribambelle de modifications et d'améliorations à l'auteur. À cet égard, j'ai la chance d'avoir une éditrice très intelligente et complètement intrépide, Kirsty Dunseath, dont les avis sont toujours d'une pertinence et d'une perspicacité absolues. Je dois un immense merci à Kirsty, et un non moins immense merci à Mark Stanton et Sue Ironmonger, qui ont vu l'un et l'autre les promesses contenues dans ce premier jet, et m'ont aidé à identifier les défauts, puis à les corriger. Je leur suis immensément redevable.

8. La pêche annuelle en Cornouailles représente plus de 15 000 tonnes, soit une valeur de marché de 35,5 millions de livres. On y trouve essentiellement des poissons de fond, tels que le haddock, le colin, la lotte et la sole. Les deux tiers de la pêche sont débarqués à Newlyn, le plus grand port de Cornouailles, où la lotte, la sardine et le crabe constituent les trois prises les plus importantes. À Mevagissey (où j'ai autrefois habité), les pêcheurs attrapent environ huit cents tonnes de poissons par an, principalement du haddock, de la sardine et du lieu jaune. Saint-Piran a une prise beaucoup plus modeste.

9. Il est très rare qu'un rorqual commun s'échoue. La majeure partie des quelque deux mille baleines qui, chaque année, meurent sur les plages de par le monde sont des baleines à

dents. Le rorqual commun est, lui, une baleine à fanons. Mais il est arrivé cependant que certains s'échouent. L'un d'eux, long de dix-neuf mètres, et décrit par les vétérinaires comme « incroyablement sous-alimenté », mourut après s'être échoué sur une plage près de Carlyon Bay, en Cornouailles, en août 2012 (j'ai également vécu un temps à Carlyon Bay). Trois ans plus tôt, en janvier 2009, un rorqual commun de dix-huit mètres avait trouvé la mort sur une plage à Courtmacsherry, en Irlande.

10. Ce n'est pas la chose la plus sage au monde que de manger la chair d'une baleine échouée. Le blanc de baleine est un matériau d'isolation très efficace (l'une de ses fonctions est de protéger l'animal, de son vivant, du froid des océans) et il continue de fournir une isolation même après la mort. Une baleine morte conservera donc une température corporelle élevée durant plusieurs jours, et son corps deviendra un environnement idéal pour la prolifération des bactéries. En 2002, huit personnes ont contracté le botulisme après avoir consommé le blanc d'une baleine qui s'était échouée sur une plage en Alaska. À cet égard, les habitants de Saint-Piran et de Treadangel ont eu une chance folle.

11. Les lecteurs comprendront bien que la baleine de l'histoire symbolise un don inattendu qui ne pouvait qu'être partagé à bon escient. Les vraies baleines sont des créatures magnifiques,

sensibles, qui méritent notre affection et notre respect. Elles ne sont en aucun cas une source potentielle d'alimentation pour l'homme. Nous devons leur garantir une libre jouissance des océans, en ne leur rendant visite que par le biais de promenades d'observation, et en nous opposant, via des organisations telles que Greenpeace, à tous les pays qui continuent de les chasser.

12. Voici les premiers versets de l'épisode du Léviathan, tel que raconté dans le Livre de Job (traduction de la Bible de Jérusalem) :

*Léviathan, le pêches-tu à l'hameçon, avec une corde comprimes-tu sa langue ?*

*Fais-tu passer un jonc dans ses naseaux, avec un croc perces-tu sa mâchoire ?*

*Est-ce lui qui te suppliera longuement, te parlera d'un ton timide ?*

*S'engagera-t-il par contrat avec toi, pour devenir ton serviteur à vie ?*

*T'amusera-t-il comme un passereau, l'attacheras-tu pour la joie de tes filles ?*

*Sera-t-il mis en vente par des associés, puis débité entre marchands ?*

*Cribleras-tu sa peau de dards, le harponneras-tu à la tête comme un poisson ?*

*Pose seulement la main sur lui : au souvenir de la lutte, tu ne recommenceras plus !*

*Ton espérance serait illusoire, car sa vue seule suffit à terrasser.*

13. L'histoire de Jonas et de la baleine figure à la fois dans la Bible et dans le Coran. Dans le récit qui est fait de l'épisode dans ce dernier, Jonas se voit ordonner de prophétiser des temps difficiles pour la cité malfaisante de Ninive, mais il renâcle à obtempérer. Pour finir, il quitte la ville et s'enfuit. Il se retrouve sur un bateau, en pleine tempête, et la seule possibilité de réchapper vivant de ce mauvais pas semble consister pour lui à se laisser jeter par-dessus bord (l'ensemble de l'équipage a tiré à la courte-paille, et Jonas a perdu). Il se porte donc volontaire pour cette sanction et, comme de bien entendu, son sacrifice apaise la tempête. Mais l'histoire ne s'arrête pas là pour Jonas. Comme nous nous le rappelons tous, il est ensuite avalé (et sauvé) par un très gros poisson. Voici l'histoire telle qu'elle nous est racontée dans le Coran, dans la sourate 37 :

*Jonas était certes du nombre des Messagers. Quand il s'enfuit vers le bateau comble, il prit part au tirage au sort qui le désigna pour être jeté à la mer. Quand le poisson l'avala alors qu'il était blâmable, s'il n'avait pas été parmi ceux qui glorifient Allah, il serait demeuré dans son ventre jusqu'au jour où l'on sera ressuscité. Nous le jetâmes sur la terre nue, indisposé qu'il était. Et Nous fîmes pousser au-dessus de lui un plant de courge, et l'envoyâmes ensuite comme prophète vers cent mille hommes ou plus. Ils le crurent, et Nous leur donnâmes jouissance de la vie pour un temps.*

# ET SANS OUBLIER…

Jonas (Joe) Haak, programmeur informatique

Harriet Adlam, banquière
Jacob Anderssen, aubergiste
Romer Anderssen, aubergiste
Annie Bartle, mareyeuse
Elizabeth Bartle, mareyeuse
Robert Batho, pêcheur de Newlyn
Dr Mallory Books, médecin (à la retraite)
Dr Marcia Brodie, médecin à la City
Rodney Byatt, programmeur informatique
Aminata Chikelu, infirmière et chanteuse
Ardour Cloke, adolescent
Charity Cloke, adolescente
Modesty Cloke, auxiliaire de vie scolaire
Valour et Faith Cloke, enfants
Janie Coverdale, tradeuse à la City
Martha Fisburne, institutrice
Ronnie Fishburne, déménageur
Arwen Garrow, pêcheur (à la retraite)

Jonathan Guy, quant de la City
Mamma Alison Haak, mère de Joe
Brigitha Haak, sœur de Joe
Pappa Mikkel Haak, père de Joe
Colin Helms, banquier senior à la City
Jessie Higgs, épicière
Bosco Jordy Higgs, marin
Révérend Alvin Hocking, vicaire
Polly Hocking, femme de vicaire
Emily Horsmith, petite fille
Nan Horsmith, mère
Thomas Horsmith, écolier
Cassie Kaufmann, adolescente, petite-fille de Lew
Lew Kaufmann, directeur de banque
Tom et Kate Kaufmann, parents de Cassie
Kenny (Kenver) Kennet, glaneur
Casey Limber, ramardeur
Aileen Magwith, femme de fermier
Bevis Magwith, fermier
Corin Magwith, fermier
Ellie Magwith, écolière
Forest Magwith, fermier
Lorne Magwith, fermier
Clare Manners/McEvan, responsable marketing à la City
Richard Mansell, grossiste
Julian McEvan, trader à la City
Jeremy Melon, naturaliste et écrivain
Jenny Messenger, journaliste télé

Nate et Rose Moot, petits exploitants
Capitaine Abel O'Shea, capitaine de port
Manesh Patel, analyste à la City
Hedra Penhallow, propriétaire de B&B
Moses Penhallow, propriétaire de B&B
Louisa Penroth, femme de pêcheur de homards
Toby Penroth, pêcheur de homards
Benny Restorick, employé municipal
Dorothy Restorick, mère
Daniel Robins, pêcheur
Samuel Robins, pêcheur
Benny Shaunessy, écolier
Jenny Shaunessy, villageoise
John Shaunessy, pêcheur et négociant en poisson
Peter Shaunessy, pêcheur et négociant en poisson
John et Lucy Thoroughgood, petits exploitants
Demelza Trevarrick, romancière
Amelia Warren, barista à la City
Jonathan Woodman, programmeur informatique
Les villageois de Saint-Piran, en Cornouailles
Les habitants de Treadangel, en Cornouailles

Et sans oublier non plus

un rorqual

PEFC™ PEFC/14-38-00277

*Cet ouvrage est composé de matériaux issus*
*de forêts gérées durablement certifiées PEFC™.*
*Le Programme de reconnaissance des certifications forestières (PEFC™)*
*est le plus grand organisme mondial indépendant*
*de contrôle pour une gestion durable des forêts.*
*Pour en savoir plus, consultez le site www.pefc-france.org*

Achevé d'imprimer en août 2024
par Novoprint
Dépôt légal : septembre 2024
*Imprimé en Slovaquie*